STEPHAN M. ROTHER

DIE KÖNIGSCHRONIKEN
EIN REIF VON EISEN

ROWOHLT POLARIS

Originalausgabe
Veröffentlicht im Rowohlt Taschenbuch Verlag,
Reinbek bei Hamburg, November 2017
Copyright © 2017 by Rowohlt Verlag GmbH,
Reinbek bei Hamburg
Redaktion Katrin Aé
Umschlaggestaltung und Motiv
Hauptmann & Kompanie Werbeagentur, Zürich
Satz aus der Guardi
bei Dörlemann Satz, Lemförde
Druck und Bindung CPI books GmbH, Leck
ISBN 978 3 499 27356 8

Es war eine Zeit des Blutes und der Schwerter. Eine Zeit, die Königreiche wanken sah, funkelnden Goldes wegen oder um den Schoß einer schönen Frau. Eine Zeit, da derjenige, der um die alten Sprüche wusste, Macht zu gewinnen vermochte über die Herzen der Menschen. Wie auf dem Spielbrett verschoben Strategen ihre Heere, und der unwillige Blick einer glutäugigen Favoritin konnte genügen, um Leben auszulöschen am Hofe des Kaisers in der Rabenstadt. Es war eine Zeit, von welcher kaum in Ahnungen Kunde auf uns gekommen ist, in Echos, im Hall und Widerhall der Sagen und Erzählungen. Eine Zeit, die in Umrissen nur sichtbar erscheint, durch Reihen von Spiegeln geschaut, matt und trübe im dunklen Glas.

SÖLVA

DIE NORDLANDE: NAHE DER DRACHENKLAMM

Einer von ihnen würde sterben.

Sölva rührte sich nicht. Zusammengekauert hockte sie am Boden. Eisiger Wind fegte über das Geröll und stach ihr in die Augen. Doch sie wagte kaum zu blinzeln, denn das Murmeltier hatte sie noch immer nicht gewittert.

Der Wind kam aus Richtung des Tieres und trug den Hauch eines Geruchs zu ihr. Sie war sich nicht sicher, wie Murmeltiere rochen, und wie sie schmeckten, wusste sie noch viel weniger. In einer Hinsicht aber hatte sie keinen Zweifel: Einer von ihnen beiden tat in diesem Augenblick seine letzten Atemzüge. Das Murmeltier oder sie.

Sölva fror. Wie viele Tage war es her, dass sie sich an einem Feuer hatte wärmen können? Es gab keine Feuer mehr im Feldlager der Tiefländer, ausgenommen im Zelt des Hetmanns, wo der Dung des letzten Dutzends Pferde die Nacht über am Glimmen gehalten wurde. Und Morwa, Sohn des Morda, war zwar Sölvas Vater, doch schließlich war sie ein Mädchen und die Tochter eines seiner Kebsweiber obendrein. Sie brauchte gar nicht erst zu versuchen, sich den wärmenden Flammen zu nähern, die dem Hetmann und seinen Eisernen vorbehalten waren, den schwer gepanzerten Leibgardisten, deren Aufgabe es war, Tross und Lager zu beschützen.

Ihre Finger waren ungeschickt geworden wie jede Bewegung ihres ausgemergelten Körpers. Und sie war schon mager gewesen, bevor der Hunger begonnen hatte. So mager wie ein Mädchen von zwölf oder dreizehn Sommern nur sein konnte.

Ein Windstoß fuhr durch das trockene Gras. Sölvas Herz überschlug sich. Krampfhaft schlossen ihre Finger sich um den faustgroßen Stein, den sie als Waffe gewählt hatte. Das Murmeltier blickte auf, reckte misstrauisch die Schnauze. Es war kaum weiter als eine Armlänge entfernt, und Sölva konnte die zitternden Barthaare erkennen, die so anders waren als das dichte, dunkelbraune Fell, das vermutlich schon den Winterpelz darstellte. Es handelte sich um ein auffallend wohlgenährtes Murmeltier, wenn man bedachte, dass die Leute aus dem Lager seit Tagen keine Nahrung mehr fanden. Der letzte, besonders gewitzte Vertreter einer weitverzweigten Murmeltiersippe womöglich, der sich bis zu diesem Moment allen Nachstellungen hatte entziehen können. Für einen Lidschlag noch hielt das Tier inne, bevor es seine Schnauze wieder zwischen die Büschel harten Grases versenkte.

Es hat mich nicht gesehen! Sölva bekam eine letzte Chance. Vorsichtig holte sie Luft, spannte sich an ...

Ein ohrenbetäubender, dröhnender Laut hallte über die trostlose Landschaft. Sölva fuhr zusammen, und im selben Moment war das Murmeltier verschwunden. Atemzüge später, und die schweren Stiefel zweier Eiserner traten die Grasbüschel nieder und stürmten an ihr vorbei.

Sie kam auf die Beine, ihr schwindelte. Auf der Suche nach Essbarem hatte sie sich ein Stück von den Zelten und Jurten entfernt, die sich tief in die Senke kauerten. Grau und ausgeblichen, waren die Häute und Filzmatten der Bespannung kaum vom Felsgeröll zu unterscheiden. Ein armseliger Schutz gegen den schneidenden Wind. Doch nun, mit einem Mal, war das gesamte Lager in Aufruhr. Das gespenstische Dröhnen setzte sich fort, an- und abschwellend, jetzt aus dieser, gleich darauf aus jener Richtung. Ein Krähenschwarm flog auf, beschrieb unter unheilvollem Krächzen einen Kreis über den Zelten. Menschen taumelten ins Freie, wandten den Blick gehetzt umher. An der größten unter den Jurten, die mit den knochenweißen Schädeln zweier Keiler geschmückt war, wurde das schwere Fell vor dem Eingang beiseitegeschlagen. Weitere Eiserne eilten an Sölva vorüber – und schon hing das Fell wieder an Ort und Stelle. Irgendwo aus der Bespannung des Zeltes kräuselte sich ein Rauchfaden in die eisige Luft. Ihr Vater blieb unsichtbar.

Selten nur hatten seine Gefolgsleute ihn zu Gesicht bekommen in den Wochen, die sie nun in der unwirtlichen Senke lagerten. Und doch hatte das keine Rolle gespielt. Die Menschen wussten, dass er mitten unter ihnen war. Morwa, Sohn des Morda, der größte Kriegsherr diesseits der Öde, außerhalb der Grenzen des Kaiserreichs. Morwa, Hüter des Schreins von Elt, Eroberer von Thal und Vindt, Schutzherr der Seestädte, Gebieter über die Tieflande. Unbesiegbar. Die Tiefländer mochten hungern. Mit bangen Blicken mochten sie die verbliebenen Eisernen zählen und die Zahl der Unbewaffneten gegenrechnen. Doch Morwa war bei ihnen. Keiner von ihnen hatte den Mut verloren. Bis zu diesem Augenblick.

Das tiefe Dröhnen brach sich an den vergletscherten Gipfeln: Kriegshörner. Ihr Klang schien aus allen Richtungen zu kommen. Mit unsicheren Schritten folgte Sölva den Spuren der Eisernen. Sie führten eine niedrige Anhöhe hinauf, die die

Senke auf der südlichen Seite begrenzte. Die Gebirgsriesen ragten bedrohlich über diesen Kamm hinweg. Die Männer waren schon außer Sicht, auf der Anhöhe indessen zeichneten sich die Umrisse einer langen Reihe von Kriegern ab, bewegungslos aufrecht wie zerlumpte Standbilder. Sölva sah sie nur von hinten, doch die mächtigen Schwerter in ihren Gürteln waren deutlich zu erkennen, die dunklen Felle wilder Tiere um ihre Schultern, die ledernen Stiefel, in denen ihre Füße steckten. Zwischen den gerüsteten Gestalten waren in regelmäßigem Abstand Standarten mit dem Zeichen des schwarzen Ebers in den Boden gerammt, Morwas Wappentier und damit das Zeichen aller Völker, die sich unter seinem Banner zusammengefunden hatten. Die Botschaft war unmissverständlich: Das Lager des Hetmanns hungerte, doch es war nicht unbewacht.

Rasch schob sich Sölva zwischen den starren Gestalten hindurch, wagte erst wieder zu atmen, als sie die Anhöhe überwunden hatte. Aus dem Augenwinkel sah sie, wie andere Menschen aus dem Lager herbeieilten, sich furchtsam aneinanderdrängten. Ein halbes Dutzend Eiserner gab acht, dass sie sich keinen Schritt weiter nach Süden bewegten, wo sich Moose und Gräser zwischen die schroffen Felsen mischten, bis sich eine Meile entfernt das Gelände auf dramatische Weise veränderte.

Nahezu senkrecht ragte dort eine Felswand in die Höhe, das Gestein von makelloser Glätte. Nicht der geringste Riss war zu entdecken, der einem Kletterer hätte Halt bieten können. Höher als die Gipfel, die das Tal an den übrigen Seiten umgaben, immer höher reckte sich der Fels in den sturmgrauen Himmel, um schließlich in messerscharfen Graten zu enden. So weit das Auge reichte, zog sich die Gebirgskette der Drachenzähne über den Horizont und trennte das Siedlungsgebiet der Tiefländer von den wilden Stämmen der Hochlande. Unüberwindlich, ausgenommen an einer einzigen Stelle: Genau in Blickrichtung war eine Bresche auszumachen, als hätte die Axt eines Riesen eine gigantische Kerbe im Gestein geschaffen. Ein ausgetretener Pfad lief auf diesen Einschnitt zu, bis er im unergründlichen Dunkel verschwand. Gewaltige Befestigungstürme überragten ihn, die an die Hörner eines versteinerten Lindwurms erinnerten.

Sieben Jahrhunderte lang, dachte Sölva. Seit Ottas Zeiten hatte die Festung über der Drachenklamm jede Bedrohung von den Tieflanden ferngehalten. Sieben Jahrhunderte lang hatten die Banner ihres Volkes auf diesen Türmen geweht, die Banner der Herren von Elt und Eik, von Thal und Vindt und was der Fürstentümer mehr waren. Und nun hatte sich alles geändert. Wenn sie die Augen zusammenkniff, konnte sie an den Spitzen der Türme die Standarten ausmachen, auf die weite Entfernung dünn wie Grashalme. Doch sie wusste, dass sie das Zeichen der Charusken trugen, das Zeichen der Krähe. Ob die leibhaftigen Vettern des Tieres die Ähnlichkeit erkannten? Gespenstisch mischten sich ihre rauen Rufe in den Hörnerklang, während sie hoch über den nadelspitzen Felsen ihre Bahnen zogen. Die Einzigen, die in dem kargen Landstrich noch Nahrung fanden.

Sölva schloss die Augen. Wie hatte es so weit kommen können? In mehr als drei Jahrzehnten hatte Morwa, Sohn des Morda, die Völker des Tieflands unter einem Banner geeint. Der aus dem Grabe zurückgekehrte Otta, wie man munkelte, der das Königreich von Ord von neuem errichten würde. Ein einziges, mächtiges Reich, das einst den gesamten Norden der bekannten Welt umspannt hatte: das fruchtbare Tiefland wie das gebirgige Hochland, von den Grenzen des Kaiserreichs bis in jene Regionen des Eises, in denen sich die Konturen der

Landkarte in zitternden, gestrichelten Linien verloren. Und war er diesem Ziel jetzt nicht nahe? Sämtliche Völker des Tieflands folgten seinen Fahnen, und im Frühjahr hatte er seine Streiter nun durch die Klamm geführt, in das wilde Land der Gebirgsstämme, auf jene Seite des Passes, auf der sie sich jetzt befanden. Die Stämme hatten hartnäckigen Widerstand geleistet, doch am Ende hatten sie einer nach dem anderen die Waffen gestreckt. Die mächtigen Hasdingen waren aus ihrem Hauptsitz vertrieben worden und tiefer in die Wildnis zurückgewichen, dem eisigen äußersten Norden entgegen. Der wehrhafte Teil von ihnen zumindest mitsamt seinen Sippen. Die in ihrer Heimstatt Zurückgebliebenen hatten ihre Tore geöffnet und Morwa den Eid der Gefolgschaft geleistet. Lediglich die Charusken hatten eine Entscheidung vermeiden können. Nun aber war der Herbst bereits fortgeschritten. Ihre Unterwerfung würde bis zum kommenden Frühjahr warten müssen.

Die frisch eroberten Gebirgsfestungen hatte Morwa durch starke Garnisonen unter Führung seiner Söhne gesichert, seiner Söhne mit der Hetfrau. Er selbst hatte sich mit dem Tross und einer bloßen Ehrengarde von Eisernen auf den Rückmarsch gemacht, um daheim im Tal von Elt zu überwintern. Fast hatten die Tiefländer das raue Gebirge schon hinter sich gelassen. Nur die Drachenzähne trennten sie noch von den freundlicheren Gefilden der Heimat. Und hier nun, an der Drachenklamm, hatten sie feststellen müssen, dass nicht länger die Standarte des Ebers über den Türmen der Passfestung wehte, sondern die Krähe des alten Gerwalth und seiner Charusken. Der Weg in die Heimat war ihnen abgeschnitten. In einem entvölkerten Land, in dem die kümmerliche Ernte auf den Feldern erfroren war, während der Winter mit unbarmherzigen Schritten näher rückte.

«Etwas bewegt sich!», flüsterte eine heisere Frauenstimme.

Sölva wandte sich um. Sie kannte dieses Gesicht.

«An der Klamm. Also … *In* der Klamm», präzisierte die junge Frau und strich sich eine strohblonde Haarsträhne aus der Stirn. «Auf dem Weg, der durch den Pass führt.»

Dann kann sie offenbar durch massiven Fels sehen, dachte Sölva. Jetzt erinnerte sie sich an den Namen. *Terve*. Terve war nur wenige Jahre älter als sie und gehörte doch schon zu den Frauen, die dem Heereszug folgten, um den Kriegern für einen Anteil der Beute ihre Körper feilzubieten. Solange die Tiefländer einen Sieg an den anderen gereiht hatten, war es in ihrem Zelt niemals einsam gewesen. Selbst nach Wochen des Hungers waren ihre üppigen Formen noch deutlich zu erkennen. Schließlich hatte ja jeder Eiserne die Wahl, dachte Sölva. Ein voller Magen – oder eine Nacht an Terves runden Brüsten, nachdem er seine Mahlzeit mit ihr geteilt hatte. Eine Möglichkeit zu überleben, auf die sich viele der Trossweiber besonnen hatten, auch solche, die ursprünglich nicht zu jenen Frauen gehört hatten. Es war eine Möglichkeit, die Sölva selbst nicht offenstand und auch nicht offengestanden hätte, wäre sie einige Jahre älter gewesen.

Ihre Augen glitten über die Frauen und Männer, die sich in immer größerer Zahl mit Blick auf den Eingang der Klamm versammelten. Hier und da ein Nicken in ihre Richtung, aus dem ein gewisser Respekt sprach. Mit zusammengebissenen Zähnen betrachtete Sölva das Zeichen des Ebers auf den Schilden der Eisernen. Tochter des Hetmanns, dachte sie. Nicht aber der Hetfrau. Die Kebsweiber, die ein Anführer der Nordleute sich nebenher hielt, waren weit entfernt davon, mit einer standesgemäßen Gemahlin in Konkurrenz treten zu können. An ihre eigene Mutter hatte Sölva keine Erinnerung, und sie wusste von mindestens einem Dutzend Halbschwestern, die wie sie selbst den Zug begleiteten. Sobald sie anfing zu bluten, würde ihr Vater sie an einen seiner verdienten Veteranen geben, zusammen mit ein paar Bauern und deren Höfen irgendwo in einem abgelegenen Dorf. Wenn sie dieser Ehre denn wert war. Hetmannstöchter, die sich entehrt hatten, wurden in die Wildnis getrieben – zum Verhungern. Ein bitterer Hohn.

Was also blieb ihr übrig? Bis der Tag ihrer Vermählung gekommen war, wurde erwartet, dass sie sich im Lager nützlich machte. Der Umgang mit Nadel und Faden bereitete ihr kein gesteigertes Vergnügen. Glücklicherweise nahm der alte Rodgert, Anführer der Eisernen, ihr ihre Arbeiten trotzdem bereitwillig ab. Wärmende Wollhemden, die seine Männer brauchen konnten unter dem Stahl ihrer Kettenpanzer, wenn es Tag für Tag kälter wurde. In Zeiten des Hungers bekam sie so zumindest die Möglichkeit, sich am Abend vor den großen Kesseln um eine Kelle Suppe einzureihen, wie auch jeder andere, der keine Waffen trug. Allerdings war die Suppe in den vergangenen Wochen mit jedem Tag dünner geworden, während die Tiefländer im Schatten der Drachenzähne ausharrten. Erstarrt gleich dem Beutetier, das der siegreiche Jäger in die Enge getrieben hat. Zu keiner Regung in der Lage.

Mit zögernden Schritten trat Terve an die Seite des Mädchens. «Ich bin mir sicher, dass sich dort etwas bewegt», wisperte sie. «Im Eingang des Passes. Sie kommen!»

«Unsinn!» Ein alter Mann löste sich aus der Menge. Flint, ein greiser Waffenschmied. Faltig hing die Haut von seinem abgemagerten Körper. Kaum vorstellbar, dass er noch in der Lage sein sollte, den Hammer zu schwingen. «Ich war vor den Wällen von Vindt», schnaubte er. «Bei der Belagerung im Jahr ohne Sommer. Die Menschen haben gehungert wie wir heute, doch sie haben sich nicht ergeben. Weil sie einen Kampf Mann gegen Mann überhaupt nicht nötig hatten. Wir sind nicht an sie rangekommen, weil sie Ballistas hatten, die Bolzen mit Feuer verschossen haben, das niemand löschen konnte. – Von da nach hier …» Er nickte zu den Befestigungsanlagen und spuckte auf den Boden. «Das hätten sie noch mit versoffenem Schädel hinbekommen, nach einer Nacht im Hurenhaus.»

«Halt den Mund, Alter!» Einer der Eisernen trat mit drohender Miene einen Schritt näher. «Wenn ihre Geschosse uns erreichen könnten, hätten sie schon vor Wochen Gelegenheit gehabt, sie zum Einsatz zu bringen! Um die Passfestung müssen wir uns keine Sorgen machen!»

Er brach ab. Das Dröhnen der Hörner wurde plötzlich lauter. Und eindeutig kam es nun von der entgegengesetzten Seite des Talkessels.

«Sie sind überall!», flüsterte Terve und raffte ihr Gewand schützend enger um den Körper. «Sie haben uns hier festgehalten, während sie sich in unserem Rücken gesammelt haben. Die Charusken, die Hasdingen und sonst wer. Jetzt kommen sie von allen Seiten!»

«Still!»

Sämtliche Köpfe fuhren herum.

Ein mächtiger Rappe hatte hinter den Hungernden haltgemacht. Im unsteten Licht glänzte sein Fell wie frisch gebürstet. Eine einschüchternde Gestalt thronte im Sattel, den Körper mit den breiten Schultern nicht im Kettengeflecht der Eisernen, sondern in einem schwarzen Lederpanzer. Eine Adlernase beherrschte die Züge des Mannes, sein Haar war von Grau durchzogen, genauso der Bart, der kurz gehalten war, sodass er ihn im Kampf nicht behinderte. Ein Reif von Eisen umschloss den Helm zum Zeichen der Würde des Trägers: Morwa, Sohn des

Morda, Hüter des Schreins von Elt, Hetmann der Tiefländer und aller unterworfenen Völker. In diesem Augenblick allerdings Herr über ein Aufgebot, das nur noch wenige Dutzend waffenfähige Männer umfasste – und einen um ein Mehrfaches so großen Tross, in dem jeder zweite Mann, jede zweite Frau im Hunger darniederlag.

«Sie werden nur aus einer Richtung kommen», sagte Morwa. Seine Augen wanderten über die frierenden Menschen. Sölva war sich nicht sicher, wie ihm das gelang, doch die wenigen Worte sorgten dafür, dass sie ruhiger wurden. Einen Moment lang schien sein Blick bei ihr zu verharren. Erkannte er sie? Gewiss nicht, mit Dutzenden von Kindern, im Bett der Hetfrau geboren wie auf den Lagern der Kebsweiber.

Der Hetmann schwieg. Alle schwiegen jetzt, die Augen abwechselnd auf Morwa, dann wieder auf die Einmündung des Passes gerichtet, die er unverwandt zu betrachten schien. Immer wieder war der Ton der Kriegshörner zu vernehmen, von den Gletschern her, von verborgenen Pfaden, die tiefer in die Wildnis der Hochlande führten, wo sich die Stämme gegen seine Herrschaft erhoben haben mussten, kaum dass er ihnen den Rücken gekehrt hatte.

Sölva warf einen Blick zu Terve. Die junge Frau schien jetzt gefasster. Mit einem nachdenklichen Gesichtsausdruck betrachtete sie die Straße zum Pass, als ob sie sich ihre Möglichkeiten ausrechnete. Doch war nicht klar, was geschehen würde? Ein Kampf war sinnlos. Morwa würde die Waffen strecken, und der Tross würde in die Hände der Feinde fallen. Und mit dem Tross die Frauen. Und anders als die Männer aus dem Tiefland würden die Charusken es kaum für nötig halten, die Dirnen für ihre Dienste zu entlohnen. Plötzliche Kälte durchfuhr das Mädchen. Würden sie sich allein an die Dirnen halten? Würden sie vor einem abgemagerten Mädchen haltmachen, das noch nicht einmal begonnen hatte zu bluten?

Aus dem Augenwinkel konnte sie beobachten, wie sich mehrere andere Frauen unauffällig aus der Gruppe entfernten, sich zu Boden beugten, um ihre Gesichter, ihr Haar mit staubiger Erde zu schwärzen. Die Hand einer jüngeren Frau tastete nach dem kleinen Messer an ihrem Gürtel. Mit Tränen in den Augen begann sie, ihre goldene Mähne Strähne für Strähne abzuschneiden.

«Versucht es nur!» Die Stimme des alten Waffenschmieds war ein Schnauben. «Versucht euch nur in Männer zu verwandeln. Eure einzige Wahl besteht darin, ob sie euch gleich auf der Stelle die Kehle durchschneiden oder erst, nachdem sie ihren Willen mit euch hatten. – Ich war in Thal. Bei der Einnahme der Stadt in dem Jahr …»

Er verstummte abrupt, als einer der Eisernen ihm die flache Seite seiner Klinge in den Nacken hieb. Morwa, Sohn des Morda, warf lediglich einen Blick in Richtung der beiden, sagte kein Wort. Schon waren seine Augen wieder auf die Drachenklamm gerichtet.

«Da bewegt sich wirklich etwas», wisperte Sölva. Die Dunkelheit in der Felskerbe schien sich zu vertiefen, und, ja dort war Bewegung, und in diesem Moment löste sich eine Gestalt aus den Schatten, dann eine zweite, eine dritte. Die Umrisse waren mehr als eine Meile entfernt, doch in der frostkalten Luft waren sie deutlich zu erkennen. «Reiter», hauchte Sölva. «Die Reiter der Charusken.»

Wieder spürte sie die Augen ihres Vaters auf sich, musternd diesmal, mit einer Spur von Interesse, doch auch dieses Mal sagte er kein Wort. Der Wind hatte zugenommen, und er kam geradewegs aus dem eisigen Norden. Ein gespenstisches Knattern war zu hören, als er auf dem Hügelkamm in die aufgepflanzten Banner fuhr, zwischen den schweigenden Wachtposten, aber keiner unter den Männern und Frauen wandte sich um. Die Augen blieben auf den Pass gerichtet, wo nun einer nach dem anderen Dutzende von Reitern sichtbar wurden, die Waffenröcke grau wie die Gerölllandschaft. Schließlich blieb die Einmündung des Passes leer. Unendlich langsam bewegte sich die Spitze des Zuges auf Morwa und seine Gefolgsleute zu.

«Das muss Gerwalth selbst sein», murmelte der alte Flint. Misstrauisch sah er sich um, doch der Mann, der mit der Klinge nach ihm geschlagen hatte, hielt Abstand. «Der Hetmann der Charusken an der Spitze seiner Eisernen. Sie allein müssen uns fünf zu eins überlegen sein.»

Und anders als wir hatten sie keinen Hunger zu leiden, seit der neue Mond am Himmel steht, ging es Sölva durch den Kopf. Sie wagte es nicht, einen Blick in Richtung ihres Vaters zu werfen. Wie oft musste der Hetmann in den vergangenen Wochen mit sich gezürnt haben? Einen Zug in die Hochlande zu unternehmen, ohne eine ausreichende Wachmannschaft zurückzulassen in der so wichtigen Passfestung, die den Rückweg schützte. Mit nichts als seiner Leibgarde hatte Gerwalth sie in seine Hand bringen können. Der Rest der Charusken hatte alle Zeit der Welt gehabt, die bereits unterworfenen Stämme zum Aufstand anzustacheln. Was, wenn sie die Hasdingen tatsächlich zur Umkehr bewogen hatten auf deren Rückzug an den Rand des Eises? Bedeutete das überhaupt noch einen Unterschied? Nun waren sie heran mit ihren Kriegshörnern, bereit, auf das halb verhungerte Häuflein der Tiefländer niederzustoßen, wenn Sölvas Vater sich weigerte, die Waffen zu strecken und sich auf Gedeih und Verderb in die Hände Gerwalths zu begeben.

In diesem Augenblick war ein neuer Laut zu vernehmen.

Einer nach dem anderen wandten die Tiefländer sich um. Das Geräusch ähnelte einem monotonen Summen, doch nein, es war ein Singen in einer Sprache, auf die sich im Norden der Welt nur noch wenige Menschen verstanden. Mit gemessenen Schritten näherte sich ein sonderbarer Zug aus Richtung des Lagers: hagere Gestalten in langen weißen Gewändern. Die Bärte reichten bis zu den Gürteln der Männer hinab, doch ihre Schädel waren kahlgeschoren, und auf der Stirn eines jeden war die sichelförmige Narbe zu erkennen, die er vor Jahrzehnten zum Zeichen seiner Weihe empfangen hatte. Morwas Seher, voran der alte Hochmeister Ostil, schwer auf einen Stab aus dem Holz der Esche gestützt. Hinter ihm folgten die jüngeren Geweihten, Meister Tjark, Meister Lirka und andere. Auf ihren Schultern ruhte eine mächtige, mit kostbarem Zobelfell verhängte Lade, mit der sie an der Seite des Hetmanns innehielten.

Ein Murmeln erhob sich unter den Männern und Frauen, als der Hochmeister vor Morwa das Haupt neigte. Seine Züge waren aschfahl unter dem grauen Himmel. Die Narbe auf seiner Stirn leuchtete rot wie eine frisch gehauene Wunde.

«Mein Hetmann», verkündete er mit brüchiger Stimme. «Jene, die den Göttern dienen, bringen dir das Verlangte.»

Das Murmeln verstärkte sich. Der Alte war ein mächtiger Mann. Auf eine bestimmte Weise war er sogar mächtiger als Morwa selbst als oberster Mittler zwischen Göttern und Menschen, und doch blieb er in einer entscheidenden Hinsicht an die Anweisungen des Hetmanns gebunden. Die Tiefländer kannten jene Lade, die die Seher mit sich führten, und nach altem Brauch befand sie sich in der Obhut des jeweiligen Herrn von Elt. Einzig zu den großen Jahresfesten wurde das Allerheiligste enthüllt, der Schrein von Elt, den elf edle Jungfrauen aus dem Gebein der Könige des Sommervolks geschnitzt hatten.

Und nur zu diesem Anlass war den Sehern erlaubt, mit eigenen Augen zu betrachten, was der Schrein hütete: die in Eisen gefassten Hauer des Schwarzen Ebers, der Otta getötet hatte.

Kein Hetmann über das Tal von Elt wäre zu einem Kriegszug aufgebrochen, ohne das ehrwürdige Behältnis mit sich zu führen, in dem der Geist der großen Bestie gefangen war. Im Chaos der Schlacht, so hieß es, beseelte die Kraft des Ebers die Söhne von Elt und schenkte ihnen den Sieg. Wieder und wieder war es so geschehen, seitdem Morwa an die Spitze des Stammes getreten war. Bis zu diesem Tag, an dem der größte Stammesführer, den der Norden seit Ottas Zeiten gekannt hatte, das Haupt vor Gerwalth und seinen Charusken würde beugen müssen, um ihnen das Heiligtum seines Volkes auszuliefern, wie die alte Sitte es verlangte.

Zerrissene Wolkengebilde zogen eilig über den Himmel. Noch vor dem Abend würde es schneien. Wenn es Gerwalth in den Sinn kam, den Befehl zu einem Massaker zu geben, würde sich über die entseelten Leiber der Tiefländer eine Decke aus Weiß legen wie ein Leichentuch.

Unverwandt betrachtete der Hetmann den Zug der Reiter, der den Hang empor auf sie zukam. Schon war Gerwalths Gestalt auszumachen, auf dem Rücken eines der mächtigsten Pferde, die Sölva jemals zu Gesicht bekommen hatte. Allerdings hatte er ein solches Tier auch nötig. Das Oberhaupt der Charusken musste noch mehr auf die Waage bringen als sein bedauernswertes Reittier.

Die verbliebenen Eisernen hatten einen schützenden Ring um Morwa gebildet. Sie waren nur mit Mühe zu unterscheiden hinter den breiten Nasenstegen, die auf Höhe der Stirn aus ihren Helmen hervorwuchsen und über die Gesichter ragten, kaum mehr als die Augen freilassend. Grimmig sahen sie den

Widersachern entgegen. Gerwalth warf ihnen nur einen beiläufigen Blick zu, musterte dann einen Lidschlag lang Morwa selbst, bevor seine Augen über dessen Schulter hinweggingen: zum Hügelkamm mit der langen Reihe der Gerüsteten, die das Lager der Tiefländer zu bewachen schienen.

«Eine letzte List, Morwa?», fragte er mit einer Stimme, die auf seltsame Weise zu hoch klang für einen so massigen Mann. «Da dir keine Lebenden mehr folgen, lässt du dein Lager von Toten beschirmen?»

Erst jetzt wandte Sölva den Blick zurück, fast gegen ihren Willen. Aus der Nähe boten die aufgepflanzten Körper der Krieger einen grauenhaften Anblick. Leere Augenhöhlen glotzten ihr entgegen, aus zerfetzten Panzern sah bleiches Gebein hervor. An mehr als einem der Männer war der grauenhafte Streich der tödlichen Wunde zu erkennen: die Gefallenen der Tiefländer, die den Hetmann auf dem Rückweg in die Heimat begleitet hatten, um in der Erde von Elt ihre Ruhe zu finden. Aus der Ferne aber, von den Bollwerken der Passfestung aus, mussten sie den Eindruck von lebenden Kriegern vermittelt haben, bereit, das Lager ihres Volkes bis zum Letzten zu verteidigen.

«Dann lass dir sagen, dass deine List gescheitert ist, Mordas Sohn», hob Gerwalth wieder an, die Augen auf den Hetmann gerichtet. «Die Krähen ...» Mit dem Kopf deutete er auf sein Feldzeichen. «Die Krähen sind von alters her die engsten Verbündeten der Charusken. An den Kadavern erschlagener Feinde haben sie stets Geschmack gefunden. – Seit Tagen sahen wir sie über euren *Wächtern* kreisen, und mehr als eine hat gar einen besonders schmackhaften Bissen mit hinüber in die Festung gebracht, um ihn vor meinen Augen zu verschlingen.» Ein glucksendes Geräusch kam aus seiner Kehle, von dem Sölva nur vermuten konnte, dass es sich um ein Lachen handelte. Dann fuhr der Mann mit plötzlicher Schärfe fort: «So hütet der *Herr des Nordens* die Ehre der Gefallenen seines Volkes? Indem er sich hinter den Toten versteckt? – Und so sinnlos! Solltest du geglaubt haben, dass diese Maskerade mich davon abgehalten hat, dir und deinem zerlumpten Pack den Garaus zu machen, so hast du dich getäuscht. Die Zeit, Morwa, war auf meiner Seite. Gernoth …» Ein Nicken in Richtung der Gebirgszüge auf der Linken. «… und Gerfrieth.» Ein Nicken nach rechts. «Meine Söhne sind heran, nachdem sie den größten Teil deiner Garnisonen vermutlich bereits niedergemacht haben. Zu einer Schlacht wird es nicht mehr kommen. Nicht einmal der Rückzug steht dir noch offen, um dich mit einer deiner Besatzungen zu vereinigen. Nichts als die Unterwerfung bleibt dir – und mir die Entscheidung, ob ich dir erlaube, unter der Krähe als Trossknecht zu dienen, oder ob du den Nacken unter meiner Axt beugen wirst.»

Morwa hatte die gesamte Zeit geschwiegen, den Blick des dicken Mannes ohne Regung erwidert. Jetzt stieg er wortlos vom Pferd. Einer der Eisernen kam heran, um ihm aus dem Sattel zu helfen, doch Morwa hielt ihn mit einer Geste zurück, während der Hetmann der Charusken von gleich zwei seiner Männer Unterstützung erhielt, als er seinen schweren Leib zu Boden wuchtete.

«Die Hauer des Schwarzen Ebers», flüsterte Gerwalth, als er auf den Schrein zutrat, den die Meister auf dem Boden abgestellt hatten. Morwa war neben der Lade stehen geblieben und sah ihm entgegen. «Wir werden sie auf den Stein von Ardo legen», murmelte der Charuske. «Und der Geist des Ebers wird auf die Krähe übergehen. Kein Skalde wird über das jämmerliche Ende deines Volkes singen.» Mit herrischer Miene wandte er sich an die Seher. «Öffnet den Schrein!»

Meister Tjark und Meister Lirka traten von rechts und links an die verhüllte Lade heran. Sie war etwa brusthoch, und die Zobelfelle reichten bis zum Boden. In einer einzigen Bewegung zogen die beiden Seher die Felle beiseite, Gerwalth beugte sich vor, streckte die Hand aus.

Und stutzte. Schien in der Bewegung zu gefrieren, schien zurückweichen zu wollen, hielt wieder inne, hob dann von neuem die Hand, unsicherer jetzt, zitternd beinahe.

«Was …» Ein Flüstern, so leise, dass Sölva, die nur wenige Schritte entfernt stand, es kaum verstehen konnte. «Was zum …»

Wie auf einen stummen Befehl stießen die beiden Meister das halb enthüllte Behältnis nach vorn. Stolpernd sprang der dicke Mann zurück. Doch es war keine Lade, kein Schrein. Es war ein Käfig mit eisernen Streben, aus dem etwas ins Freie rollte, zwei Gegenstände, kopfgroß, nein … Es *waren* Köpfe, und einer von ihnen kam mit dem Gesicht nach oben zu liegen. Die Miene des Toten war verzerrt, Ansätze der Verwesung bereits auszumachen, und dennoch war die Ähnlichkeit unverkennbar. Die Ähnlichkeit mit Gerwalths Zügen. Der Schädel Gernoths – oder Gerfrieths, was allerdings gleichgültig war. Es waren *zwei* Köpfe. Die Köpfe von Gerwalths Söhnen.

«Verrat!» Die Stimme des Charusken überschlug sich. Seine Reiter hatten längst begriffen, dass etwas vorging, doch Morwas letzte Eiserne hatten ihre Reihen unvermittelt geschlossen, die Schilde gehoben, die Speere aufgepflanzt. Sie würden kaum Atemzüge durchhalten gegen die Reiter der Charusken, aber mehr als Atemzüge waren auch nicht notwendig.

Wiederum ertönte das Kriegshorn, doch näher, sehr viel näher jetzt, und im selben Moment wurden auf dem Grat des Hügels Krieger sichtbar, lebende Krieger in den schwarzen Panzern der Tiefländer. Morwen! Mornag! Sölvas Halbbrüder, an ihrer Seite die Jazigen des Gebirges, inzwischen enge Verbündete der Tiefländer und die besten Bogenschützen diesseits der Öde, nördlich der Grenzen des Kaiserreichs. Ihre Waffen waren gespannt, die Spitzen der Pfeile auf die charuskischen Reiter gerichtet, die unvermittelt innehielten.

«Die Zeit.» Morwa hob die Stimme. Er war einen Schritt auf Gerwalth zugetreten. Seine behandschuhte Rechte lag auf dem Stiel seiner Axt. «Die Zeit war auf *meiner* Seite, Gerwalth, Gerdoms Sohn. Die Hasdingen haben ihren Hauptsitz aufgegeben. Sie sind keine Gefahr mehr, und ich kann ihrem Widerstand ein Ende machen, wann immer es mir beliebt. Du aber hast dich monatelang einer Schlacht verweigert. Niemals hätte ich nach Elt zurückkehren können mit den ungeschlagenen Charusken in meinem Rücken. Nichts, was geschehen ist, geschah ohne meinen Willen. Die Stämme des Gebirges, die sich unserem Bündnis bereits angeschlossen haben, stehen treu an unserer Seite. Sie haben meinen Söhnen Pfade gewiesen und Orte, an denen sie Gernoth und Gerfrieth erwarten konnten. Und wenn sie nach meinen Anweisungen gehandelt haben …» Sein Blick ging zu den jungen Männern auf der Hügelkuppe, die bestätigend nickten. «… dann sind auch die überlebenden Männer aus dem Aufgebot deiner Söhne nun Teil unseres *Bündnisses*. Wie ich hoffe, dass auch ihr euch anschließen werdet, Charusken!» Er sah in Richtung von Gerwalths Reitern. «Im Reich des Nordens ist Platz für Eber und Krähe und jeden anderen Glauben. Kein Geistertier muss vor dem anderen im Staube kriechen. – Denn in einem gebe ich dir recht, Gerdoms Sohn: Zu einer Schlacht wird es nicht kommen.»

Gerwalth starrte ihn an. Furcht flackerte in seinen Augen, gefolgt von jäher Hoffnung.

Dann aber geschah alles sehr schnell. Und doch nicht in der Kürze weniger Atemzüge. Selbst Morwa, Mordas Sohn, benötigte mehrere Schläge, bis er das Haupt des Charusken von den Schultern getrennt hatte.

MORWA

DIE NORDLANDE: NAHE DER DRACHENKLAMM

Schneesterne tanzten vom nächtlichen Himmel. Doch die Methörner und die Becher mit funkelndem Südwein kreisten an den Feuern zu Füßen der Drachenklamm, und niemand schien an diesem Abend die Kälte zu spüren.

Morwa, Sohn des Morda, nickte zufrieden. Seine Männer hatten sich diesen Abend verdient, an dem sie im Kreise der Gefährten in der Wärme der Wachtfeuer beisammensaßen. Die Charusken waren geschlagen; Gerwalths Eiserne hatten nach dem Tod ihres Hetmanns willig die Waffen gestreckt und sich dem Bündnis von Ord angeschlossen. Morwa hatte Sorge getragen, dass ihr Anführer ein Grab bekam, wie es einem Anführer seines Ranges zustand. Ganz wie er es immer gehalten hatte. So viele seiner Widersacher hatten eindrucksvolle Gräber bekommen im Laufe der Jahre, während seine eigene Macht immer weiter gewachsen war. Von diesem Tage an aber konnte kein Zweifel mehr bestehen: Niemand kam Morwas Stellung noch gleich in der bekannten Welt, einmal ausgenommen der Herrscher über das Reich der Esche. Und das Kaiserreich war alt wie die Erde selbst.

Die Feuer seiner Krieger überzogen das karge Gelände gleich einem Meer flackernder Lichter. In einigem Abstand hielt er inne, um das Bild zu betrachten. Ihre Rufe klangen in seinen Ohren: *Elt! Elt!* Und, beinahe lauter schon und häufiger: *Ord! Ord!* Die Rückkehr von Ottas altem Königreich war so nahe: Der Hetmann brauchte kaum die Hand zu heben, um nach der Krone zu greifen. Wie von selbst würde sie auf sein Haupt gelangen, wenn Ostil sie mit zitternden Fingern auf seinen Scheitel setzte. Schließlich würde mit Morwas Macht auch der Einfluss des Hochmeisters und seiner Seher wachsen. Sein Leben lang hatte der Alte die Pläne des Hetmanns unterstützt.

Ein Reif von Bronze, dachte Morwa. Otta hatte seinen Schmieden genaue Anweisung gegeben. Kein einzelnes Metall allein, und sei es noch so kostbar, konnte für das vereinigte Reich der Hochlande und der Tieflande stehen. Einzig die Bronze war geeignet, in der das Kupfer aus den Gruben von Thal sich in lodernder Flamme mit dem Zinn vereinte, welches die Vasconen des Gebirges aus ihren Stollen zutage förderten. Bis auf diesen Tag wurde der Reif von Bronze bei den Hauern des Ebers im Schrein von Elt gehütet. Als Kind bereits, an der Hand seines Vaters, hatte Morwa den Reif des Reiches Ord mit großen Augen bewundert.

Wie würde sein Gewicht sich anfühlen? Anders als der Reif von Eisen, den er seit seinem zwanzigsten Jahre trug? Seit jenem Tag, an dem sie Mordas einzigen Sohn im Hain des Ebers auf den Schild gehoben, ihn zum Herrn über die winzige Domäne ausgerufen hatten, die Ottas Erben noch geblieben war. Er hatte alles wieder in seine Hand gebracht, alles, was andere in zwanzig Generationen verloren hatten. Der Norden war geeint oder *beinahe* geeint wie seit Dutzenden Menschenaltern nicht, und Gerwalth hatte sich getäuscht, wie ein Mensch sich nur täuschen konnte. Ohne jeden Zweifel würden die Skalden von Morwa und seinen Kriegern singen.

König! König! Die Männer hatten ihn entdeckt, der er sich mit seinem Gefolge unter ihnen bewegte, an seiner Seite Morwen, Mornag, die Seher und einige der Eisernen, Fackeln in den Händen. Jubelnd streckten die Krieger ihm ihre Trinkhörner entgegen, und Morwa hob grüßend das seine, das längst schon leer war. Ohne auf ihre unüberhörbare Aufforderung einzugehen: sich von seinem Heer auf den Schild heben zu lassen wie die Könige der alten Zeiten, gleich hier und auf der Stelle.

Noch nicht. Er hatte nur mäßig getrunken an diesem Abend, wie immer, wenn er sich auf einem Kriegszug befand. Nein, vorsichtiger noch. Soeben hatten sie die Anhöhe oberhalb seiner Jurte erreicht, auf der er die Leiber der Gefallenen hatte aufpflanzen lassen als Teil der List, der die Charusken erlegen waren. Wieder hatte er gesiegt, und wie gering war der Blutzoll ausgefallen, der ihn diesen so entscheidenden Schritt vorangebracht hatte. List, die Tapferkeit seiner Männer, die Gunst des Schwarzen Ebers. Drei Jahrzehnte lang hatte er gekämpft, und nun, beinahe, war es vollendet.

Eben noch rechtzeitig. Einem Meuchelmörder gleich hatte der Schmerz sich angeschlichen, hatte begonnen, peinigend in seinem rechten Bein zu pulsieren. Ehe der vierte Teil einer Stunde vergangen war, würde er sich als erstickender Ring um Morwas Brust legen. Schon jetzt bedeutete ein jeder Schritt eine Anstrengung. Der Hetmann war gezwungen, für einige Atemzüge stehen zu bleiben, verspürte einen Anflug von Erleichterung, als er seine Begleiter unauffällig betrachtete. Nein, keiner von ihnen schien etwas ungewöhnlich zu finden an seinem unvermittelten Verharren.

Niemand durfte von Morwas Schwäche erfahren. Nicht

etwa, weil er um seine Position gefürchtet hätte. Seine Männer kämpften seit Jahrzehnten an seiner Seite und würden ihm folgen, solange Atem in ihm war. Es war eine andere Furcht, die ihre Klauen in sein Herz geschlagen hatte. Die Furcht vor dem, was nach seinem Tod geschehen würde. Die Furcht um die Zukunft des Bündnisses, in dem er die Völker des Nordens aneinandergeschmiedet hatte. So fest die Bande auch erscheinen mochten, war doch einzig und allein er es, der die Stämme beieinanderhielt. Und die Welt war grauer geworden in den Jahren seines Lebens. Die Dunkelheit würde kommen. Wenn die letzten Schritte nicht gelangen, wenn die Menschen des Nordens nicht voll und ganz zueinandergefunden hatten, dann würden sie sich in dieser Dunkelheit verlieren.

Das alte Königreich, dachte er. Das Königreich von Ord. Zu Ottas Zeiten hatte es selbst dem Kaiser in der Rabenstadt die Stirn geboten, und in ebenjener Machtfülle musste es nun von neuem erstehen. Denn verwirrende, schwer zu deutende Botschaften kamen von jenseits der Öde. Die große Esche habe in diesem Jahr nur an einigen letzten ihrer Zweige ausgetrieben. Der Kaiser liege im Sterben, nein, er sei bereits tot, nein, seine Raben hätten die Stadt in alle Winde verlassen, um jenseits von Borealis eine Streitmacht auszuheben, wie sie die Welt seit den Zeiten der Vorväter nicht mehr gesehen habe. Dem Kaiserreich selbst drohe Gefahr. Die Völker der Steppe hätten sich unter einem neuen, mächtigen Khan gesammelt, und ihnen werde sich das Aufgebot entgegenwerfen. Sobald der Widersacher aber vernichtet wäre, werde das Heer sich nach Norden wenden, um die Unterwerfung der Stämme zu vollenden, die zu Zeiten Ottas noch misslungen war.

Wir haben einmal widerstanden, dachte Morwa. Und als geeintes Königreich werden wir erneut widerstehen, wenn das

Wort des Königs von Ord von den Grenzen der Öde bis an den Rand der Erfrorenen Sümpfe reicht, von Vindt an der Küste bis an die Tote Flut. Dann aber wird der Name des Königs nicht mehr Morwa lauten. Eine winzige Zeitspanne noch. Wochen? Monate? Nicht länger. Das Gewicht des Wolfsfells um seine Schultern nahm ihm den Atem, doch sie weigerten sich, auch nur um einen Zoll nachzugeben. *Noch nicht.*

Morwen neben ihm lachte, hob die Hand und deutete auf eines der Lagerfeuer, an dem ein Mann die Crotta schlug. Die Klänge des kleinen, einer Lyra oder Harfe ähnlichen Instruments drangen nicht bis an die Ohren der Beobachter, doch rund um die Feuerstelle hatten sich die Krieger und Trossfrauen zum Reigentanz erhoben. Eben machte ein Eiserner Anstalten, mit seiner Maid über die Glut hinwegzuspringen wie zum Frühlingsfest. Die rote Mähne der Leute aus Tal krönte das Haupt der Schönen.

«Eure Krieger scheinen zu allem entschlossen, damit sich Euer Volk nur weiter vermehrt, Vater!», bemerkte Morwen belustigt. «Und wenn es der Schnee ist, der ihnen das Nachtlager bereitet.»

«Besser der Schnee als diese verfluchten Steine», murmelte einer der Eisernen. «Auf denen holt man sich blaue Flecken am …» Das Ende des Satzes ging im Gelächter der Männer unter.

«Erkennt Ihr es, Vater?» Morwens Stimme veränderte sich, als er sich erneut an den Hetmann wandte. Ein Funkeln trat in seine Augen, Eifer sprach aus seiner Stimme, die mit jeder Silbe durchdringender wurde. «Die Männer feiern, und wie viel Grund haben sie zum Feiern! Die Tiefländer und die Gebirgsländer, die Reiter aus Elt und die Lanzenträger aus Eik, die Jazigen und die Vasconen von dieser Seite der Klamm und nun sogar die Charusken. Wir sind nicht länger einzelne Stämme, Vater! Wir sind *ein* Volk, das Volk des Königreichs Ord. Hört Ihr sie? Hört Ihr, wie sie nach ihrem König rufen?»

Die Gespräche der Eisernen waren auf der Stelle verstummt, sobald Morwas Sohn die Stimme gehoben hatte. Er ist schon ganz ihr Heerführer, dachte der Hetmann. Und doch ganz einer der ihren. Bis nach Westerschild würden sie an seiner Seite reiten. Konnten sie sich einen besseren Hetmann wünschen? In jeder Schlacht war Morwen in der ersten Reihe zu finden. Von keinem seiner Männer würde er sich an Tapferkeit übertreffen lassen. Wo sie kein Obdach fanden, bettete auch er sein Haupt auf den blanken Boden. Doch das Königreich würde keinen Hetmann brauchen. Es würde einen König brauchen.

Er wollte eben den Mund öffnen, als ihm eine andere Stimme zuvorkam. Eine ruhige Stimme, die die Worte mit Bedacht aneinandersetzte, nicht anders, als auch Morwa es getan hätte. «Der Letzte, der die Krone von Ord getragen hat, war Otta selbst.» Einem Schatten gleich war Mornag hinter seinem Bruder stehen geblieben, unsichtbar beinahe. Unbeachtet, solange er nicht das Wort an sich zog. «Und es gibt keinen Zweifel, dass Euch, Vater, schon heute mehr Männer folgen, als ihm an jenem Tag gefolgt sind, da man ihm den Reif von Bronze aufs Haupt setzte. Thal befand sich an jenem Tag bereits in den Händen der Kaiserlichen. Vindt war eingeschlossen. Und dennoch …» Eine Pause, ein Atemzug an jener Stelle, an der Morwa ebenfalls Atem geholt hätte. «Sämtliche Stämme, die noch Widerstand leisteten, sämtliche Städte, die der kaiserliche Seneschall noch nicht erreicht hatte, hatten ihre Vertreter in den Hain von Elt entsandt. Niemand stand abseits. Der gesamte Norden wollte Otta zum König, und …»

«Und heute will der gesamte Norden Morwa zum König!»

Morwen unterbrach ihn. «Tiefland und Gebirge und selbst die Überreste der Charusken!»

«Die Hasdingen sind …» Mornag versuchte das Wort wieder an sich zu ziehen, doch es gelang ihm nicht.

Sein Bruder hatte sich umgedreht, die Hand auf dem Schwertknauf: «Hast du Vater nicht zugehört? Er kann sie unter sein Banner zwingen, wann immer es ihm in den Sinn kommt!»

«Kann er das? Warum tut er es dann nicht?» Mornag verstummte. Die letzten Worte schienen zwischen ihnen in der Nacht zu hängen. «Das werden die Leute fragen.» Er senkte den Kopf. «Sie werden fragen, ob unser Arm vielleicht doch nicht so weit reicht, wie wir behaupten.»

«*Du wagst es!*», fuhr Morwen auf.

Doch diesmal ließ Mornag sich nicht unterbrechen. «Natürlich wissen wir, dass das nicht wahr ist!» Mit einem Mal war ihm Ungeduld anzuhören. «Wir wissen, dass es die Nähe des Winters ist, die uns verbietet, den Feldzug fortzusetzen, wenn wir nicht ohne Not das Leben unserer Männer aufs Spiel setzen wollen gegen einen Feind, der ohnehin schon geschlagen ist. Aber das wird keine Rolle spielen, wenn die Leute einmal beginnen, solche Fragen zu stellen. Der Hetmann beendet den Feldzug, ohne dass es ihm gelungen ist, sämtliche Stämme zu unterwerfen. Nur das werden sie sehen. Und wie kann jemand König sein, dem nicht sämtliche Stämme folgen?»

Wieder öffnete Morwen den Mund, doch in diesem Moment fing er die Blicke der Übrigen ein. Und Morwa wusste, was in diesen Blicken zu lesen war. Morwens Haltung wurde steif. Seine Augen bohrten sich in die seines Bruders, bevor er sich schroff abwandte und den Hang hinab den Feuern entgegenstapfte, laut nach Wein und Weibern verlangte.

Selbst Morwen erkennt es, dachte der Hetmann. Doch er will es nicht sehen. Sie alle wollen nicht hinsehen, solange man sie nicht mit der Nase darauf stößt. – Wenn aber Eiserne oder Stammeskrieger ihre Augen abwandten, war das ohne Bedeutung. Bei einem Hetmann oder gar einem König dagegen konnte es über Sein oder nicht Sein von Völkern entscheiden. Mornag jedenfalls sah anders als sein Bruder auch die Dinge, die sich nicht zu seinen Gunsten verhielten, und er hielt die Augen offen. Nur mit offenen Augen waren alle Wege zu erkennen.

Mornag war kühler als sein Bruder. Abwägender. Dieses Mal hatte er sich von Morwen noch reizen lassen, doch er würde älter werden. Er würde lernen, sich zu zügeln. Der zweite von Morwas Söhnen: War er der Herrscher, den das Königreich brauchte? Die Seher würden gut leben können mit seiner bedächtigen Art. Vor allem anderen aber musste ein Herrscher des Nordens ein Krieger sein. Brachte Mornag die Härte mit, die ein solches Amt verlangte? Wie würde er handeln, wenn es galt, seine Reiter auf einen Angriff zu entsenden, der die meisten von ihnen das Leben kosten würde? Morwen würde das auf der Stelle tun. Allerdings würde er darauf bestehen, die Attacke persönlich anzuführen, und damit nicht allein sich selbst, sondern auch das Reich einer tödlichen Gefahr aussetzen.

Keiner der beiden stand dem anderen in seinem Ehrgeiz nach. So wenig wie Morwas jüngere Söhne, Mortil und Morleif, die mit ihren Kriegern in den Hochlanden geblieben waren. Solange nicht auch die Hasdingen unterworfen waren, war der Krieg nicht vorüber, und solange der Krieg nicht vorüber war, galt es die Siedlungen des Gebirges für das Bündnis von Ord zu sichern, und jeder von Morwas Söhnen hatte während des Feldzugs zuverlässig seinen Beitrag geleistet, ganz wie der

Hetmann es bestimmt hatte. Jeder der jungen Männer brachte Fähigkeiten mit, die einen großen Anführer ausmachten. Es waren ganz unterschiedliche Fähigkeiten, die sich auf ganz unterschiedliche Weise auf seine mögliche Herrschaft auswirken würden. Eines aber war allen Söhnen des Hetmanns gemein: Keiner von ihnen würde freiwillig beiseitetreten, wenn Ostil einem seiner Brüder den Reif aufs Haupt setzte. Wenn Morwa zu keiner Entscheidung gelangte, blieb sie der Versammlung des Thing überlassen, die sich erst im Frühjahr wieder im Hain von Elt zusammenfinden würde. Tiefländer und Gebirgsstämme, Handelsherren aus Vindt und Weidevolk von den Ufern der Flut würden sich mit ihren unterschiedlichen Favoriten gegenüberstehen, und Morwa würde nicht mehr am Leben sein, um auf den Gang der Dinge Einfluss zu nehmen. Wofür er ein ganzes Leben lang gekämpft hatte, würde kaum seine letzten Atemzüge überdauern.

Er hatte sich getäuscht. Weit weniger als der vierte Teil einer Stunde war verstrichen, und schon spürte er, wie seine Brust sich in der Kälte zusammenschnürte. Der Schmerz in seinem Bein hatte sich von einem an- und abschwellenden Ziehen in ein Gefühl der Schwäche, ja, der Lähmung verwandelt, und für einen Moment flackerte schwarze Angst in ihm auf: Was, wenn die Männer es bemerkten? Wenn er auf dem Weg zu seiner Jurte strauchelte? Wenn sie ihm erschrocken zu Hilfe kommen mussten? – Würden sie es auf den süßen Wein schieben, der an einem Abend wie diesem auch von einem Hetmann seinen Tribut forderte? Hatten sie bemerkt, wie selten er sein Horn hatte füllen lassen?

Ich darf nicht darüber nachdenken! Seine Söhne, die Krone. Er presste die Lider aufeinander und focht einen Kampf, lautlos, unbemerkt von den Männern an seiner Seite. Einen Kampf, der mit jedem Tag härter wurde, um so vieles härter als all die Schlachten der Vergangenheit, das Gefecht vor den Toren von Thal, als sich der Herr der Stadt ein letztes Mal gegen ihn erhoben hatte. Morwa, Sohn des Morda, duldete keinen Verrat. Am wenigsten würde er ihn von seinem eigenen schwächlichen Körper dulden, der es wagte, ihm den Gehorsam aufzukündigen.

«Vater?»

Er öffnete die Augen. In Mornags Blick stand ein fragender Ausdruck. Sein Sohn musste das Wort an ihn gerichtet haben.

Morwa straffte sich. «Du bist in Sorge, Sohn, dass die Krieger Fragen stellen, wenn wir nicht gegen die Hasdingen ziehen?»

«Ich ...» Der junge Mann blinzelte überrumpelt.

«Wenn du Hetmann bist ...» Morwa hatte seine Schwäche überwunden. Jetzt schwieg er für einen Atemzug, beobachtete die Wirkung seiner Worte. «Wenn du *König* bist, dann musst du es sein, der die Fragen stellt. Und die anderen müssen dir antworten. Und die Antworten auf *ihre* Fragen musst du kennen, bevor es ihnen auch nur in den Sinn kommt, diese Fragen zum Ausdruck zu bringen. – Die Hasdingen sind aus ihrem Hauptsitz geflohen, dem Eis entgegen, wo nichts mehr ist als die Ruinen des Sonnenvolks. Sie werden nicht haltmachen, ehe sie die gefrorenen Sümpfe erreichen. Was wird geschehen?»

«Sie ...» Der junge Mann fuhr sich mit der Zunge über die Lippen. «Sie werden kein Obdach finden, und der Winter hat dort schon Einzug gehalten. Wahrscheinlich werden sie erfrieren.»

«Wenn du eine Brücke vor dir hast, die das Gewicht deines Heerbanns *wahrscheinlich* tragen kann, würdest du deine Krieger dann hinübersenden?»

Das Fackellicht war hell genug: Der Hetmann konnte erkennen, wie Mornag schluckte. «Das käme darauf an. Wenn es einen anderen Weg gäbe …»

«Den gibt es. Du kannst mit deinem Heer ins Tal hinabsteigen. Doch das wird eine gewisse Zeit in Anspruch nehmen und dem Gegner Gelegenheit geben, sich zurückzuziehen. Oder Verteidigungspositionen einzunehmen, um dich in einem Hinterhalt zu erwarten. Auf diese Weise könntest du weit mehr Männer verlieren als jene wenigen, die du über die Brücke sendest, um zu prüfen, ob sie der Belastung standhält. All das *könnte* sein. Ob es sich tatsächlich so zutragen wird, steht in den Sternen. – Was tust du?»

«Ich kann nicht wissen …»

«Du *musst* wissen. Du bist der Hetmann.»

«Ich …»

Morwa nickte knapp. Er durfte den Jungen nicht bloßstellen vor den Augen der Eisernen, die ihm dereinst in die Schlacht folgen würden. Wenn denn er es war, den der Reif erwartete.

«Du hast es selbst bereits ausgesprochen», erklärte der Hetmann. «Wenn wir den Hasdingen nachsetzen, dann wird das viele unserer Männer das Leben kosten. Den Stämmen der Hochlande ist das Gelände weit vertrauter als uns, und die Berge sind wie geschaffen für Hinterhalte. Zudem ist die Kälte in einem jeden Winter ihr Begleiter, während mancher unserer Krieger sterben wird, bevor er den ersten Gegner auch nur zu Gesicht bekommt.» Er hielt inne, sah, wie der junge Mann nickte, sah, wie ein Ausdruck des Unbehagens auf die Gesichter der umstehenden Eisernen trat. «Oder aber wir überlassen die Hasdingen ihrem Schicksal. Denn in der Tat werden sie wahrscheinlich bis auf den letzten Mann in der Wildnis zugrunde gehen, und falls es dennoch Überlebende geben sollte, so werden sie mit Sicherheit keine Gefahr mehr darstellen. Was allerdings nichts daran ändert, dass damit der Winter die letzte Schlacht gewonnen hätte. Und nicht das Bündnis der Völker des Reiches von Ord. Und wir wissen, wem die Treue der Gebirgsstämme gehört.»

«Sie folgen nur dem Stärksten», murmelte Mornag.

«Sie folgen nur dem Stärksten. Wenn wir dem Winter den letzten Sieg dieses Krieges überlassen, dann wird immer ein Zweifel an unserer Stärke bleiben. Niemals wird es mir möglich sein, diesen Zweifel zu zerstreuen.» Eine kurze Pause. «Noch dem, der nach mir kommt.»

«Dann werden wir zurück in die Hochlande ziehen, weiter noch als im Sommer? Obwohl der Winter beinahe da ist?»

Einer der Eisernen stand mit seiner Fackel im Rücken des jungen Mannes. Wie zur Bekräftigung lebte der Wind unvermittelt auf, brachte die Flamme zum Tanzen. Für die Dauer eines Lidschlags ließ er die Männer den Biss der nahenden Kälte spüren.

«Die Tiefländer hingegen sind von anderer Art.» Weder Mornags Frage noch den eisigen Gruß aus dem Norden nahm Morwa zur Kenntnis. Nicht mit seinen Worten. Die Kälte sandte einen Stich durch seine Schulter. Wie von selbst hob sich seine Hand, legte sich schützend auf sein Schlüsselbein. «Seitdem ich auf den Schild gehoben wurde, haben die Tieflande kein einziges Jahr des Friedens gesehen. Als wir im Frühjahr in diesen Krieg gezogen sind, habe ich geschworen, dass dies unser letzter Feldzug sein wird: ‹Im nächsten Jahr schon wird es keine Bedrohung mehr geben bis in den Schatten der Drachenzähne hinein. Im tiefsten Frieden werden eure Väter, eure Männer, eure Söhne ihre Felder bestellen können.›»

«Und doch werden nun noch viele von ihnen sterben.» Mornag schien mit sich selbst zu sprechen. «Wenn wir den Hasdingen folgen, obwohl der Feldzug gar nicht mehr nötig ist.»

«Der ...» Morwa musste ein zweites Mal ansetzen. Das Atmen bereitete ihm plötzlich Mühe. «Der Winter nimmt keine Gefangenen. Die Leiber der Hasdingen werden die bleichen Flanken der Gipfel decken, Männer, Frauen und Kinder ohne Unterschied. – Jazigen und Charusken, Vasconen und Hasdingen hassen einander in einer Feindschaft, an deren Ursprung sich kein Mensch mehr erinnern kann, und uns ...» Ein unvermittelter Hustenanfall ließ ihn für Augenblicke verstummen. «Uns, die Tiefländer, hassen sie noch einmal mehr. Ihr größter Feind aber ist der Winter. Denn der Winter kennt keine Gnade mit den Unterlegenen, und Gnade gilt den Stämmen als höchste Tugend, wenn der wahrhaft Starke sie den Besiegten gewährt. Sobald er sie denn einmal eingeholt und gestellt hat, um diese Gnade tatsächlich zu gewähren. – Die Brücke, Mornag, Morwas Sohn? Oder der Weg durch das Tal, der dich Zeit kostet? Welche Wahl du auch triffst: Sie ist die richtige. Welche Wahl du auch triffst: Sie ist die falsche. Das aber ändert nichts. Denn *du* bist der Hetmann. *Du* bist der König.» Er ballte die Hand zur Faust. «*Du* triffst die Wahl.»

«*Vater!*»

Mornag sprang vor, noch bevor Morwa es spürte: Ein Gefühl gleich einem feuerglühenden Speer, der sich durch seine Brust bohrte, nein, aus seiner Brust nach außen wollte, keinen Weg fand.

«Vater!» Die Arme seines Sohnes hielten ihn aufrecht. «Vater, ist dir nicht wohl?»

«Der Südwein ...» Die Lichter der Fackeln tanzten um ihn. Seine Stimme klang unsicher. In seinen Lungen war keine Luft, doch von irgendwoher kam ein ganz klarer Gedanke. *Zumindest höre ich mich an wie ein Betrunkener.* Seine Hand schien Zentner zu wiegen, als er sie hob, den Arm des Sohnes von seinen Schultern löste. «Lasst den Männern diese Nacht», befahl er, drehte sich um und, ja, seine Beine trugen ihn, den Hang hinab, der Jurte entgegen, unter seinen Füßen tückisches Geröll. «Lasst sie feiern, lasst sie schlafen. Diese Nacht und den Tag morgen, und ...»

«Vater ...» Mornag hatte ihn eingeholt. «Vater, Ihr selbst seid erschöpft. Ihr braucht ...»

«Ich bin der Hetmann! Ich bestimme, was ich brauche!»

Der junge Mann ließ von seinem Vater ab, und im selben Moment waren sie an der Jurte angelangt. Der alte Rodgert wartete vor dem Eingang, in höheren Jahren als Morwa selbst, doch zäh und sehnig: der Anführer der Eisernen, die den Tross auf dem vermeintlichen Rückmarsch gen Süden begleitet hatten, hinter dem Alten weitere Gestalten.

Mit einer Verneigung trat der greise Kriegsmann vor. «Mein Hetmann, Ihr habt ...»

«Morgen!» Morwa hob die Hand. Es kostete ihn die letzte Kraft. «Was immer es zu berichten gibt: Erzählt mir morgen davon. Und übermorgen setzen wir den Hasdingen nach. Übermorgen ziehen wir nach Norden, und wenn der Weg uns in eine Hölle aus Eis führt.» Mit einer heftigen Bewegung schlug er die Felle vor dem Eingang zurück, setzte den Fuß ins Innere, spürte den Luftzug, als sie in seinem Rücken wieder an Ort und Stelle glitten.

Schwindel ergriff ihn. Übelkeit. Schwankende Schatten ragten im Innern des Zeltes auf. Verschwommen nahm er die Glut des Feuers wahr, das der Alte für ihn gehütet hatte. In der Jurte herrschte Wärme, zugleich rann eisiger Schweiß über seine Stirn. Stolpernd bewegte er sich auf die Truhe zu Füßen seines

Lagers zu. Das Pulver! Das Pulver, das er in süßem Wein löste, wenn die Schwäche nach ihm griff. Das Pulver, das die Enge in seiner Kehle lindern, den erstickenden Ring von seinem Brustkorb nehmen würde. Es hatte noch niemals versagt, doch noch niemals war es gewesen wie heute.

Einen Schritt von seinem Lager entfernt brach er in die Knie. Ein erstickter Laut entwich seinen Lippen, als er die Hände nach der Truhe ausstreckte, abglitt. Seine Finger hatten sich zu Klauen verkrampft, doch jetzt, jetzt hob er den schweren, metallbeschlagenen Deckel, wuchtete ihn nach oben, fand den seidenen Beutel. Seine Finger schienen sich in dem weichen Stoff zu verknoten. Mit der Kraft der Verzweiflung riss er an dem Gewebe, presste den Beutel an die Lippen, sog das Pulver ein. Husten schüttelte ihn. Sein Körper krümmte sich. Hilflos fiel er auf die Seite.

Schwärze war um ihn. Schwärze, in der grelle Lichter tanzten, während seine Brust sich hob und senkte. Eine Ewigkeit verging, bis sich die Dunkelheit in Dämmerung verwandelte und die Dämmerung in die warme Tönung, die das Feuer der Zeltbehausung verlieh. Morwa lag auf dem Rücken am Boden. Er atmete ruhig, und er spürte die tiefe, beinahe wohlige Erschöpfung, die auf einen jeden Anfall folgte. In seinem Mund war der schon vertraute Kupfergeschmack, doch als er die Finger fahrig an seinen Bart führte, stellte er fest, dass er sich nicht beschmutzt hatte. Seine Hand strich über das wärmende Schaffell, das seine Brust bedeckte – und hielt im nächsten Moment inne.

Im ersten Augenblick war sie nichts als eine Silhouette: Eine dunkle, schlanke Frauengestalt, die an seiner Seite am Boden saß, die Beine auf eine Weise übereinandergeschlagen, wie er es noch bei keinem Menschen gesehen hatte. Ihre Handflächen waren aneinandergelegt, und die Spitzen beider Zeigefinger berührten ihre Lippen. Sie saß vollständig reglos, lediglich das Pulsieren der Glut verlieh ihren Zügen Leben. Züge, die die Farbe von Bronze hatten, auf der sich noch dunklere, verwirrende Linien abzeichneten.

Die Fremde musste seine Bewegung bemerkt haben. Ihre Augen öffneten sich langsam, als erwache sie aus einer tiefen Versenkung, und sie waren von einem Grün, das ihm den Atem verschlug. Sie betrachtete ihn unverwandt – und ihr Blick war *wissend*.

Mein Hetmann, Ihr habt ... Er hatte Rodgert nicht zu Ende reden lassen. Niemand betrat Morwas Jurte, wenn der Hetmann nicht zugegen war, ausgenommen der alte Krieger oder jene Frauen vom Tross, denen die Ehre zukam, seine Wohnstatt für den neuen Tag herzurichten. Und sie alle entfernten sich, sobald Morwa ins Zelt zurückkehrte. Es sei denn, ein hochrangiger Gast war eingetroffen oder eine Botschaft von großer Dringlichkeit hatte das Lager erreicht, deren Weitergabe keinen Aufschub duldete.

Seine Hände legten sich flach auf das wärmende Fell. Er wusste, wer es über seinen Körper gebreitet hatte. Die Fremde hatte jeden Augenblick seiner Schwäche miterlebt.

POL

DAS KAISERREICH DER ESCHE: FREIE STADT CARCOSA

Ein Stein traf die Schläfe des Verurteilten.

Die Menge johlte. Dann war der Henkerskarren vorüber, und die Reihen des Volkes schlossen sich hinter ihm.

Pol war der Einzige, der sich nicht rührte. Sein Rücken bettelte um eine aufrechte Haltung. Sein rechter Fuß versank in einer körperwarmen Jauchepfütze. An seiner Stirn klebte Maultierdung. Jemand hatte den Unrat der Zugtiere aufgesammelt, um wenige Zoll allerdings hatte der Wurf den Todgeweihten verfehlt. Nicht so Pol.

Doch der Junge verharrte regungslos. Solange er sich nicht bewegte, war er in den Schatten unsichtbar. Das Labyrinth der Pfosten und Streben unter dem Schafott war der günstigste Ort überhaupt, wenn die Menge auf den Platz der Götter strömte, um sich keinen Blutstropfen entgehen zu lassen, den der Henker aus der verlorenen Seele herausquetschen würde.

Natürlich musste man früh zur Stelle sein. Ehe sich die Nachricht von der bevorstehenden Hinrichtung in der Stadt verbreitete. Ehe die Garde des Hohen Rates an der Richtstätte Aufstellung nahm. Und weiterhin galt es Erkundigungen einzuziehen. Wer war der Missetäter? Was war sein Vergehen? Frauenschänder etwa wurden in siedendem Öl gebraten, das anschließend über den groben Bohlen ausgeleert wurde. In diesen Momenten war ein Aufenthalt unter dem Schafott eher nicht zu empfehlen.

Der Verurteilte, der heute sterben sollte, war ein Gotteslästerer. Fra Théus nannte er sich, was sein richtiger Name sein mochte oder auch nicht. Vor wenigen Wochen noch hatten die Begüterten in Carcosas Oberstadt ihm mit wohligem Schaudern gelauscht, als er über das düstere Verhängnis predigte, das von der Welt jenseits ihrer Mauern Besitz ergriff, fruchtbare Äcker in giftig dampfende Öde verwandelte, während sie vor den Garküchen ihren Mittagsimbiss einnahmen. Wie hätten sie ahnen können, dass es dem Hohen Rat binnen kurzem gelingen würde, die frevlerische Natur der salbungsvollen Worte zu entlarven? Er würde die Finger der rechten Hand verlieren, die seine dämonischen Schriften verfasst hatte. Und dazu die Zunge, die es gewagt hatte, Athanes Namen in blasphemischer Weise im Munde zu führen. Die anschließende Verbrennung des Mannes würde dann außerhalb der Mauern stattfinden. Mit offenem Feuer war man vorsichtig in der Oberstadt, wo sich die Häuser und Tempelbauten eng um den Platz der Götter drängten.

Schlimmeres als ein paar Blutstropfen, die zwischen den Brettern hindurchfinden würden, hatte Pol also nicht zu befürchten. Im übelsten Fall würde der Missetäter die Gewalt über seine Blase verlieren. Was keinen großen Unterschied mehr bedeutete, wenn man seit Stunden im stinkenden Morast ausharrte, der sich über Jahre hinweg unter der Richtstätte gesammelt hatte.

Das Wichtigste war Geduld. Solange der Junge sich im Schatten der schwarzen Banner hielt, die die Seiten des Blutgerüsts verhängten, war er nicht in Gefahr. Und drei verheißungsvoll pralle Ausbuchtungen befanden sich in seiner Reichweite. Die oberen beiden stammten von den üppigen Brüsten einer jungen Goldschmiedsgattin, die sich unter einem bloßen Hauch von weißem Leinen in aller Deutlichkeit abzeichneten. Doch es war die dritte und kleinste Rundung, von der sich seine Augen nicht lösen wollten. Das Münzsäcklein am Gürtel der Schönen war aus indigofarbenem Samt gefertigt, mit einer Stickerei aus feinen Goldfäden versehen, und am Ende der Schnürkordel saßen funkelnde Perlen aus dem Westlichen Meer. Selbst wenn das Behältnis leer gewesen wäre, hätte er mehrere Tage gut von der Summe leben können, die er an der Rattensteige dafür hätte herausschlagen können. Und unübersehbar war es alles andere als leer.

Entscheidend war der richtige Moment. Im Augenblick wurde der Missetäter auf das Schafott gezerrt. Mit silbernen Ketten würden die Henkersknechte ihn aufrecht an den Schmerzenspfahl fesseln, während ein Knebel seinen Mund verschloss, damit er nicht von neuem seine gotteslästerlichen Worte hervorstoßen konnte. Irgendwann aber würden die Schergen den Knebel lösen müssen, dachte der Junge. Wie sollte der Henker es sonst bewerkstelligen, ihm die Zunge aus dem Hals zu reißen? Und in diesem Moment würden sich sämtliche Augen auf das blutige Gerüst richten. Pols Finger hielten eine winzige gekrümmte Klinge. Ein blitzartiger Schnitt; die Frau des Goldschmieds würde nichts davon mitbekommen. Wenn ihr klar wurde, dass der Beutel verschwunden war, würde Pol sich längst wieder im Freien befinden, auf der anderen Seite der Richtstätte, in der Menge unsichtbar.

Er lauschte. Der edle Barontes höchstselbst, Domestikos

der Ratskammer und höchstrichterlicher Bevollmächtigter der Oberen von Carcosa, ließ es sich nicht nehmen, das Urteil mit leiernder Stimme noch einmal ausführlich zu begründen und die Vergehen des verwirrten Predigers aufzuzählen. *Beschwörung der Naturgewalten. Lästerung der Göttin. Verkündung des bevorstehenden Weltendes. Aufwiegelung.* Zweifellos war es der letzte Vorwurf, der den Argwohn des Hohen Rates geweckt hatte. Die Naturgewalten hatten der Stadt und ihrem Umland in den letzten Jahren schon ausreichend mitgespielt, auch ohne dass jemand sie hätte beschwören müssen. Und das bevorstehende Weltende würde doch nur dazu führen, dass die Leute noch mehr von ihrem Geld in die Tempel trugen. Die Stadtoberen erhielten von jedem einzelnen ihren Anteil. Solange das Volk nur ruhig blieb.

«… und bis dahin hat es hier in der Stadt jedenfalls keine Schwierigkeiten gegeben.» Eine Frauenstimme, jemand aus der Menge, in einer Frequenz, die irgendwie bis zu Pol durchdrang. Die Sprecherin konnte er nicht sehen, schätzte sie aber auf ein gesetzteres Alter. «Bis *er* kam. Théus. Unten an der Bäckergasse hat er sich hingestellt, einen Steinwurf von unserem Haus entfernt. Und er hat geredet, *geredet* … Und wer weiß, was er sonst noch getan hat. Wie verhext haben die Leute an seinen Lippen gehangen. Und seitdem wird die Milch unserer Ziege sauer, bevor du noch hinsehen kannst, ich schwöre es bei Pareidis! Der Rat sollte uns den Schaden ersetzen, dass er den Hexer so lange …»

Jemand antwortete, ebenfalls die Stimme einer Frau, doch der Junge konnte die Worte nicht verstehen. Schon übernahm wieder die erste Sprecherin.

«*Natürlich* ist das überall so!» In einem Tonfall, als hätte die andere ihr unterstellt, von schlichtem Gemüt zu sein. «Die Vergessenen Götter zürnen. Aber Carcosa steht unter dem Schutz der Athane, und wenn der Domestikos nicht in der Lage ist ...» Die Stimme wurde jetzt gesenkt, dass Pol Mühe hatte, den Sinn der Sätze zu erfassen. «... Leute sagen, es sind die Winde, doch mein Vetter kennt jemanden, dem einer aus dem Rat erzählt hat ...» Dann war überhaupt nichts zu verstehen, als sich ein Mann durch die Menge drängte und frisches Backwerk anpries, mit dem sich die Zuschauer für das *erbauliche Geschehen* stärken konnten, das sie auf der Richtstatt erwartete. Einen Moment lang spürte Pol, wie sich sein unzufriedener Magen meldete, doch schon hob sich wieder die Stimme der Sprecherin. «... und am nächsten Tag waren ihre Tiere alle tot. Ihre Kinder wären ganz genauso gestorben, sagen sie, wenn sie dort draußen geblieben wären ... und seitdem werden es mit jedem Tag mehr in der Unterstadt. Sie fressen uns die Haare vom Kopf! Was soll aus *unseren* Kindern werden, frage ich dich?» Jetzt wieder deutlicher und mit hörbarer Selbstzufriedenheit. «Ich danke der Göttin, dass ich *meine* Kinder alle gut verheiratet habe!»

Pol hörte nicht länger hin. Ausnahmslos jeder in der Stadt wusste solche Geschichten zu erzählen. Der Regen hatte dem Umland übel mitgespielt, in diesem Jahr wie im Jahr davor. Und im Jahr *davor* ebenfalls. In Carcosa selbst hatte man zunächst wenig davon zu spüren bekommen, doch ringsumher verfaulte die Ernte auf den Feldern, und die Bauernfamilien verließen ihre Wohnsitze. Um nicht zu verhungern, strömten sie in die Elendsviertel von Carcosas Unterstadt. Wo es aber noch weniger zu essen gab.

Die Blätter der heiligen Esche welkten, sagten manche. Was fern in der kaiserlichen Rabenstadt geschah, hatte Auswirkungen auf sämtliche Teile des Kaiserreichs. Und die Götter zürnten, diese oder jene Götter, deren Tempel die freie Fläche umstanden, in deren Mitte sich das Blutgerüst erhob. Wie aber sollte das möglich sein? Legte der Hohe Rat nicht höchsten Wert darauf, dass er sich in bestem Einvernehmen befand mit Athane und ihren göttlichen Geschwistern? Hatte man Théus nicht aus genau diesem Grunde abgeurteilt? So oder so: Wenn die Zeiten dunkler wurden, konnte niemand anders verantwortlich sein als der Domestikos und seine Unterstützer. Irgendetwas mussten sie versäumt, irgendeine Gottheit mit zu geringer Münze bedacht haben. Indem er mit dem fehlgeleiteten Prediger einen Schuldigen präsentierte, verschaffte Barontes sich zumindest ein wenig Luft.

Die Rede des Domestikos zog sich hin, und die Zuschauer wurden ungeduldig; Rufe wurden laut. Ohne Zweifel hätten sie ebenfalls ausgereicht für eine Anklage wegen Gotteslästerung. Weshalb diese Rufe auch ausschließlich in weit vom Schafott entfernten Bereichen ertönten. Auf der Plattform hatte der Kommandant der Garde zwei Dutzend seiner Männer versammelt, die die Menge streng im Auge behielten, ausgenommen natürlich Pol, der für sie so wenig zu sehen war wie sie für ihn. Er spürte lediglich die Erschütterungen, wenn sie in ihren schweren Stiefeln wenige Zoll über seinem Scheitel auf und ab schritten.

Für ihn waren die Gardisten keine Gefahr. Wenn der Henker seine Arbeit aufnahm, würden sie damit beschäftigt sein, über den reibungslosen Ablauf der Tortur zu wachen. Vorsichtig lugte Pol hinter den Bannern hervor, warf einen Blick auf einen Gesellen mit dunklem Barrett, der sich an der Seite der Goldschmiedefrau hielt. Ein Leibwächter. Auf die schmale Klinge an seiner Hüfte würde der Junge achtgeben müssen. Dreizehn Zoll, dachte Pol. Mit Sicherheit nicht einer weniger. Allerdings auch keiner mehr, denn das Tragen von Dolchen war den Bür-

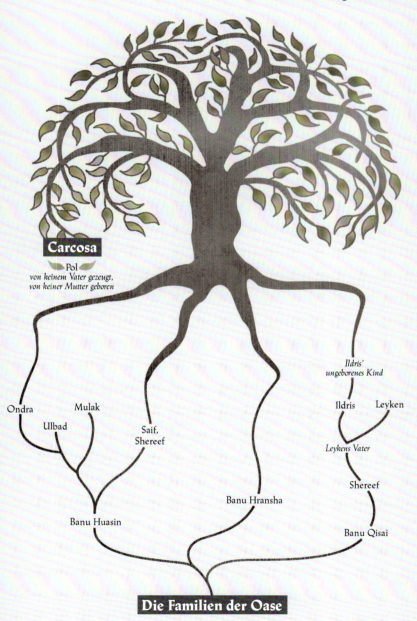

gern von Carcosa erlaubt, während es mit Schwertern anders aussah.

Pols Waffen waren seine raschen Finger und flinken Füße. Und die Gabe, im entscheidenden Moment unsichtbar zu werden. Er hatte im Sommer sein fünfzehntes Jahr erreicht, war allerdings kein Riese und gehörte auch kaum zu den muskelbepackten Gesellen, die in den Schänken der Unterstadt zum Faustkampf antraten. Wobei er nicht vollständig ausschließen wollte, dass er noch wachsen würde, stand die Berechnung jener fünfzehn Sommer doch auf tönernen Füßen. Sie stützte sich allein auf Angaben des alten Marbo, seines Zeichens Wirt des *Drachenfuther: Speyhs unt Tranck* im hintersten Winkel der Rattensteige. Allerdings war Marbos mittlerweile verstorbenes Weib dabei gewesen, als Pol zur Welt gekommen war. Seine Mutter hatte gefiebert, wie die Wirtsfrau berichtet und wie Marbo es an den Jungen weitergegeben hatte, als Pol alt genug gewesen war, um nach derlei Dingen zu fragen. Man hatte Pol aus ihrem Leib geschnitten. Nur so war es möglich gewesen, zumindest einen von ihnen zu retten. Nach seinem Vater hatte der Junge sich nur ein einziges Mal erkundigt. Woraufhin ihn Marbo an den Hafen geführt und ihn aufgefordert hatte, sich einen der Seemänner auszusuchen.

Pol wurde aus seinen Gedanken gerissen, als in seinem Augenwinkel etwas aufblitzte und er unwillkürlich genauer hinsah. Dort drüben musste es gewesen sein, an einer der Tempelfassaden. Die Sonne stand bereits tief, womit sie sich genau hinter der Tempelreihe befand, von deren Kuppeln und Dächern aus man auf das Westliche Meer blicken konnte. Er wusste nicht recht, wie die Reflexion zustande gekommen sein sollte. Hatte er sich getäuscht? Nein, da war das Licht erneut, an einer Fassade, die zum Tempel eines der alten Götter gehörte, der Vergessenen Götter, die man nur mit Mühe auseinanderhalten konnte. Was vielleicht der Grund war, aus dem sie in Vergessenheit geraten waren. Verlassen waren ihre Tempel ohnehin seit Jahrhunderten, nahmen indes, vor sich hin bröckelnd, noch immer eine Front des Platzes ein. Auch wenn jene Unsterblichen nicht länger verehrt wurden: Schon der Aberglaube der Menschen verhinderte, dass ihre Heimstätten dem Erdboden gleichgemacht und durch etwas anderes ersetzt wurden. Nun ein drittes Mal das Aufblitzen, knapp unterhalb des flachen Giebels, der auf hohen marmornen Säulen ruhte.

Pol war in diesem Moment vermutlich der Einzige, der es zur Kenntnis nahm. Der überhaupt etwas anderes zur Kenntnis nahm als die Vorgänge auf dem Schafott. Eine Mischung aus Grausen und gespannter Erwartung lag über der Menge.

«Möge die Göttin dich mit liebenden Armen im Reiche der Ewigen willkommen heißen!» Zum Abschluss seiner salbungsvollen Rede hob der edle Barontes die Stimme, ohne dass sie dabei ihren leiernden Klang verlor. «Das Urteil ist gesprochen, der Richtstab gebrochen.» Pol konnte hören, wie der Domestikos in der Tat ein Stück Holz zerbrach. «Dein sterblicher Leib sei den Händen der Vollstrecker übergeben.»

«*Sie lügen!*»

Die Stimme klang heiser. Im selben Moment mussten die Schergen dem Verurteilten den Knebel aus dem Mund gerissen haben.

«*Barontes lügt! Die Göttin lügt, wie ihre Priester lügen! Sie alle lügen euch an!*»

Poltern, unterdrücktes Fluchen. Pol hatte schon vielen Hinrichtungen beigewohnt. Die Kiefer des Verurteilten auseinanderzuzwingen, seine Zunge mit der glühenden Zange zu fassen zu kriegen: Das war ein schweißtreibendes Unterfangen. Kaum einer unter den Henkersschergen, der nicht selbst bereits versehentlich mit dem glühend heißen Metall Bekanntschaft gemacht hatte.

Die Menge drängte gegen das Blutgerüst. Wenige Schritte entfernt sank eine Dame mit einem Seufzen in Ohnmacht, wurde von ihren Begleitern aufgefangen. Nicht die Frau des Goldschmieds glücklicherweise. Pol hatte nie begriffen, warum die Leute zu einer Hinrichtung kamen, wenn sie kein Blut sehen konnten. Jetzt war das Säcklein in Reichweite und ... Gedränge. Empörte Rufe wurden laut, als zwei junge Männer mit schäbigen braunen Kappen, Männer vom Land in abgetragenen Mänteln, sich durch die Reihen näher an die Plattform drängten. Pol presste die Lippen zusammen. Die Frau war zur Seite gewichen. Stattdessen hatte er die Hüften ihres Bewachers vor sich.

«... *doch das ist eine große Lüge ...*» Théus keuchte auf. Nur noch Wortfetzen waren zu verstehen. Worin die Lüge bestand, blieb ein Geheimnis, nach wie vor aber setzte der Mann sich zur Wehr. Die Menge tobte. Die Leute wollten Blut sehen, wenn sie sich an der Richtstätte versammelten.

«*Niemand wird euch schützen! Ihr Zorn wird euch treffen, und ihr alle werdet ...*»

«Er hört nicht auf zu reden!» Das musste einer der Henkersknechte sein. Seine Stimme überschlug sich. «Wenn er schweigen soll, müssen wir ihn ...»

«Er muss die Zunge lebend verlieren», ermahnte Barontes, dessen eigene Zunge nicht mehr vollständig sicher klang. Der Gestank von angeschmortem Fleisch lag in der Luft. «Der Spruch des Rates ist hei–»

Ein dumpfer Laut.

Für mehrere Atemzüge war es vollkommen still. Atemzüge, in denen Pols Augen sich wie von selbst zu jenem Tempelbau wandten, der irgendeinem der Götter ohne Namen geweiht war. Dorthin, wo er das Licht hatte aufblitzen sehen. Aber da war kein Licht. Da war eine Gestalt. Sie war weit entfernt und winzig klein, und dennoch konnte Pol erkennen, wie sie geschickt einen Bogen auf dem Rücken befestigte, um im nächsten Moment im Gebälk des Tempeldachs zu verschwinden.

Es war jener Moment, in dem im Volk das Chaos losbrach.

Menschen schrien, wichen zurück. Ziellos, irgendwohin, zu den Ausgängen des Platzes. Manche wurden gegen das Schafott gedrängt. Andere versuchten in ihrer Panik auf das blutige Gerüst zu klettern. Der Kommandant der Gardisten brüllte Befehle. Ein stöhnender, rasselnder Laut war zu hören, das Geräusch, mit dem ein Mann verzweifelt um Luft rang, wieder und wieder, bis er schließlich verstummte, als das Blut der zerfetzten Kehle seine Lungen füllte. Und Pol wusste, dass es sich *nicht* um den Verurteilten handelte. Sondern um den Domestikos des Hohen Rates, den der Pfeil des Attentäters mitten aus dem Leben und der amtlichen Handlung gerissen hatte.

Unvermittelt blitzten in der Menge Waffen auf. Schwerter? Nein, es waren nichts als Dolche, doch dreizehn Zoll gehärteten Stahls waren mehr als genug in der Hand eines Mannes, der sie zu führen wusste. So wie die beiden Männer vom Lande, die ihre abgetragenen Mäntel nun beiseiteschlugen und sich mit der Waffe in der Hand den Weg zur Plattform bahnten.

Ein hagerer Alter wollte den Klingen entkommen, stolperte, klammerte sich in das Gewand einer Matrone, die vor Überraschung aufkeuchte, ebenfalls strauchelte. Menschen drängten nach, kamen über den Körpern der Gestürzten selbst zu Fall. Der Geruch von Angst stieg auf, und in diesem Moment geschah etwas, mit dem der Junge unmöglich hatte rechnen können.

Die Blicke der Leute fielen auf das Blutgerüst. Mit einem Mal schienen sie es mit neuen Augen zu betrachten. Leichenduft und Exkremente oder aber die Aussicht, von der Menge zerquetscht zu werden: Die Wahl fiel nicht schwer. Menschen gingen in die Knie, quetschten sich zwischen den Tuchbahnen hindurch. Auf allen vieren kroch ein würdiger Webermeister in den Schmutz unter der Richtstätte, fand sich mit einem Mal Aug in Aug mit Pol wieder, war im nächsten Moment an dem Jungen vorbei.

Im selben Augenblick begriff Pol, dass er unter der Plattform nicht länger sicher war. Mehr und mehr Menschen erkannten, dass sich ihnen hier vermeintlich eine Zuflucht bot. Das aber war ein grauenhafter Irrtum! Schon jetzt begann es in dem niedrigen Hohlraum eng zu werden. Die Vorstellung, in Dreck und Jauche zwischen den Körpern zu ersticken ... Unter Einsatz seiner Ellenbogen gelang es Pol, ins Freie zu kommen. Gehetzt sah er sich um.

Die Goldschmiedefrau und ihr Beschützer waren verschwunden. Auch von den Gardisten war nichts mehr zu sehen. Die Flüchtenden mussten sie einfach mitgerissen haben. Stattdessen hatten die beiden Bauernburschen das Blutgerüst erklommen, und ... Pol kniff die Augen zusammen. Sie machten sich am Körper des Gefolterten zu schaffen. Die Silberketten lösten sich von Théus' Gestalt. Stolpernd kam er vom Schmerzenspfahl frei, musste sich auf einen der beiden Männer stützen. Doch sie hatten ihn befreit! Der Aufwiegler und Gotteslästerer war frei!

Pol hielt inne. Männer vom Lande, wo die Leute Tag für Tag mit eigenen Augen sehen konnten, wie die Ernten auf den Feldern verkamen. Natürlich waren Théus' Worte dort auf offenere Ohren gestoßen als anderswo. Und nicht alle seine Anhänger hatten sich von ihm abgewandt, nachdem der Hohe Rat seine Lehre verdammt hatte. Was aber bedeutete das? War alles ein Zufall? Hatten die beiden Bauernburschen nicht mehr getan, als das unvermutete Chaos auszunutzen? Nein, dachte Pol. Nichts von alledem war unvermutet geschehen. Der Bogenschütze hatte sich bereitgehalten, und die beiden Männer ebenfalls.

Doch das war nicht seine Sache. Der ganze Platz war eine wimmelnde Masse von Menschen, zur linken Hand zumal, wo am höchsten Punkt des Felsens von Carcosa die Zwingfeste des Hohen Rates thronte. Pol wandte sich in die entgegensetzte Richtung, warf sich ins Gewühl, einem der tiefer gelegenen Ausgänge der Freifläche entgegen. Er kam wenige Schritte weit, bis sich das Knäuel der Leiber um ihn schloss und er auf Gedeih und Verderb Teil des Strudels wurde. Etwas Hartes stieß in seinen Bauch, trieb ihm die Luft aus den Lungen. Jemand hatte versucht, sich aufzurichten, doch Pol wurde mitgerissen, konnte nicht erkennen, was aus dem anderen wurde.

Mühsam kam er wieder zu Atem, blieb auf den Beinen, so gut er konnte. Am Ausgang des Platzes stockte der Strom der Menschen, kam vollständig zum Stehen. Im nächsten Moment wurde dunkles Metall sichtbar, stählerne Helme, stählerne Waffen. Im Marschtritt näherte sich eine Einheit der Garde, machte sich mit der Klinge in der Hand den Weg frei. Mit der flachen Seite der Klinge. Noch.

Die Flüchtenden wichen aus. Zumindest die meisten von ihnen. Ein vierschrötiger Kerl in der Tracht der Knochenhauer drängte mehrere Menschen beiseite. Ungeschlacht wurde eine junge Frau gegen die Gitter vor einem der Tempel gestoßen. Pol griff unwillkürlich zu, hielt sie aufrecht, während er gleichzeitig versuchte, die schmale Gestalt gegen die Nachdrängenden zu schützen. Noch immer Schmerzenslaute in seinem Rücken, noch immer Menschen, die mit lädierten Gliedern in die Gasse stolperten.

Doch die Unbekannte war ohne Bewusstsein, als er sich über sie beugte und – er stutzte. Die Goldschmiedefrau! Von ihrem Beschützer mit dem schwarzen Barrett war keine Spur zu sehen, das Münzsäcklein dagegen hing an Ort und Stelle. Aber nein: ausgeschlossen, es unter diesen Umständen an sich zu bringen. Pol war ein Mann der Ehre, der von den Reichen stahl, um den Armen zu helfen. Dass er selbst zu den Armen zählte mit seinem Schlafplatz auf der Ofenbank des *Drachenfuther*, war ein günstiger Begleitumstand. Damit konnte er die Beute für sich behalten. Unter keinen Umständen aber hätte er sich die hilflose Lage der Frau zunutze gemacht. Weder was das Geldsäcklein anbetraf noch hinsichtlich ihrer wahrhaft üppigen Brüste. Nichts als ein unglückseliger Zufall hatte es gewollt, dass er sie genau dort zu fassen bekommen hatte. Er war eben schon im Begriff gewesen, die Finger vorsichtig zurückzuziehen, bevor sie …

Sie schlug die Lider auf. Sie war ein Stück gen Boden gesackt, doch er hielt sie von hinten umfasst, um zu verhindern, dass sie ihr feines Kleid auf dem verdreckten Pflaster beschmutzte. Ihr Kopf lag halb an seiner Schulter, und aus geringer Entfernung sah sie direkt in seine Augen, blinzelte, schien für einen Moment nicht zu begreifen, wo sie sich befand.

Dann begann sie zu schreien.

Pol stolperte zurück. Schon war sie auf den Beinen. Abwehrend hob er die Hände. «Nein, ich … Es ist nicht so, wie es aussieht. Ich wollte Euch helfen. Ich …»

Stahl, nadelspitz geschliffen. Dreizehn Zoll davon. Er konnte nicht sagen, wo der Mann mit dem dunklen Barrett plötzlich herkam, doch mit einem Mal stand er neben der Frau, die Klinge gezückt, während noch immer Menschen den Platz verließen, einige von ihnen jetzt langsamer wurden, stirnrunzelnd die Szene betrachteten.

Vorsichtig zog sich Pol zurück. Seit dem Morgengrauen hatte er unter dem Schafott gekauert. Mit Sicherheit war ihm das anzusehen. Und mit ebenso großer Sicherheit *roch* man das. An seiner Stirn klebten vertrocknete Reste von Maultierdung. Der nun im Übrigen auch das feine Leinenkleid der Dame verunstaltete. Über den Brüsten. Sinnlos, den finster blickenden Beschützer davon überzeugen zu wollen, dass es sich um ein bedauerliches Missverständnis handelte.

Fürsorglich prüfte der Mann, ob die Gemahlin seines Dienstherrn ohne Hilfe stehen konnte, löste sich dann von ihr und kam mit wachsamen Schritten auf den Jungen zu, die Klinge voran.

Pol bewegte sich weiter rückwärts, unter seinen Füßen das unregelmäßige, abschüssige Pflaster. Irgendwo hinter ihm, vielleicht eine Viertelmeile entfernt, lagen die Treppen zur Unterstadt. Dorthin aber führte eine Gasse, durch die soeben Hunderte von Menschen gestolpert waren, als wären die Schatten hinter ihnen her. Und an einem Tag wie diesem schafften die Garküchen ihre Tische und Bänke ins Freie, Händler boten ihre Ware auf der Straße an. Der Weg in seinem Rücken mochte frei sein oder auch nicht. – Er konnte nur beten. Vorzugsweise zu einem Gott, an dessen Namen er sich erinnerte. Doch die Götter würden ihn nicht retten. Seine Beine würden ihn retten oder unter Umständen sein Verstand, der sich zuweilen überraschend bemerkbar machte.

Er konnte nicht sagen, was es war. Der Blick des Mannes vielleicht, der weiter auf ihn gerichtet blieb, sich aber für einen

Moment veränderte. Weniger als ein Blinzeln. *Ein Hindernis! In meinem Rücken!* Wie eine Stimme, die ihm direkt ins Ohr zischte. Blind machte er zwei rasche Schritte rückwärts, zur Mitte der Gasse.

Ein dumpfer Zusammenstoß. Ein brummender Laut. Pol drehte den Kopf – und hob ihn. Der Mann war ein Riese, bärtig. Ein Lederpanzer und ein stählerner Helm mit breitem Nasensteg. Ein Nordmann, aus Emporion oder den Ländern jenseits davon, den Ländern der Wilden, der Tiefländer und Hochländer. Der Hafen war voll von Kaufmannsschiffen, und einige der Wilden taten auf solchen Schiffen Dienst, zum Schutz vor anderen Wilden.

«Haltet ihn fest!»

Pol fuhr herum. Eine Frau, die er noch nie gesehen hatte. Ein Marktweib offenbar, das auf dem Platz zu Boden gegangen sein musste, den Kittel mit Schmutz besudelt. Mehrere Menschen waren stehen geblieben, Nachzügler vom Richtplatz, doch die Frau war die Wortführerin.

«Das ist einer von ihnen!» Sie streckte den Arm aus, den Zeigefinger wie einen Dolch auf Pol gerichtet. «Der Hexer ist befreit! Er war dabei! Sie haben den edlen Barontes getötet!»

Pol starrte sie an. *Er?* Trug er eine braune Kappe? Sah er aus wie ein Bauer aus den Sümpfen? Er hatte sein gesamtes Leben in Carcosa verbracht!

Einige der Neuankömmlinge warfen dem Mann mit dem Schwarzen Barrett fragende Blicke zu. Und Pols Verfolger – nickte.

Hatte der Junge eine Wahl? Stolz wallte der Bart des Nordmanns bis auf dessen Brust. Pol griff zu – und zog an den Zotteln, mit aller Kraft, die ihm zur Verfügung stand. Der Wilde keuchte auf, doch im selben Augenblick war der Junge frei und einen Atemzug später ein halbes Dutzend Schritte entfernt. Wie erwartet: Ihm blieb nichts, als auf seine Beine zu vertrauen.

Sie waren augenblicklich gefordert. Er musste sich nicht umsehen, um zu wissen, dass sie sich an seine Fersen hefteten. Sie waren zu hören: der Nordmann, die Marktfrau, der Mann mit dem Barrett. Die ganze Meute. Er ruderte mit den Armen, als er in etwas ausglitt, das aussah wie die Überreste eines Massakers. Bis der durchdringende Geruch in seine Nase stieg. Der zweite Vollmond des Herbstes war nahe. Die Verkaufsstände der Händler waren voll gewesen mit reifen Kürbissen, reifen Melonen. *Überreifen* Kürbissen und Melonen, die nunmehr einen widerwärtigen Film auf dem abschüssigen Pflaster bildeten.

Mit Mühe blieb Pol auf den Füßen. Allerdings nur er allein. Flüche ertönten in seinem Rücken. Die Überreste einer Melone flogen hart an seiner Schläfe vorbei, gefolgt von Drohungen und Schmähungen, nicht aber von weiteren Geschossen.

Sein Herz überschlug sich. Blieben die Verfolger zurück? Nein. Er hörte die trampelnden Schritte. Sie waren ihm weiter auf den Fersen, und er befand sich in Carcosa, wo ein solcher Auflauf innerhalb weniger Augenblicke auf ein Vielfaches anwachsen konnte. Ohne dass irgendjemand nachfragte, hinter wem man eigentlich her war und aus welchem Grund.

Die Gasse zog sich um eine Kurve. Direkt dahinter passierte sie etwas, das auf den ersten Blick wie ein Torbogen wirkte, in Wahrheit aber eine weitere Gasse war, die den abwärts führenden Weg in luftiger Höhe kreuzte. Auf der Brücke waren Menschen auszumachen. Stahl schlug auf Stahl, und im nächsten Moment entdeckte Pol eine braune Bauernkappe. Einer der Attentäter! Da, jetzt auch der zweite! Langsam wichen sie über die Brücke zurück, im Gefecht mit einem halben Dutzend Gardisten. Von Théus selbst dagegen war nichts zu sehen.

Wenn Pols Verfolger die wahren Attentäter zu Gesicht bekamen ... Doch er wusste, dass das keinen Unterschied machen würde. Die beiden Männer jedenfalls waren dem Tode geweiht. Die Quergasse führte zurück in die Oberstadt, in ein Viertel, das gegen die Mauern der Zwingfeste stieß. Dort war die Garde Tag und Nacht unterwegs. Die Attentäter würden ihr direkt in die Arme laufen.

Nicht so Pol, wenn es ihm nur gelang, die Treppen zur Unterstadt zu erreichen, dann die Unterstadt selbst, schließlich die Rattensteige, wo er tausend Verstecke kannte. Wer die Treppen hinabstürmte, musste sie auch wieder hinauf. Eine Erkenntnis, die sich auch im wüstesten Mob manchmal durchsetzte. Oder aber die Marktfrau würde ihm den Gefallen tun, noch ein paarmal zu wiederholen, was ihm zur Last gelegt wurde, sodass auch jedem die Bedeutung klarwurde. *Sie haben den edlen Barontes getötet.* Mit demselben Unterfangen waren Carcosas Bürger selbst im vergangenen Jahr gleich dreimal gescheitert.

Pol passierte den Brückenbogen und blieb wie angewurzelt stehen. Die Sonne stand in seinem Rücken, und am Ende der Gasse blitzte und funkelte es. Reflexionen. Viele. Sonnenlicht, das sich auf Helmen, Panzern und Schwertern brach. Den Helmen, Panzern und Schwertern Dutzender Gardisten, die an der Mündung der Treppe aufgezogen waren. Die vom Platz der Götter Entronnenen stauten sich vor ihren Reihen. Misstrauisch wurde ein jeder beäugt, der es wagte, einen Fuß auf die Stufen zu setzen.

Pol konnte vor sich sehen, wie er der Garde in die Arme stolperte, den Mob auf den Fersen, der ihn für den Tod des Domestikos verantwortlich machte. Hektisch blickte er sich um. Linker Hand erhob sich der Mondturm, ein Ungetüm aus grauem Stein. Direkt dahinter zweigte eine Gasse ab, doch auch sie führte zurück in die Oberstadt, ins Quartier der Seiler. Natürlich konnte er trotzdem dort einbiegen und darauf hoffen, dass seine Verfolger geradeaus weiterliefen. Das aber würde nicht geschehen. Aus den Fenstern der Häuser wurden neugierig Köpfe ins Freie gestreckt, und auch die Straße selbst war nicht leer. Menschen waren stehen geblieben, musterten ihn mit misstrauischen Blicken. Die Bewohner der besseren Viertel waren bekannt für ihre Hilfsbereitschaft, wenn die Meute jemanden durch die Straßen trieb, der sichtbar vom falschen Ende der Treppen stammte.

Rufe. Die Schritte der Verfolger wurden lauter. Und eindeutig waren es mehr geworden.

Pols Gedanken überschlugen sich. Es hatte seine Vorteile, wenn man von Kindheit an auf der Ofenbank jener Schänke nächtigte, die das finsterste Gelichter der Unterstadt anzog. Solange man sich ruhig verhielt, bekam man die aufschlussreichsten Dinge zu hören. Wenn Marbo oder die Schankmaid sich einem der Gasttische näherten, verstummten die Gespräche höchst zuverlässig. Pol dagegen wurde auf seinem Schlafplatz so wenig zur Kenntnis genommen wie ein in die Jahre gekommener Hofhund, der sich mit einem wohligen Furzen vor dem Feuer ausstreckte.

Anders als der Hofhund aber hielt Pol die Ohren offen, wie er das auch vor einigen Wochen getan hatte, als sich eine Gruppe von Unbekannten im *Drachenfuther* eingefunden und sich an den Tisch des Hinkenden Horko gesellt hatte, einem der Stammgäste. Männer vom Lande ihrer Kleidung nach, doch schon an jenem Abend hatte Pol sich gewundert, wie vertraut ihnen die Stadt ganz offensichtlich war. Sie hatten einfach zu genaue Fragen gestellt. Zum Zeitalter der Wirren und der dreifachen Belagerung, als die Korsaren von Mauricia die Stadt von allen Seiten eingeschlossen hatten und die vendozianischen Söldner wiederum die Korsaren. Und das Aufgebot des Kaiserreichs schließlich die vendozianischen Söldner. Eine finstere Epoche in der Geschichte Carcosas. Die Unterstadt war bis auf die Grundmauern niedergebrannt, die Treppen zur Oberstadt aber waren unbezwungen geblieben. Erstaunlicher war allerdings, dass es auch nicht gelungen war, Carcosa auszuhungern. Auf irgendeine Weise musste sich die Oberstadt mit Nachschub versorgt haben, auf Wegen, die heute vergessen waren, wenn sie denn noch existierten. Geheimen Wegen.

Pol war sich nicht sicher, wie die Fremden es angestellt hatten, doch an genau dieser Stelle hatte sich das Gespräch einem ganz anderen Gegenstand zugewandt: den Zisternen unter der Oberstadt, die das Regenwasser einfingen und verhinderten, dass die Bewohner in Zeiten der Dürre Durst leiden mussten. Zumindest war das bis vor wenigen Jahren der Fall gewesen, als die Zisternen auf Anweisung des Hohen Rates geschlossen worden waren. Stattdessen hatte der edle Barontes unter der Zwingfeste ein einzelnes gigantisches Reservoir anlegen lassen, von dem aus das Wasser durch ein ausgeklügeltes System bleierner Rohre in der gesamten Oberstadt verteilt wurde. Gegen einen angemessenen Obolus in die Kassen des Rates.

Ob denn tatsächlich sämtliche Zisternen zugeschüttet worden waren, hatten die Fremden wissen wollen, und Pol erinnerte sich, dass er an dieser Stelle noch eine Spur hellhöriger geworden war. Anders als der Hinkende Horko, der zwar in der Tat die erstaunlichsten Dinge zu berichten wusste, solange man ihn großzügig mit vendozianischem Wein versorgte – das aber nur bis zu einem gewissen Punkt. Und genau an jener Stelle hatte Horko diesen Punkt erreicht. Ganz langsam war sein Haupt der Tischplatte entgegengesunken, und nachdem die

Unbekannten mehrfach vergeblich versucht hatten, ihn wieder zu Bewusstsein zu bringen, hatten sie die Zeche gezahlt und waren unverrichteter Dinge verschwunden.

Pol rührte sich noch immer nicht von der Stelle. Sein Blick fixierte den Mondturm. Er selbst hätte den Männern eine Antwort geben können. Doch wie hätten sie reagiert, wenn ihnen klargeworden wäre, dass er ihre Worte belauscht hatte? Die Dolche saßen locker in der Unterstadt.

Also hatte er geschwiegen. Die Männer hatte er nie wieder zu Gesicht bekommen. Das merkwürdige Gespräch aber kam ihm in ebendiesem Moment wieder in den Sinn. Jetzt, da er begriff, dass es ihm womöglich das Leben retten konnte, wenn er nur zwei und zwei zusammenzählte.

Im nächsten Augenblick war Pol in den Schatten des Mondturms verschwunden, die Rufe, mit denen die Anwohner seine Verfolger auf seine Fluchtroute aufmerksam machten, im Rücken.

Zwischen bröckeligen Häuserfassaden wand sich die Gasse steil nach oben. Sie war kaum mehr als ein Durchlass, hin und wieder Stufen, die zu angrenzenden Gebäuden führten, deren vorkragende Giebeldächer sich über dem Pflaster beinahe berührten. Es herrschte nahezu völlige Dunkelheit. Pol bezweifelte, dass selbst in der hellsten Jahreszeit ein Sonnenstrahl bis auf den Boden drang. In Winkeln und Ecken raschelte es gespenstisch, doch der Bewohner der Unterstadt, der vor Ratten davonlief, war noch nicht zur Welt gekommen. In schlechten Zeiten war man froh, wenn sie den Speiseplan ergänzten.

Die Verfolger blieben ihm auf den Fersen. Verzerrt hallten ihre Stimmen von den Mauern wider. Er biss die Zähne zusammen. Ein letzter Absatz, und der Platz, um den sich die Geschäftshäuser und Behausungen der Seiler gruppierten, lag vor ihm. Der Junge atmete auf. Der Platz war menschenleer. Für diesen Augenblick war Pol tatsächlich unsichtbar.

In der Mitte der Fläche befand sich der ummauerte Ring eines Brunnenschachts, Zugang zu der mächtigen Zisterne unter dem Pflaster, von vergangenen Generationen aus dem Felsgestein gehauen. Das war es, was Pol durch den Kopf geschossen war, als er auf seinem Schlafplatz den Worten der Fremden gelauscht hatte. Die Zisternen der Weber, der Schmiede, der Knochenhauer: Sie alle waren unter den wachsamen Augen der Garde mit Stein und Erde verfüllt worden. Einzig den Seilern war es gelungen, dem Hohen Rat eine hochoffizielle Genehmigung abzutrotzen, ihre Zisterne weiterhin nutzen zu dürfen, wenn auch nicht als Quelle für trinkbares Wasser, sondern für die speziellen Zwecke ihres Gewerbes. Abgeerntete Flachshalme mussten wochenlang im Wasser vor sich hin rotten, bevor man daran denken konnte, sie zu Leinen weiterzuverarbeiten. Nur dass es auf dem Felsen der Oberstadt nicht ausreichend Wasser gab, um diese Verrottung herbeizuführen – ausgenommen in den Zisternen.

Ein widerwärtiger Geruch schlug Pol entgegen, als er sich dem Brunnenring näherte. Mit jedem Schritt wurden die Stimmen der Verfolger lauter. Ein Satz, und er war auf dem Brunnenrand, holte tief Luft und ließ sich fallen.

Im selben Moment schloss sich das Wasser über ihm, und sofort kam die Panik. Dunkelheit umgab ihn. Er tastete um sich, verhedderte sich in Strängen von gammeligem Flachs, versuchte irgendwie an die Oberfläche zu kommen … Und stellte fest, dass ihm das Wasser nur bis zum Bauch reichte.

Keuchend sog er die Luft ein. Die unsichtbare Wölbung der Brunnenwand warf das Geräusch geisterhaft zurück. Mehrere Fuß über ihm lag die Öffnung, rötliches Abendlicht, kreisrund aus der Schwärze geschnitten. War er schnell genug gewesen? Hatten die Verfolger gesehen, wo er verschwunden war? Jeden Augenblick mussten ihre Umrisse sich vor dem Abendhimmel abzeichnen.

Pol watete durch das ekelhafte Nass, die Arme vor sich ausgestreckt, bemühte sich, durch den Mund zu atmen. Wenn er die Worte der Besucher im *Drachenfuther* richtig gedeutet hatte und aus dem unterirdischen Becken tatsächlich ein geheimer Tunnel in die Unterstadt abzweigte, musste dieser Tunnel sich irgendwo am Rand befinden und, ja, eindeutig oberhalb der Wasserlinie. Sonst wäre die Brühe schließlich abgeflossen. Doch der Boden war uneben, stieg nur ganz allmählich an. Noch immer wickelten sich Stränge von Flachs um die Hüften des Jungen, und er war sich nicht einmal sicher, ob er sich in gerader Linie bewegte, der Wand entgegen.

Geräusche. Waren es die Stimmen der Verfolger? Der Schall in der düsteren Kammer gehorchte eigenen Gesetzen. Die Laute klangen nicht nach Worten. Eher klangen sie nach schwerem Atmen. Und gleichzeitig war da ein Geruch, ein Gestank, der anders war, auf eine andere Weise widerwärtig als die strengen, scharfen Ausdünstungen der Pflanzenfasern, die sich allmählich zersetzten. Süßlicher. Rauchiger. Es roch ... Es roch *verbrannt*.

Ein Funke, wenige Schritte von Pol entfernt. Im nächsten Moment fing ein Zunderpäckchen Feuer.

Fra Théus sah übel aus. Die eingefallenen Wangen waren übersät mit schmutzig grauen Stoppeln. Um den nahezu kahlen Schädel des Verurteilten stand ein schmaler Haarkranz nach sämtlichen Seiten ab. Sein fadenscheiniger Kittel war über der Schulter zerrissen, und am Schlüsselbein war eine ziemlich scheußliche Brandwunde sichtbar, wo die glühende Zange des

Henkers den Körper berührt hatte, als der Verurteilte sich aus Leibeskräften gewehrt hatte.

Jetzt allerdings machte er nicht mehr den Eindruck, als wäre er zur Gegenwehr imstande. Er schien kaum in der Lage, sich auch nur auf den Beinen zu halten. Aber das musste er auch nicht.

Zwei Männer in den Panzern der Garde hielten den Gefangenen mit grobem Griff gepackt. Mehr als ein halbes Dutzend weitere hatten ihre Speere gefällt. Die Spitzen waren auf Pol gerichtet.

LEYKEN

DAS KAISERREICH DER ESCHE: DIE RABENSTADT

Es war nicht so sehr die Dunkelheit.

Die Finsternis war nicht vollkommen. Irgendwo in der verfallenen Kuppelkonstruktion fand eine Ahnung von Licht einen Weg in die Tiefe. Genug, dass sie einander nicht aus den Augen verloren, solange sie nur eng beisammenblieben. Das aber war nicht ohne weiteres möglich. Gewiss: An den meisten Stellen reichte das bräunliche Wasser ihnen kaum bis an die Knie, der Untergrund aber war unsicher. Halb verrottete Dornenzweige verbargen sich in dem trüben Gewässer, Zonen bodenlosen Morasts, in dem die Füße unvermittelt einsackten. Nur ein verzweifelter Griff ins Geäst bewahrte sie in diesen Momenten vor einem Sturz oder Schlimmerem. Mehr als einmal hatten sie sich aneinander festklammern müssen in der Hoffnung, die tückische Tiefe werde sie nicht alle zugleich an sich ziehen.

Das Schlimmste aber waren jene Abschnitte, auf denen Leyken das Herz im Hals zu jagen begann, weil Hindernisse den Weg versperrten und sie gezwungen waren, sich zu trennen. Jene Abschnitte, auf denen sie das Gefühl haben musste, sich *allein* hier unten zu befinden.

Abgestorbene Bäume ragten aus dem Schlamm, bedeckt mit Kolonien phosphoreszierender Moose und giftig schillernder Pilze. Wimmelnd von Parasiten, im Tode lebend. Im brackigen Wasser fristete glitschiges Getier sein Dasein, Aale, die sich schlangengleich um ihre Beine wanden. Unter schrillen Schreien flatterte ein Schwarm unsichtbarer Vögel auf, und der Luftzug ihrer Flügelschläge traf sie wie eine Hand, die im Dunkeln nach ihr haschte. Ein Luftzug, der den Geruch von Fäulnis mitbrachte und ihr die Kehle zusammenschnürte. Ein Stück vor ihr sah ein toter Ast aus dem Wasser hervor wie eine gekrümmte Klaue, seine Zweige verdreht und verkrüppelt. Vorsichtig tastete sie mit dem Fuß voran. Das Wasser war nicht kalt, auf der endlosen Wanderung durch die feuchten Tiefen aber hatte sie längst das Gefühl in den Fußspitzen verloren.

Sie stieß auf Widerstand, balancierte nach links und atmete auf, als sie aus dem Augenwinkel die schwarzbärtige Gestalt Saifs erkannte. Ihr Anführer war stehengeblieben. Bis zu den Hüften im Wasser, bemühte er sich, das Halbdunkel mit den Blicken zu durchdringen.

«Ist da etwas?» Leykens Stimme war ein Flüstern. Sie wandte sich ihm vollständig zu, wagte nicht lauter zu werden. «Was ist dort, Shereef? Könnt Ihr ...»

In diesem Augenblick gab etwas unter ihr nach. Eine morsche Wurzel, irgendetwas. Ihre Hand griff ins Leere, und sie keuchte auf. Eine Feuerkugel barst in ihrer Brust, als das Wasser über ihr zusammenschlug, die schlammige Flut in ihre Kehle drang. Sie wand sich, versuchte in ihrer Panik Atem zu holen, schluckte erneut Wasser, tastete blind und hektisch um sich.

Sie wurde gepackt, hochgerissen, und mit einem Mal bekam sie wieder Luft, durchtränkt zwar vom Gestank des Moders, aber Luft, die sich atmen ließ. Für einen einzigen Atemzug. Dann stieg Übelkeit in ihr auf, sie erbrach sich, gab grauen Schlamm von sich. Die Arme des Shereefen hielten sie fest und verhinderten, dass sie abermals in die Tiefe glitt.

Der Schlamm brannte in ihren Augen, mischte sich mit den Tränen ihrer Scham, während der Schwindel in ihrem Kopf und die Übelkeit nachließen, sie sich darauf vorbereitete, wieder auf eigenen Beinen zu stehen. Saif trat von ihr zurück. Verschwommen nahm sie ihre Begleiter wahr, die sich um sie versammelt hatten: Mulak und Ulbad, dazu Ondra, die Schwester der beiden, die noch jünger war als Leyken selbst. Der Shereef sah sie an und wirkte dabei nicht einmal unfreundlich.

«Es war ein Fehler, dich mitzunehmen», stellte er ruhig fest. Und das war das Schlimmste von allem.

Er ließ sie stehen. Ihre Finger hatten sich um einen Ast geschlossen, der zu einer mangrovenartigen Pflanze gehörte. Sie beobachtete, wie der Shereef einem schattenhaften Umriss entgegenwatete, wiederum bis zu den Hüften im Wasser: Weitere Trümmer, wo eine Wand der mächtigen Halle in sich zusammengestürzt war.

In Leykens Erinnerung hatten die einzelnen Örtlichkeiten begonnen, miteinander zu verschwimmen. Eine Halle um die andere hatten sie passiert. Verzweigte Gänge, die das Labyrinth ertrunkener Räume und Zimmerfluchten miteinander verbanden. In einigen von ihnen hatte das Wasser so hoch gestanden, dass nur wenige Zoll abgestandener Luft geblieben waren bis zur von Rissen durchzogenen Decke. Saif glaubte zu wissen, welcher Route sie folgen mussten. In Trebisond hatte er einen Lageplan erstanden, der nach den Worten des Händlers aus der Zeit der Alten Kaiser stammte. Und zumindest sah das Pergament danach aus, dünn und ausgeblichen und mit einem zwei Finger breiten Loch auf dem entscheidenden Wegstück. Der

Händler selbst hatte ausgesehen, als ob er für dieselbe Summe auch seine eigene Mutter verkauft hätte.

Jetzt hatten Leykens Begleiter die Trümmer beinahe erreicht. Ondra und ihre Brüder hielten sich exakt in der Spur des Shereefen, wo der Weg offensichtlich frei war. Mulak warf einen Blick nach hinten, nickte Leyken auffordernd zu, und ganz kurz hatte sie das Gefühl, dass ein Lächeln über seine Lippen huschte. Sie beide waren einander versprochen gewesen, bevor all das Schreckliche geschehen war, das sie nun an diesen Ort geführt hatte.

Sie löste sich von dem Ast, nahm sich zwei Atemzüge Zeit, um zu prüfen, ob der auf ihrem Rücken verschnürte Scimitar noch sicher in Position saß. Wieder und wieder hatte sie sich darin geübt, die gekrümmte Klinge möglichst rasch zu ziehen. Denn es war keine Frage, dass sie ihre Waffen brauchen würden. Seit dem Einstieg in die Gewölbe waren sie keinem Menschen begegnet, und es *konnte* nicht so einfach sein.

Dampf mischte sich in die trübe Luft. Verbissen bahnte Leyken sich den Weg durch die schlammige Brühe, die Augen fest auf ihre Gefährten gerichtet. Sie waren nur noch schemenhafte Umrisse, die vorsichtig die Trümmerhalde emporkletterten.

«Es kann nicht so einfach sein», murmelte sie.

Die Rabenstadt war alt wie die Welt. Selbst in Leykens Heimat, weit im Süden, waren die Erzählungen bekannt, nach denen sie jenen Ort bezeichnete, an dem die Götter auf die Erde niedergestiegen waren, um den Samen der heiligen Esche in den sumpfigen Boden zu legen. Von jenem Tag an war der Baum gewachsen, Jahrhunderte um Jahrhunderte, hatte schillernde Feste gesehen und glanzvolle Versammlungen mächtiger Fürsten, die doch nichts als flüchtige Episoden waren in der dunklen Geschichte der Rabenstadt.

All diese unendlich lange Zeit hindurch war es keinem Angreifer gelungen, in das Herz des Kaiserreichs vorzudringen, wo die heilige Esche mitsamt der Stadt noch immer in die Höhe wuchs. Wenn der Herrschaft des Kaisers Gefahr drohte, dann einzig aus dem Innern seiner eigenen Residenz heraus. Jahrhunderte mochten ins Land gehen, doch irgendwann begannen die Blätter des Baumes zu welken und zeigten an, dass die Zeit des alten Kaisers zu Ende ging. Und ein neuer Spross des Hauses machte sich daran, die morschen Äste vom Stamm zu trennen, Raum zu schaffen für Verzweigungen an unvermuteter Stelle. In tausend Richtungen trieben die Zweige wuchernd aus, während die neue Regentschaft der Stadt und dem Reich ihren Stempel aufdrückte. Nur um am Ende wiederum im Wachstum zu erstarren, sodass das Laub am dürren Holz vertrocknete, als sei es von einer Krankheit befallen. Denn ein weiteres Mal wurde es Zeit. Zeit für wieder einen neuen Abkömmling des Hauses, den Herrscher von seinem Thron zu stürzen und den in den Leib des Baumes geschnitzten Stuhl des Kaisers zu besteigen. Ein ewiger Kreislauf, alt wie das Reich, alt wie das Leben selbst.

Andere Festungen thronten auf hohen Bergrücken, auf steilen, unzugänglichen Felsen, geschützt durch ausgeklügelte Systeme von Wassergräben. Und, ja, auch die Rabenstadt besaß ihre Verteidigungsanlagen. Mächtige Bollwerke, Systeme konzentrischer Mauerringe, deren Fundamente rund um den heiligen Baum tief in den morastigen Boden der Lagunenlandschaft reichten. Generationen des kaiserlichen Hauses hatten sie wieder und wieder verstärkt, hatten sie mit Ballistas und Katapulten versehen, die Feuer auf die Angreifer schleuderten, Feuer, das zu Lande und zu Wasser brannte. Und auf den tückischen Sümpfen, die schon als solche ein unüberwindliches Hindernis darstellten.

Was die Rabenstadt aber tatsächlich uneinnehmbar machte, war nichts von alledem. Was sie von allen anderen Städten und Burgen der bekannten Welt unterschied, war die heilige Esche. Die Stadt war weniger um den Baum *herum*gewachsen. Der Baum *war* die Stadt. Weder Fels noch Mauerwerk hielt die Rabenstadt zusammen, sondern einzig das Astwerk der heiligen Esche selbst, die ihre Wurzeln in die unergründlichen, schlammigen Tiefen getrieben hatte.

Zwei- oder dreihundert Fuß hatte sich die Stadt der alten Kaiser über dem Sumpf erhoben, als der Baum noch jung war. Längst waren jene Regionen verlassen, und nichts als Ruinen waren dort geblieben, Reste von Kuppelgewölben inmitten abgestorbenen Wurzelwerks, seit Generationen dem Verfall preisgegeben. Wer die Rabenstadt heute zu betreten wünschte – und das waren Tausende von Menschen Tag für Tag in den vielfältigsten Angelegenheiten –, dem blieb einzig der Weg über die Serpentinen, über die Galerien und Brückenkonstruktionen, die auf schlanken Pfeilern lagerten, im nächsten Moment über weite Strecken frei in der Luft zu schweben schienen, sich gleichzeitig höher und höher emporwanden, den geschmückten Toren der Stadt entgegen. Den Toren zu den in diesen Tagen bewohnten Abschnitten des Baumes, Tausende und Abertausende von Fuß über dem Boden. Die obersten Zweige der Esche schienen die Wolken zu berühren, wurden von den zuverlässigsten Einheiten der allgegenwärtigen kaiserlichen Garde bewacht in ihren Panzern von Gold.

Und nirgendwo ließ sich mit Sicherheit sagen, was von alldem die unergründlichen Kräfte des Baumes geschaffen hatten, und was die Kunstfertigkeit der Handwerker aus allen Teilen des Reiches. Stahl und Onyx, Marmor und Alabaster waren mit dem lebenden Holz der Esche eine unauflösliche Verbindung eingegangen. Einzigartig. Magisch. An jeder Verzweigung, jedem Austrieb mit neuen Türen, Toren und Türmen gesichert, die aus dem Holz des Baumes sprossen oder doch mit einer solchen Perfektion gestaltet waren, dass sie ihren eigenen Zauber atmeten. Keiner Maus, so hieß es, könne es gelingen, auch nur bis in die Quartiere des Gesindes vorzudringen, wenn es nicht dem ausdrücklichen Willen des Herrschers entsprach.

Es gab nur einen einzigen Weg, hatte Saif behauptet. Heere und Völkerscharen waren gegen die Rabenstadt angerannt, und ihr Blut hatte das Wasser der Lagunen rot gefärbt, vergeblich am Ende. Der einzige Weg in den Hohen Garten war die Esche selbst, waren ihre Äste und Verzweigungen, ja das *Innere* der abgestorbenen Äste, in denen einst der Saft der Pflanze geflossen war. Es würde einzig und allein darauf ankommen, bis zur Hauptwurzel des uralten Baumes vorzudringen – und das musste möglich sein mit Hilfe des Plans der ältesten, seit Jahrhunderten aufgegebenen Gewölbe.

Die Söldner waren natürlich ein Hindernis gewesen. In bedrohlichem Marschtritt schritten sie die Mauern und Brustwehren ab, die das Sumpfland um die Stadt durchzogen. Auf den Dämmen, die diesen Befestigungsgürtel durchbrachen, herrschte indes ein beständiges Kommen und Gehen. Handelszüge aus sämtlichen Teilen der Welt stauten sich an einem jeden neuen Torweg. An jenen Stellen, an denen sich die schwindelerregenden Brückenkonstruktionen vom Boden lösten, kamen sie vollständig zum Stehen. Allerdings hatten Leyken und ihre Begleiter niemals die Absicht gehabt, bis dorthin zu gelangen. Die Posten hatten kaum noch von ihnen Notiz genommen, nachdem der Shereef sich als Händler aus dem Süden vorgestellt hatte, der dem kaiserlichen Hof zwei exotische Tänzerinnen anzubieten wünschte. Im abendlichen Zwielicht hatten die

Gefährten die befestigten Wege ungesehen verlassen und den verborgenen Einstieg an jener Stelle gefunden, an der er auf der Karte eingezeichnet war. Für einige Stunden hatten sie in den Schatten gelagert, und sobald die erste Ahnung von neuem Licht durch die überwucherten Kuppeln gebrochen war, hatten sie sich auf den Weg gemacht, auf verschlungenen Pfaden durch die überschwemmten Gewölbe, den Wurzeln der Esche entgegen.

Leyken konnte sich nicht vorstellen, dass in so vielen Jahrhunderten noch niemand diesen Weg erprobt haben sollte. «Es kann nicht so einfach sein», wiederholte sie flüsternd.

Erleichtert stieß sie den Atem aus, als sie die mächtige Schutthalde erreichte. Ihre Begleiter waren jenseits der Kuppe bereits unsichtbar, doch sie glaubte ihre Stimmen zu hören, die sich leise unterhielten. Sicher war sie sich nicht. Eine Kakophonie von Geräuschen erfüllte die stickige Luft: das Kreischen der Vögel, das durchdringende Summen der allgegenwärtigen Stechmücken und ein Laut, der mal nach einem tiefen Stöhnen, mal nach einem Knurren klang. Die Esche, dachte Leyken schaudernd. Sie wusste nicht, woher ihr Wissen kam, doch dieses Geräusch war die gewaltige Esche selbst im Zentrum der ertrunkenen Gewölbe. Sie mussten den Wurzeln jetzt nahe sein.

Leyken zog sich aus dem Wasser, froh, der schlammigen Feuchtigkeit entronnen zu sein. Und sei es nur für Augenblicke. Sie musste weiter. Niemand von ihnen hatte eine Wahl, und sie selbst hatte sie noch weniger als einer der anderen.

Die Banu Qisai zählten zu den ältesten Familien der Oase. Hatten zu den ältesten Familien gezählt, verbesserte sie ihren Gedanken. Das Dorf an der Wasserstelle gehörte eher der Form halber zum Reich von Sokota weit im Süden und war im Wesentlichen auf sich allein gestellt. Die Familien wechselten sich in seiner Verteidigung ab. Wenn sich die Banu Huasin und die Banu Hransha im Frühjahr auf Beutezug begaben, auf *razzia*, dann blieben die Qisai daheim. Im Herbst erhielten umgekehrt sie die Gelegenheit, den Karawanen aufzulauern, die um diese Zeit den Rand der Wüste passierten auf dem Weg nach Shand im Osten oder nach Westen ins Kaiserreich.

Ganz genau so war es auch in diesem Frühjahr geschehen. Die anderen Familien waren aufgebrochen, und die Krieger der Qisai hatten die Lehmmauern rund um die Wasserstelle bemannt. Wohl wissend, dass der eigentliche Schutz ihrer Siedlung immer die Wüste gewesen war. Auf viele Tagesreisen im Umkreis gab es keinen Brunnen, um ein Aufgebot, das dem Dorf hätte gefährlich werden können, mit ausreichend Wasser zu versorgen.

Und doch: Die Krieger der anderen Familien waren zwei mal zehn Tage fort gewesen, als die Mauerwächter eine Staubwolke gesichtet hatten, die den westlichen Horizont verfinsterte. Die Hransha und Huasin hatten es nicht sein können. Sie waren in die entgegengesetzte Richtung geritten, und für eine gewöhnliche Handelskarawane war die Wolke zu mächtig erschienen. Leykens Großvater, das Oberhaupt der Qisai, war selbst auf die Mauer gestiegen und nach kurzer Zeit mit besorgter Miene zurückgekehrt, ohne jedoch ein Wort zu sagen. Niemand hatte ein Wort gesagt, bis kurz vor Dämmerung die Nachricht von Mund zu Mund gegangen war, dass sich ein *Heer* der Stadt nähere, ein Heer unter den Rabenbannern des Kaiserreichs.

Auf halber Höhe der Trümmerhalde hielt Leyken inne. Die Steine waren glitschig, mit dunklem Moos überzogen. Wiederholt hatte sie gespürt, wie etwas im Begriff war, unter ihren Füßen wegzurutschen, doch hatte sie jedes Mal wieder Halt gefunden. Sie hörte ein Rascheln, ganz nahe. Der Trümmerberg war bewohnt, und sie hoffte, nicht herausfinden zu müssen, *was* ihn bewohnte. Für mehrere Atemzüge verharrte sie reglos, in Gedanken bei jenem Tag, der nun Monate zurücklag.

Mit einem Mal hatten Schreie die Oase erfüllt. Die Menschen waren hierhin und dorthin gelaufen, und ihr Vater war mit grimmiger Miene an den Zugang des Sturmkellers getreten. Mit barscher Stimme hatte er den Frauen befohlen, in die Tiefe hinabzusteigen. Und sie hatten gehorcht: Leykens Mutter und Großmutter, ihre Schwester Ildris, ihre Tanten und Cousinen. Nur sie selbst nicht. Sie hasste die Enge und Dunkelheit dort unten, sie fürchtete sie. Ein Wüstensturm trug Tonnen von Sand mit sich, die sich sechs oder sieben Fuß über dem ursprünglichen Boden türmten, wenn die Bewohner wieder ins Freie traten, nachdem der Wind sich gelegt hatte. Die Vorstellung, das Haus könne einstürzen, die Menschen im Keller unter sich begraben: Es musste ein sehr, sehr langsamer Tod sein.

Was sie von den Kriegern des Kaisers zu erwarten hatte, würde schneller gehen – möglicherweise. Noch heute waren die Bilder deutlich, als hätten sie sich in ihren Augen festgebrannt: Ihr Vater, der sie mit groben Worten angefahren hatte, sich zu bewegen. Sie selbst, die wie gelähmt gewesen war, bis sich die Geräusche von draußen plötzlich verändert hatten, die Laute der Angst zu Schmerzensschreien geworden waren. Der Augenblick, in dem ihre Erstarrung sich gelöst hatte, sie endlich in der Lage gewesen war, ins Freie zu stürmen, ihr Vater hinter ihr.

Schon hatten die Söldner in ihren goldenen Panzern die Mauerkrone erklommen. Mit einem Fluch hatte Leykens Vater seinen Scimitar gezogen, und auf der Stelle war ihr bewusst gewesen, was das bedeutete. Die Frauen des Wüstenvolks wussten auch selbst die Waffe zu führen, doch kein Mann der

Banu Qisai würde dulden, dass seine Tochter vor seinen Augen entehrt wurde. Die Klinge würde ihren Weg in die Brust der Eindringlinge finden. Oder aber in Leykens Brust, falls es am Ende zu viele waren.

Die Verteidiger hatten sich auf den Dorfplatz zurückgezogen, die Söldner, nachdrängend, unmittelbar hinter ihnen. Pfeile waren herangeschossen, mit einem unheimlichen Surren, und Leyken hatte sich zur Seite geworfen, war gestolpert und hingefallen, hatte versucht, wieder auf die Beine zu kommen. Die Gestalt ihres Vaters hatte über ihr aufgeragt, die gebogene Klinge erhoben. Seine Muskeln hatten sich angespannt, und … Ein plötzlicher Ruck war durch seinen Körper gegangen. Leyken hatte einen Atemzug gebraucht, das Bild zu begreifen: ein gefiederter Pfeilschaft, der aus seiner Augenhöhle ragte.

Der Rest war verschwommen. Wie sie zur Wasserstelle gewankt war, einer freien Fläche von bald zweihundert Fuß in Breite und Länge, überragt von Dattelpalmen, an den Rändern mit Schilf bewachsen. Sie musste sich erinnert haben, wie Ildris und sie sich als Kinder zwischen den Halmen verborgen hatten, um den Wasservögeln aufzulauern. Sie *hatte* eine Chance. Sie war winzig, aber sie war da. Die Halme waren hohl; mit einiger Mühe war es möglich, durch sie hindurch zu atmen, und an einer Stelle gab es einen Platz, an dem man vom Ufer aus fast nicht zu sehen war, wenn man sich zwischen den Gewächsen im Wasser verbarg.

Sie konnte später nicht sagen, wie viele Stunden sie im Wasser verbracht hatte. Mehrfach waren Schatten über sie gefallen, als die Eindringlinge das Ufer absuchten. Schließlich war die Dämmerung in die Dunkelheit übergegangen, und bald darauf hatten sich die Farben der Nacht über ihr verändert, als die Söldner Feuer an die Behausungen gelegt hatten. Zu ihrer

Überraschung war es nicht vollständig still gewesen. Sie hatte die Schreie weiterhin gehört, gedämpft und doch vernehmbar. Schreie von Schmerzen und Wahnsinn und schwarzer Verzweiflung, dazu das rohe Lachen der Söldner.

Konnte sie geschlafen haben? Es war unmöglich, dass sie geschlafen hatte, doch plötzlich war das Licht wieder da gewesen, und mit einem Mal war es ihr nicht länger möglich gewesen, in ihrem Versteck zu verharren. Sie war an die Oberfläche gekommen, hatte gierig die Luft eingesogen, ohne auf den Geruch, den Geschmack von Blut und Feuer zu achten. Sie war auf den jähen Schmerz gefasst gewesen, auf den gefiederten Pfeil, der ihre Kehle durchbohren würde, doch das war nicht geschehen. Das Dorf war leer gewesen, menschenleer. Was lebende Menschen anbetraf.

Die Männer des Kaisers hatten alles zerstört: Die Behausungen. Die Anpflanzungen. Selbst die Dattelpalmen hatten sie gefällt und dem Vieh die Bäuche aufgeschlitzt, bevor sie die Ziegen und Hühner in die Wasserstelle geworfen hatten. Einige der Verteidiger mussten sich ihnen ergeben haben: Sie waren am verkohlten Gebälk ihrer Wohnhäuser aufgeknüpft worden, anstatt ihnen den würdigeren Tod unter dem Schwert zu gewähren. Der hagere Leib von Leykens Großvater hatte im Türsturz seines Heims gehangen. Eine Heerschar schwarzer Fliegen hatte sich bereits über seine Augen hergemacht. Die Frauen ... Natürlich hatten die Krieger den Sturmkeller entdeckt. Leyken hatte nicht hinsehen wollen und doch nicht anders gekonnt. Ihre Mutter, ihre Großmutter hatten auf dem Dorfplatz gelegen, die Gewänder hochgeschoben, die Scham entblößt. Am Ende hatten sie ihnen die Kehlen durchgeschnitten, aber es war nur zu deutlich gewesen, was vorher mit ihnen geschehen sein musste. Nicht weit entfernt ihre Tanten und Cousinen. Ildris ...

Nein, ihre Schwester hatte sie nirgendwo entdecken können. Die einzige Gnade dieses Morgens, so war es ihr vorgekommen. Ihr Vater hatte dort gelegen, wo er zu Boden gestürzt war, als der Pfeil ihn getroffen hatte. Seine erstarrten Finger hielten den Scimitar noch umklammert. Sie war an ihn herangetreten, und ... Und von da an stand ihr alles so deutlich vor Augen, als wäre es eben erst geschehen.

Ein Geräusch. Leise. Ein Krampf ging durch seinen Körper. Sie stolperte zurück, blieb nach zwei Schritten stehen, beobachtete mit vor Entsetzen geweitetem Blick, wie er sich auf einen Arm stützte, in ihre Richtung starrte. Der gefiederte Pfeil ragte aus seinem Auge.

«Hör mir zu!»

Seine Lippen glichen zwei vertrockneten Würmern: aufgerissen, blutig und verschorft. Die Worte konnte sie kaum verstehen. Zuhören? Leyken öffnete den Mund, unfähig, einen Ton hervorzubringen.

«Ich ...» Ein Rinnsal dunklen Blutes trat aus seinem Mundwinkel. Mit einer fahrigen Bewegung näherte seine Hand sich dem Pfeilschaft, als wolle er ein lästiges Insekt verscheuchen. «Ich sah deine Brüder sterben. Ich sah deine Mutter. Aber ... Aber es ist deine Schwester, die sie haben. – Sie bringen sie in die Rabenstadt. Eine. Immer nur eine.» Seine Sprache war ein zischendes Raspeln. «Für ihren Kaiser. Sie haben es in Sinopa getan und in Tartôs. Es hat vor zwei Jahren begonnen, und niemand weiß, warum es geschieht.» Er erstarrte, für mehrere Atemzüge. Sein Gesicht hatte die Farbe von Asche, aber noch immer bewegten sich seine Lippen.

Leyken trat näher, wie von einer fremden Macht gelenkt, Grauen im Herzen. Sie beugte sich über ihn. Ein Übelkeit erregender Gestank ging von ihm aus, dass sie nicht zu atmen wagte.

«... Ehre der Qisai ...» Nur noch einzelne Wörter kamen bei ihr an. Sein Auge richtete sich auf sie, und im selben Moment verstärkte sich der Blutfluss aus seinem Mund und verwandelte seine Stimme in ein Gurgeln. Und doch waren seine letzten Worte zu verstehen. «Du musst deine Schwester finden! Du musst deine Schwester töten!»

Jetzt, auf der Trümmerhalde tief unter der Rabenstadt, presste Leyken ihre Lider aufeinander, als wäre es auf diese Weise möglich, die Bilder in ihrem Kopf durch eine andere Wahrheit zu ersetzen. Eine Wahrheit, in der ihr Leben, wie sie es gekannt hatte, nicht mit jenem Tag ein Ende gefunden hatte. Sie hatte ihre Eltern und Verwandten begraben, unfähig zur Trauer. Ihre Familie war tot – bis auf Ildris, ihre Schwester, die man in die Rabenstadt entführt hatte, doch was bedeutete das schon? Leyken war nicht allein auf der Welt! Ildris war am Leben!

Du musst deine Schwester töten! Der Befehl, auf den ihr Vater sie mit seinem letzten Atem eingeschworen hatte. Konnte sie ihm gehorchen? Wer eine einzelne Frau ihres Stammes entehrte, entehrte das gesamte Oasenvolk, und nichts als Blut konnte eine solche Übertretung sühnen. Die Gesetze kannten keine Ausnahme. Sie *musste* gehorchen.

Am Abend waren die Huasin und die Hransha zurückgekehrt. Sie hatten ihre *razzia* abgebrochen, nachdem sie in der Nacht zuvor das ferne Feuer gesichtet hatten, aber am Ende waren sie zu spät gekommen. Saif, Shereef der Huasin, hatte Leyken mit harten Worten aufgefordert zu berichten, die Hand bereits am Griff des Scimitars. Es gab keine Lüge gegenüber einem Shereefen, und er hatte gewusst, dass ihr das klar war. Doch, nein, sie war nicht entehrt worden. Sie hatte sich verborgen. Aber die Kaiserlichen hatten ihre Schwester. Sie hatte gewusst, dass sie Ildris zum Tode verurteilte, wenn sie sprach, aber sie hatte nicht anders gekonnt, als die letzten Worte ihres Vaters zu wiederholen. *Du musst deine Schwester töten.*

Das Blut der Qisai war auch das Blut der Huasin und der Hransha. Der Shereef musste die Worte als einen Befehl an sämtliche Stammesbrüder verstehen. Es war keine Frage gewesen, dass er in die Rabenstadt aufbrechen und den Auftrag erfüllen würde. Dass Leyken ihn und seine Auserwählten würde begleiten dürfen: Es hatte einige Mühe gekostet, ihn zu überzeugen. Doch schließlich hatte ihr Vater seine Anweisung an *sie* gerichtet. *Du musst deine Schwester töten.* Wie würde es sein, wenn sie vor Ildris stand? Hatte sie diese Reise tatsächlich deshalb auf sich genommen? Um den Befehl ihres sterbenden Vaters auszuführen?

«Oder will ich genau das Gegenteil?», flüsterte sie, um auf der Stelle erschrocken zu verstummen.

Sie lauschte. Kein Laut war zu hören. Saif und die Geschwister mussten schon weiter in das unbekannte Gewölbe vorgedrungen sein. Unvermittelt kam jenes Gefühl zurück, das Gefühl, dass sie hier unten ganz allein war. Hastig erklomm sie den Kamm der Trümmerhalde. Jenseits der Barriere herrschte dasselbe grünlich-leichenhafte Licht wie zuvor. Sie ließ sich auf Hände und Knie nieder und kletterte auf der anderen Seite wieder hinab.

Das Wasser war tiefer hier, stieg an ihre Waden, reichte ihr schließlich bis zu den Hüften. Unwillkürlich hob sie die Arme, um so wenig wie möglich mit der trüben Flüssigkeit in Berührung zu kommen. Die Dimensionen des neuen Gewölbes waren nicht zu erkennen, doch es fühlte sich an, als hätte sie einen Raum betreten, dessen Größe sämtliche Säle, die sie bisher durchquert hatten, weit übertraf. Die Vegetation war üppiger. Schlinggewächse hingen von den Ästen, dicht an dicht, sodass nur mit Mühe überhaupt ein Durchkommen war. Schwach schienen sie aus sich selbst heraus zu leuchten. Und ebenso spürte Leyken die schlangengleichen Auswüchse unter ihren Füßen. Bewegten sie sich zuckend? Oder waren es ihre eigenen Schritte, die die Bewegung der Gewächse hervorriefen?

Ein schmerzhafter Stich in ihrem Nacken. Sie zuckte zusammen, schlug nach dem Insekt, hielt jählings inne und fuhr herum. Es war kein Insekt! Ein biegsamer Zweig hatte sich in ihren Nacken gebohrt und wollte sich nicht wieder lösen. In Panik zerrte sie an der Ranke, heftiger. Ein beißender Schmerz, und peitschend fuhr das Schlinggewächs zurück, doch sofort schienen sich weitere Pflanzenarme züngelnd in ihre Richtung zu bewegen.

Leyken wich mehrere Schritte zur Seite, atmete keuchend, betastete ihren Nacken. Sie spürte Blut, schien aber keine größere Wunde davongetragen zu haben.

«Shereef?» Saif hatte ihnen eingeschärft, keinen unnötigen Laut zu verursachen, aber mit einem Mal war das ohne Bedeutung. Panik ließ ihr Herz verkrampfen, als keine Antwort kam. Nichts war zu hören als die Geräusche der verwesenden Vegetation, die von etwas erfüllt war, das einen *Willen* hatte. Mit rasendem Puls drehte Leyken sich im Kreis. Für den Moment befand sie sich auf einer offenen Fläche, auf der die Ranken sie nicht erreichen konnten, doch galt das nur für die Ranken, die sie *sehen* konnte. Sie spürte die Bewegungen unter ihren Füßen. Jetzt hatte sie keinen Zweifel mehr.

«Shereef?» Nur mühsam wollte der Atem aus ihrer Brust. Alles in ihr schrie danach, umzudrehen: fort, zurück, hinaus. Aber schon war der Blick zur Trümmerhalde versperrt, wenn sie denn in die richtige Richtung sah. Ranken, ein Gewirr von Ranken, die sich tentakelgleich zu bewegen schienen, und dahinter, eine Ahnung nur: Schwärze.

Der *Baum*. Im selben Moment wusste sie es. Der Hauptstamm der heiligen Esche, der einen Umfang besaß, dass er einer lichtlosen Wand glich. Jetzt konnte Leyken erkennen, wo die peitschenden Äste aus ihm hervorwuchsen. *Sein* Wille war es, der die Pflanzen beseelte. Der Wille des kaiserlichen Baumes, der Wille der Rabenstadt selbst, dem Jahrhunderte um Jahrhunderte jeder Eindringling erlegen war.

Eine Bewegung linker Hand. Leyken wandte den Kopf, und für einen Atemzug überkam sie eine unglaubliche Erleichterung.

«Mulak», flüsterte sie.

Er wandte ihr den Rücken zu. Sein Scimitar saß noch in der Verschnürung. Sie holte Luft und begann in seine Richtung zu waten, zugleich aber ließ sie irgendetwas nach ihrer eigenen Waffe tasten. Ihr Gefährte befand sich beinahe in Reichweite der Ranken und machte keine Anstalten, sich zu ihr umzudrehen.

«Mulak?» Damit hatte sie ihn erreicht.

Sein Mund stand offen. Eine Ranke vom Umfang ihres Handgelenks hatte sich an seinem Körper emporgewunden und in seinen Rachen gezwängt. Mulaks Augen waren aufgerissen, die Augäpfel nach oben verdreht. Nichts als das Weiße war zu sehen. Die Ranke pulsierte wie eine angeschwollene Ader, und Leyken glaubte zu erkennen, wie sie etwas einsaugte, aus ihrem Gefährten *heraussaugte*.

Sie schrie. Mulaks Scimitar war in ihrer Hand, bevor es ihr zu Bewusstsein kam. Sie begann auf die Ranke einzuschlagen, keuchend, besinnungslos, bekam kaum mit, wie sein Körper zusammensackte, im schlammigen Wasser versank. Sie schrie, fluchte, hieb auf die Gewächse ein, bis sie keine Kraft mehr hatte.

Ganz genau so würde es auch mit ihr geschehen. Es war kein wirklicher Gedanke mehr, eher ein Bild in ihrem Kopf. Die biegsamen Ranken, die auch ihre Kiefer aufzwingen würden. Oder aber ihre Beine würden irgendwann ganz von selbst unter ihr nachgeben. Ihr Leib würde in die Dunkelheit der widerwärtigen Brühe tauchen, und beinahe war es …

Sie hielt inne. Hier unten allein zu sein: War das das Schlimmste, was geschehen konnte? Mit einem Mal *wusste* sie, dass sie nicht länger allein war. Ganz langsam wandte sie sich um.

SÖLVA

DIE NORDLANDE: DAS STAMMESGEBIET DER HASDINGEN

«Nicht bewegen!»

Sölva erstarrte. Zwei ihrer Unterkleider hatte sie bereits mit Talg und Asche gereinigt, im eisigen Wasser ausgespült und die überschüssige Flüssigkeit ausgewrungen. Eben wollte sie sich mit dem dunklen Überkleid erneut in den Gebirgsbach beugen. Wenige Zoll über dem Wasser hielt sie inne.

«Nicht so!», zischte Terve. «Mach weiter! Aber tu so, als ob du einfach nur deine Wäsche wäschst!»

«Aber ich wasche einfach nur meine Wäsche!»

«Still!»

Mit finsterem Gesichtsausdruck ließ Sölva das Leinen ins Wasser gleiten und zuckte angesichts der Kälte zusammen. Alles war wilder hier, Tagesreisen vom Lagerplatz an den Drachenzähnen entfernt. Sofort spürte sie, wie die Strömung an dem Gewebe riss, und schloss ihre Finger fester um den moosgrünen Stoff. Wenige Schritte entfernt tanzten Wolken winziger Wassertropfen in der Luft, wo der Bach über eine Felsenkante schoss und donnernd in die Tiefe stürzte, einem der unzähligen Zuflüsse der Flut entgegen, der sich brüllend seinen Weg bahnte.

«Gut so», murmelte Terve.

Sölvas Antwort bestand aus einem Brummen. Es war am Tag nach der Unterwerfung der Charusken gewesen, dass sie mit der Dirne Freundschaft geschlossen hatte. Terve hatte schimpfend vor ihrem Zelt gesessen, über eine aufgerissene Naht an einem ihrer Kleider gebeugt. Schüchtern hatte Sölva sich erkundigt, ob sie helfen könne, und anstelle einer Antwort hatte Terve ihr das Kleid, Nadel und Faden stumm in die Hand gedrückt. Und Sölva hatte sich ans Werk gemacht; sie wusste, dass sie die für solche Arbeiten notwendige Geduld besaß. Zum Dank hatte Terve sie schließlich in ihr Zelt eingeladen, und sie hatte das Gewand aus feinem, lindgrün gefärbtem Leinen selbst einmal überstreifen dürfen. Erst da war ihr klargeworden, mit welcher Verderbtheit es unterhalb der Brust eng an den Leib geschneidert war. An ihrem mageren Körper blieb das zwar von begrenzter Wirkung, Terves Formen aber brachte es voll zur Geltung.

Daheim in Elt wäre all das vermutlich undenkbar gewesen. Mitten in einem Heereszug durch die Wildnis der Hochlande dagegen hatte man sich inzwischen an das Bild gewöhnt, dass eine Tochter des Hetmanns und eine Trossdirne Seite an Seite zu finden waren. So auch heute.

Nach kurzer Zeit waren Sölvas Hände taub vor Kälte. Ruckartig zog sie das Leinen an Land, bevor ihre Finger unsicher werden konnten. Wie zufällig warf sie dabei einen Blick in Terves Richtung.

«Was ist denn los?», wisperte sie.

«Sie ist rausgekommen.» Ihre Freundin bewegte kaum die Lippen. «Aus der Jurte. Sie spricht mit dem Hochmeister.»

«Sie?» Sölva hob den Blick, über das Wasser hinweg. Bachaufwärts hatten die Trossknechte Steine im Wasser versenkt, sodass man ihn trockenen Fußes überqueren konnte.

Hochmeister Ostil stützte sich auf seinen Stab. Seitdem sie den Zug zurück ins Gebirge angetreten hatten, wirkte der alte Seher gebrechlicher denn je. Jetzt aber war sein Kinn mit dem langen, zerfransten Bart ein Stück gehoben. Beinahe, als ob er sich bemühte, eine Spur ansehnlicher zu wirken, dachte Sölva. Mit gedämpfter Stimme schien er etwas zu erklären. *Ihr* zu erklären. Die Haut der Frau hatte die Farbe von Bronze. Ihr zerbrechlicher Körper, ihr Gesicht waren von einer fremdartigen Schönheit. Einer Schönheit, wie sie im Norden der Welt unbekannt war. Den Zweigen eines geheimnisvollen Baumes gleich zogen sich nachtschwarze Tätowierungen von ihren Schläfen und den hohen Wangenknochen den schlanken Hals hinab bis zum Schlüsselbein, wo sie unter einem weiten Gewand aus ungefärbter, seidig fließender Wolle unsichtbar wurden. Ja, der Hochmeister sprach zu ihr, sie aber sah nicht in seine Richtung. Ihre Augen waren … irgendwo anders. Nein, nicht auf den Wiesen und Almen mit dem kurzen, saftigen Gras, auf denen die Tiefländer an diesem Nachmittag ihre Zelte aufgerichtet hatten. Ihr Blick schien nach *innen* zu gehen. Sölva war sich sicher, obwohl die Frau im Grunde viel zu weit entfernt war. Doch ihre gesamte Haltung sprach davon, dass sie in Wahrheit irgendwo anders war, irgendwo weit, weit entfernt. Ihre Augen …

In diesem Moment sah die Fremde auf, und ihr Blick traf geradewegs auf Sölva. Mit hochrotem Gesicht schlug das Mädchen die Augen nieder, blickte starr auf die Uferböschung. Ein bunt schillernder Käfer hastete ratlos zwischen den Kieseln umher. Sölva glaubte sein Aufatmen zu hören, als er ein Schlupfloch fand, um vom Angesicht der Erde zu verschwinden.

«Zumindest hast du dein Kleid nicht ins Wasser fallen lassen», bemerkte Terve, ohne sich länger Mühe zu geben, die Stimme zu dämpfen.

Sölva sah auf. Die Fremde und der Hochmeister hatten sich umgedreht, wandten ihnen jetzt den Rücken zu. «Ich wollte sie nicht anstarren», murmelte sie. «Aber ich habe sie angestarrt, oder?»

Terve seufzte, drapierte das lindgrüne Kleid zum Trocknen in die Sonne und stützte die Hände auf die Oberschenkel. *«Jeder* starrt sie an. Doch die meisten geben sich Mühe, dass sie das nicht mitbekommt.»

«Wie muss sich das anfühlen für sie?», fragte Sölva leise. Sie beobachtete, wie die dunkelhäutige Frau und der greise Seher in eine Gasse zwischen den Zelten bogen. Die Tiefländer saßen vor ihren Lagerstätten und waren ganz in ihre Tätigkeiten vertieft: Ausbesserung von Stiefeln oder Ausrüstung, Vorbereitungen für die Abendmahlzeit. Ihre Köpfe blieben gesenkt – solange die Fremde sie im Blick hatte. Kaum aber war sie an ihnen vorbei, folgten sämtliche Augen ihr unverhohlen. Ohne jede Frage musste ihr das bewusst sein.

«Wie sich das anfühlt?» Terve hatte sich das nächste Gewand gegriffen, ein Kleid in einem lichten Blau mit einer aufwendig gewebten Borte. «Lass mich überlegen.» Mit Fett und Asche begann sie den Saum zu bearbeiten. «Sie reitet auf einer der besten Stuten aus dem Besitz deines Vaters. Wir dagegen müssen uns zu Fuß durch den Schnee kämpfen. Sie wird an seine Tafel gebeten; jedenfalls sieht man sie die Jurte am Abend nicht verlassen. Wir dagegen essen wie alle anderen von der Suppe aus den großen Kesseln. Tagsüber zumindest.» Wie beiläufig angefügt. «Sie schläft im Zelt des Hetmanns, obwohl sie nicht die Hetfrau ist und selbst seine Kebsweiber sich eine gemeinsame Jurte teilen müssen. Wir dagegen …»

«Das …»

«Ich glaube nicht, dass sie besonderen Grund hat, sich zu

beklagen», stellte Terve fest und betrachtete den Kleidersaum mit düsterer Miene. Die Verschmutzung war eher schlimmer geworden.

«Es muss seltsam sein», sagte Sölva leise. «Wenn man so anders ist als alle anderen.»

Ein Schnauben. Terve legte das Gewand beiseite. «*Anders* ist sie ganz bestimmt. Nicht allein, weil sie so dunkel ist. Die Leute sagen, im Süden sind sie alle so dunkel. Also ganz im Süden. Nicht im Kaiserreich, sondern noch weiter im Süden, viele Monate weit weg. Dort gibt es eine Gegend, in der es so heiß ist, dass man auf der Stelle verbrennen würde, wenn man noch einen Schritt weiter nach Süden machte. Doch auch so wird die Haut der Menschen dort dunkel wie Brotkrume, wenn man den Brotlaib zu lange im Ofen lässt. – Nicht dass schon mal jemand einen von dort gesehen hätte. Also vor *ihr* natürlich. Aber trotzdem.» Sie senkte die Stimme. «So weit ist das ganz üblich dort, sagen die Leute. Aber nicht diese Linien in ihrem Gesicht, und wer weiß, wo sie noch hinführen. Was sie *bedeuten*.»

«Wenn …» Sölva fuhr sich mit der Zunge über die Lippen. Selbstverständlich war das eine Frage, die sie sich selbst schon gestellt hatte. «Wenn es etwas … Schlimmes wäre, würde der Hochmeister dann mit ihr sprechen?»

«Vielleicht gerade deshalb?» Terve hob die Schultern. «Um möglichst viel herauszufinden über diesen Zauber, oder …» Wieder senkte sie die Stimme. «Sie schläft im Zelt deines Vaters. Und der Hochmeister spricht mit ihr wie mit einer Gleichgestellten. Findest du das *nicht* merkwürdig?»

«Nun, die Krieger sagen, sie wäre eine Botschafterin. Oder eine Geisel. Je nachdem, wie der Hetmann entscheidet. Auf jeden Fall ist sie wichtig. Also …»

«Weißt du, was die alte Tanoth sagt?» Terves Stimme war

jetzt nur noch ein Flüstern, und Sölva verstummte sofort, als die unheimliche Alte ins Spiel kam. Mit ihrem Karren folgte Tanoth dem Heerzug, einsam, weil jeder von ihr Abstand hielt. Ausgenommen Frauen wie Terve, die sich manchmal nach Einbruch der Dunkelheit zu ihr stahlen. Wenn sich eine ungewollte Leibesfrucht in ihrem Körper eingenistet hatte oder ein Krieger sie mit einer Krankheit angesteckt hatte, über die man nicht sprach. Tanoth kannte Mittel und Wege, hieß es. Wege, die mit sehr viel Blut zu tun hatten. Nicht immer blieben die Frauen am Leben, die sich ihr anvertrauten.

«Sie sagt, sie kann den Zauber dieser Fremden *riechen*», wisperte Sölvas Freundin. «Und es ist kein guter Geruch. Es ist der Gestank von Hexerei.»

«Aber sie ... Die Alte ist doch selbst so was wie eine ...»

«Siehst du? Dann muss sie es am allerbesten wissen.»

Sölva öffnete den Mund. Schloss ihn wieder. Zuweilen waren die Gedanken ihrer Freundin auf eine sehr eigenwillige Weise schlüssig. Gleichzeitig aber überfiel sie ein sonderbares Gefühl. Eine Art Kribbeln, eine innere Gänsehaut. *Das war noch nicht alles.* Sie wusste nicht zu sagen, warum sie sich da so sicher war.

Terve schien zu überlegen. Vorsichtig sah sie sich in sämtliche Richtungen um. Sie waren nicht die Einzigen, die sich mit ihrer Wäsche am Ufer niedergelassen hatten, doch die übrigen Frauen knieten ein ganzes Stück bachaufwärts über dem Wasser und waren in ihre eigenen Gespräche vertieft. Über die Fremde aus dem Süden zweifellos.

«Dein Bruder hat mir etwas erzählt», sagte Terve schließlich, und jetzt drehte sich Sölva vollständig zu ihr um. Ihr Bruder. Morwen.

Bevor der Heerbann wieder in die Hochlande aufgebrochen

war, um sich an die Fährte der Hasdingen zu heften, hatte der Hetmann den Unbewaffneten die Wahl gelassen. Sie konnten sich dem Zug von neuem anschließen oder aber ins mildere Tiefland zurückkehren, nun, da der Weg durch die Drachenklamm wieder frei war. Sölva und Terve hatten sich an jenem Abend bereits für das Tiefland entschieden und sich am Feuer der Trossleute eingefunden, als in ihrem Rücken mit einem Mal eine gut gelaunte Stimme ertönt war. Grinsend hatte Morwen seine Schwester in die Luft gehoben und im Kreis herumgewirbelt wie ein kleines Mädchen. Sie sei ja ein wahrer Riese geworden in den Monaten, die sie einander nicht gesehen hatten! Ob er sie das nächste Mal überhaupt noch wiedererkennen würde? Und wie er den Feldzug gegen die Hasdingen denn wohl bewältigen sollte, ohne eine Maid an seiner Seite, die ihm die farbigen Bänder in den Kriegerzopf flocht? Sölva war errötet. Der fröhliche, tapfere Morwen mit seiner leuchtend blonden Mähne war schon immer ihr Lieblingsbruder gewesen. Wie hätte sie nein sagen können? Eher zufällig war ihr Blick dabei auf Terve gefallen, eigentlich ohne besondere Absichten. Was diese aber anscheinend als Aufforderung verstanden hatte. Nach kurzem Zögern hatte die Dirne entschieden, dass sie die neu gewonnene Freundin auf gar keinen Fall allein den Gefahren der unwirtlichen Hochlande aussetzen konnte. Natürlich seien sie allesamt Nordleute, Hochländer wie Tiefländer gleichermaßen, doch das Hochland erhebe sich eben noch einmal nördlicher als ihre Heimat, und alles, was sich jenseits davon befände, sei schon gar nicht mehr auf den Karten verzeichnet. Mit Sicherheit sei das keine Gegend, in die sich ein halbes Kind, das noch so wenig gesehen hatte von der Welt, ohne eine vertraute Freundin begeben sollte. Sölva wusste selbst nicht zu sagen, ob sie überrascht gewesen war, als sie nach wenigen Tagen festgestellt hatte, dass die vertraute Freundin nun offenbar Morwens Lager teilte. Und ihm vermutlich auch den Kriegerzopf flocht.

Terve warf einen letzten, sichernden Blick über die Schulter. «Morwen hat mit den Boten gesprochen», sagte sie mit wiederum gedämpfter Stimme. «Den Männern, die die Frau gebracht haben. Jarl Hædbærd hat sie gesandt, dem dein Vater die Garnison in Thal und den Schutz an den Grenzen zur Öde anvertraut hat. Im Frühjahr, bevor wir zum Krieg gegen die Stämme aufgebrochen sind. Die Boten haben aber mehrere Wochen auf der anderen Seite der Berge warten müssen, weil die Charusken die Festung über der Klamm ja besetzt hatten.»

«Ich weiß», flüsterte Sölva, die sich jetzt ebenfalls misstrauisch in sämtliche Richtungen umsah. Die Frauen waren mit ihrer Wäsche beschäftigt, einige der Kinder kletterten auf der Suche nach Vogelnestern zwischen den Felsen umher. Vom Rand der Schlucht hielten sie sich fern. Die Krieger saßen am anderen Bachufer vor ihren Jurten, polierten ihre Lederpanzer und Stiefel oder schärften mit bedeutsamen Mienen ihre Äxte und Schwerter, die Helme mit dem verzierten Nasensteg, der Augenlicht und Antlitz schützte. Die Eisernen hielten sich wie gewöhnlich ein Stück abseits, ihres besonderen Ranges bewusst, während sie mit feinen, zangenartigen Werkzeugen ihren Kettenpanzern an Stellen zuleibe rückten, an denen das komplizierte Geflecht der stählernen Ringe sich gelockert hatte.

Die Boten aus Thal. Alles an diesen Boten war geheimnisvoll gewesen, von ihrer Ankunft mitten in der Nacht bis zu ihrem erneuten Aufbruch gleich am nächsten Morgen, zweifellos mit einer wichtigen Nachricht an Jarl Hædbærd. Sölva selbst hatte die Männer nur für wenige Augenblicke gesehen, bevor sie ihren Pferden die Sporen gegeben hatten und in einer Staubwolke wieder in der Klamm verschwunden waren. «Zwei von ihnen hatten goldene Rüstungen», wisperte sie. «Wie die kaiserlichen Söldner.»

«Weil es die Rüstungen kaiserlicher Söldner waren», zischte Terve. «Und weil sie die Söldner erschlagen haben, denen diese Rüstungen gehört haben. Also hör mir jetzt zu!»

Wieder öffnete Sölva den Mund, biss sich dann aber auf die Zunge und schwieg. *Ich* sollte *ihr* erzählen, was Morwen mir anvertraut, dachte sie. Und nicht umgekehrt. Doch als Sohn des Hetmanns und der Hetfrau war er eben nicht wirklich ihr Bruder. Was, wenn er Terve zu seinem Kebsweib erwählte? Dann würde sie sogar über Sölva stehen, wenn man Morwen dereinst im Hain von Elt auf den Schild hob. Denn das würden die Männer vom Thing doch tun. Wen sonst? Mornag mit seiner ewig finsteren Miene? *Ich sollte froh sein, wenn sie mir überhaupt etwas erzählt.*

Ihre Freundin schien sie durchdringend zu betrachten. Doch nein, unmöglich konnte sie Sölvas Gedanken erraten.

«Jarl Hædbærds Krieger reiten die Grenze ab», erklärte Terve mit leiser Stimme. «Die Grenze zum Kaiserreich. Die Hügel, die das Tiefland von der Öde trennen. Die Wolken vom Meer kommen über diese Hügel nicht hinweg, sondern regnen sich an den Hängen ab. Deshalb ist das Tiefland fruchtbar, und die Öde ist … öde. Aber das war nicht immer so, sagt Morwen. Das müssen ihm die Boten erzählt haben; er war selbst noch niemals dort. Jedenfalls gibt es dort Siedlungen, die vor zwei oder drei Menschenaltern noch geblüht haben, inzwischen aber hat die Öde sie verschlungen. Jedes Jahr kriecht sie einige Meilen näher an Thal heran, und in den letzten Jahren geht das immer schneller, sodass die Leute in Thal schon Sorge haben, dass sie eines Tages über die Hügel kommen könnte, weil der Herbstregen ja immer später einsetzt und …»

«Und dort haben sie sie gefunden?»

«Gefunden?» Terve blinzelte verwirrt. «Wen?»

«Die Frau! Die Frau mit den Tätowierungen!» Sölva biss sich auf die Unterlippe. Sie hatte zu laut gesprochen. Zwei der Wäscherinnen sahen neugierig zu ihnen herüber.

Ihre Freundin warf ihr einen bösen Blick zu und schwieg, bis die Trossfrauen sich wieder ihrer triefnassen Wäsche zuwandten. Dann zuckte sie mit den Achseln. «Bei dem Radau können sie sowieso nichts verstehen.» Mit dem Kinn wies sie auf den Nebelschleier über der tosenden Tiefe. «Was wir heute die Öde nennen, war früher bewohntes, fruchtbares Land. Und es war eine der Provinzen des Kaiserreichs. Deshalb war es dem Kaiser immer so wichtig, auch Thal wieder in seine Hand zu bekommen. Weil es eine Bedrohung darstellte. Aus dieser Zeit stammt die Alte Straße, die von der Rabenstadt quer durch das Reich bis nach Westerschild führt und zu den Häfen an der Küste. Heute sind dort kaum noch Reisende unterwegs, doch die Reiter des Jarls haben sie im Auge. Die Kaufherren können Westerschild nämlich bequem auf ihren Schiffen erreichen mit ihren Handelsgütern aus Vendosa und Carcosa. Für ein kaiserliches Heer sieht das anders aus, wenn es stark genug sein soll, um den Norden zu unterwerfen. Einer solchen Streitmacht bleibt nur die Alte Straße.»

«Ein kaiserliches Heer?» Sölva machte denselben Fehler kein zweites Mal. Sie hob die Stimme um keine Winzigkeit. Sie war überhaupt nicht in der Lage dazu, mit einem Mund, der mit einem Mal trocken war wie die Öde selbst. «Ein kaiserliches Heer kommt von Süden durch die Öde, und der Hetmann zieht in den *Norden*?»

«Nein.» Terve schüttelte den Kopf. «Kein Heer. Die Fürsten des Kaiserreichs sammeln sich zur Heerschau, doch offenbar sind wir nicht das Ziel. Wobei sich da wohl weder Morwen noch dein Vater vollkommen sicher sind. Aber es könnte etwas anderes sein, etwas, das dein Bruder selbst nicht recht verstanden hat. Etwas …» Sie strich sich über die Unterarme, die plötzlich eine Gänsehaut bekommen hatten. «Etwas, das noch sehr viel gefährlicher sein könnte.» Sie senkte die Stimme, bis sie nur noch ein Flüstern war und Sölva gezwungen war, näher an sie heranzurutschen. «Einer der Boten war selbst mit dabei, als sie auf die Frau gestoßen sind», wisperte Terve. «Gord, ein Krieger aus Thal. Einer der beiden in den Panzern aus dem Süden, die du gesehen hast. – Sie haben den Zug schon aus der Ferne erspäht. Ein vierrädriger Wagen mit einem seidenen Verdeck, eskortiert von zwei Dutzend Männern in goldenen Rüstungen. Sogar das Banner des Reiches hatten sie aufgezogen, den gekrönten Raben. Dabei mussten sie doch wissen, dass die Gegend unsicher ist so nahe an Thal. Und überhaupt: eine so kleine Gruppe …»

Für einen Moment legte Sölva die Stirn in Falten, dann begriff sie. «Eine so kleine Gruppe hätte ein Schiff nehmen können. Wenn sie nach Westerschild wollte. Warum haben sie die Alte Straße genommen? Und wenn sie schon die Alte Straße genommen haben, warum dann so auffällig?»

Terve nickte. «Das sind genau die Fragen, die dein Vater stellt. Nur Gord und seine Reiter haben sie nicht gestellt. Jarl Hædbærd hatte ihnen klare Anweisungen gegeben: Wenn sich Kaiserliche durch die Öde näherten, sollten sie keinen von ihnen entkommen lassen. Der Jarl hat natürlich an Späher gedacht. Es waren aber keine Späher.» Ihre Stimme wurde mit jedem Satz noch leiser. «Sie haben einen schützenden Ring um den Wagen gebildet in ihren goldenen Rüstungen, doch bis die Reiter begriffen haben, dass dort nicht etwa noch mehr Söldner versteckt waren oder ein Goldschatz oder … nicht *nur* ein Goldschatz, sondern auch die Frau und ihre Zofen.» Sie atmete tief ein. «Da war es zu spät. Die Frau hat einfach nur dagesessen unter ihrem Baldachin, hat Gord erzählt. Das Blut der Männer, die sie beschützen wollten, ist über ihre Robe gespritzt, und dennoch hat sie nicht geschrien, nicht geweint, sich überhaupt nicht bewegt. Die Zofen wohl schon, und die Zofen haben sie dann auch …» Terve sprach nicht weiter.

«Herrin der Winde!», flüsterte Sölva.

«Die Zofen und das Gold», setzte Terve wieder an, «wie es ihnen zustand. Das Gold haben sie behalten, für die Zofen hatten sie keine Verwendung mehr, nachdem sie mit ihnen fertig waren. Sie sind tot. Diese Frau dagegen … Keiner von ihnen ist ihr nahegekommen. Als ob sie nicht da wäre. Obwohl ich mir das nicht vorstellen kann. Du spürst es auch, oder? Man spürt, dass sie da ist. Man spürt es, wenn sie einen ansieht.»

Sölva neigte stumm den Kopf.

«Als sie mit dem letzten der Mädchen fertig waren, haben sie beschlossen, die Frau deinem Vater zum Geschenk zu machen», murmelte Terve.

«Sie hatten Angst vor ihr.» Sölvas Stimme klang belegt. «Deshalb haben sie sich von ihr ferngehalten. Aber sie sind Krieger des Nordens. Niemals würden sie das zugeben.»

Ihre Freundin nickte knapp, schaute zum anderen Bachufer, doch die Fremde und der Hochmeister waren jetzt zwischen den Jurten verschwunden. Das Aufgebot aus dem Tiefland hatte an diesem Tag früh haltgemacht, kurz nach Mittag bereits. Das Gelände oberhalb der Schlucht war frei von Eis, von höheren Gipfeln gegen die Winde von Norden geschützt. Was eine Wohltat war, nachdem sie schon mehrfach im kniehohen Schnee hatten kampieren müssen. Seitdem sie von der Drachenklamm aufgebrochen waren, war dies das erste Mal, dass

Morwa ihnen einen halben Tag Ruhe gönnte. Als käme es auf jede einzelne Stunde an, wenn sie die Flüchtenden einholen wollten, dachte Sölva. Obwohl doch jeder wusste, dass die Flucht der Hasdingen ganz von allein zu Ende sein würde, sobald sie den Rand der Erfrorenen Sümpfe erreichten, in denen es keine Deckung, kein Versteck mehr gab. Für einen Moment ging ein ganz anderer Gedanke durch Sölvas Kopf. Doch nein, wie sollte *das* mit der dunklen Frau zu tun haben?

«Angst kann man auch bekommen vor ihr», sagte Terve und riss sie aus ihren Gedanken. «Es ist, als ob sie in Wahrheit irgendwo anders wäre. Die dunkle Frau. Und sie spricht nicht. Deshalb kennt auch niemand ihren Namen.»

«Aber der Hochmeister ...»

«Ich habe nicht gesagt, dass sie taub ist.»

Schweigen. Diesmal war Sölvas Freundin etwas zu laut gewesen. Wieder sah eine der Wäscherinnen neugierig in ihre Richtung. «Die Seher glauben aber auch nicht, dass sie wirklich stumm ist», fügte Terve leiser hinzu. «Möglicherweise hat sie die Sprache verloren, als sie mitansehen musste, was die Krieger mit ihren Zofen getan haben. Vielleicht auch schon früher. Doch auf jeden Fall war es nicht *unsere* Sprache, die sie verloren hat. Sie versteht nur die Alte Sprache, die Sprache des Sonnenvolks.»

«Deshalb spricht sie mit dem Hochmeister», murmelte Sölva. «Oder der Hochmeister mit ihr.»

Terve nickte. «Die anderen Meister beherrschen nur einige wenige Wörter dieser Sprache. Genauso dein Vater, doch aus irgendeinem Grund ...» Sie strich sich über die Unterarme. Fror sie? «Morwen meint, er wäre *besessen* von dieser Frau.»

«Das hat Morwen gesagt?»

Wieder nickte Terve. «Der Hetmann ist davon überzeugt,

dass all das kein Zufall ist. Kein Zufall, dass sie gerade jetzt in den Norden kommt, wer auch immer sie ist, wenn sie mit einer Eskorte kaiserlicher Söldner unterwegs ist. Eine Gesandte mit wichtigen Botschaften vielleicht. An den Statthalter in Westerschild oder sonst wohin. Er glaubt, dass das irgendwie zusammenhängen muss mit den seltsamen Geschichten aus dem Süden. Den Geschichten, dass die Blätter der Esche welken und sich in der Steppe ein neuer Khan erhebt und die Völker zu seinen Bannern strömen. Die Stürme sollen in diesem Sommer die schlimmsten seit Menschengedenken gewesen sein. Jenseits der Flut. Im Osten, in Borealis.»

«Die Vergessenen Götter zürnen», sagte Sölva leise. Längst hatte sich auch auf ihren Armen eine Gänsehaut eingestellt.

«Das hat man uns schon erzählt, als wir kleine Kinder waren.» Wenn Terve Sölvas Bemerkung beiseiteschieben wollte, passte ihr Tonfall nicht dazu. «Dass die Götter zürnen und die Winter deshalb kälter werden. Dass kein Regen fällt oder zu viel davon und an der falschen Stelle. Und all das ... All das passiert ja auch, und immer häufiger, wie es scheint. Aber trotzdem ist die Welt bis jetzt nicht untergegangen. Was nicht bedeutet, dass es nicht heute tatsächlich ...» Sie brach ab. Schüttelte den Kopf, als wollte sie den Gedanken vertreiben. Mit einem Seufzen griff sie wieder nach dem lichtblauen Kleid. «Jedenfalls wissen sie nicht, woran sie mit ihr sind. Wer sie ist und wo sie herkommt, wohin sie unterwegs war und was sie dort wollte: Entweder kann sie es nicht zum Ausdruck bringen, oder sie *will* es nicht. Oder sie weiß es selbst nicht. Nur dass das alles nichts Gutes zu bedeuten hat: Da sind sich die Männer vom Rat sicher.»

Beide schweigen. Geraume Zeit war nichts zu hören als das Tosen und Brausen des stürzenden Wassers und, weit entfernt, das nichtige Plaudern der Wäscherinnen. Bis unvermittelt ein Schrei die Stille zerriss.

Sölva zuckte herum. Die Kinder! Die Felskante!

Stolpernd eilten ein kleiner Junge und ein etwas älteres Mädchen auf den Rand der Schlucht zu. Sölva war aufgesprungen, war schon auf dem Weg zu ihnen, unmittelbar gefolgt von Terve. Das Tosen war in ihren Ohren, doch darüber: eine schwache Stimme aus der Tiefe, eine Kinderstimme.

«Unser Bruder.» Das Gesicht des kleinen Mädchens war kreidebleich. «Balan. Er hat gesehen, wie die Schwalben dort unten verschwunden sind. Er wollte ihre Nester suchen. Ich habe es ihm verboten, aber ...»

Sölva hatte sich schon abgewandt. Sie holte Atem, bewegte sich mit vorsichtigen Schritten auf den Rand des Abgrunds zu, unter ihren Füßen loses Geröll. Vor nicht allzu langer Zeit musste an dieser Stelle ein Bergsturz niedergegangen sein.

«Was hast du vor?» Terve war hinter ihr, aber der Abstand vergrößerte sich. Plötzlich ein erschrockener Laut. Die Trossdirne musste auf den Steinbrocken weggerutscht sein.

«Bleib zurück!» Sölva sah sich nicht um. Nur noch wenige Schritte. Ihr Blick war auf die Felskante gerichtet. «Pass auf, dass die Kinder mir nicht nachkommen!»

Jetzt hörte sie auch andere Stimmen. Die Menschen im Lager hatten begriffen, dass etwas vorging, doch zuerst mussten sie über den Bach hinweg, dann die Steine empor. Und sie waren schwer, Morwas Reiter in ihren Panzern. Wer konnte sagen, was die Erschütterungen auslösen würden? Sölva selbst war ein Strich in der Landschaft. Das Ende des Hungers hatte daran nichts geändert.

«Pass auch auf die Krieger auf!», presste sie zwischen zusammengebissenen Zähnen hervor, während sie am Rand der

Schlucht langsam auf die Knie sank, sich auf die Hände stützte. Das Gestein war kalt wie Eis.

Der kleine Balan befand sich zehn Fuß unter ihr. Efeugewächse hatten im lockeren Geröll Wurzeln geschlagen, klammerten sich in den Fels und rankten abwärts – und der kleine Junge klammerte sich in das Rankwerk, suchte bereits nach neuem Halt. Sölva spürte, wie sich das Geröll unter ihrer rechten Hand verschob, Wurzeln sich zu lösen begannen.

«Nicht bewegen!», flüsterte sie, war sich nicht sicher, ob der Junge sie überhaupt hören konnte. Seine Augen waren aufgerissen. Er starrte sie an wie eine Erscheinung. Unter ihm – *weit* unter ihm, achtzig, hundert Fuß unter ihm – wütete der Mahlstrom schmutzig weißen Wassers, halb verborgen hinter einem gnädigen Schleier der Gischt.

Hastig sah sie sich um. Wenige Schritte entfernt wuchs eine verkrüppelte Kiefer aus dem bröckeligen Gestein hervor. Auch rund um ihren Stamm hatte der Efeu Wurzeln geschlagen, und die Ranken, die sich von dort über das Geröll und in die Tiefe ausdehnten, wirkten kräftiger.

«Ich komme!», wisperte sie dem Abgrund entgegen, in plötzlicher Angst, schon durch den Klang ihrer Stimme einen Steinschlag auszulösen, der das Kind mit sich davonreißen würde.

«Sölva?» Terves Stimme.

Sie achtete nicht weiter auf ihre Freundin, umfasste die stärksten unter den Ranken und kroch rückwärts langsam auf die Felskante zu. Gestein unter ihren Füßen, die in dünnen Lederschuhen steckten. Loses, bröckeliges Geröll – und dann nichts mehr.

Sie holte Luft, suchte mit den Füßen Halt an der senkrecht abfallenden Wand. Sie löste die rechte Hand, fand eine neue Position, löste die linke, keuchte unterdrückt auf, als etwas Spitzes, Scharfkantiges über ihre Hüfte schrammte. Dann befand sie sich in der Felswand. Ihr rechter Fuß stemmte sich auf einen schmalen Vorsprung, der linke glitt mehrmals ab, doch verbissen umklammerte ihre Hände die Ranken des Efeus.

«Nicht ... bewegen, ... Balan.» Wieder wusste sie nicht, ob die Worte bei dem Jungen ankamen. Sie wagte keinen Blick in seine Richtung.

Ihr linker Fuß tastete tiefer, traf auf unsicheren Widerstand in einer Gabelung der Ranken. Sölva hielt den Atem an, als sie erst die eine Hand löste, dann die andere, weiter abwärts kletterte. Jetzt konnte sie den Jungen aus dem Augenwinkel erkennen, zwei Fuß links von ihr, zu weit weg, um ihn mit ausgestrecktem Arm zu erreichen. Sie drehte den Kopf.

Der farblose Kittel des Kleinen war über der Schulter zerrissen. Aufgeschürfte Haut sah hervor, doch nur wenig Blut. Mit beiden Händen klammerte Balan sich an eine Efeuranke, die nicht halb so stark war wie der Strang des Gewächses, der Sölvas Gewicht trug. Ein Stück unter dem Kleinen befand sich ein Vorsprung, der aber schräg in die Tiefe abfiel. Und das Gestein war nass und glitschig. Er würde sich dort nicht halten können.

Sölva löste ihre linke Hand, streckte sie dem Kind entgegen.

«Ich komme nicht ... ganz an dich heran.» Ihr eigener Körper schien mit jedem Atemzug schwerer zu werden. Ihre Schultern brannten. «Du musst mit einer Hand loslassen. Bitte!»

Sie sah die Angst in Balans Augen. Doch ein Junge, der den Feldzug gegen die Stämme mitgemacht hatte, unterschied sich von einem Kind, das niemals einen Fuß vor die Wälle von Elt oder Vindt gesetzt hatte. Balan löste seine Rechte, und Sölva sah, wie sein Gesicht sich verzog, als sein Gewicht mit einem Mal vollständig an der verletzten Schulter hing.

Sie griff nach seiner Hand, bekam sie nicht zu fassen. Seine Finger waren feucht und kalt wie ihre eigenen.

«Stoß dich ab!», presste sie hervor. «Ich halte dich.»

Der Junge holte Luft – und ihre Finger schlossen sich um sein Handgelenk. Ein Ruck, als das zusätzliche Gewicht … Ein neuer Ruck. Heftiger. Sölva keuchte auf, als sie mitsamt dem Jungen mehrere Zoll in die Tiefe sackte, bevor die Ranke sich unvermittelt wieder spannte. Ein Schmerz in ihrer Schulter, der ihr die Tränen in die Augen trieb. «Halt dich an mir fest!», flüsterte sie. «Ich brauche beide Hände.»

Ein neuer Ruck. Sölva schrie auf, als eine der Ranken riss, derbes Laub ihr ins Gesicht peitschte, doch im selben Moment fand ihr rechter Fuß den schrägen Vorsprung. Eben genug Halt, die schmerzhafte Spannung in ihrer Schulter eine Winzigkeit zu mildern. Der Atem stach ihr in der Brust, als Balan sich in den Stoff ihres Kleides krallte, ihren Körper umklammerte, aber zumindest hatte sie beide Arme wieder frei.

Die Ranke: Probehalber verstärkte Sölva den Zug, und spürte sofort, dass etwas nicht richtig war. *Die Wurzel hat sich gelöst.* Sie wusste es, konnte es vor sich sehen. Die Ranke mochte sich im Geröll oder am Stamm der Kiefer verklemmt haben, doch sie würde ihr Gewicht nicht mehr tragen.

Sölva blickte nach oben. Sie konnte es *sehen*, konnte sehen, wie sich das brüchige Gestein zu verschieben begann, ausgewaschen von Frösten und beständiger Feuchtigkeit. Die gesamte Wand war in Bewegung.

Wir schaffen es nicht. Herrin der Winde, wir schaffen es nicht.

Der kleine Junge klammerte sich an ihren Rücken, das Gesicht in ihrem Kleid vergraben. Sie wusste, dass er weinte.

«Halte dich fest!», flüsterte sie. «Halte dich gut fest!»

Sie atmete tief ein. Sie musste es versuchen. Der Riss im

Gestein war jetzt unübersehbar. Die Wand würde einstürzen, selbst wenn sie sich überhaupt nicht mehr bewegten. Welche Wahl also hatten sie?

Ihre linke Hand wanderte nach oben. Vorsichtig verlagerte Sölva ihr Gewicht. Die Ranke gab um mehrere Zoll nach, doch dann kam die Bewegung zum Stillstand. Sölva zog sich nach oben, spürte das Gewicht des Jungen an ihrem Leib. Zwanzig Fuß, dachte sie. Die Stelle, an der Balan sich festgeklammert hatte, befand sich nun über ihr. Die linke Hand, die rechte.

Stimmen. Sie hörte Stimmen dort oben, betete, dass die Krieger sich von der Geröllhalde fernhielten. Wenn einer von ihnen einen falschen Schritt machte, würde es vorbei sein. Terves Stimme? Sie durfte nicht darüber nachdenken.

Die linke Hand ... – Ein Ruck! Schlimmer als alles zuvor. Leere Luft unter ihr, Leere in ihrem Kopf, als sie in freiem Fall abwärts stürzten. Der neue Ruck, mit dem der Sturz zum Stillstand kam, schien ihr die Schulter aus dem Gelenk zu reißen.

Sie blinzelte, sah nichts als Nebel, hörte das Brüllen, so viel näher jetzt, glaubte das tosende Wasser direkt unter sich zu spüren, das sie und den Jungen davonreißen, ihre Körper an den Felsen zerschmettern würde.

«Herrin der Winde», flüsterte sie. «Hohe, heilige Herrin der Winde.»

Ihre Schultern brannten, in ihren Händen war kein Gefühl mehr. Ihre Beine hatten sich um den Strang des Gewächses geschlungen, doch das bedeutete kaum einen Unterschied. Ihr Blick war unsicher, in ihrem Kopf summte, brauste, pochte es vor Anstrengung. Und sie wusste, dass all das keinen Sinn mehr hatte, jetzt nicht mehr. Niemals würde sie jetzt noch die Kraft aufbringen, hundert Fuß in die Höhe zu klettern mit der Last des Jungen auf ihrem Rücken. Nichts konnte sie mehr tun, als die Schmerzen um einige letzte, verzweifelte Atemzüge zu verlängern. *Würde ich loslassen?*, dachte sie. *Wenn es nur um mich allein ginge, würde ich loslassen?* Es fühlte sich fremd an. Alles um sie her begann sich fremd anzufühlen, die Ranke, die ihre Finger umklammerte, schien auf widersinnige Weise *kräftiger* als zuvor, lebendiger. Als ob sie sich unter ihren Händen regte, dem Efeugewächs ein pulsierendes Herz gewachsen wäre. Als ob die Pflanze sich – *bewegte*.

Sölva riss die Augen auf. Sie selbst bewegten sich! Die Felswand war an dieser Stelle zehn Fuß entfernt. Unmöglich, nahe genug heranzukommen, um Halt zu finden, doch Sölva und der kleine Balan, das Gesicht noch immer in ihrem Kleid vergraben, bewegten sich.

Sie bewegten sich ruckartig – nach oben. Das schäumende Wasser jetzt zehn, jetzt fünfzehn Fuß unter ihnen. Stimmen von oben, die rauen Stimmen der Krieger. Sie hatten sich an die Kante gewagt. Doch die Ranke würde …

Sölva starrte auf die Ranke. Sie blinzelte. Blinzelte ein zweites Mal. Sie hatte zwei vielleicht fingerdicke Verzweigungen umfasst, als sie sich an den Abstieg gemacht hatte. Nun aber umklammerte ihre Hand eine einzige Ranke. Eine Ranke allerdings, die den Umfang ihres Handgelenks besaß, robust und geschmeidig wirkte. Unterhalb ihrer Finger schien sich zudem ein Wulst gebildet zu haben, der ihren Griff sicherer machte. Es war unmöglich, und doch konnte sie es deutlich sehen, konnte sie es spüren. Fremdartig. Als hätte ein lebendes Wesen ihr die Hand zur Rettung entgegengestreckt.

Ich träume. Die Gedanken in ihrem Kopf wirbelten durcheinander. *Nein, ich bin tot. Ich bin auf dem Wasser aufgetroffen und wir sind tot, beide tot.*

«Sölva?» Terves Stimme überschlug sich. «Festhalten! Ihr habt es fast geschafft! Ihr schafft es!»

Die Felskante. Die Stelle war kaum wiederzuerkennen. Links von ihr, wo der Junge nach seinem Sturz Halt gefunden hatte, war das Gestein in die Tiefe gebrochen. Hände streckten sich ihr entgegen. Ihr Bruder Morwen, mit blassem Gesicht, auf dem ein Ausdruck stand: Nein, es war nicht Sorge allein. Es war etwas, das sie nicht deuten konnte. Hinter ihm der alte Rodgert, der Anführer von Morwas Eisernen, der nach dem kleinen Jungen griff und ihn über die Kante in die Sicherheit hob. Balan gab sich keine Mühe mehr, sein Weinen zu verbergen.

Sölvas Knie waren weich, als sie festen Boden betrat. Wieder und wieder flüsterte Terve den Namen ihrer Freundin, schloss sie in die Arme. Menschen hatten sich am Rand der Geröllhalde versammelt, viele Menschen, die tuschelnd miteinander sprachen.

Die Frau saß am Boden. Die dunkelhäutige Frau, die Frau aus dem Süden, die Frau mit den verwirrenden Tätowierungen auf dem Gesicht. Ihre Beine waren übereinandergeschlagen, ihre Hände ausgestreckt, und sie lagen dicht über den Wurzeln des Efeus. Wurzeln von Efeu, kräftiger als Sölvas Unterarme.

Sie schienen mit dem Herzschlag der Frau zu pulsieren.

MORWA

DIE NORDLANDE: DAS STAMMESGEBIET DER HASDINGEN

«Stahl zu Stahl.»

Ein altertümliches Messer wurde gehoben. Der Griff war aus Horn gefertigt und zeigte eine barbrüstige Frauengestalt aus den Reihen der vergessenen, namenlosen Götter. Auf der Klinge blitzte Fackellicht, als sie in einem weit ausholenden Bogen das Zeichen des Heiligen Kreises schlug.

Reglos saß Morwa auf seinem zeremoniellen Stuhl. Noch hatte er keinen Anteil am Geschehen im Zentrum seiner Jurte, doch er verfolgte den Vorgang aufmerksam. Wie alle, die sich in seiner Wohnstatt versammelt hatten.

«Flamme zu Flamme.»

Die Klinge lag in der Hand seines ältesten Sohnes, der sich nun über ein Eberfell beugte, auf dem der leblose Körper eines jungen Mannes ruhte. Mit einer raschen Bewegung fuhr die Waffe durch die Locken des Toten und löste eine üppige Strähne der feuerroten Mähne. Morwen richtete sich auf und hielt die Haarlocke für alle sichtbar in die Höhe, bevor er sie in einem an den Boden gezeichneten Kreis ablegte, zu einem anderen Haarbüschel. Einem Haarbüschel von stumpfem Grau.

«Blut zu Blut.»

Mit einem Schritt trat Morwen zu einer leichenblassen jungen Frau, die ihm die Innenseite ihres entblößten Unterarms darbot. Sie zuckte nicht zurück, als er die Klinge über ihre Haut führte und ein schmales, dunkelrotes Rinnsal sichtbar wurde. Die Frau streckte den Arm über den Kreis am Boden, sodass mehrere Tropfen die Haarsträhnen benetzten.

Morwen hielt die Klinge von neuem in die Höhe, zog sie dann mit einem entschlossenen Schnitt über seinen eigenen Unterarm. Ein Raunen ging durch die Schar der Umstehenden, als ein Strom hellen Blutes pulsierend aus der Wunde trat und sich am Boden mit dem Blut der Frau vermengte.

«Ich, Morwen, Sohn des Morwa aus dem Geschlechte des Otta von Elt, nehme dich und die Frucht deines Leibes an», verkündete Morwen an die Frau gerichtet. «Die meinen sollt ihr sein in Fehde und Frieden, in Hunger und Fülle, in Tod und Leben.»

«In Tod und Leben.» Mit gedämpften Stimmen wiederholten die Tiefländer seine Worte.

Morwens Miene war ernst, als er sich an seinen Vater wandte. «Bestätigt Ihr, mein Hetmann, dass diese Frau und ihre Kinder meiner Sippe und meinem Hausstand zugeschlagen seien? Dass mein Arm sie schirmen möge, wie der Arm ihres Vaters und ihres Ehemanns sie schirmte in Fehde und Frieden, in Hunger und Fülle, in Tod und Leben?»

Schweigend betrachtete Morwa den ältesten seiner Söhne, hielt den Blick des jungen Mannes fest. Kein Flackern war in Morwens Augen zu erkennen, kein Anzeichen, dass er sich des Ernstes der Stunde nicht bewusst wäre. Aufrecht stand er im Zentrum der Jurte, den dunklen Lederpanzer mit dem Zeichen des Ebers um den muskulösen Leib gegürtet, das blonde Haar streng zum Kriegerzopf gebunden, auf den ebenmäßigen Zügen ein Ausdruck der Entschlossenheit. Einer der Kriegsherren der Alten Zeit, dachte der Hetmann. Welch ein Bild würde er abgeben an der Spitze des Reiches von Ord. Wenn die Wahl seines Vaters auf ihn fiel.

Noch war es nicht so weit. Morwa holte Luft. «In Tod und Leben. Ich bestätige es.»

Für seine Worte gab es keine überlieferte Formulierung. Und dennoch reichten sie aus, um den Bann zu brechen. Rufe des Beifalls wurden laut. Morwens Kampfgefährten drängten heran, klopften dem Sohn des Hetmanns rau auf die Schulter. Ganz wie es einem Mann geschah, dessen Weib ihm soeben ein Kind geschenkt hatte. Oder gleich drei davon, dachte Morwa. Vier, die Frau mit eingerechnet. Furchtsam hielten sich die Geschwister bei der blassen Gestalt ihrer Mutter, vermieden es, einen Blick zum Leib ihres toten Vaters zu werfen, dessen zerschmetterten Brustkorb man mit einer Decke verhüllt hatte. Etwas zurückhaltender wurden auch ihnen Glückwünsche ausgesprochen.

«Hört mir zu!» Morwen übertönte sämtliche Stimmen, und auf der Stelle galt ihm alle Aufmerksamkeit. «Mit einem Morgen der Trauer hat dieser Tag begonnen, doch er endet in einem Abend der Freude. Er soll begangen werden, wie es einem solchen Abend geziemt. Versammelt euch bei meinen Zelten! Wein aus dem Süden soll es geben, schweren Roten aus Vendosa!»

Damit kannte die Begeisterung keine Grenzen mehr. Die Tiefländer drängten ins Freie, Leute vom Tross und Bewaffnete bunt gemischt, zuletzt zwei Männer, die die Bahre mit dem Toten aufnahmen, auf dessen Tapferkeit man in Morwens Zelten mehr als einen Trinkspruch ausbringen würde. Mit der Aussicht auf Südwein schien der kniehohe Schnee vor der Jurte seinen Schrecken verloren zu haben. Für nahezu jeden, dachte

Morwa. Die Frau und ihre Kinder sahen der Bahre des toten Vaters, des toten Ehemannes nach, unschlüssig, was nun von ihnen erwartet wurde. Bis schließlich die Mädchen sich ihrer annahmen: Sölva, die Tochter der Kebse, und ihre Freundin, die Dirne. Stumm verfolgte der Hetmann, wie sie alle gemeinsam die Jurte verließen. Einzig der alte Rodgert blieb am Eingang zurück, sorgte dafür, dass die schützenden Felle wieder an Ort und Stelle glitten, bevor er sich zu Morwa umwandte.

«Das war gut getan. Euer Sohn ist ein Mann der Ehre.»

Der Hetmann betrachtete den Anführer seiner Eisernen. «Das trifft auf alle vier meiner Söhne zu. Mortil und Morleif sind am Hauptsitz der Hasdingen wieder zu uns gestoßen, und reihum schicke ich alle vier von ihnen aus, um nach der Fährte der Hasdingen zu forschen. Morwen ist der erste, der dabei zwei seiner Männer verloren hat.»

Der Alte neigte das Haupt. «So ist es. Das Gelände erschien ihm unsicher. Er hat die beiden Männer in die Felswand gesandt, um die Beschaffenheit des Gesteins zu prüfen. Dass es unter ihrer Last in die Tiefe gebrochen ist, beweist nur, wie recht er getan hat mit seiner Anweisung. Wie viele Menschen wären gestorben, wenn der Steinschlag stattdessen auf unseren Zug niedergegangen wäre? Vom alten Freiwalt war nichts als eine Strähne seines Haares zu bergen, den Mann seiner Tochter haben die Kundschafter zurückgeführt. Die Tiefländer schulden dem Opfer dieser beiden Männer Dank, mein Hetmann. Ebenso aber schulden sie Morwen Dank.»

Morwa schwieg. Von den Zelten seines Sohnes her ertönte Jubel. Allem Anschein nach wurde der Rote aus Vendosa bereits ausgeschenkt. «Offensichtlich», sagte er. «Ganz offensichtlich tun sie das.»

Er schloss die Augen. Er hatte Freiwalt gekannt. Ein alter

Krieger aus den Hügeln oberhalb von Elt, der beinahe von der ersten Stunde an in seinem Aufgebot gefochten hatte. So wenige waren noch am Leben aus jener Zeit, dachte er. Und jene wenigen waren alte Männer, wie Morwa selbst einer war. Der Ring um seine Brust saß eng an diesem Abend. Die Kälte des Winters griff um sein Herz, grimmiger mit jedem Tag. Es war an der Zeit, Rodgert für den Abend zu entlassen. Zeit für das Einzige, was ihm noch Linderung verschaffte, anstatt sich die Lobgesänge des alten Mannes auf die Verdienste Morwens anzuhören.

Denn natürlich war dem Hetmann bewusst, wovon der Anführer der Eisernen sprach. Die Frau und ihre Kinder hatten mit einem Mal ohne Sippe dagestanden. Gewiss hätten die Tiefländer sie nicht verhungern lassen. Dass Morwen sie aber in seine eigene Sippe aufgenommen hatte, war eine Auszeichnung, und ohne jede Frage war es eine ehrenwerte Entscheidung. Zumal er die Frau mit Sicherheit nicht für sein Lager beanspruchen würde, mager, wie sie war. Und doch konnte sie nunmehr erwarten, dass Morwens Schwert sie beschirmte, dass weder sie noch ihre Kinder Hunger leiden mussten, soweit es nur in seiner Macht stand. All diese Ehrenhaftigkeit aber hätte Morwen sich ersparen können, dachte der Hetmann. Wären die beiden Männer noch am Leben gewesen.

Wäre ich mir nur sicher, dachte er. *Wäre ich mir nur sicher, dass er aus Umsicht gehandelt hat, als er die beiden in die Felswand sandte. Und nicht aus reinem Übermut.* Dem Übermut, mit dem der älteste seiner Söhne seine Kräfte überschätzte. Mit dem er sich in jeden Kampf stürzte, in jede Herausforderung, die sich nur anbot. In Jagdabenteuer, die selbst für einen Mann des Nordens aus dem Rahmen fielen. Außerdem aber war es jener Übermut, für den ihm die Herzen der Krieger zuflogen und ebenso die Herzen der Jungfrauen. Und selbst das Herz eines alten Kämpen wie Rodgert. Auf wessen Haupt der Alte den Reif von Eisen würde sehen wollen, wenn die Stunde gekommen war, konnte kaum im Zweifel stehen. Nur dass er nicht ahnen konnte, wie nahe diese Stunde bereits war. Wie nahe die Dunkelheit war.

«Gesellt Euch zu Morwen», wandte der Hetmann sich an Rodgert. «Habt ein Auge darauf, dass die Leute bei einem einzigen Becher Südwein bleiben. Wir brechen zu früher Stunde auf. Und der Weg ist noch weit.»

«Mein Hetmann.» Eine tiefere Verneigung diesmal. Der Alte verließ die Jurte, und das Letzte, was Morwa von ihm zu sehen bekam, waren seine Finger, die die Felle vor dem Eingang sorgfältig wieder in Position brachten, damit kein Hauch der Kälte ins Innere dringen konnte.

«Der Weg ist noch weit», murmelte Morwa. Er verharrte in seinem Stuhl. Nun, da er allein war, befreit von der Notwendigkeit, jeden Anflug seiner Schwäche zu verleugnen, konnte er das ganze Gewicht der Krankheit spüren. Er wusste, welchen Weg sie nehmen würde. Er hatte schon Männer an dieser Krankheit sterben sehen und wusste, dass besonders die Nächte zur Qual werden konnten. Eine sitzende Haltung, Kissen, die man in ihren Rücken stapelte, verschaffte den Siechenden zuweilen Erleichterung. Doch wenn er die Nacht auf seinem Stuhl verbrachte, würden seine Beine am Morgen auf einen Umfang geschwollen sein, dass er nicht mehr in der Lage sein würde, in den Sattel zu steigen.

Sie stand an seiner Seite. Er hatte nicht bemerkt, wie sie zu ihm getreten war. Wenn das Zelt sich füllte, pflegte sie sich in den rückwärtig abgeteilten Bereich zurückzuziehen und erst dann wieder hervorzukommen, wenn Morwas Gäste die Jurte verlassen hatten. Ihr Gewand war dunkel, dunkler noch als ihre Haut und aus einem jener geheimnisvollen Gewebe des Südens gefertigt. Unverwandt betrachtete sie den Zugang, durch den der Alte verschwunden war, bevor sie den Blick in Morwas Richtung wandte, ihre Augen von jenem verstörenden Grün. Sie war eine schöne Frau, stellte er nicht zum ersten Mal fest. Überirdisch schön mit den geheimnisvollen Linien auf dem Gesicht. Und sie war ein Geschenk, erinnerte er sich. Ein Geschenk von Jarl Hædbærds Patrouille. Und er war der Hetmann. Er hätte sie nehmen können, wann immer ihm der Sinn danach gestanden hätte. Doch das war ein Gedanke, den er kaum zu Ende dachte. Er würde keine Frau mehr haben in diesem Leben. Nicht aus diesem Grund bestand er darauf, dass sie seine Jurte teilte.

«Ihr habt jedes Wort gehört», murmelte er. «Und kein Wort verstanden.»

Sie betrachtete ihn aufmerksam, und es war wie jedes Mal: Er wusste, dass sie nicht in der Lage war, den Gesprächen der Tiefländer zu folgen. Und an diesem Abend war nicht einmal der Hochmeister zugegen gewesen, der ihr den Sinn des Gesprochenen hätte übersetzen können. Die Seher hatten sich unter freiem Himmel zum Gebet versammelt, um für Morwen und seine neu gewonnene Sippe den Segen der Götter zu erflehen. Und dennoch fragte sich der Hetmann, was sie in Wahrheit verstand. Sehr viel mehr zweifellos, als irgendjemand unter den Tiefländern vermutete. Nicht aus dem gesprochenen Wort, sondern auf ihre eigene, beunruhigende Weise.

Mit einem Ächzen stemmte er sich aus dem Stuhl in die Höhe. Seine Beine waren steif, doch nach wenigen Schritten hatte er sein Lager erreicht, ließ sich schwer in die Kissen zurücksinken.

«Es wird schlimmer», sagte er, während sie einen niedrigen

Schemel an das Lager zog. «Wenn der Himmel sich verfinstert und neuer Schnee heranzieht, fühlt es sich an, als würde ich Klingen aus Eis atmen.» Er fröstelte, sah sie an. Sie hatte sich niedergelassen, die Beine übereinandergeschlagen. Ihre Lider hatten sich geschlossen, ihre Handflächen legten sich aneinander. In einer seltsam schwerelosen Bewegung hoben sich die Zeigefinger an ihre Lippen, und leise, melodisch, begann sie zu summen, eine kurze Folge von Tönen stetig wiederholend gleich einem Wiegenlied.

«Für Euch muss die Kälte noch schlimmer sein», murmelte er. «Für Euch mit Eurer Heimat irgendwo unter der Sonne des Südens. Und dennoch seid Ihr zu mir gekommen. Wie auch immer sich das zugetragen hat und warum …»

Er brach ab. Sein Herz stockte. Im nächsten Augenblick begann es schmerzhaft und in rasender Geschwindigkeit zu pochen. Er presste die Lider aufeinander, als Kälte nach seinem Körper griff, Kälte, die von innen kam, von dem Block aus Eis, in den sein Herz sich verwandelte. Knirschend, widerstrebend tat es seine Schläge gleich einer Glocke von minderem Metall, das im Frost erstarrt unter den Schlägen birst. *Es wird zerbrechen*. Der Gedanke blitzte in seinem Kopf auf. Sein Herz würde in tausend Stücke bersten, und damit würde es vorbei sein. Was danach auf den Menschen wartete, das wussten die Götter allein. Aber jetzt noch nicht! Nicht bevor er seine Aufgabe erfüllt hatte. Er stemmte sich gegen die Schwäche, gegen das Versagen seines Körpers. Das Herz war eine Pumpe. Mit aller Kraft würde er diese Pumpe zwingen, ihren Dienst zu verrichten. Er kämpfte. Wiederum kämpfte er, wie ein jedes Mal, wenn ihn die Krankheit überfiel.

Da war etwas. Irgendwo am Rande seines Bewusstseins spürte er etwas. Etwas, das dem fernen Echo eines Feuers vergleichbar war, das sich auf seine Brust, *in* seine Brust senkte, nicht heiß und verzehrend, nicht erstickend und eng, sondern behaglich und freundlich wie das flüsternde Herdfeuer daheim in der Halle von Elt. Wärme, die wohltat, wenn er sich nach einem Marsch durch die Kälte vor die Flammen streckte.

Er zwang die Augen auf. Sie saß aufrecht an seiner Seite, die Lider geschlossen, das Gesicht ohne Ausdruck. Ihre Lippen summten noch immer, ihre Hände verharrten wenige Zoll über seinem Leib, und eben sie waren die Quelle der trostspendenden Wärme. Es war ein Gefühl in seiner Brust, und es war mehr als das. Es war ein Flüstern in seinen Gedanken. *Nicht festhalten: loslassen.* War es ein Befehl? Mit Befehlen konnte er umgehen. Stämme und Völkerscharen folgten dem Wort des Hetmanns von Ord. Den Krampf um die Gefäße seines Herzens aber würde kein Befehl der Welt lösen.

Es war etwas vollkommen anderes. Kraft und Entschlossenheit spielten keine Rolle, sondern einzig ihr Gegenteil: das Nachgeben, das Loslassen. Die Bereitschaft, sich in die Hände der Frau zu geben, die er mit den tastenden Fingern ihres Geistes am Werke spürte. Und das machte es so unendlich schwer.

Irgendwann stellte er fest, dass sein Atem, sein Herzschlag ruhig und gleichmäßig gingen. Schwäche überwältigte ihn, doch nun war es eine Schwäche anderer Art. Wohltuende Erschöpfung, die sich in seinem Körper ausbreitete.

«Wer seid Ihr nur?», flüsterte er heiser. «*Was* seid Ihr?»

Er erhielt keine Antwort. Wenn seine Getreuen sich zurückgezogen hatten, trat sie aus den Schatten zu ihm, wortlos, mit dem Geschenk ihrer Gabe. Versunken in ihre Trance, streckte sie die Hände aus, und unendlich langsam, widerwillig beinahe schien sich in seiner Brust etwas zu öffnen, das fast schon verschlossen gewesen war. Er wusste nicht, ob diese Gabe einen

Namen hatte. Doch mit jedem Abend gab sie ihm die Kraft, einen weiteren Tag durchzuhalten in der Kälte des Hochlands, über das sich der Winter gesenkt hatte.

Am Ende würde er dennoch sterben. Trotz allem wurde er immer schwächer. Es war müßig, darüber nachzudenken. Aber die Frau erkaufte ihm wertvolle Zeit, und er betete, dass sie ausreichen würde.

«Warum nur tut Ihr das?», murmelte er. «Warum nur helft Ihr mir?»

Sie schwieg. Ihre Augen hatten sich geöffnet. Unverwandt schien sie ihn zu betrachten.

«Es kann kein Zufall sein», sagte er leise. «Nichts davon kann ein Zufall sein. Eure Ankunft an jenem Abend, an dem die Krankheit mich beinahe getötet hätte.» Er schüttelte den Kopf. «Wer hat Euch gesandt?», fragte er. «Die Götter? Der Große Eber? Als ich zu spüren begann, wie mich die Krankheit beschlich, habe ich mich nach seinem Geist auf die Suche begeben. Dem Geist des Ebers, der das Geistertier des gesamten Reiches von Ord ist. Ich habe zu ihm gesprochen, doch der Eber hat geschwiegen. – So glaube ich. Wer aber vermag die Wege der großen Geister vollkommen zu verstehen? Er ist der Eber, und auf seine eigene Weise gibt er Antwort.»

Er verstummte. Ein rasselndes Geräusch war zu hören, als Wind unter die Matten an der Außenseite der Jurte fuhr.

Morwa strich sich über die Stirn. «Aber warum sollte er mir eine aus dem Süden senden?», murmelte er. «Eine Frau mit dunkler Haut, die am Rande der Öde unter dem Banner des Kaiserreiches reist? Auf dem Wege nach Westerschild, nach Emporion, wie die Kaiserlichen die Stadt benennen?» Schwer holte er Luft. «Ihr seid niemals dort angelangt. Zu mir seid Ihr gekommen, und doch ist da so viel, das ich nicht sehen kann. –

Der Tag an der Schlucht. Das Mädchen Sölva und der kleine Junge wären gestorben ohne Euch und Eure Gabe. Was Ihr mit den Gefäßen meines Herzens vermögt, vermögt Ihr auch mit den Gefäßen der Pflanzen. Nein, anders noch, mir könnt Ihr lediglich Linderung verschaffen, von der die Männer im Zug so wenig ahnen wie von meiner Krankheit. Was Ihr aber mit dem Efeu getan habt, das haben unzählige Menschen gesehen. Ohne Zweifel zerreißen sie sich nun den Mund darüber. Über so viele Dinge: dass Ihr meine Jurte teilt. Dass Ihr auf der besten meiner Stuten reitet. Doch *ich* bin der Hetmann. *Ich* treffe die Entscheidungen. Die Späher des Jarls ...» Er stützte sich auf einen Ellenbogen – ihr Blick allein genügte, um den mächtigsten Kriegsherrn diesseits der Öde zurück in die Decken und Felle zu senden. «Die Späher des Jarls haben Eure Zofen und Gardisten erschlagen. Ich wünschte, ich könnte es ungeschehen machen, aber das kann ich nicht. – Ich weiß nicht, wer Ihr seid. Ich weiß nicht, wo Ihr herkommt, und ich kann kaum ahnen, was Euer Ziel war. Und dennoch bleibt mir nichts. Nichts, als Euch zu vertrauen.»

Er schwieg. War sich ihrer Hand bewusst, die über seiner Brust schwebte. Weniger und doch um so vieles mehr als eine Berührung. Ganz langsam zog sie den Arm zurück, und Morwa verharrte einen Augenblick, bevor er sich von seinem Lager löste.

Seine Füße tasteten nach dem Boden. Sie hinderte ihn nicht, und tatsächlich: Die Schwäche war fort. Er trat zum Eingang des Zeltes, strich die schweren Felle zur Seite. Von Ferne drangen die Geräusche der Feiernden an sein Ohr. Der Wind hatte für den Augenblick nachgelassen, noch immer aber fuhr er in die Leinwand der Zelte. Sie schienen im Mondlicht zu leuchten wie Totenlaken. Zu beiden Seiten seiner Jurte standen stumm zwei der Eisernen. Die Hülle um die Wohnstatt war so dick, dass sie nichts von dem verstehen konnten, was im Innern gesprochen wurde, und auch jetzt würden sie sich nicht regen, solange er nicht das Wort an sie richtete.

Er hob den Blick. Der Mond schwamm in einem Wolkenschleier über dem Eis der Hochlande. Seit einigen Tagen war er im Abnehmen begriffen. Die Raunacht war nahe, die längste, die kälteste, die dunkelste Nacht des Jahres. Eine Nacht von übler Vorbedeutung, in der die Stämme des Gebirges Schutzzauber in die Mähnen ihrer Pferde flochten, Eschenzweige über die Türen hängten, die Spitzen zur Abwehr gen Norden gerichtet. Und mit jedem Tag lockten die Hasdingen das Aufgebot des Hetmanns tiefer und tiefer in jene Regionen, in denen nichts Lebendes dauern konnte. Sie würden den Krieg verlieren, dachte Morwa. Und das wussten sie. Doch jeder Tag, an dem es den Tiefländern nicht gelang, ihrer habhaft zu werden, kam für das Bündnis von Ord einer empfindlichen Niederlage gleich. An jedem Lagerplatz blieben einige von Morwas Männern unter hastig aufgerichteten Hügeln von Stein zurück, Opfer der Kälte. Und die Zeit, die er auf dem Marsch verschwendete, würde ihm fehlen, wenn der entscheidende Augenblick gekommen war. Der Reif von Bronze. Die Auswahl seines Erben. Morwa ließ die Felle wieder an Ort und Stelle gleiten, wandte sich um zu der Frau.

«Die Zeiten sind im Wandel. Die vergessenen Götter zürnen, sagt das Volk, doch das Volk kennt nicht die ganze Wahrheit. Das Volk weiß nichts von dem, was meine Seher erschauen, die den Gang der Gestirne deuten, den Flug der Vögel. Meine Seher, denen die Götter Träume senden.» Sein Blick ging zur Feuerstelle. Die Eisernen hatten Duftholz entzündet, das nun langsam niederbrannte. Die Winkel der Jurte waren voller Schatten. «Die Dunkelheit ist nahe», sagte er. «Schon streckt sie ihre Finger aus, schon erreicht uns ein Hauch jenes Sturms, der kommen wird. Wanderer durchqueren die Steppe, von sonst woher. Sie überschreiten den Oberlauf der Flut, unterhalb des Nebelsees, und sie wollen nicht darüber reden, warum sie die Reise auf sich genommen haben. In ihren Augen aber ist Angst zu lesen. – Ich erhalte Nachrichten, verwirrende Nachrichten. Selbst hierher folgen mir Jarl Hædbærds Boten und tragen sie mir vor. In der Ödmark, jenseits der kaiserlichen Grenzposten, ist seit mehr als zwei Jahren kein Tropfen Regen gefallen. Die Bewohner haben die Provinz verlassen, und der kaiserliche Archont hat sie in Astorga aufgenommen, an der Meeresküste. Er lässt sie schuften wie die Sklaven, doch welche Wahl haben sie, wenn sie überleben wollen? In Tranto dagegen soll der Regen in diesem Sommer sechzig Tage und Nächte angehalten haben. In Phoras hat das Meer die Klippen unterspült, und das Seefeuer ist in die Fluten gestürzt. Die Flamme über der Meerenge ist erloschen, zum ersten Mal seit Menschengedenken. Borealis halte die Tore zur Steppe geöffnet, heißt es. *Noch* halte es sie geöffnet, doch was davon ist Wahrheit, was sind Geschichten, weitergegeben von Ohr zu Ohr, über Länder und Kontinente hinweg?» Er schüttelte den Kopf. «Verstreute Nachrichten. Ohne Zusammenhang scheinbar. Unser ganzes Leben hören wir, dass die Dunkelheit kommt. Was, wenn sie schon da ist? Was, wenn es schon jetzt zu spät ist, ganz gleich, was wir tun?»

Er stieß die Luft aus. Der Ring um seine Brust war fort. Das Gewicht seiner Verantwortung für die Menschen des Nordens aber würde niemand von ihm nehmen können in einer sich verdüsternden Zeit. Wie war es gekommen, dass diese Fremde, die so viel Grund hatte, ihn zu hassen und jeden Abend von neuem sein Leben rettete – dass diese Frau zu seiner Vertrauten geworden war, vor deren Ohren er Dinge aussprach, die er kaum vor Rodgert, kaum vor Ostil und seinen Sehern zur Sprache brachte? Weil sie *wusste*, dachte er. Weil einzig sie und er selbst das größte aller Geheimnisse kannten: Wie verzweifelt knapp seine Zeit bemessen war, um sein Werk zu vollenden.

«Das Volk des Nordens hat eine Chance», sagte er. «Wenn es stark ist. Wenn es einig ist unter dem Reif von Bronze des Königreichs von Ord. Wenn ein Herrscher über dieses Volk gebietet, in dem wahrhaftig das Blut des großen Otta fließt. – Morwen würden die Krieger auf der Stelle auf den Schild heben. Doch kann ich ihm ein ganzes Königreich anvertrauen, wenn mich schon Zweifel beschleichen, ob er eine Handvoll Kundschafter lebendig zurückbringt? Mornag dagegen sind überstürzte Entscheidungen fremd. Wäre ich ein Handelsherr aus Vindt, würde ich keinen Atemzug zögern, ihm mein Kontor zu übergeben. Würden die Eisernen einem solchen Mann aber folgen? Mortil wiederum, der dritte meiner Söhne, hat den kupfernen Schimmer der Leute von Thal im Haar, ein Erbteil seiner Mutter, die aus jener Stadt stammte. Die größte Stadt der Tieflande wäre auf seiner Seite, und in den letzten Monaten hat er den Hauptsitz der Hasdingen gehalten, hat sich dort Wissen über das Hochland angeeignet und kann uns nun als Führer dienen. Aber ich habe eine Krone zu vergeben», murmelte er, «nicht den grünen Rock eines Waldläufers. – Morleif schließlich, der jüngste meiner Söhne, zählt noch weniger Jahre als ich an jenem Tag, da sie mir den Reif aufs Haupt setzten.» Ein grimmiges Lächeln trat auf sein Gesicht. «Genau aus diesem Grund würden sich die Männer des Rates für ihn aussprechen. In der Erwartung, dass ein halbes Kind sich bereitwillig ihren Ratschlägen beugen wird. Wie sie sich die Augen reiben würden! Meine Söhne sind die Erben des großen Otta. In jedem von ihnen zeigt sich ein Teil dieses Erbes. Und genau dort liegt es: Es ist nur ein Teil, ein bloßer Teil dessen, was einen großen Anführer ausmacht. Keiner von ihnen besitzt alles zusammen. Wie könnte ich einen von ihnen über die anderen hinausheben?»

Er schüttelte den Kopf. Schüttelte ihn erneut, heftiger. «Nur ein einziges meiner Kinder hat bewiesen, dass es tatsächlich vom Blute Ottas ist. – Das Mädchen. Sölva. Die Tochter der Kebse. Ich habe ihr Tun beobachtet an jenem Tag an der Schlucht. Sie hat sich dem Rand des Abgrunds genähert, dort, wo der Junge über der Tiefe hing. Nicht ohne Umsicht, nein, gewiss nicht, aber ohne jedes angstvolle Zögern. Mut», brummte er. «Mut, der auch Morwen auszeichnet. Und Umsicht, über die Mornag verfügt. Dieses Kind besitzt beides zusammen.»

Die Miene der Frau blieb undurchdringlich. Und dennoch, auch wenn sie unfähig war, dem Hetmann Antwort zu geben: Sie schien seinen Worten zu lauschen.

«Was, wenn der Schwarze Eber mir ein Zeichen geben will?», murmelte er. «Wenn sich nicht entscheiden lässt, welchem meiner Söhne der Reif von Eisen zukommt: Ist es dann nicht gleichgültig, welchen von ihnen ich zu meinem Erben bestimme – solange ich ihm nur eben dieses Mädchen zur Frau gebe?» Sein Blick fixierte die Fremde. «Ganz gleich, wen ich wähle, Morwen, Mornag oder einen der anderen: Vater wie Mutter wären Nachkommen Ottas. Ihre Kinder würden wahrhaftig wieder seinem Bilde gleichen. In den abgelegenen Tälern des Nordens war es in der alten Zeit keine Seltenheit, dass Bruder und Schwester geheiratet haben. Und Geschwister sind sie sowieso nur zur Hälfte. – In Thal und Vindt werden sie murren.» Er wandte sich von ihr ab, sprach zu sich selbst, wie er die gesamte Zeit zu sich selbst gesprochen hatte, mit seinem Bild im Spiegel ihrer grünen Augen. «Doch was zählt das Geschwätz der Städter? – *Ich* bin der Hetmann. *Ich* treffe die Entscheidung.»

Er konnte ihren Blick auf sich spüren, auch ohne sich noch einmal zu ihr umzudrehen. Diesen Blick, dem so wenig entging. Eine Vertraute, dachte er. Eine Vertraute, die niemals in die Verlegenheit kommen würde, seine Worte weiterzutragen. Weil sie keines dieser Worte verstand.

LEYKEN

DAS KAISERREICH DER ESCHE:
DIE RABENSTADT

Hier war es dunkel. Wahrhaftig dunkel. Leyken hätte die Hand wenige Zoll vor die Augen führen können und wäre nicht in der Lage gewesen, ihre Finger zu zählen. Dazu aber bekam sie ohnehin keine Gelegenheit.

Ranken schnürten sich um ihre Handgelenke. Um ihre Fußknöchel ebenso. Ihr Rücken wurde gegen eine raue Oberfläche gepresst, ihre Füße versanken im Moder. Der Gestank war übermächtig, und die Übelkeit wollte nicht von ihr weichen. Wenn es etwas gab, das schlimmer war als der Gestank, so war es die Hitze. Der Gestank und die Hitze von mehreren Dutzend Frauenleibern, viele von ihnen im Fieber, die an die Wände der engen Kammer gefesselt waren wie Leyken selbst. Eine Kammer, die aus dem Stamm des heiligen Baumes geschnitten war. Die Ranken wuchsen aus den Wänden hervor und glichen den peitschenden Zweigen in den sumpfigen Gewölben. Mit dem Unterschied, dass sie keinen Versuch unternahmen, in ihren Körper einzudringen. Doch unnachgiebig hielten sie die Gefangenen an Ort und Stelle.

Leykens Erinnerungen waren verschwommen. Sie hatte

über Mulaks leblosem Körper gestanden in den ertrunkenen Gewölben, den Scimitar in der Faust, und mit einem Mal war sie umgeben gewesen von Männern in den goldenen Panzern der kaiserlichen Garde. Sie hatten ihr die Waffe aus der Hand gerungen, ihr eine Kapuze aus grobem Stoff über den Kopf gestülpt. Die nächste deutliche Erinnerung war der Moment, in dem man ihren Körper hier in der Zelle roh in Position brachte und sie allein ließ, umgeben vom Ächzen und Jammern ihrer Leidensgenossinnen. Seitdem hatten die Dinge in der lichtlosen Kammer in ihren eigenen, unerträglichen, bleiern starren Rhythmus gefunden.

Einmal am Tag kam das *Wasser*. Leyken vermutete jedenfalls, dass es in Tagesabständen geschah. Ihr Leib hing in den Fesseln, und in ihrer Schwäche schien sie immer wieder davonzutreiben, dem Wimmern, dem Stöhnen und den Schreien zum Trotz. Sie wusste nicht, wie viel Zeit verging, während sie *fort* war. Dafür jedoch, dass die Stunde des Wassers heranrückte, gab es untrügliche Anzeichen.

Am Anfang war es ein zunehmender Druck auf den Ohren, ein Gefühl, als ob ein stählerner Ring um ihren Kopf langsam angezogen wurde, der sämtliche Geräusche von außerhalb ihres Gefängnisses abschnitt. Wobei sie sich unsicher war, ob es überhaupt zu irgendeinem Zeitpunkt möglich war, etwas von *draußen* zu hören. Weder Schritte noch Unterhaltungen, nein, kein Klirren von Waffen. Und trotzdem war da etwas. Etwas, das sich veränderte, und es war klar, dass nicht Leyken allein es spürte. Das allgegenwärtige dumpfe Stöhnen der Frauen begann sich in höhere, furchtsame Laute zu verwandeln, in schrilles Wimmern, in gezischte, geflüsterte Gebete an irgendeine der unzähligen Gottheiten des Kaiserreichs. Und zugleich, kurz bevor der Druck auf Leykens Schädel unerträglich wurde, setzte das Strömen, das Rütteln und Zittern in ihrem Rücken ein. Es wurde stärker und immer stärker, bis die gesamte Kammer zu beben schien und die Geräusche das Jammern der Frauen übertönten. Mit einem Mal aber wurde es für die Dauer mehrerer Atemzüge vollständig still.

Und dann kam das Wasser. Irgendwo im unsichtbaren Deckengewölbe der Kammer musste eine Vorrichtung existieren, eine Schleuse, die die gesamte Flut in einem einzigen, mächtigen Schwall auf die Gefangenen einstürzen ließ. Wasser mit der Gewalt eines Keulenhiebs, der auf die Frauen niederfuhr, die keine Möglichkeit hatten, sich gegen den Schlag zu wappnen, obschon sie wussten, was geschehen würde.

Beim ersten Mal war sie davon überzeugt gewesen, dass sie jetzt sterben würde. Ersticken, ertrinken. Dasselbe Schicksal, auf das sie sich bereits in den versunkenen Gewölben eingerichtet hatte. Blieb die Frage, warum man sich die Mühe gemacht hatte, die Gefangene über eine endlose Folge von Gängen und Treppenfluchten in diese Kammer zu zerren, um sie an der Seite von Dutzenden von Leidensgenossinnen zu ersäufen. Jedenfalls hatte sie gekämpft, um einen einzigen, letzten Atemzug. Gegen jede Hoffnung, gegen jedes bessere Wissen. Genau wie all die anderen Frauen. Und genau wie sie das jedes weitere Mal getan hatte, wenn das brackige Wasser der Lagune über die Gefesselten hereingebrochen war. Obwohl sie jetzt wusste, dass das Wasser nicht etwa kam, um die Gefangenen zu töten.

Der Zweck war ein anderer. Der Zweck bestand darin, ihre Kerkerzelle zu *reinigen*. Wenn das Wasser durch unsichtbare Vorrichtungen wieder abfloss, schwemmte es den gröbsten Schmutz und die Exkremente mit sich fort. Denn die Ranken gaben ihre Beute nicht etwa frei, wenn diese sich erleichtern musste. Den Frauen blieb nichts, als voller Ekel der Natur ihren Lauf zu lassen. Im Grunde genommen mussten sie sogar dankbar sein, dass ihre Gewänder ihnen nach den unaufhörlich wiederholten Wassergüssen in bloßen Fetzen vom Leibe hingen, sodass sie sich eine Winzigkeit weniger beschmutzten.

Ein einziges Mal am Tag öffnete sich die Tür ihres Kerkers. Bald nachdem das Wasser abgeflossen war, betraten die Wärter den Raum und schritten die Reihen der Gefangenen ab, um zunächst jene Frauen auszusondern, die seit dem letzten Mal gestorben waren. Es waren *immer* einige dabei, verreckt in Schmutz und Fieber oder in ihrer Schwäche elend ertrunken. Wie die Ranken ihre Opfer freigaben, bekam Leyken nicht mit, doch jedes Mal waren sogleich neue Frauen zur Hand, die man an die verwaisten Plätze zerrte. Einige wehrten sich, andere ließen den Vorgang ohne Regung mit sich geschehen. Am Ergebnis änderte das nichts.

Wenn die Männer damit fertig waren, wurde es Zeit für die *Fütterung*. Denn nichts anderes war es. In der Mitte des Raumes, unerreichbar für die Gefesselten, waren mehrere Tröge in den Boden eingelassen. Tröge, die die Wärter nun mit Massen eines dampfenden, stinkenden Breies füllten, um sich sodann zur Tür zurückzuziehen, ohne indes den Raum zu verlassen. Sie sahen zu, beobachteten, wie die Ranken ihren Gefangenen langsam Spiel gaben, die Frauen sich nach vorn kämpfen konnten, um sich Schweinen gleich um die Plätze an den Trögen zu balgen. Und das taten sie, mit Schlägen und Tritten, mit Zähnen und Fingernägeln. Mit den Ranken, die ihre Arme und Beine fesselten und die einige von ihnen um den Hals ihrer Nachbarin zu schlingen suchten. Und die Männer an der Tür verfolgten es und lachten.

Sie schlossen Wetten ab. Sie machten grobe Bemerkungen. Sie verkündeten, was sie mit dieser oder jener Frau tun würden, wenn sie in ihre Hände gegeben würde. Denn tatsächlich führten die Wärter zuweilen ganze Gruppen von Frauen davon. Und keine der Gefangenen kehrte je zurück.

Niemals aber, soweit Leyken es verfolgen konnte, war es bisher geschehen, dass einer der Männer die wehrlose Lage der Gefesselten ausgenutzt hatte, um sie etwa auf eine widerwärtige Weise zu berühren. Weder ihr noch einer der anderen Frauen war das geschehen, und in gewisser Hinsicht war das ein Rätsel. Was hinderte die grobschlächtigen Kerle, die ihnen schließlich in ekelhaften Einzelheiten ausmalten, was sie mit ihnen tun *würden*? Vielleicht hielt der verwahrloste Zustand der Eingekerkerten sie zurück. Doch wollte sie sich vorstellen, dass sie ihre Opfer puderten und badeten, ihnen Schleifen ins Haar flochten, bevor sie über sie herfielen?

Leyken hatte Zeit, über diese Dinge nachzudenken. Einige der Gefangenen schienen sich hin und wieder gedämpft zu unterhalten, mit ihren unmittelbaren Nachbarinnen allerdings hatte sie entweder keine Sprache gemein, oder aber die Frauen wollten schlicht nicht sprechen. Eine der Gefesselten einige Plätze weiter hatte eine schöne Stimme. In den ersten Tagen nach Leykens Ankunft hatte sie hin und wieder fremdartige, betörende Weisen angestimmt, die nach den Reichen des Ostens klangen, nach dem geheimnisvollen Shand oder den Ländern noch jenseits davon. Und die übrigen Gefangenen hatten der Melodie gelauscht. Von einem Tag zum anderen aber war die Frau verstummt, und Leyken glaubte, dass sie zu jenen gehört hatte, die man beim nächsten Mal leblos aus der Zelle schaffte.

Sie hatte Zeit, an Mulak zu denken, der tot war. An den Shereefen und an Ulbar, die vermutlich ebenfalls tot waren. An Ondra. Nachdem die Kerkertür hinter ihr ins Schloss gefallen war, hatte Leyken mit zitternder Stimme begonnen, den Namen ihrer Gefährtin zu rufen. Doch es war keine Antwort gekommen. Noch immer klammerte sie sich an die irrwitzige Hoffnung, dass man die junge Kriegerin eines Tages in den Raum stoßen würde, gefangen, aber unversehrt. Oder sollte sie hoffen, dass Ondra irgendwie die Flucht gelungen war? Sie konnte nicht daran glauben.

Am häufigsten und immer wieder musste sie an Ildris denken. War auch ihre Schwester hier gewesen, das schönste unter den jungen Mädchen des Oasenvolks? War sie nur wenige Schritte entfernt im Fieber zugrunde gegangen, vielleicht vor Monaten schon? Aber wozu hätten die Söldner sich die Mühe machen sollen, sie auf einem wochenlangen Marsch aus dem Süden herbeizuschaffen, wenn ihr Kerker die Zahl der gequälten Frauen schon kaum zu beherbergen vermochte. – Wozu? Wozu geschah all das, zu welchem Zweck wurden die Frauen festgehalten, nach welchem Plan wählte man diejenigen aus, die lebend nach draußen geführt wurden, und was widerfuhr ihnen dort?

«*Eine*», flüsterte Leyken und wiederholte die Worte ihres sterbenden Vaters. «*Immer nur eine. – Für ihren Kaiser. Sie haben es in Sinopa getan und in Tartôs. Es hat vor zwei Jahren begonnen, und niemand weiß, warum es geschieht.*»

War es möglich, dass man Frauen, die man auf diese Weise entführt hatte, aus Sinopa und Tartôs und von sonst woher, in diesem Raum zusammenpferchte, um sie dem Kaiser als Gespielinnen zuzuführen? Würde der Mann auf dem Thron der Esche eine Frau anrühren, die für Wochen und Monate in diesem Schmutz geschmachtet hatte? Nein, nichts ergab einen rechten Sinn.

Leykens Gedanken verloren sich, wie es schon so viele Male geschehen war. In Schwäche und Verzweiflung, in beginnendem Fieber vielleicht. Der einzige Weg, für Stunden der Enge des Kerkers zu entrinnen. Und bald schon, dachte sie, bald schon für immer.

Leyken schreckte auf. Ein knirschender, schabender Laut, und die Tür des Verlieses öffnete sich. Fackellicht drang in die Kammer, und die Frauen regten sich überrascht, ihre Körper spannten sich an in ihren Fesseln. Ihre Kerkermeister nahten? Das Wasser und die anschließende Fütterung konnten noch nicht lange her sein, und die Wärter hielten sich immer an diesen Ablauf. Drei grobschlächtige Gestalten, die den Raum betraten und den Trog füllten.

Sie waren nicht zu dritt. Es waren vier von ihnen. Auf der Stelle stach der Unbekannte unter den gedrungenen Gesellen in ihren schmuddeligen Gewändern hervor: Es war ein noch junger Mann, das dunkle Haar streng aus der Stirn zurückgebunden, das Gesicht beherrscht von einer scharf geschnittenen Nase. Sein langes, robenartiges Gewand aus feinem Stoff wurde über der Schulter von einer verzierten Brosche gehalten. Ein Würdenträger des kaiserlichen Hofes. Was tat er hier?

«Dort drüben, Herr.» Einem der Wärter gelang es, zugleich eine Verneigung vor dem Mann und ein Nicken in eine unbestimmte Richtung anzudeuten. Es war derjenige, den Leyken für den Anführer hielt und in Gedanken *Schwein* nannte. Weniger weil er so aussah, sondern weil die Laute, die er von sich gab, wenn sich die Frauen um den Trog drängten, das Grunzen der Tiere täuschend ähnlich nachahmten. «Dort, zur Rechten», erklärte Schwein. «Nein, Sebastos, tretet nicht dorthin! Eine von ihnen hat den Boden beschmutzt.»

Sebastos? Der Name des Mannes? Nein, vielleicht war es die Art, in der das Wort betont wurde: Eher war es sein Ehrentitel bei Hofe.

Als die Tür sich geöffnet hatte, war Leyken im Begriff gewesen, in ihrer Schwäche davonzutreiben. Sie spürte Schwindel. In ihrem Kopf war ein beständiges Pochen, das sie kaum mehr zur Kenntnis nahm. Jetzt aber kämpfte sie darum, bei Bewusstsein zu bleiben. Aus zusammengekniffenen Lidern beobachtete sie, wie Schwein den Gast durch die Zelle geleitete, ihn mit ehrerbietigen Gesten um den Trog herum in jenen Winkel des beengten Raum führte, in dem auch sie von den Ranken gefesselt gegen die Wand gepresst wurde. «Sechsunddreißig Tage?» Der Wärter hörte sich an, als ob er etwas wiederholte, das der Höfling geäußert hatte.

«Sechsunddreißig Tage», bestätigte der Sebastos. «Vom Mittag an gerechnet. – Sind sechsunddreißig Tage viel?»

Schwein schien für einen Augenblick zu zögern. «Schon eine ganze Menge», gab er zu. «Aber noch nicht ungewöhnlich.»

«Doch bei der Anzahl der Tage bist du dir sicher?» Der Tonfall des Jüngeren wurde nachdrücklicher. «Um den ersten neuen Mond des Herbstes.»

«Irgendwann um diese Zeit.» Einen Moment lang klang der Wärter ausweichend, bevor er eilig hinzufügte: «Aber es kann ein bisschen dauern manchmal, bis man sie herbringt. Lasst es zwei oder drei Tage weniger sein. Wir führen nicht Buch, wisst Ihr? Sind einfach zu viele von ihnen.»

Ihr führt aus einem ganz anderen Grund nicht Buch, dachte Leyken. *Weil nämlich mit Sicherheit keiner von euch des Schreibens mächtig ist.* Und dem Sebastos musste das so klar sein wie ihr. Sie war überrascht, dass sie zu solchen Gedanken in der Lage war.

«Das ist sie, Herr.» Schwein verneigte sich von neuem. «Die Einzige, auf die eure Beschreibung passt und die in diesem Zeitraum …»

«Sie ist schmutzig», bemerkte der Sebastos. «Sie stinkt.»

«Ja, Herr. Bedauerlicherweise tun sie das alle. Wir tun, was wir können, doch …»

Schwein sprach noch weiter, Leyken aber bekam nichts mehr davon mit. Denn die beiden Männer waren unmittelbar vor ihr stehen geblieben. Sie sprachen von *ihr*. Der kaiserliche Würdenträger hatte einen halben Schritt vor ihr haltgemacht. Eben weit genug entfernt, dass sie keine Möglichkeit hatte, ihren Schädel gegen den seinen zu schmettern. Das Einzige, wozu sie in ihren Fesseln in der Lage gewesen wäre. Er schien sehr genau zu wissen, wie weit sie sich bewegen konnte.

Der Höfling war ein auffallend gutaussehender Mann, fiel ihr aus der Nähe auf. Die ausgeprägten, fast sinnlichen Lippen bildeten einen verwirrenden Kontrast zu der beherrschenden Nase. Seine Augen blickten kühl; ihre Farbe war im Fackellicht nicht zu erkennen. Er musterte sie, wie man auf dem Markt ein Rind musterte. Oder eine Sklavin, flüsterte eine Stimme in ihrem Hinterkopf. Und was anderes war sie als eine Gefangene, eine Sklavin? Wozu sonst sollten die Frauen ausersehen sein?

«Du siehst aus wie eine aus dem Süden», stellte er fest. «Von der anderen Seite der Wüste.»

Leykens Augen weiteten sich. Sie war zu überrascht, um zu antworten. Er hatte nicht in der Alten Sprache gesprochen, die überall im Kaiserreich verstanden wurde, zusätzlich zu den Zungen der einzelnen Provinzen. Und in der auch Leyken sich auszudrücken vermochte. Stattdessen hatte er sich *ihrer* Sprache bedient, der Sprache der Wüste.

Der Sebastos nickte nachdenklich, als hätte sie ihm eine Vermutung bestätigt. Wahrscheinlich hatte sie auch genau das getan in ihrer offensichtlichen Überraschung. Aus den Falten seiner Robe zog er einen kleinen Gegenstand aus poliertem Metall hervor, führte ihn an die Nase. Der Hauch eines blumigen

Aromas streifte Leyken. Eine Riechkugel. Beinahe hatte sie sich mittlerweile abgefunden mit dem Schmutz und dem Gestank, der an ihr haftete. Schließlich waren alle um sie herum ganz ähnlich verdreckt, die Wärter kaum weniger als ihre Gefangenen. Mit einem Mal aber überkam sie eine Scham, die sie nicht mehr für möglich gehalten hatte.

«Ich …», setzte sie an.

Sein Handrücken traf sie, warf ihren Kopf herum, dass er schmerzhaft gegen das Holz des Baumes stieß. Für Augenblicke löschte Dunkelheit das Fackellicht aus.

«Du wirst reden, wenn ich dich auffordere zu reden.» Die Stimme des Höflings war vollkommen ruhig. «Du wirst alles tun, was ich dir sage. Und darüber hinaus wirst du nichts tun. Stellst du eine Frage, wirst du geschlagen. Erhebst du einen Einwand, wirst du geschlagen. Zögerst du mit deiner Antwort, wirst du geschlagen. Hast du mich verstanden?» Schweigen. «Du darfst jetzt antworten.»

Sie blinzelte. Noch immer flackerte ihr Blick. Sie spürte, wie ein Blutfaden aus ihrem Mundwinkel sickerte. Sie musste sich auf die Zunge gebissen haben, war sich nicht sicher, ob diese ihr gehorchen würde. «Ja», flüsterte sie. «Ich habe verstanden.»

Er hob die Hand.

«Ich habe verstanden, *Herr*», brachte sie hervor, biss sich dabei auf die verletzte Stelle. Der Schmerz schoss bis in ihre Schläfen.

«Schau mich an!», befahl er. «Spuck das Blut aus! – Zur Seite.»

Sie gehorchte, versuchte tief Luft zu holen. Sie war nicht vollkommen bei sich, und sie *musste* in diesem Moment bei sich sein. Was immer der Besuch dieses Mannes bedeutete: Er schlug sie, was die Wärter niemals getan hatten. Weder bei ihr noch bei einer der anderen Frauen. Er konnte sie herausholen aus dieser Kammer der lebenden Toten. Sie wusste es. Ganz gleich, wohin man sie bringen mochte und was sie dort erwartete, und wenn es der Tod war: Wenn sie seine Erwartungen erfüllte, würde sie eine Chance bekommen, diesen Ort der Verzweiflung und des Wahnsinns zu verlassen.

Er betrachtete sie. «Heb das Kinn! Höher!» Sie gehorchte. «Dreh den Kopf zur Seite!»

Aus dem Augenwinkel sah sie seine Hand, doch diesmal war sie nicht zum Schlag erhoben. Ein weißes Tuch säuberte ihr Kinn von der Blutspur. Schmerz stach durch ihren Kiefer. Einer ihrer Zähne schien locker zu sitzen.

«Du bist Jungfrau?»

«Herr?» Schwein, der Wärter.

«Ich werde auch *dich* schlagen, wenn du den Mund aufmachst, ohne gefragt worden zu sein.» Die Stimme des Sebastos klang beiläufig, er hatte den Blick nicht von Leyken abgewandt. «Du bist Jungfrau?»

«Ja, Herr.» Sie zögerte keinen Augenblick. Doch hatte sie laut genug gesprochen? Noch immer hielt sie ihren Kopf auf unangenehme Weise verdreht. Der Höfling hatte sie nicht aufgefordert, ihn von neuem anzusehen. Sie holte Luft. «Ja, Herr. Ich bin Jungfrau.»

Er gab einen schnalzenden Laut von sich, als müsste er darüber nachdenken, was er mit der Nachricht anfangen sollte. Dann schien er eine Entscheidung zu treffen.

«Schau mich an!»

Sie gehorchte und blickte auf einen kleinen Gegenstand, den er nahe vor ihre Augen hielt: eine gläserne Phiole, gefüllt mit einer klaren, leicht bläulichen Flüssigkeit. Er zog den winzigen Stöpsel heraus, und ein scharfer Geruch stieg ihr in die Nase.

«Trink das!»

Sie öffnete den Mund. Zur Frage, zum Widerspruch. Doch, nein. Und wenn der Trank ihr Tod war. Keine Fragen stellen. Sie hielt die Lippen geöffnet, und er neigte das Fläschchen, ließ die Flüssigkeit auf ihre Zunge rinnen. Sie brannte in der frischen Wunde, dass ihr die Tränen in die Augen schossen, gleichzeitig aber …

Die Dunkelheit kam so plötzlich, als hätte er ein Tuch über sie gebreitet.

POL

DAS KAISERREICH DER ESCHE: FREIE STADT CARCOSA

Wie hatte Pol sich diesen Morgen vorgestellt?

Die Schritte der Männer waren zu hören, lange bevor sie seine Kerkerzelle erreichten. Die Ketten um seine Fußknöchel klirrten, als er langsam aufstand. Die eisenbeschlagene Tür schwang auf, quietschend wie der Deckel eines Sarges. Streng sahen ihm die Gardisten entgegen, Pol aber gelang es, keine Miene zu verziehen. Was konnten sie schon von ihm wollen?

Wochenlang hatten sie ihn in seinem Turmverlies schmachten lassen. Mit Blick auf das Schafott, das im Innenhof der Zwingfeste in die Höhe gewachsen war, wann immer die Witterung die Arbeiten zugelassen hatte. Der Herbst war mit einer Plötzlichkeit über Carcosa hereingebrochen, die Pol noch nicht erlebt hatte. Graue Regenschleier hatten sich vor die Welt gesenkt, der Hof hatte sich unter dem Peitschen und Tosen des Windes in eine aufgewühlte See verwandelt. Bis zum vergangenen Morgen, als der Junge von einem ganz anderen Geräusch geweckt worden war, dem Hall von Hammerschlägen, der von diesem Moment an unausgesetzt in den mit einem Mal tiefblauen Herbsthimmel gestiegen war. Und seit dem Abend war das Werk nun vollendet. Mächtige Eichenstämme trugen die Richtstatt. Die Plattform bestand aus massiven Bohlen. Die Seiten hatte man mit Brettern verkleidet, die bis auf das Pflaster reichten.

Schlechte Karten, dachte Pol. Unmöglich, sich unter dem Blutgerüst zu verbergen, um gedankenlose Zuschauer um ihre Münzsäcklein zu erleichtern. Doch darum musste ausgerechnet er sich nun die geringsten Sorgen machen. Ihm war schließlich ein Ehrenplatz zugedacht. Einer der beiden Schmerzenspfähle, die im Zentrum des Gerüsts auf der Plattform thronten.

Ja, ungefähr so hatte er sich das Ganze vorgestellt. Er hielt still, während die Gardisten ihm die Ketten abnahmen, die ihn an die Wand fesselten. Unsanft schoben sie ihn auf einen finsteren Gang, zwangen ihm ihr Tempo auf. Zwei von ihnen gingen vorweg, einer davon mit einer rußenden Fackel in der Hand, zwei weitere folgten.

Pol war ein Dieb. Dies war kaum der Moment, sich noch länger etwas vorzumachen. Er hatte damit rechnen müssen, dass sein Glück ihn irgendwann im Stich lassen würde. Wenn man in diesem Gewerbe tätig war, kam früher oder später der Tag, an dem man das blutige Gerüst besteigen musste, um vor die Götter zu treten. Im Grunde hatte er sich nur ein einziges Detail anders ausgemalt. Er hatte fest damit gerechnet, dass man ihn für eine Tat zur Verantwortung ziehen würde, die er auch tatsächlich begangen hatte.

Einer der Gardisten versetzte ihm einen Stoß, und er stolperte an einer langen Reihe grob gezimmerter Türen entlang, die mit schweren Riegeln verschlossen waren. Hinter einigen von ihnen waren Geräusche zu hören: Schreie, dumpfes Stöhnen, ein irrsinniges Lachen, das anhielt, bis es mehrere Türen weiter in der Ferne verhallte. Der Gestank von saurem Schweiß und Exkrementen lag in der Luft. Jetzt, als sie ein Treppenhaus erreichten und mehrere Stufen zu einem neuen Korridor emporstiegen, fiel eine Ahnung von Licht in die Gewölbe.

Pol versuchte einen Blick nach hinten zu werfen, wurde aber umgehend weitergestoßen. Vermutlich war der verrückte Prediger ohnehin bereits abgeführt worden und irgendwo vor ihm. Denn nicht Pol allein würde heute am Schmerzenspfahl sterben, und Fra Théus war schließlich der höherrangige der beiden Gefangenen. Fra Théus, an dessen Befreiung Pol mitgewirkt haben sollte, im Zuge einer Verschwörung, die obendrein den edlen Barontes vom Leben zum Tode befördert hatte. Wer wollte daran zweifeln? Nicht allein, dass dem Jungen ein Mob auf den Fersen gewesen war, der ihn der Tat bezichtigte. Ein Mob versammelte sich schnell in den Gassen Carcosas, das war auch der Garde nicht unbekannt. Nein, obendrein war der Junge am Einstieg zu jenem geheimen Gang aufgegriffen worden, durch den auch der Verurteilte aus der Oberstadt hatte entweichen wollen. Was aus den beiden Bauernburschen geworden war, die dem hageren Alten tatsächlich die Ketten abgenommen hatten, hatte Pol nicht verfolgen können. Den Prediger selbst jedenfalls hatten die Gardisten quer durch die Stadt auf die Zwingfeste geschleift, nicht anders als sie das mit dem Jungen getan hatten. Zumindest würden die Henkersknechte nun an zwei verlorenen Seelen ihr Werk verrichten können.

Natürlich hatte Pol sich den Tag, an dem man ihn zur Richtstätte schaffen würde, noch weiter ausgemalt. Auf dem Karren des Henkers würde man ihn durch die Straßen führen. Steine und Unrat würden aus der geifernden Menge auf ihn niederregnen, und dann … Dann würde er sich irgendetwas einfallen lassen. Die Steine auffangen, sie in die Menge zurückschleudern? Unvermittelt zu Boden sacken, als hätte eines der Wurfgeschosse ihn niedergestreckt, bevor der Henker sich auch nur ans Werk machen konnte? Verwirrung stiften, für Unruhe sorgen. Ein Chaos verursachen, in dem es ihm gelingen würde, dem sicher geglaubten Tod zu entrinnen.

Nur dass sich die Dinge auch in dieser Hinsicht anders entwickelt hatten als erwartet. Der Prediger war den Männern des Rates einmal abhandengekommen. Sie würden dieses Risiko kein zweites Mal eingehen. Nicht auf dem unübersichtlichen Platz der Götter erwartete ihn – und Pol – sein Schicksal, sondern im Innenhof der Zwingfeste, die der Junge bis zum Tag seiner Gefangennahme niemals von innen gesehen hatte.

Sie war groß, wie er jetzt feststellte. Und verwinkelt. Flure, Gabelungen, Treppen, niedrige Hallen … Nach kurzer Zeit hatte er die Orientierung verloren. Und wozu hätte er sich den Weg auch einprägen sollen? In seine Zelle wollte er gewiss nicht zurück, und zu drei Seiten fiel der Felsen von Carcosa senkrecht in die Tiefe ab, zum Meer, zur Unterstadt, zu den Sümpfen hin. Die vierte Seite, den Weg in die Oberstadt, kontrollierte ein stark befestigtes Tor, an dem rund um die Uhr eine ganze Abteilung der Garde wachte.

Trotzdem, irgendeine Fluchtmöglichkeit musste es geben. Wieder und wieder musterte er die beiden Gardisten, die vorangingen. Der rechte von ihnen zog den Fuß ein wenig nach. Vermutlich war er nicht besonders schnell. Wenn Pol den anderen, denjenigen mit der Fackel, irgendwie ausschalten konnte und das Licht zu fassen bekam, würde er es nur noch mit den beiden in seinem Rücken zu tun haben.

Zwei Männern, die sich in der Zwingfeste auskannten. Anders als er. Und die keine Mühe haben würden, ihm zu folgen, wenn er mit einer Fackel in der Hand vor ihnen herstolperte.

An einer Pforte, die das Greifenwappen Carcosas schmückte,

gebot man den Wärtern und ihren Gefangenen Halt. Ein Mann mit einem mächtigen Schlüsselbund am Gürtel nahm die Angehörigen des kleinen Zuges in Augenschein, bevor er ihnen mit einem Brummen den Durchgang öffnete.

Augenblicklich war die Szene verändert. Die Gänge waren breiter als zuvor. Fenster blickten aus schwindelerregender Höhe auf die Hafenanlagen der Stadt. Und die Flure belebten sich mit jedem Schritt. Sie betraten eine Halle, in der sich eine große Gruppe von Menschen zusammengefunden hatte, Damen und Herren von Stand, Greise in den Roben der Priester. Sofort richteten sich sämtliche Augen auf Pol, und er straffte sich. Niemand wusste besser als er, wie man in der Stadt mit jenen umging, denen der Tod am Schmerzenspfahl gewiss war. Jene Bürgersfrau dort drüben, deren Blick ihn nicht losließ: Im nächsten Augenblick würde sie sich zu ihrem Gemahl beugen, raunend, kichernd, auf den fadenscheinigen Kittel des Jungen deutend, der auf der Flucht zerrissen war und seine Blöße nur noch notdürftig bedeckte. Doch seltsamerweise geschah nichts dergleichen. Kein höhnisches Wort war zu hören, kein selbstzufriedener Blick traf seine Augen, frohlockend, dass der Gerechtigkeit Genüge getan wurde. Im Gegenteil: Voller Anspannung schienen ihn die Männer und Frauen zu mustern.

Er schauderte. Was für eine ausgefallene Tortur konnte man für ihn auserseshen haben, dass den Leuten nicht einmal nach Triumph zumute war? Doch er schauderte unsichtbar. Dass er schreien würde, wenn der Henker seine Werkzeuge ansetzte, würde sich kaum vermeiden lassen. Aber sie würden ihn nicht zittern sehen. Mit erhobenem Haupt würde er der Marter begegnen. Solange das Haupt noch auf seinen Schultern saß.

Der Raum blieb zurück. Stufen führten zu einer Tür, an der zwei Gardisten wachten, bewehrt mit besonders prunkvollen

Panzern. Grimmig sahen sie dem Verdammten entgegen. *Die Tür zum Innenhof!* Pols Herz überschlug sich. Die Pforte würde sich öffnen, und das Schafott würde vor ihm aufragen, auf der Plattform die einschüchternde Gestalt des Henkers, in schwarzen und blutroten Samt gekleidet, der Schmerzenspfahl würde ihn erwarten und …

Die Gardisten stießen die Tür auf.

Die Kammer maß wenige Schritte im Quadrat. Ein einzelnes Fenster ging nach draußen. Ein Pult, auf dem sich Bücher türmten, ein geschnitzter Stuhl und neben dem Fenster ein prachtvoll bestickter Teppich, der nahezu die gesamte Wandfläche einnahm: der Greif von Carcosa, dessen mächtige Klauen einen Löwen gepackt hielten, das Wappentier des lästigen Konkurrenten Vendosa.

Zwei Männer befanden sich in der Kammer. Ein Schreiber beugte sich über das Pult, den Rücken zur Tür. Ein Priester vermutlich, die Kapuze seiner Kutte weit über den Kopf gezogen. Auf dem Stuhl dagegen saß in reich bestickter Robe ein Würdenträger.

«Zieht Euch zurück und schließt die Tür!» Eine Handbewegung, nur scheinbar in Richtung des Jungen, in Wahrheit an dessen Bewacher gerichtet.

Nur am Rande seines Bewusstseins hörte Pol, wie die Tür hinter ihm geschlossen wurde. Er starrte den Mann in der Robe an wie eine Erscheinung. Nicht das Schafott! Seine Kerkermeister hatten niemals Anweisung gehabt, ihn auf die Richtstatt zu führen! Stattdessen sah er sich einem Mann gegenüber, dessen scharf geschnittenes, raubvogelartiges Gesicht er kannte. Ein Gesicht, das an die Spitze eines mächtigen Heerbanns gepasst hätte, zu einem Strategen und Feldherrn, weniger allerdings zu der Position, die der Mann tatsächlich bekleidete: Als Bibliothekar und Archivar der Zwingfeste war der edle Adorno einer der Würdenträger des Hohen Rates, dabei aber einer derjenigen, die ihre Tätigkeit eher im Hintergrund ausfüllten. Mit der Aburteilung von Attentätern und Aufwieglern konnte er jedenfalls erst dann zu tun haben, wenn es galt, die Nachricht über Vollzug von Marter und Hinrichtung in den amtlichen Akten zu vermerken. So jedenfalls hatte Pol bisher vermutet. Aufmerksam sah Adorno ihm entgegen, und im selben Moment entdeckte Pol den Ring mit dem Greifenwappen an seiner Hand. Wie auch immer es geschehen sein mochte: Der Bibliothekar der Zwingfeste war zum neuen Domestikos des Hohen Rates aufgestiegen.

«Du wirkst wenig beeindruckend», bemerkte Adorno.

Pol blinzelte. Beeindruckend? Er? «Das ... das tut mir leid», sagte er schwach.

Der Domestikos stieß ein hartes Lachen aus. Ein Laut, der an die mächtigen Räuber der Lüfte erinnerte, mit denen er eine solche Ähnlichkeit aufwies. «Die Gardisten hatten Anweisung, dich nicht zu grob anzufassen», sagte er. «Ich hoffe, sie haben sich daran gehalten.»

«Ich ... hatte keinen Grund zur Klage.»

Diesmal hob Adorno eine Augenbraue. Dann richtete er sich auf, um den Jungen eingehend zu betrachten. Niemand sprach ein Wort. Der Schreiber blätterte in unregelmäßigen Abständen die Seiten eines Buches um, und durch das Fenster waren die unterschiedlichsten Geräusche zu hören. Betriebsame Geräusche, Rufe, angestrengtes Stöhnen, ein Klirren und Poltern, als ob die Waffenschmiede und Schreiner der Zwingfeste schon wieder rastlos an der Arbeit waren. Jedenfalls arbeiten sie nicht länger am Schafott, dachte Pol. Die Richtstatt war bereit, wann immer es seinem Gegenüber in den Sinn kam, den Jungen für seine Verfehlungen büßen zu lassen.

«Du bist ein Dieb», stellte Adorno fest.

Hatte Leugnen einen Sinn? Pol nickte stumm, zögerte dann. Musste er nicht nach jedem Strohhalm greifen? «Ich habe immer nur die Reichen beraubt», präzisierte er. «Zum Wohle der Armen.»

«Solltest du jemals zu einer Versammlung des Hohen Rates gebeten werden, würde ich dir davon abraten, diese Worte zu wiederholen. Dort sitzen die Vertreter der reichsten Handelshäuser der Stadt beisammen. – Deine Eltern waren ebenfalls Diebe?»

Verwirrt sah Pol den Domestikos an. Was hatten seine Eltern damit zu tun? «Nein», sagte er. «Ich hatte keinen Vater, ich … ich meine: Ich weiß nicht, wer mein Vater war. Was sein Beruf war. Meine Mutter hat in einer Schenke in der Unterstadt gearbeitet. Im *Drachenfuther*.»

«Was vermutlich nicht bedeutet, dass sie Kreaturen der Sage die Speisen aufgetragen hat. – Sie starb bei deiner Geburt?»

Pol starrte ihn an. «Woher …»

«Sie starb bei deiner Geburt?» Schärfer. Die Augen des Mannes waren zwei winzige feuchte Kieselsteine.

«Ja.» Pol senkte den Blick. «Sie hatte die Krankheit, die in jenem Jahr umging. Sie war zu schwach, um mich auf die Welt zu bringen. Man musste mich …»

«Man hat dich aus ihrem Leib geschnitten», stellte Adorno fest. «Was eine Übertretung der Gesetze darstellt.»

Pols Augen weiteten sich. Wie konnte der Domestikos all diese Dinge wissen? Natürlich: Der Mann hatte dem Hohen Rat als Archivar gedient, und dennoch – beim besten Willen konnte sich der Junge nicht vorstellen, dass irgendjemand in der Stadt solche Dinge aufzeichnete. Und was überhaupt kümmerte den Domestikos von Carcosa die Herkunft eines zerlumpten Jungen, den er allenfalls für ein Werkzeug in den Händen Théus' und seiner Verbündeten halten musste?

«Der Leib des Menschen ist ein Werk der Götter.» Adornos Blick war streng. «Wie dir bekannt sein dürfte, ist es den Heilern und den kundigen Frauen bei harter Strafe untersagt, ihn zu verletzen, wenn sie in törichter Hoffnung das Schicksal eines Menschen zu wenden suchen, dessen Verderben die Götter bereits beschlossen haben.»

Pol biss sich auf die Zunge. Natürlich war ihm das bekannt. Wer kannte sich besser mit Gesetzen aus als jemand, der davon lebte, sie zu übertreten? Doch was erwartete der Mann von ihm? *Soll ich mich dafür entschuldigen, dass ich am Leben bin?* Unvermittelt erwachte Wut in ihm. Adorno saß vor ihm in seiner kostbaren Robe, hier oben in der Abgeschiedenheit seiner Kammer, von der aus er in früheren Zeiten den Weg von amtlichen Schriftstücken dirigiert haben mochte und heute die Geschicke einer ganzen Stadt lenkte. Wie eine Spinne in ihrem Netz, dachte Pol, in Rätseln sprechend, mal an diesem, mal an jenem Faden zupfend, wissend, welche Reaktion das Manöver auslösen würde, und doch beseelt von einer gewissen Neugier. Oder wie ein Straßenkünstler, der eine Maus in ein sorgfältig gezimmertes Labyrinth setzte, dessen Wege allesamt in jenen Ausgang mündeten, vor dem die Katze wartete. Mit dem Unterschied, dass Adorno die ganze Zeit gewusst hatte, dass nicht das Blutgerüst auf den Jungen harrte, jedenfalls nicht sofort.

«Eure Gardisten verletzen jeden Tag Menschen!», zischte Pol. «Eure Henker tun nichts anderes, als Menschen zu verletzen, langsam und sorgfältig, damit die Opfer so lange wie möglich am Leben bleiben! Um das Volk bei Laune zu halten, während Ihr Euch neue Vorschriften und Gesetze ausdenkt!»

Heftig holte er Luft. Er wusste nicht, warum der Mann dieses merkwürdige Schauspiel aufführte, aber mit einem Mal war es ihm gleichgültig, ob er das Oberhaupt des Hohen Rates verärgerte. Er hatte die Schmerzenspfähle gesehen. Wozu hätte man sich die Mühe machen sollen, das Gerüst zu konstruieren, wenn sein Tod nicht längst beschlossene Sache war? «Ich wäre gestorben!», knurrte Pol. «Gestorben wie meine Mutter, noch bevor ich geboren worden wäre! Es war die einzige Möglichkeit, mein Leben zu retten. Die Frau, die es gerettet hat, ist im Übrigen seit vielen Jahren tot. Nur für den Fall, dass Ihr sie mit einer Eurer harten Strafen ...»

«Und so wurdest du gerettet.» Die Stimme des Mannes war ein Murmeln. Und genau das – dass er so leise sprach – ließ Pol verstummen. «Und so wurdest du *nicht* geboren.»

Pol legte die Stirn in Falten. Mit jedem Wort des Mannes begriff er weniger. Unvermutet aber trat Adorno einen Schritt zur Seite. «Schau aus dem Fenster», sagte er.

Verdutzt gehorchte der Junge, trat zögernd an das Fenster und ...

Pol erstarrte. Der Blick aus Adornos Kammer ging auf die Oberstadt, auf jenes Viertel um den Platz der Götter, in dem die Ereignisse ihren Anfang genommen hatten. Doch dieses Viertel war nicht wiederzuerkennen. Es war ... Es war nicht mehr da!

Die Straßenzüge der Weber und der Knochenhauer drängten sich zu Füßen der Zwingfeste wie eh und je. Wenige Schritte weiter aber war das Gelände an der Flanke des Felsens weggesackt, in die Tiefe gerutscht wie eine Burg aus feuchtem Sand, die die Kinder jenseits des Hafens am Ufer bauten. Der Platz der Götter selbst: Eine einzige Andachtsstätte erhob sich noch aus den Trümmern, der Tempel der Athane mit seiner rosig schimmernden Kuppel, der am höchsten Punkt der Freifläche gethront hatte. Selbst er aber wies Beschädigungen auf. Geschwärzte Trümmer lagen vor dem Portal. Eine dünne Rauchfahne kräuselte sich aus der geborstenen Kuppel in den unwirklich blauen Himmel.

Alles andere jedoch … Häuser und Straßenzüge, die mächtigen Treppen aus der Zeit der Alten … alles andere war die Anhöhe hinabgeglitten, den Sümpfen entgegen und …

«Die Unterstadt», flüsterte Pol. «Die Rattensteige.»

«Deinem Ziehvater fehlt nichts», bemerkte Adorno. «Er befindet sich hier auf der Feste.»

Pols Kopf fuhr herum. «Marbo? Was tut Marbo …» Er verstummte, als er sich daran erinnerte, wo er selbst die vergangenen beiden Wochen zugebracht hatte. «Er hatte nichts damit zu tun!», sagte er mit Nachdruck. «Mit dem Tod des edlen Barontes. Mit dem, was auf dem Platz passiert ist. Ich … Ich hatte selbst nichts damit zu tun. Ich …» Er brach ab.

Marbo ist genauso unschuldig wie ich. Konnte jemand, der dem Schafott entgegensah, etwas Dümmeres von sich geben? Marbo hatte sich um den vater- und mutterlosen Jungen so gut gekümmert, wie das nur möglich gewesen war. Und mit Sicherheit wusste der Domestikos das ebenfalls, wie er offenbar alles über den Jungen zu wissen schien. *Aber wenn er ohnehin alles weiß, warum hat er mir dann all diese Fragen gestellt?*

Für einen Moment musterte ihn Adorno, schüttelte dann den Kopf. «Der Inhaber des *Drachenfuther* ist zu seinem eigenen Schutz hier», erklärte er.

«Zu …»

Der Domestikos hob einhaltgebietend die Hand, zögerte dann, trat ans Fenster. «Die Winde in diesem Teil der Welt kommen über das Westliche Meer», sagte er leise. «In der Alten Zeit war das eine Selbstverständlichkeit, und zu Recht sind diese

Winde gefürchtet, draußen auf offener See und ebenso entlang der Küste mit ihren felsigen Riffen und Untiefen. Carcosa aber pflegen die großen Stürme nicht zu erreichen, weil uns die Kette der Singenden Inseln schützt. Von Emporion bis zu den Feuern von Pharos: Wir sind der einzige sichere Hafen. Wenn du heute auf die Anlegestellen hinabblickst – von der anderen Seite der Feste aus – wirst du Schiffe aus Astorga und Tranto erblicken und sogar von den Inseln der Korsaren. Du könntest glauben, alles sei wie ehedem, als unsere Binnensegler beladen mit frischer Ware den Lysander hinauffuhren bis zu den Handelswegen in die Rabenstadt. Als wären wir noch immer reich. Als wären wir noch immer mächtig. Als hätte …» Sein Blick verharrte auf dem Wandteppich. Die Klauen des Greifen hielten den Löwen von Vendosa gepackt, und dennoch: Bildete sich Pol nur ein, dass die Auseinandersetzung bestenfalls unentschieden stand? Wütend schnappten die mächtigen Fänge der Raubkatze nach dem Hals des Greifen. «Seit Jahrhunderten wartet Vendosa auf seine Chance», murmelte der Domestikos. «Und jetzt ist sie gekommen.»

Pol sah das Oberhaupt des Rates an, sah wieder auf den Wandteppich, dann wieder zu Adorno. Für den Augenblick war seine eigene Situation vergessen: «Natürlich, der Bergrutsch wird die Befestigungen beschädigt haben, aber die Städte haben gegeneinander Krieg geführt, solange die Erinnerung zurückreicht. Unsere Söldnerheere …»

Ein Schnauben. «Söldnerheere kämpfen für *Sold*. Und Sold kann eine Stadt nicht zahlen, wenn sie ihre Einnahmen aufwenden muss, um für die Hungernden in ihren Mauern Getreide zu kaufen. Zum ersten Mal in ihrer Geschichte. Und der kaiserliche Archont in Astorga weiß nur allzu gut, dass er uns in der Hand hat und uns die Preise diktieren kann. Denn in unserer Zeit wehen die Winde von Osten, Junge. Und sie bringen Regen über das Land, und das nicht erst seit den vergangenen Wochen. Gift fließt im Bett des Lysander, die fruchtbaren Äcker verwandeln sich in Sümpfe, die Dörfer werden davongeschwemmt. Und ihre Bewohner sammeln sich in Carcosas Unterstadt in der Hoffnung auf Obdach und Brot und ohne Münzen in der Tasche. Und die Handelsschiffe laufen die Stadt wohl noch an, weil unsere Molen ihnen Sicherheit versprechen, und großmütig begleichen die Eigner den Hafenzoll. Ihre Ware aber verkaufen sie unterdessen in Vendosa. All diese Veränderungen sind sehr langsam geschehen, deshalb haben nur wenige sie bemerkt. Heute jedoch, da selbst die Fundamente dieser Stadt den Fluten nicht länger widerstehen können … Schau dort, rechter Hand …»

Pol sah an den zinnengekrönten Mauern der Festung entlang in Richtung der mächtigen Toranlage. In Serpentinen wand sich der Weg aus dem Viertel der Knochenhauer zur Zwingfeste empor, und auf diesem Weg, auf dem gesamten Hang des Berges drängten Menschen zu Tausenden gegen die Mauern. *Kämpfe* waren auszumachen, halb verdeckt von den gewaltigen Bollwerken. Dem Schweif eines Kometen gleich stieg von einem der Türme eine feurige Bahn in den Himmel, ein loderndes Geschoss, das sich in einem hohen Bogen der Menge entgegensenkte, inmitten der Menschen auftraf. Schreie drangen bis an Pols Ohren. *Das* waren die Geräusche, die er schon kurz nach seinem Eintreten gehört hatte.

«Ihr …» Ihm war kalt geworden. «Ihr lasst auf unser eigenes Volk schießen?»

«Sie wollen Brot.» Adornos Lippen bildeten eine harte, blutleere Linie. Mehr denn je glich er einem Raubvogel. «Und sie wollen ein Dach über dem Kopf, denn der Winter ist nicht mehr fern. Und nichts von beidem können wir ihnen bieten, nicht so vielen auf einmal. Sie wollen *Rache*.»

«Rache?»

«Carcosa ist sicher. Zu Lande wie zu Wasser bietet die Macht des Hohen Rates den Menschen Schutz, so heißt es. Denn das Walten des Rates steht unter der schirmenden Hand der Athane.» Mit einer leichten Kopfbewegung wies er auf den einzigen Tempel, der nach wie vor aufrecht stand, wenngleich auch sichtbar mitgenommen. «Doch die Göttin lügt. Ihre Priester lügen. Sie hat ihre Stadt nicht beschützen können. Sie alle lügen uns an.»

Pol war nun eiskalt geworden. *Sie lügen*. Die Worte des Verurteilten auf der Richtstatt. Er starrte aus dem Fenster.

«Das Volk ist in den Tempel eingedrungen.» Adorno sprach jetzt wieder leise. «Die Tempeljungfrauen sind geschändet, die Opferschalen in den Staub gestoßen. Der Schrein der Göttin brennt. Die Priester haben sich hierhergeflüchtet, ebenso jene Bürger der Oberstadt, die schnell genug und klug genug waren, ihre Häuser zu verlassen, bevor die Menge sie erreichte. Keiner von ihnen – und uns – wird am Leben bleiben, wenn die Menge in die Feste vordringt.»

«Heilige …» Pol vollendete die Anrufung nicht. Er war sich nicht sicher, was ihm selbst heilig war. Jetzt erst recht nicht mehr. «Aber was wollt Ihr tun, um sie daran zu hindern?»

Der Domestikos betrachtete ihn, musterte den Jungen eindringlich von oben bis unten, und aus irgendeinem Grund glaubte Pol zu erkennen, dass ihm nicht sonderlich gefiel, was er zu sehen bekam.

«Darum», sagte Adorno, «bist du hier.»

«Ich?»

«*Die Vergessenen Götter zürnen!*»

Pol zuckte zusammen. Die Stimme kam aus seinem Rücken, und sie war rau. Es war die Stimme eines Menschen, der sich die Seele aus dem Leibe geschrien hatte, unter den Schmerzen der Marter, im verzweifelten Versuch, das Volk zu warnen vor dem Verhängnis, das kommen würde. Vor dem bevorstehenden Ende der Welt.

Pol hatte die Anwesenheit des Schreibers beinahe vergessen. Jetzt drehte der Mann sich um, ließ die Kapuze seiner Kutte zurückgleiten.

Bei ihrer letzten Begegnung hatte Fra Théus leidend ausgesehen. Jetzt glich das hagere Gesicht dem eines Leichnams. Die Augen allerdings schienen Blitze zu verschießen.

«Die Vergessenen Götter zürnen. Darum bist du hier.»

MORWA

DIE NORDLANDE:
NAHE DEM AHNENGEBIRGE

«Schaut selbst hindurch», schlug Mortil vor.

Schwerfällig wandte Morwa sich im Sattel um. Mehrfach hatte der dritte seiner Söhne sein Wissen um den äußersten Norden in den vergangenen Tagen unter Beweis gestellt. Auch an diesem Tag ritt er an der Seite des Hetmanns, und gemeinsam hatten sie haltgemacht. Morwa nahm den Bergkristall aus Mortils Hand entgegen, mit Fingern, in denen er längst kein Gefühl mehr hatte. Die Kälte in diesem Teil der Welt war von einer Art, dass einen Menschen Zweifel beschlichen, ob ihm jemals wieder warm werden würde. Ungeschickt drückte er den geschliffenen Stein vor sein rechtes Auge. Wirbelndes Weiß, wie zuvor.

«Etwas weiter rechts.» Mortil beschirmte die Stirn mit der flachen Hand. «Dort, wo das Massiv in den Bergsattel übergeht. Kurz bevor es zu dem höheren Gipfel wieder ansteigt. Möglich, dass es sich um eine Passhöhe handelt. Die eigentliche Nordstraße führt weit im Westen um das Gebirge herum.»

Noch einmal strengte der Hetmann die Augen an. Hinter dem Vorhang aus Schnee erkannte er schemenhaft die Silhouette des Gebirgszuges, doch das war alles. Er schüttelte den Kopf, gab den Bergkristall zurück.

Mortil nahm ihn mit einem Nicken entgegen, sah seinerseits erneut hindurch. «Der Gipfel auf der Linken ist der höchste von allen», erklärte er. «Die Hasdingen nennen ihn den *Ahnvater*. Die Spitze weiter rechts, jenseits des Sattels, ist die *Ahnmutter*, die beinahe dieselbe Höhe erreicht. Wenn Ihr denkt wie ein Hochländer, sieht es aus, als ob sie die übrigen Gipfel gebären würde. Sie ziehen sich weiter nach Osten und werden dort allmählich niedriger, aber alle sind sie sommers wie winters mit Schnee bedeckt.»

Morwa nickte stumm. Auch am vergangenen Abend hatte die Frau aus dem Süden die Last von seiner Brust genommen, vor wenigen Stunden erst, sodass der einschnürende Ring um seinen Leib nur undeutlich zu spüren war, wie stets zu dieser Zeit des Tages. Dennoch geriet jede seiner Bewegungen ungewollt umständlich unter den Schichten wärmender Felle. Was seinen Begleitern nicht anders erging. Immer wieder musste er mehrfach hinsehen, um die Gestalten unterscheiden zu können, den dritten seiner Söhne, Rodgert an der Spitze der Eisernen, den Hochmeister und seine Seher. Seit dem Morgen fauchte ihnen ein eisiger Wind entgegen, mit Lauten wie dem Gesang von Todesgöttinnen. Hier, an einer Stelle, an der die Felswände zu beiden Seiten des Pfades zurücktraten und der Blick auf die nördlichste Kette des Gebirges frei wurde, warteten sie ab, dass der Rest des Zuges zu ihnen aufschloss.

«Eis und Schnee», murmelte Mortil, der den Kristall jetzt nach links richtete, wo die zerklüftete Gipfelkette mit dem Umriss des Ahnvaters abbrach. «Aber so sollte es nicht aussehen. Nicht hier. Ich bin mir sicher, dass wir an der richtigen Stelle sind, doch das Gelände müsste frei von Schnee sein. Die

Stürme von Norden, aus den Erfrorenen Sümpfen, kommen über das Ahnengebirge nicht hinweg, sodass genau hier die nördlichsten Weidegründe der Hasdingen liegen, für ihre Tiere, die von alters her im äußersten Norden leben. Vor ein oder zwei Generationen haben sie versucht, die fetteren Ziegen aus Vindt heimisch zu machen. Die Tiere sind elendig verreckt.» Mit dem Kinn wies er auf eine windgeschützte Stelle, an der der Schnee den Boden nicht vollständig bedeckte. «Feuermoos», erklärte er und nickte zu einem Nest eher unscheinbarer Flechten. «Die Ziegen der Hasdingen sind die Einzigen, die damit zurechtkommen, sogar im Sommer, wenn die ätzenden Säfte in den Pflanzen nach oben wandern und ein Mensch sie kaum mit bloßen Fingern berühren kann. Die gesamte Ebene ist mit diesem Moos bedeckt, bis in den Schatten der Gipfel, auch wenn wir heute nichts davon sehen können. Der Wind weht von Westen. Es muss die Schulter des Ahnvaters sein, die den Schnee in unsere Richtung lenkt. Ich habe über die Gegend in Erfahrung gebracht, was ich konnte. Dass er an dieser Stelle mit einer solchen Heftigkeit fällt, ist … ungewöhnlich.»

Morwa nickte düster. Als wäre es den Hasdingen gelungen, einen letzten, mächtigen Verbündeten zu gewinnen. Auf der offenen Fläche entfesselte der Sturm seine ganze Gewalt. Das Eis türmte sich zu bizarren Formationen, wie geschaffen für einen Hinterhalt. Welcher Abschnitt auf der Route seines Heerbanns aber hatte sich *nicht* für eine Falle angeboten, seitdem sie das Hochland betreten hatten? Immer wieder waren die Tiefländer in den vergangenen Tagen auf die Überreste von Lagern gestoßen, seit kurzer Zeit erst verlassen. Sie waren den Fliehenden nun nahe. Was umgekehrt bedeutete, dass auch deren Späher nahe waren, unsichtbar im ihnen wohlvertrauten Gelände. Morwa glaubte ihre Blicke auf sich zu spüren, bei jedem

Atemzug. Die Hasdingen warteten, warteten auf einen einzigen Augenblick der Schwäche. In der verzweifelten Hoffnung, das Kriegsglück doch noch zu wenden. Er hatte ausreichend Schlachten geschlagen, um zu wissen, dass Verzweiflung einen Gegner umso gefährlicher machte.

«Keine Spur von deinem Bruder?», fragte er.

Beinahe unmerklich schüttelte Mortil den Kopf, sah weiterhin angestrengt durch den Bergkristall. Wenn der Hetmann ihn richtig verstanden hatte, waren die Bergstämme der Ansicht, dass der Blick durch den glasklaren Stein das Auge schärfte. Er könne Vögel erkennen, hatte Mortil verkündet. Vögel, die über dem Bergsattel ihre Kreise zogen. Morwa hatte an die Krähen der Charusken denken müssen, zu Füßen der Drachenklamm. Für keinen Moment hatten sie das Lager der Tiefländer aus den Augen gelassen. Doch das Geistertier der Hasdingen war von anderer Art, und der Stamm hatte es nicht ohne Grund erwählt: Der Lemming verbarg sich im Sommer in Höhlen, im Winter unter dem Schnee. Wenn er aber unvermittelt zu Tausenden aus seinen Verstecken hervorbrach, vermochte ihn nichts und niemand aufzuhalten.

Ebendas war die Art, in der auch die Hasdingen kämpften, dachte Morwa. Aus dem Verborgenen urplötzlich ins Freie stürmend. Um einer Streitmacht wie der seinen gefährlich zu werden, war ihre Zahl jetzt zu gering. Für einen kleineren Trupp dagegen konnte eine unerwartete Begegnung mit den Versprengten tödlich enden. Und schon schienen sich die Vögel des Gebirges über der Schulter des Ahnvaters zu sammeln.

«Gerfalken», verkündete Mortil und ließ den Bergkristall sinken. «Mehrere Dutzend von ihnen. Ich sehe sie niederstoßen, doch …» Er zögerte. «Aas schenken sie keine Beachtung», sagte er leiser. «Ausgenommen, dass sie sich zuweilen einen Vorrat anlegen, wenn ihnen das Jagdglück besonders hold war. – Was auch immer sie angreifen: Es ist etwas, das noch lebt.»

Morwa nickte knapp. *Etwas, das noch lebt.* Sein ältester Sohn und die Reiter, mit denen er an diesem Morgen aufgebrochen war? Seit mehr als zwei Stunden war ihre Rückkehr überfällig. Morwen, wiederum Morwen. Auf welche Weise mochte er sich diesmal in Schwierigkeiten gebracht haben in seiner närrischen Unbeherrschtheit?

Der Blick des Hetmanns ging über seine Begleiter. Die Eisernen hatten sich wie üblich darum gedrängt, mit ihrem Helden reiten zu dürfen. Auch ihre Augen aber suchten nun mit einer gewissen Unruhe den Schnee zu durchdringen. Im Gegensatz zu den Blicken jener, denen andere Sinne zur Verfügung standen. Aus den Mienen der Meister Tjark und Lirka war indessen nichts zu lesen. Der greise Ostil saß reglos im Sattel, weit vornübergebeugt, den hageren Leib in wärmende Felle gehüllt, die in seinem Fall schneeweiß waren in Anbetracht seines Standes. Seit Beginn des Feldzuges schien der Hochmeister um ein ganzes Jahrzehnt gealtert zu sein, und Morwa war nicht entgangen, dass seine Stimmung mit jedem Tag düsterer geworden war, seitdem sie den Fuß in das Gebiet der Hasdingen gesetzt hatten. Doch wenn die Götter dem Alten hatten Einsichten zuteilwerden lassen, schien er diesmal nicht bereit, sie mit dem Hetmann zu teilen. Seine Züge lagen im Schatten. Die Kapuze aus gebleichter Wolle hatte er tief ins Gesicht gezogen, sodass sich unmöglich sagen ließ, ob er auf seinen eigenen Wegen den verschollenen Kundschaftern nachspürte oder einfach nur halb erfroren in der Kälte vor sich hin dämmerte.

«Ein Pferd.» Gemurmelt.

Morwa brauchte einen Moment, bis er aus seinen Gedanken zurückfand. Mortil drückte wiederum den Kristall vor das

Auge, spähte hindurch. Ein verirrter Lichtreflex fing sich auf seinem Haar, das dieselbe Kupferfarbe besaß wie die Flechten jener Frau, die dem Hetmann seine Söhne geschenkt hatte. Alle Augen, die Augen der Seher, der Eisernen, hatten sich Mortil zugewandt. Die dunkelhäutige Frau ritt weiter hinten im Zug zwischen zwei alten Recken aus Elt, die Morwa persönlich ausgewählt hatte.

«Ein Brauner», sagte Mortil. «Er ist aufgezäumt, doch der Sattel ist leer.»

Der Hetmann starrte in das Schneetreiben. Ein schemenhafter Umriss, der sich bewegte? Dort kam das Pferd hinter dem Vorhang aus Weiß hervor, tatsächlich ein Brauner, und für einen Augenblick verspürte Morwa Erleichterung. Morwen war auf *Mond* geritten, einem Falben und einem Geschenk seines Vaters. Zwei seiner Krieger aber hatten auf Braunen gesessen, und eindeutig handelte es sich um eines dieser beiden Tiere, das sich jetzt wie selbstverständlich zu seinen Artgenossen gesellte, in den Reihen der Eisernen. Der alte Rodgert griff nach dem Zügel, nickte Morwa zu. «Das Tier ist unverletzt.»

Wenigstens das, dachte der Hetmann. Doch war das ein Grund zur Beruhigung? Was war dort draußen geschehen in der Hölle aus Schnee und Eis?

«Ein Unglück?», murmelte er. Mehrere Gesichter wandten sich in seine Richtung. Meister Lirka öffnete den Mund, aber Morwa schüttelte bereits den Kopf. «Nein», sagte er. «Wenn einem der Männer ein Unglück widerfahren wäre, wo sind dann die anderen? Es wäre ihre Aufgabe, sein Pferd in Ehren zurückzuführen. Ganz wie sie den Körper des Mannes von Freiwalts Tochter zurückgeführt haben.»

Mortil ließ den Bergkristall sinken. In tastendem Tonfall: «Sie könnten allesamt ...»

«Allesamt unter dem Schnee begraben sein?» Morwa schnaubte. «Allesamt verschlungen von einer Gletscherspalte? Reiterlos wäre ein einzelnes Ross wie durch ein Wunder entronnen? – Unsinn! Ein Krieger der Tieflande fällt nicht aus dem Sattel, solange Leben in ihm ist. Und warum sollte der Tod eines der Männer Morwen zwei Stunden lang an einer Rückkehr hindern, während wir auf Nachricht harren? Nein.» Er hob die Stimme. «Blut allein vermag einen unserer Reiter von seinem Ross zu trennen. Blut, das im Kampf vergossen wurde. Und dennoch kreisen die Vögel über jenen Bergen, und wie du selbst sagst, Mortil, Morwas Sohn, handelt es sich um Vögel, die Aas verschmähen. Unsere Späher sind noch am Leben», sagte er. «Aber sie werden angegriffen. Das ist es, was sie an einer Rückkehr hindert. – Wie weit ist es bis zum Bergsattel zwischen Ahnvater und Ahnmutter?», fragte er. «Zu der Stelle, an der du die Gerfalken gesehen hast?»

Mortil besann sich einen Augenblick. «Ein oder zwei Stunden für unseren Zug», sagte er. «Eine Schar auf schnellen Pferden würde vielleicht die Hälfte brauchen.»

«Ich selbst übernehme die Führung dieser Schar. – Rodgert!» Morwa sah sich nicht um. «Ihr begleitet mich mit fünfzig Eisernen.» Ein Blick zur Seite. «Hier an der Spitze des Zuges nimmt Mortil meine Position ein.»

«Vater?» Mit gehobenen Augenbrauen sah sein Sohn ihn an.

«Ich bin der Hetmann», sagte Morwa knapp. «Ich treffe die Entscheidung. – Sein Wort ist das meine», verkündete er an die Männer seines Rates gerichtet, und seine Stimme erreichte sämtliche Menschen am Ausgang des Hohlwegs. «Kehre ich nicht zurück, spricht der dritte meiner Söhne an meiner statt, bis der Thing einen neuen Hetmann bestimmt.»

Das Gesicht des jungen Mannes war blass geworden. *Falls*

ich tatsächlich nicht zurückkehre, wird er noch früh genug merken, welches Geschenk ich ihm soeben gemacht habe, dachte Morwa grimmig. Das Schicksal der Hasdingen war so oder so besiegelt. Wenn das Unternehmen des Hetmanns scheiterte, würde das den Bergstamm nicht retten. Dann aber wäre es an Mortil, die letzten Rebellen niederzuwerfen. Und angesichts der Zahlenverhältnisse war es keine Frage, dass ihm das auch gelingen würde. Ganz selbstverständlich würde der Thing ihn daraufhin an der Spitze des Bündnisses von Ord bestätigen, und seine Brüder würden die Entscheidung zähneknirschend anerkennen. Selbst wenn es eher Zufall war, dass in diesem Augenblick der dritte von Morwas Söhnen an der Seite seines Vaters ritt. Morleif führte die Nachhut, Mornag hielt sich bei der Hauptmacht des Heeres auf, um einen Zank zwischen den Charusken und den Männern aus Eik zu schlichten. Er hatte den Passweg noch nicht verlassen. – Mortil also, eine Lösung so gut wie jede andere, dachte der Hetmann. Hätte nicht Morwens Leben auf dem Spiel gestanden.

Rodgert hatte die Eisernen bereits ausgewählt. Die Männer sammelten sich um ihren Hetmann. Morwa hob den Arm, und …

«Mein Hetmann.» Eine brüchige Stimme.

Überrascht ließ Morwa die Hand wieder sinken.

Großmeister Ostils sehnige Finger umfassten den Saum seiner Kapuze, ließen sie langsam zurückgleiten. Seine Züge hatten die Farbe von Kerzenwachs, die Augen lagen tief in den Höhlen, als sie sich auf Morwa richteten. «Ihr seid unser Hetmann, Herr.» Ein tiefer Atemzug. «Ihr seid vom Blute des Ebers, und wir wissen um Euren Mut und Eure Tapferkeit. Wieder und wieder haben wir gesehen, wie Ihr in der ersten Reihe standet, die Kriegsaxt zum Hieb bereit, wenn der Feind den Euren entgegenstürmte. *Schild und Schwertarm will ich sein den Scharen, Mantel der Mannen.*»

Verwirrt sah Morwa ihn an. «Mein Eid ist mir bekannt, Hochmeister. Kein Tag vergeht, an dem ich ihn nicht im Stillen für mich wiederhole. Es ist unnötig, mich an seine Worte zu erinnern.»

«Dann handelt danach.» Der Alte stützte sich schwer in den Sattel, aber seine Stimme gewann an Kraft, während er Morwa betrachtete. «Die Hasdingen sind tückisch, und ihre Späher folgen einem jeden unserer Schritte. Sie haben beobachtet, wie Ihr Eure Söhne voraussendet, und Morwens wilder Eifer ist ihnen ebenso bekannt wie Eure Liebe zu allen Euren Abkömmlingen. Morwen in eine Falle zu locken kann keine große Herausforderung bedeutet haben. Wer aber sagt uns, dass diese Falle ihm allein galt? – Fällt Morwen, so verliert Ihr einen Eurer Söhne. Doch Ihr habt noch weitere Söhne, die für Eure Nachfolge in Frage kommen. Fallt dagegen Ihr selbst, so werden wir jenen Mann verlieren, der dieses Bündnis, das Bündnis der Stämme von Ord, geschaffen hat und als Einziger in der Lage ist, es zusammenzuhalten. Es steht Euch nicht zu, Euch zu dieser Stunde in Gefahr zu bringen. Es steht Euch nicht zu, zu denken wie der Vater nur dieses *einen* Mannes. Weil Ihr, der Eber von Elt, allen Menschen hier …» Eine schwache Handbewegung. «… Vater seid. Und Mutter. Wenn in der Wildnis die Kälte kommt und die wilde Bache erkennt, dass ihre Kräfte nicht ausreichen werden, um den Wurf dieses Jahres durch den Winter zu bringen und sich selbst dazu, so wird sie ihre ohnehin dem Tode geweihten Frischlinge verschlingen, um ihrerseits zu überleben. Im Frühjahr mögen neue Junge kommen, um die Linie fortzusetzen.»

Morwa starrte ihn an. «Ihr verlangt von mir …»

Ostil hob die Hand. «Niemand mutet Euch zu, Eurem Sohn mit eigener Hand das Leben zu nehmen, mein Hetmann. Nicht das fordert jener von Euch, der den Willen der Götter deutet.» Der Alte hielt inne. Morwa schauderte. Ostils Stimme war mit jedem Wort sicherer und lauter geworden. Als wenn die gebeugte Gestalt im Sattel zu *wachsen* schien, ein Abglanz der Macht des Wolfsköpfigen, des Feuergottes, der Herrin der Winde auf das Oberhaupt der Seher fiel. «Vertrauen fordere ich von Euch», verkündete der Alte. «Vertrauen in den Ratschluss der Götter.»

«Indem ich meinen Sohn seinem Schicksal überlasse?»

«Ebendas.» Der Alte ließ ihn nicht aus den Augen. Sämtliche Blicke hatten sich den beiden mächtigsten Männern des Nordens zugewandt. Krieger und Trossfrauen hatten unterdrückt zu murmeln begonnen. Morwa spürte es eher, als dass er es sah oder hörte. «Ebendas», wiederholte Ostil. «Seinem *Schicksal*. Wir sind Euch nach Thal und Vindt gefolgt, Sohn des Morda. An Eurer Seite sind wir durch das Dickicht an den Dornenhecken von Eik gewatet. Selbst wir, Eure Seher, haben uns in Eure Pläne ziehen lassen, wiewohl unser Eid von uns verlangt, uns fernzuhalten von den Händeln der Welt. – Weil wir Vertrauen in Eure Weisheit hatten. Und nun mangelt es Euch an Vertrauen in die Weisheit der Götter, nun, da sie verlangen, dass sich das Schicksal des Mannes, den wir als Morwen kennen, erfüllt?»

Morwas Finger schlossen sich um die Zügel seines Rappen. Zu heftig. Nervös wich das Pferd zwei Schritte auf der Hinterhand zurück, und er benötigte mehrere Atemzüge, bis es sich wieder beruhigte. Eine scharfe Antwort lag ihm auf der Zunge, eine Antwort, die den Greis auf seinen Platz verwies. Aber er zügelte sich, wie er das Tier zügelte.

Morwa hegte dieselbe Hochachtung gegenüber den Sehern wie ein jeder Mann des Nordens. Immer wieder hatte er auf den Rat des alten Mannes gehört in den Jahren der Kämpfe, und selten hatte er diese Entscheidung bereut. Doch er hatte zu viele Schlachten geschlagen und zu viele Schlachten *gewonnen*, um nicht zu wissen, dass es keineswegs die Frömmsten waren, denen der Schlachtengott den Sieg schenkte. Ja, nicht einmal die Tapfersten. Sondern diejenigen, die zur rechten Zeit die rechte Entscheidung trafen.

Seine Krieger aber dachten anders. Rasch ging sein Blick über die Tiefländer und ihre Verbündeten. Er sah die wachsende Besorgnis auf ihren Gesichtern. Auf den Gesichtern der Krieger, der einfachen Männer und Frauen aus dem Tross, die nun nach und nach den Ausgang des Hohlwegs erreichten und innehielten, um den Disput zwischen ihrem Hetmann und dem Oberhaupt seiner Seher zu verfolgen. Dort drüben auch die dunkelhäutige Frau, ihre Anspannung war an ihrer Haltung im Sattel ablesbar. Als ob sie spürte, dass etwas vorging, dachte Morwa. Der Einzige allerdings, der ihr das Gesprochene hätte übersetzen können, war Ostil selbst. Ja, Anspannung überall. Der Glaube an die Macht der Götter war nach wie vor stark in den abgelegenen Gegenden des Nordens. Wie auch der Glaube an die Macht ihrer Diener: der Seher. Doch es war Jahre her, dass Ostil einen Einwand gegen einen Entschluss des Hetmanns vorgebracht hatte! Und das war beim Kriegsrat geschehen, im Innern von Morwas Jurte und vor den wenigen Vertrauten, denen der Hetmann sein Ohr lieh. Was trieb den Alten dazu, gerade jetzt Widerspruch zu erheben?

«Schickt jenen an Eurer statt.» Ostils Kopf neigte sich in Mortils Richtung. Dann brachte er sein Pferd näher an den Hetmann heran. Mit gesenkter Stimme fuhr er fort. «Schickt diesen anderen Eurer Söhne, und lasst uns sehen, welches Schicksal die Götter für *ihn* bereitet haben.»

«Ostil, verf…» Morwa brach ab. «Was bei der Hölle des Feuergotts habt Ihr vor?», zischte er. «Was soll das?»

«Ich hatte einen Traum.» Der Alte sprach jetzt ganz leise. «Die Träume eines Sehers werden reicher, wenn er den Göttern näher kommt, müsst Ihr wissen. Und wie Ihr längst erkannt habt, werde ich sehr bald vor ihnen stehen. Ebenso wie Ihr.»

Der Ring. Der einschnürende Ring seiner Schwäche. Mit einem Mal war er um Morwas Brust. Der Alte *wusste*?

«Doch *noch nicht*.» Für diese beiden Worte hob Ostil noch einmal die Stimme, dämpfte sie dann erneut. «Ihr habt noch eine Aufgabe zu erfüllen in dieser Welt, Mordas Sohn. Ihr seid der Große Eber, der Eber von Elt. In dieser Gestalt habe ich Euch in meinem Traum gesehen. Und Ihr müsst am Leben bleiben. Die Götter haben mir auch Eure Söhne gezeigt, doch diese Bilder sind nicht deutlich. Eure Söhne haben ein anderes Schicksal. Auch wenn ich es nicht sehen kann, so ist es dennoch beschlossen. An jenem Tag, an dem das Gestein auf Freiwalt und den Mann seiner Tochter niederging … Was, wenn es Morwen hätte treffen sollen? Ich flehe Euch an, Hetmann, stellt Euch dem Entschluss der Götter nicht in den Weg!»

Ostil ließ die Schultern sinken, und mit einem Mal war er wieder jener kleine alte Mann, den Morwa sein Leben lang gekannt hatte. Der kleine alte Mann, der es wieder und wieder mit sich und seinen Göttern hatte ausmachen müssen, wenn Morwa ihn in die Geschäfte des Krieges gezogen hatte. Doch unübersehbar waren ihm seine Worte ernst gewesen. Und Morwa schuldete ihm so unendlich viel. Er schuldete ihm Vertrauen.

Der Hetmann lenkte seinen Rappen ein Stück zur Seite, an

Ostil vorbei. Die Tiefländer hatten sich in einem Halbkreis vor dem Ausgang des Hohlwegs gesammelt, in respektvollem Abstand zu Morwa und seinen Ratgebern.

Er sog den Atem ein. Seine Stimme hallte über den Schnee. «Ihr habt die Worte des Hochmeisters gehört, Tiefländer! Morwen und seine Gefährten sind in Gefahr, haben sich in den Schlingen und Fallen der Hasdingen verfangen, wie wir befürchten müssen. Der Hochmeister rät mir, beim Tross und der Hauptmacht des Heeres zu verharren. Wenn überhaupt, so möge ich Mortil zu ihrer Hilfe senden.» Nacheinander sah er mehreren der Männer in die Augen. Seine Krieger wussten, dass die Aufmerksamkeit jedem einzelnen von ihnen galt. «Ich frage euch, Tiefländer: Wer von euch erinnert sich an den Tag vor den Toren von Vindt, als Hunderte von euch auf einer Landzunge abgeschnitten waren, während das Westmeer stieg und die Gegner die einzige Verbindung zum Festland blockierten? Wer ist an jenem Tag durch das Wasser zu euch gekommen? Habe ich einen der Jarls gesandt? Habe ich Rodgert an der Spitze der Eisernen gesandt?»

Er sah in die Gesichter der Männer. Hier die Andeutung eines Kopfschüttelns, dort wurde ein Haupt geneigt. Beides bedeutete dasselbe. Morwa selbst war durch die salzigen Fluten zu seinen Männern gestoßen in seiner schweren Rüstung, die ihn in die Tiefe zu ziehen drohte, einige Dutzend seiner treuesten Gefolgsleute hinter sich. Am Ende hatten die Männer von Vindt eine schwere Niederlage hinnehmen müssen, und wenige Tage darauf hatten sie die Tore ihrer Stadt geöffnet.

«Entsinnt ihr euch des Sieges über die Vasconen, vor wenigen Monaten erst?» Wieder gab er den Kriegern Gelegenheit, sich die Erinnerung vor Augen zu rufen. «Die Vasconen haben tapfer gekämpft. Und sie kannten das Gelände. Um den

Mittag hatten sie uns gegen die steilen Hänge des *Steinwächters* gedrängt, ihres heiligen Berges, in dessen Stollen sie das Zinn ergraben. Und ich war mitten unter euch. Wir haben uns gegenseitig behindert, waren kaum mehr in der Lage, zum Hieb auszuholen mit Schwert und Axt. – Wer war es, der das Schlachtenglück wendete, als er dem Kriegsgott gleich von den Hängen herabfegte mit seinen Streitern?»

Morwen. Er konnte sehen, wie die Lippen mehrerer Männer den Namen seines Sohnes formten.

«Jener Morwen, den wir nun seinem Schicksal überlassen sollen, wie der Hochmeister fordert!»

«Ich …» Ostil hatte sein Pferd an Morwas Seite gebracht, doch seine Stimme war jetzt brüchig und schwach. Er drang nicht durch, als der Hetmann von neuem das Wort an sich zog.

«Dreißig Jahre lang, Tiefländer, sind wir füreinander eingestanden! Ihr für mich, ich für euch, für jeden Einzelnen, wie gering oder mächtig er auch sein mochte. Weil es Mächtige und Geringe nicht gibt unter den Männern von Elt und ihren Gefährten! Wir haben Siege errungen, Seite an Seite, haben unsere Pläne immer wieder ändern müssen, wenn das Wüten der Schlacht es erforderte! Hatten wir in diesen Wirren Zeit, die Seher zu bitten, den Willen der Götter zu erforschen? Diese Zeit hatten wir nicht. Und doch haben wir am Ende gesiegt! Die Menschen von Vindt wie die Vasconen reiten heute als Waffenbrüder an unserer Seite. Weil *das* der Wille der Götter ist. Dass wir, die Männer des Bündnisses von Ord, füreinander einstehen!»

Das Raunen der Krieger hatte sich verstärkt. Rufe der Zustimmung wurden laut. Die ersten Reiter begannen mit den Knäufen ihrer Schwerter gegen die Schilde zu schlagen, ihren Hetmann anzufeuern.

«Ich kann euch nicht befehlen, gegen das zu handeln, was der Hochmeister als den Willen der Götter deutet!» Morwa hatte Mühe, die Geräusche zu übertönen. Aus dem Augenwinkel konnte er beobachten, wie Ostils Gestalt im Sattel in sich zusammensank, und für einen Augenblick überkam ihn eine tiefe Scham. Er hatte den Alten nicht der Lüge bezichtigt, aber der Sinn war dennoch deutlich: Der Hochmeister wusste nicht mehr, was er redete. Doch jetzt war nicht die Zeit für Reue. Nicht die Zeit, auf die flüsternde Stimme in seinem Innern zu lauschen: *Was, wenn Ostil die Wahrheit gesprochen hat? Was, wenn es tatsächlich der Wille der Götter ist? Was, wenn ich mich nicht gegen Ostil erhebe, sondern gegen den Willen der Unsterblichen?*

«Ich kann es euch nicht befehlen», brüllte Morwa. «Wer aber unseren Gefährten beistehen will in der Stunde der Gefahr, der reite an meiner Seite!»

Er wendete seinen Rappen. Die Umrisse des Ahnvaters erhoben sich in unbestimmter Ferne. Er gab dem Tier die Hacken, und Augenblicke später flog er dahin, flogen die Reiter des Bündnisses von Ord über die Ebene und die Hufe seines Aufgebots donnerten über den Schnee wie eine Woge aus Eis.

LEYKEN

DAS KAISERREICH DER ESCHE:
DIE RABENSTADT

Leyken lag auf dem Rücken. Ihre Augen waren geschlossen, und sie spürte, wie ein Sonnenstrahl ihre Lider streichelte. Noch aber war sie nicht bereit, sie zu öffnen. Ein Traum war zu ihr gekommen wie eine süße Erinnerung. Ein Traum, der weniger eine Abfolge von Bildern oder Ereignissen gewesen war als vielmehr ein bloßes tiefes Gefühl. Ein Gefühl der Geborgenheit, wie es ein Kind im Schoß seiner Mutter empfinden mochte. Ein Kind, das noch keine Ahnung besitzt von den Gefahren und Schrecken der Welt dort draußen, seiner selbst noch kaum bewusst, umgeben von Wärme und vertrauten Geräuschen.

Ein Kitzeln an ihrer Wange. Sie schlug die Augen auf. Für einen winzigen Moment der Eindruck von etwas, das einem Schatten gleich davonhuschte, schneller verschwunden war, als sie den Blick in seine Richtung wenden konnte. Sie blinzelte, blinzelte noch einmal. Ehrfürchtig hielt sie den Atem an.

Es war ein Bild vollkommener Schönheit. Ihr Lager befand sich in einem großzügigen Raum, in den ein freundliches Vormittagslicht fiel. Doch weder fiel es durch leere Fensteröffnungen wie daheim in der Oase, noch drang es durch Scheiben von

Glas, die fachkundige Hände mit bleiernen Stegen aneinandergefügt hatten, wie es in Trebisond geschah. Das Fenster reichte beinahe bis zum Boden, und es war mit einem Gespinst gefüllt, Spinnenseide vergleichbar, aber unendlich feiner, schillernd in tausend Farben. Und gänzlich anders in seiner Struktur als ein jedes Spinnennetz der Welt, simpler und komplizierter zugleich. Es schien Ornamente aufzugreifen, die in warmen Grün- und Brauntönen die Wände des Raumes schmückten. Oder handelte es sich überhaupt nicht um Ornamente? Waren es Schöpfungen des Lichts, das gegen die Wände fiel? War nicht der gesamte Raum von einer vollkommen anderen Art als sämtliche Gemächer, die sie in ihrem Leben betreten hatte? Gemächer mit lotrechten Wänden, ebenmäßigen Böden aus gestampftem Lehm oder harten hölzernen Dielen. Ließ dieser Raum nicht eher an ein heimeliges Nest denken, an einen behaglichen Kokon aus seidiger Faser, in dem die Raupe ihrem großen Tag entgegenschlummerte in Schmetterlingsträumen?

Harte, gerade Linien existierten nicht. Das Fenster besaß eine angedeutete Zwiebelform, ganz gewiss aber war es nicht streng symmetrisch, ohne dabei irgendetwas von seiner Vollkommenheit einzubüßen. Die Formen, die Farben waren von einer Kunstfertigkeit, die Leyken nicht für möglich gehalten hätte. Und vermutlich waren solche Fertigkeiten auch unerreichbar: unerreichbar für die Hand eines jeden noch so begabten Künstlers. Nicht aber für etwas, das größer war und älter. Für die Esche, den heiligen Baum der Kaiserstadt.

Der Baum. Die heilige Esche. Leyken hatte sich von ihrem Lager erhoben, ohne es recht zu bemerken. Auf bloßen Füßen schritt sie auf das Fenster zu. Gefesselt, magisch angezogen von dem Bild, das sich vor ihren Augen ausbreitete, als ihr Blick durch den Schleier des Gespinstes ging, der das Draußen in ein verzauberndes Licht tauchte. Aus unglaublicher Höhe sah sie hinab auf die Türme und Brustwehren, die die Rabenstadt schützend umgaben, auf die Brücken zu Regionen des kaiserlichen Baumes, die tief unter ihr lagen, bevölkert von Menschen, die nichts als winzige Punkte waren. Und dahinter das Land. Dahinter Sümpfe und Lagunen mit schlängelnden Wasserläufen, die sich in weiten Ebenen verloren, an einer Kette freundlicher Gipfel am Horizont.

Sie streckte die Hand aus, hielt inne, bevor sie das Gespinst berührte. Ein Blatt, dachte sie. Mit einem Mal konnte sie es auf einen Begriff bringen, fast als wäre dieser Begriff, diese Vorstellung – *Blatt* – erst jetzt zu ihr zurückgekommen. Die Form des Fensters glich einem Blatt mit verschlungenen Kanälen, in denen die Säfte des Baumes flossen, mit hauchdünnen Membranen, die die Zwischenräume füllten. So simpel und alltäglich, so kostbar, dass der größte Künstler der Welt daran scheitern würde, etwas Vergleichbares zu erschaffen.

Sie verharrte. Leyken von den Banu Qisai, Leyken vom Oasenvolk. Wer sie war, wie sie an diesen Ort gelangt war: Einem tröpfelnden Rinnsal gleich kamen die Erinnerungen zurück, zugleich aber schienen sie weiter fort als die fernen Berge, schienen sie dem Leben einer anderen anzugehören und selbst dort von keiner besonderen Bedeutung zu sein. Sie war in der Rabenstadt, in der Gewalt der Kaiserlichen, die ihre Familie in den Tod gemartert, ihre Schwester Ildris verschleppt, sie selbst einer wochenlangen Folter und Gefangenschaft unterzogen hatten, und alles, was sie empfand, war eine stille Verzückung angesichts der Schönheit, die sie umgab.

«Beachtlich», bemerkte eine Stimme in ihrem Rücken. «Nicht wahr?»

Leyken fuhr herum. Die Stimme kam aus einer Richtung, in

der vor Augenblicken *nichts* gewesen war. Keine Tür jedenfalls. Ein Abschnitt der Wandfläche, die leicht gewölbt erschien wie die Innenseite eines Blütenkelchs. Jetzt befand sich dort eine Türöffnung. Ein geschwungener Gang war zu erkennen, der tiefer in den Leib des Baumes führte. Er lag in gedämpftem Licht, obwohl weder Fenster noch Fackeln oder Öllampen sichtbar waren.

In der Türöffnung lehnte die Gestalt des Sebastos. Er trug eine Robe aus tiefgrünem, seidig fließendem Gewebe und betrachtete Leyken aufmerksam.

«Der Ausblick nach Osten ist noch eine Spur eindrucksvoller», fügte er hinzu. Sein Tonfall klang beinahe entschuldigend. «Über den Schlund hinweg, auf Opsikion und die Berge von Nimedia.» Eine unbestimmte Handbewegung. «Wobei ich davon ausgehe, dass das keine große Rolle spielt, wenn man all das zum ersten Mal sieht. Wirklich sieht, von hier oben. Ohne dass ein paar Schritte entfernt das Faulgas aus dem Boden steigt.»

Sie starrte ihn an. Schmerzhaft hatte sich ihr Herz bei seinem Anblick überschlagen. Ein Eimer eisigen Wassers, der über ihr ausgeschüttet wurde nach einem warmen, rosenduftenden Bad.

Der Höfling musterte sie, Schritte nur entfernt. Nicht anders als er es im Schmutz ihrer Kerkerzelle getan hatte. Er hatte sie geschlagen. Er hatte sie begutachtet wie ein Stück Vieh. Er hatte den ätzenden Trank auf ihre Zunge rinnen lassen. Den Trank, der sie in die Dunkelheit davongerissen, ihren letzten Gedanken abgeschnitten hatte. Den Gedanken, dass es im Grunde gleichgültig war, ob sie lebte oder starb, wenn nur die Hölle der lichtlosen Kammer ein Ende fand.

Sie lebte. Doch sie hatte nicht den Hauch einer Ahnung, warum sie lebte. Der Sebastos ließ die Augen nicht von ihr, als sie unsicher einen halben Schritt zur Seite wich. Schließlich trat er an ihr vorbei an einen niedrigen Tisch, eine glänzende Marmorplatte, die auf verschwenderisch geschwungenen Streben ruhte. Sie mochten filigran geschmiedetes Metall sein oder aber Teil des Rankwerks der Esche, das an dieser Stelle aus dem Boden spross, der selbst ein Teil des Baumes war. Eine Karaffe und zwei kristallene Becher standen auf dem Marmor. Fragend sah der Höfling Leyken an. «Bist du durstig?»

Sie zögerte. Die Flüssigkeit in der Karaffe wies einen leichten Schimmer auf; und die Erinnerung an den Trank im Kerker war allzu gegenwärtig. Sie fuhr sich über die Lippen. Er hatte ihr befohlen zu schweigen, solange er keine direkte Frage an sie richtete. Das aber hatte er soeben getan. Sie durfte – musste – antworten. «Mir ... mir ist ein wenig schwindlig, Herr.» Das letzte Wort eilig angefügt. «Ich glaube, ich bin nicht durstig.»

«Oh.» Ein seltsam überraschtes, beinahe erfreutes Oh? Er ließ ihr keine Zeit, darüber nachzudenken. Für sich selbst schenkte er mit ruhiger Hand in einen Becher, führte das fein geschliffene Gefäß an die Lippen, hielt aber inne, noch bevor er getrunken hatte. «Dein ... Schwindel wird rasch vergehen», versicherte er ihr. «Du siehst bedeutend besser aus als bei unserer ersten Begegnung.» Ein Nicken in ihre Richtung, das auf eine verwirrende Weise ihre gesamte Gestalt beschrieb.

Sie blickte an sich herab. Sie war in ein Gewand aus einem hauchdünnen, fließenden Gewebe gekleidet. Für einen Augenblick war da dieser Gedanke in ihrem Kopf, der Gedanke, dass womöglich *er* es ihr angelegt hatte. Aber nein, Unsinn. Namenlose, gesichtslose Dienerinnen, während sie in tiefer Bewusstlosigkeit gelegen hatte. Der Stoff war so leicht, dass er kaum zu spüren war, und er war transparent oder doch beinahe. Und sie stand zwischen dem Höfling und der Helligkeit des Fensters.

Jedes Detail ihres Körpers konnte er prüfend in Augenschein nehmen, und sein Blick ließ keinen Zweifel daran, dass er das auch tat.

Nachdenklich kam er jetzt näher, betrachtete sie von der Seite, schritt dann in ihrem Rücken entlang, blieb schließlich mit musterndem Blick auf der anderen Seite stehen. Wie ein müßiger Besucher in einem berühmten alten Tempel, dachte sie. Kein Gläubiger, der den Rat der Götter suchte, sondern ein neugieriger, weitgereister Fremdling, der mit Kennermiene den Faltenwurf an den Gewändern der Liebesgöttin musterte. Oder aber den Bereich oberhalb davon. Die entblößten Brüste.

«Du bist hübsch», bemerkte er. War das eine Frage? Leyken schwieg. Sie wollte kein Risiko eingehen. «Mehr als hübsch sogar», murmelte er. «Das muss nicht von Nachteil sein.»

Sie biss sich auf die Lippen. Seine Andeutungen waren ein Spiel. Er wusste, welche Fragen ihr auf der Zunge brannten. Warum habt Ihr mich hergebracht? Wofür ist meine Schönheit kein Nachteil? Was habt Ihr mit mir vor, dass sie eine Rolle spielen sollte? – Doch was sonst sollte eine Rolle spielen? Sie war ein Stück Fleisch aus der Vorratskammer dieser Leute. Ein etwas hübscheres Stück Fleisch als die anderen. War das der Umstand, dem sie ihr Leben verdankte?

Er baute sich von neuem vor ihr auf, betrachtete sie eingehend. Seine Augen waren von einem intensiven Grau, stellte sie fest, undurchschaubar wie ein Winterhimmel. Ein gutaussehender Mann, der ihr einige, aber nicht allzu viele Jahre voraushaben musste. Die ausgeprägte Nase, das streng nach hinten gekämmte Haar: das Gesicht eines Kriegers? Der spöttische Zug um den Mund und die weichen Wimpern schienen von Schlachten anderer Art zu sprechen, von Hinterzimmern und Hallen der Macht in der kaiserlichen Rabenstadt.

Er stieß ein tiefes Seufzen aus. «Ich denke darüber nach, dir das Reden zu gestatten. Möglicherweise würde das unser Gespräch weniger einseitig gestalten.»

«Wie ...» Ihre Stimme war heiser. «Wie Ihr entscheidet, Herr», sagte sie vorsichtig.

Seine Augen verengten sich. «*Ich denke darüber nach*. Noch bin ich zu keinem Entschluss gekommen.»

Sie wich nicht zurück, doch nervös huschte ihr Blick zu seiner Hand. Wie war es möglich, dass sie sich in diesem Augenblick ausgelieferter vorkam als in der Hölle ihres Kerkers?

Es war schwer zu beschreiben: In der Kerkerzelle war sie ein vor Schmutz starrendes Etwas gewesen, die Handgelenke aufgescheuert von den Ranken, die ihren eigenen verdreckten Leib roh in Position hielten. Jetzt war sie eine Frau, deren Leib ein schmeichelndes Gewebe umhüllte wie den duftenden Körper einer Königin. Sie war – begehrenswert? Eine junge Frau, auf der sein Blick mit Wohlgefallen ruhte? Das war es nicht. Nicht allein. Sie war verletzlicher als zuvor, gerade weil sie nicht länger in Fesseln hing. Ich bin kein Etwas mehr, dachte sie. Ich habe etwas zu verlieren. Ein Wort von ihm, und sie würde in die erstickende Kammer zurückkehren, zu Schwein und seinen Wärtern, zu den Gefangenen, deren Gebete den Tod erflehten. Sie war sich absolut sicher, dass Gardisten in ihren goldenen Panzern in Rufweite waren, um jeden seiner Befehle umgehend auszuführen. Sie war gefangen. Lediglich auf eine andere Weise als zuvor. Und er tat alles, um ihr diesen Umstand bewusst zu machen.

Sein Blick schien sich zu verändern, zwang sie, ihn von neuem anzusehen. Wie viel konnte er erkennen von dem, was ihr durch den Kopf ging? Er musterte sie, schweigend, unangenehm lange.

«Möglicherweise habe ich einen Scherz gemacht.» Der Satz war eine Feststellung.

Er hatte sich umgewandt, wieder nach der Karaffe gegriffen, füllte nun das zweite Glas, nur einen Fingerbreit zunächst, dann etwas großzügiger. «Doch bitte verlang nicht von mir, dass ich allein trinke», sagte er, ohne sich zu ihr umzudrehen. «Der *krysios* wird dir guttun. Ich versichere dir, dass jener so unangenehme Schwindel nicht zurückkehren wird.»

Zögernd griff sie zu, als er ihr das kristallene Gefäß entgegenstreckte, vermied es dabei, seinen Fingerspitzen nahe zu kommen. Dennoch glaubte sie etwas von der Wärme seiner Haut zu spüren, die sich über das geschliffene Glas ausgebreitet hatte. Sie trank, und zu ihrer Überraschung schien es sich tatsächlich um Wasser zu handeln, möglicherweise mit einer winzigen herben Note, die sie nicht recht zu benennen wusste.

«Krysios», erklärte er. «Wasser, das sich auf den Blättern der Esche sammelt. – Wir sind umgeben von Wasser.» Sein Blick richtete sich auf das Fenster, wo sich das Licht über der Lagune mit dem Lauf der Sonne unmerklich zu verändern schien. «Wir selbst sind Wasser, mehr als alles andere. Kein anderer Stoff macht so viel von uns aus wie das Wasser. Selbst in dir aus dem Süden, wo das Feuer so stark ist.»

«Ich habe am Wasser gelebt», sagte sie. «Wo ich herkomme, würde nichts überleben ohne Wasser. Die Wüste ist mehr als die Hitze des Südens. Sie ist unendlich von Horizont zu Horizont, und doch ist sie an keinen zwei Orten gleich.»

«Es muss schön sein … dort.» Er verstummte, und es war etwas an der Art und Weise dieses Verstummens, das sie aufhorchen ließ. Vor dem letzten Wort war eine kaum hörbare Pause gewesen. Als wären es die ersten Worte, die er sich nicht lange im Voraus zurechtgelegt hatte. Doch schon war der Augenblick vorbei. Er wandte sich wieder zu ihr um. «Das Wasser muss dort einen großen Wert besitzen.»

«Silber oder Gold wird niemanden vor dem Verdursten bewahren», erwiderte sie, bereute die Worte im nächsten Moment. Sobald sie seinen Blick bemerkte.

Aus schmalen Augenschlitzen schien er sie noch einmal ganz von neuem zu mustern. «Du bist nicht dumm», sagte er langsam, ohne dass sein Blick oder sein Tonfall verrieten, ob sich *das* als Nachteil erweisen konnte. «Wertvoll ist das, was selten ist», sagte er. «Dazu muss es weder schön sein, noch muss es einen praktischen Nutzen besitzen.» Wieder begann er langsam im Kreis um sie herumzugehen. Der Lichteinfall veränderte sich, als er in ihrem Rücken stehen blieb. «Seltsamerweise aber ist das meistens dennoch der Fall.»

Sie rührte sich nicht. Er sprach nicht allein von Wasser und edlen Metallen. Es war eindeutig, und doch begriff sie nicht vollständig. Er sprach von ihr. Sie war schön, sie war klug, und möglicherweise war beides nicht von Nachteil. Nichts davon aber war der Grund, aus dem sie jetzt hier war.

«Warum habt ihr gerade mich ...», setzte sie an.

«Du wirst feststellen, dass die Dinge auf der Esche etwas komplizierter liegen, als du es gewohnt sein magst», unterbrach er sie, kam wieder um sie herum und betrachtete sie. «In der Rabenstadt besteht kein Anlass, Wasser in Silber und Gold aufzuwiegen. Die Konstruktionen der kaiserlichen *machinista* stellen es in jeder gewünschten Menge bereit. Ebenso wie nahezu alles andere. Was wirklich einen Wert besitzt in dieser Stadt, das ist nur selten in gängiger Münze zu wiegen. Eine Gefälligkeit. Die Gelegenheit zum Gespräch mit einem Mann oder einer Frau von Einfluss. Ein Platz weit vorne in der Prozession am Tag der Götter. Oder auch greifbarere Dinge.» Er hob die Hand, schien sie zu betrachten, verharrte einen Augenblick, winkelte die Finger dann ruckartig an, dass die Spitzen gen Boden wiesen. Eine Geste, die sie nicht deuten konnte. «Dinge wie ein Menschenleben.»

Sein Blick ging von seinen Fingern zurück zu ihr. Sehr betont zu ihr. Sie fröstelte. Wie mochte der Preis für eine Tochter des Oasenvolks aussehen in einer Stadt, deren Kerkerzellen überquollen von geschundenen Frauen?

«Die Herausforderung besteht im Wissen um den Wert solcher Wechsel», erklärte er. «Denn dieser Wert ist Veränderungen unterworfen. Er ist abhängig von stetig neuen Konstellationen und Anordnungen. Abhängig davon, wie der Spieler seine Steine ins Feld zu führen versteht.» Ein Nicken zur Seite, an ihr vorbei.

Leyken wandte sich um. Der Grundriss des Raumes öffnete sich zu einer Nische in der Wand, einem Alkoven ähnlich. Auf einem niedrigen Tisch war ein Spielbrett aufgebaut, grüne und blaue Steine darauf, zu beiden Seiten des Tisches bequeme Sitzpolster. War all das eben schon da gewesen? Schwach schienen die Figuren in einem geisterhaften Licht zu glimmen.

«Ihr kennt das *Šāhānz* in eurem Teil der Welt?», erkundigte er sich.

Unsicher trat sie einen Schritt näher. Die Gestalt der Figuren unterschied sich von den Formen, die ihr vertraut waren. Deutlich aber waren die beiden gegnerischen Herrscher zu erkennen, die einander an der Spitze ihrer *chaturanga* gegenüberstanden. Die einzelnen Waffengattungen hatten sie auf die Flügel ihrer Aufgebote verteilt: Fußvolk und Berittene, gepanzerte Streitwagen und an den Rändern jeweils zwei der mächtigen *elephāntes*, auf deren Rücken Bogenschützen thronten, die die schwächeren Abteilungen des Gegners unter Beschuss nehmen konnten.

Der *elephās* war behäbig und eingeschränkt in seinen Zugmöglichkeiten. Doch war er einmal in Marsch gesetzt, so war es fast unmöglich, ihn aufzuhalten.

Ja, sie kannte das Spiel. Ursprünglich stammte es aus dem geheimnisvollen Osten, wie man erzählte. Sie wäre nicht auf den Gedanken gekommen, dass es auch in der Rabenstadt bekannt sein könnte.

«Setz dich.» Der Höfling wies mit dem Kinn auf eines der Polster, und die Worte waren weder Bitte noch freundliche Aufforderung. Es bestand kein Zweifel, dass sie ihnen nachkommen würde. Er musste ihren Blick richtig gedeutet haben, doch wollte er sie tatsächlich zum *Šāhānz* fordern?

Er selbst ließ sich auf den gegenüberliegenden Sitz sinken. «Die Form, in der wir auf der Esche spielen, dürfte dir fremd sein», sagte er. «Ich werde dir bei der Führung der Grünen zur Seite stehen, damit die Regeln dir vertraut werden.»

Sie kniff die Augen zusammen. Er drehte das Spielbrett, drehte es so, dass die Steine nicht länger auf sie und ihr Gegenüber ausgerichtet waren, sondern die Rücken der grünen Figuren in den Raum wiesen, die Rücken der blauen Figuren zur Wand.

«Und wer …», setzte sie an, verstummte, bevor sie den Satz beendet hatte.

Seine linke Hand hob sich, legte sich flach gegen die Wand, die aus der Nähe tatsächlich eine holzartige Struktur aufwies. Und dennoch keinem Holz glich, das Menschenhand bearbeitet hatte. Dafür war es zu uneben noch in seinen Winzigkeiten, zu *natürlich*. Und gleichzeitig auf eine eigene Weise vollkommen, als hätte der Geist der heiligen Esche aus einer höheren Einsicht heraus erkannt, dass genau hier und nirgendwo anders eine behagliche Nische geschaffen werden musste, in der die

Bewohner der Rabenstadt sich beim *Šāhānz* die Zeit vertreiben konnten.

Die Haltung des Sebastos wirkte beiläufig, doch überrascht stellte Leyken fest, dass seine Augen sich geschlossen hatten mit dem Ausdruck eines Menschen, der sich an etwas Bestimmtes zu erinnern sucht, einem Ausdruck der Konzentration. Seine Lippen waren fest aufeinandergepresst, und irgendetwas sagte ihr, dass er nicht weit entfernt davon war, lautlos vor sich hin zu murmeln. Worte, die aus seinem Geist an die Oberfläche traten wie ... wie eine Beschwörung?

Das Holz! Etwas ging vor mit dem Holz, nicht dort allein, wo seine Finger ruhten, auch wenn es in jenem Bereich am stärksten ausgeprägt war. Es war kein Vorgang, den Leyken zu benennen wusste. Es war keine Bewegung in irgendeine Richtung, noch war es eine Veränderung der Färbung. Möglicherweise war es überhaupt nicht im eigentlichen Sinne zu *sehen*. Das Gespinst, das Gewebe der Wandfläche schien sich zu lockern, sich auf einer Ebene zu verändern, die unendlich viel feiner war, als der menschliche Blick es wahrzunehmen vermochte. Das Gewebe zerfaserte. Massives Holz verwandelte sich in grünes Blattwerk. Licht schien hindurchzuschimmern.

Mit einer langsamen Bewegung löste der Sebastos die Hand, vor Leykens Augen aber setzte sich der Vorgang fort. Dort, wo eben noch eine Wand gewesen war, begannen schemenhaft Konturen hervorzutreten, die Konturen der Rabenstadt.

«Sie ...» Ihre Stimme war heiser. «Die Esche gehorcht euch?» Sie drehte den Kopf, sah ihn mit einem Mal mit neuen Augen. «Der Zauber der Esche ist der Zauber des Kaisers», flüsterte sie. Doch der Kaiser war uralt! Selbst Leykens Großvater hatte sich keines Vorgängers entsinnen können, der im fernen Kaiserreich auf dem Stuhl der Esche gethront hätte.

Der Mann auf der anderen Seite des Tisches sah sie an, als ob er einen Augenblick lang nicht verstand. Dann verzog sich sein Mund zu einem spöttischen Ausdruck, nein, es war mehr als Spott. Es war ein Anflug von … Bitterkeit? Warum Bitterkeit? Schon war es wieder fort, seine Miene unbewegt.

«Nicht des Kaisers allein», stellte er fest. «Es ist die Kraft der Esche, und jeder hier hat Anteil daran. Was ich vermag, ist nicht der Rede wert.»

Ein Eingeständnis, das ihm ohne Zögern von den Lippen kam, und aus irgendeinem Grund … Es passte nicht. Passte nicht zu dem Mann, der mit einer solchen Sorgfalt darauf achtete, sich keine Schwäche anmerken zu lassen. Eine Maske, dachte sie. Wie kein anderer Mensch, dem sie begegnet war, war er in der Lage, seine wahren Gedanken hinter dieser Maske aus Gleichmut zu verbergen. Wenn *das* die Maske ist, flüsterte eine Stimme in ihrem Kopf. Und nicht das andere, das scheinbar Unbeabsichtigte. Eine Maske hinter einer Maske – hinter einer Maske. Der Sebastos neigte auffordernd den Kopf, dorthin, wo die Wand gewesen war.

Leere Luft. Die Wand war verschwunden, und nichts als eine hüfthohe, verzierte Balustrade war geblieben. Frei ging der Blick in die Weite, doch von hier aus sahen sie nicht nach *draußen*, sondern sie blickten auf die Rabenstadt, auf hohe Gebäude und belebte Straßen, auf Treppenfluchten, die in verwirrenden Windungen dem Verlauf der Äste folgten und an Gabelungen des Gezweigs in weite Plätze mündeten. Türme stießen kühn empor. Leyken sah Tempel, den zahllosen Göttern des Reiches geweiht, blasse Skulpturen von Geschöpfen der Sage wie der überlieferten Vergangenheit. In mehrfacher Menschengröße thronte ein verstorbener Patricius als alabasterne Gestalt vor einem schreinartigen Bau. Die Sonne brach sich auf Kuppeln und Dächern von leuchtendem Kupfer, von Marmor und Perlmutt, und überall dazwischen war Grün, aus dem neue Gebäude hervorsahen, während die Äste des Baumes höher und höher emporstrebten, kaum hier und da ein Flecken Himmel zu sehen war und Leyken sich nicht erklären konnte, woher all das Licht kam, da sich die Krone des Baumes doch noch immer über ihnen wölbte. Der einzige Hinweis waren Reflexionen der Sonne, die auf nicht erkennbare Weise an bestimmten Stellen des Astwerks eingefangen wurden. In breiten Bahnen wurden sie auf die Straßen und Plätze gelenkt.

Sie senkte den Blick – und kniff die Augen zusammen. Sie befanden sich hoch oben in einem palastartigen Gebäude. Sie hatte Paläste wie diesen gesehen; sie existierten auch jenseits der Grenzen des Reiches, in Tartôs oder Kaiphalon. Mit dem Unterschied, dass man in Tartôs oder Kaiphalon Stein auf Stein türmte, Ziegel auf Ziegel, wenn sich kein gewachsener Fels anbot. Hier dagegen waren fast keine Fugen auszumachen. Wo es sie doch gab, dienten sie der Zierde. Werke nicht allein von Menschenhand, dachte sie. Die Macht der Esche war in jedem Zoll zu spüren, unfassbar und fremdartig. Waren es tatsächlich Säulen, die dort drüben ein Dach trugen? Ebenso mochten es senkrecht gewachsene Äste sein, die sich in dichtes Laub hüllten, wo der Marmor auf ihren Schultern ruhte.

Breite Stufen führten in einen schattigen Garten, in dem eine Vielzahl von Bäumen wuchs – Bäume auf einem Baum. Von welcher Art sie waren, konnte Leyken nicht erkennen, doch der Jahreszeit zum Trotz standen sie in voller Blüte. Ein mit schneeweißen Kieseln gestreuter Weg führte auf eine kreisrunde Arena zu, ein Theater unter freiem Himmel mit ringsum ansteigenden Sitzreihen, die bis auf den letzten Platz besetzt waren. Hunderte von Menschen? Tausende? Männer, Frauen, kleine Kinder:

Eine bunte Volksmenge, und noch hier oben schien ein Summen der Erwartung in der Luft zu liegen. Am Boden der Arena allerdings, in strenger Ordnung einander gegenüberstehend ... Sie keuchte auf.

«Ein *Šāhānz*-Spiel», flüsterte sie. «Ein *Šāhānz*-Spiel mit ...»

Der Rest ihres Satzes ging unter, als einer der *elephāntes* der blauen Partei den mächtigen Rüssel hob und sein dröhnendes Brüllen von den Gebäuden des Palastes widerhallte. Ein *elephās*. Vier *elephāntes*, zwei mit blauen, zwei mit grünen Stoffbahnen geschmückt – auf einer Esche.

«Das Tier ist unruhig.»

Sie drehte den Kopf. Der Sebastos blickte in die Tiefe, einen raubvogelhaften Ausdruck auf dem Gesicht. Ein Ausdruck, der blieb, als er sich ihr zuwandte.

«Bagaudes hat seine Tiere erst vor wenigen Tagen auf den Baum bringen lassen», erklärte er. «Es fällt ihnen schwer, sich so rasch an die Höhe zu gewöhnen.»

«Bagaudes?»

Mit einem Nicken wies er über die Arena hinweg auf einen weiteren Palastbau, gekrönt durch lange Reihen von Zinnen, die eine sonderbare Form besaßen, in der Mitte eingekerbt gleich dem gegabelten Schwanzgefieder einer Schwalbe.

«Bagaudes», bestätigte er. «Der Archont des Kaisers in Panormos. Sein Statthalter am Südlichen Meer. Gegenwärtig weilt er auf der Esche. Er wird die Blauen führen.»

«Aber ...» Sie kniff die Augen zusammen. Über dem ausladenden Portal des Gebäudes hing das Banner eines gekrönten Vogels – nicht des kaiserlichen Raben allerdings, sondern eines Raubvogels. Oberhalb des Wappens zog sich eine breite Freiterrasse über die Fassade. Eine untersetzte Gestalt in einer schneeweißen Robe war dort auszumachen, auf einem bequemen Polster thronend. Jetzt erhob sie sich, grüßte zunächst entspannt in die Menge auf den Tribünen. Ohrenbetäubender Jubel war die Antwort, bevor der Mann noch einmal einen gesonderten Gruß in Richtung des Sebastos und seiner Begleiterin sandte.

Der Höfling erwiderte den Gruß, gab Leyken ein Zeichen. Mit einem leichten Schwindel im Kopf stand sie ebenfalls auf.

«Sie sollen dich sehen», murmelte er. «Nicht der Sebastos Zenon wird heute gegen den Archonten Bagaudes antreten. Du wirst gegen ihn antreten.» Er hob ebenfalls die Hand in Richtung der Menschenmenge, und Leyken tat es ihm gleich, wofür sie mit dem gleichen Jubel belohnt wurden wie ihr Kontrahent jenseits der Arena.

Zenon, dachte sie. Das also war sein Name. Und auf der anderen Seite Bagaudes. Der Archont von Panormos. Der Statthalter war nicht allein auf seiner großzügigen Terrasse. Dutzende von Menschen umstanden ihn, Lakaien mit federgeschmückten Wedeln, die ihm Kühlung zufächelten, würdige Männer in langen Gewändern und junge Frauen, deren bloße Haut lediglich an den allerentscheidendsten Stellen mit winzigen Fetzen von Stoff versehen war.

«Vor ihm auf dem Tisch ...» Sie brach ab. «Er hat ebenfalls ein *Šāhānz*-Brett vor sich? Aber wie ...»

«Blau wie der Himmel.» Abwartend lehnte Zenon sich in seinem Polster zurück. «Grün wie die Esche. – Der Himmel schwebt über der Esche. Blau beginnt.»

Leyken sah ihn an, sah wieder hinunter in die Arena, zu den erwartungsvoll versammelten Menschen, die begonnen hatten, rhythmisch in die Hände zu klatschen, schneller und schneller. Schließlich sah sie zum Palast des Archonten. Bagaudes beugte sich vor, über sein Brett, streckte die Hand aus.

Bewegung in der Tiefe. Das Fußvolk in der Partei der Blauen regte sich, Speerträger mit simplen Sturmhauben auf dem Haupt. In gerader Linie begannen sie vorzurücken, dem Zentrum der Spielfläche entgegen.

«Sein Zug», flüsterte Leyken. «Er hat sich über das Brett gebeugt. Er muss einen Zug gemacht haben. Doch woher wissen die Männer ...»

«Die Kräfte der Esche sind von eigener Art», sagte der Sebastos ruhig. «Sie *wissen*. Alles hier ...» Eine Handbewegung, die tatsächlich alles einschloss, auch ihn selbst und ebenso, wie Leyken überrascht bemerkte, auch *sie*. «Alles hier hat an der Esche Anteil.»

Sie blickte in die Tiefe. Die Krieger des Archonten waren stehen geblieben. Sie mussten exakt so weit vorgerückt sein, wie er ihnen befohlen hatte.

«Wir sollten den Zug erwidern.» Die Stimme des Höflings klang nach wie vor bedächtig.

Sie starrte auf den Tisch zwischen ihnen. Auf das Spielbrett. Zenon hatte die Steine, die das gegnerische Fußvolk verkörperten, nach vorn geschoben und das Manöver nachvollzogen.

«Wenn ich auf dem Brett eine Figur setze, werden die Männer *wissen*?», flüsterte Leyken.

Er nickte. «Die Regeln sind dir soweit vertraut? Du kannst ebenfalls unser Fußvolk aussenden oder ...»

«Ich weiß.» Sie fuhr sich über die Lippen. Ihr Großvater war ein Meister des *Šāhānz* gewesen, das in der Oasenstadt vor allem ein Spiel der Männer war. Was nicht bedeutete, dass es Frauen verboten war. Sie kannte die Regeln, aber nicht annähernd kam ihr Spielgeschick dem ihres Großvaters gleich, und als was für ein Spieler sich Bagaudes erweisen würde, stand in den Sternen. Warum überhaupt sollte *sie* gegen den Archonten antreten in einer Partie, die offenbar lange vorbereitet war? Sie vermied einen Blick in Richtung des Höflings. Wenn sie eines begriffen hatte: Hinter jeder seiner Handlungen verbargen sich tiefere Absichten. Und nichts, was sie tat, würde ihn dazu bewegen, sie ihr zu enthüllen, bevor er beschloss, dass die Stunde dafür gekommen war.

Sie streckte die Hand aus, zögerte. Ja, sie konnte mit ihrem eigenen Fußvolk antworten und das Manöver des Gegners wie in einem Spiegel abbilden. Da er als Erster gezogen hatte, würde er ihr damit um einen Zug voraus sein. Doch sie verfügte über mehrere Abteilungen unberittener Krieger. Ebenso konnte sie eine andere von ihnen vorrücken lassen, an einer anderen Stelle des Spielbretts. Die unterschiedlichsten Konstellationen konnten sich aus einer solchen Strategie ergeben. Und es gab weitere Möglichkeiten.

«Wir senden die Reiter», murmelte sie schließlich und hob die Figur, die einen Krieger zu Pferde zeigte. «Sie setzen über unsere eigenen Fußkämpfer hinweg ins Zentrum des Spielfelds. Sie verhindern, dass sein Fußvolk sich dort ungestört bewegen kann.»

«Und gleichzeitig bringen sie sich selbst in Gefahr», bemerkte der Sebastos.

Sie nickte stumm. Das war ihr bewusst. Doch das Spiel nahm sie bereits gefangen. Unter allen Umständen wollte sie das Manöver erproben. Vor den Reihen ihres Fußvolks setzte sie die Spielfigur ab, wandte rasch den Blick zur Arena.

Ihre Reiter befanden sich in den hinteren Reihen ihres Aufgebots. Hundert Fuß vielleicht trennten sie vom Fußvolk, das die vordere Linie der Phalanx bildete. Die Männer gaben ihren Rossen die Sporen, doch nein, sie setzten nicht über ihre Verbündeten hinweg. Kein gepanzerter Reiter wäre dazu in der

Lage gewesen. Die Fußkrieger traten nach links und rechts zur Seite, und in einem schrägen Winkel sprengten die Berittenen auf das Schlachtfeld, auf die Reihen der Gegner zu.

Eine Gänsehaut legte sich auf Leykens Nacken. Es war, wie Zenon gesagt hatte: Sie *wussten*. Sie hielten an genau jener Stelle inne, die Leyken ihnen auf dem Spielbrett bezeichnet hatte.

Angespannt wartete sie. Der Archont ließ sich Zeit mit seiner Erwiderung. Und als er seinen Spielzug machte, bekam sie nichts davon mit. Unvermittelt ruckten die Reihen des gegnerischen Fußvolks an, derselben Abteilung, die er auch zuvor gezogen hatte. Sie marschierten voran, auf die Reihen der grünen Fußkämpfer zu, die Leyken noch nicht aus ihrer Ausgangsstellung gelöst hatte – und begaben sich damit in Reichweite ihrer Reiter. Ein Raunen ging durch die Reihen des Publikums.

«Das …» Leyken starrte auf das Spielbrett, wo der Sebastos die gegnerische Figur gewissenhaft in die neue Position schob. «Das muss er doch sehen!», flüsterte sie. «Wir können seine Fußkrieger schlagen! Er hat zwei Züge gemacht und verliert den ersten Stein!»

«Er könnte unterschiedliche Gründe haben.» Die Miene des Höflings war unbewegt. «Wenn du seine Fußkrieger schlägst, würdest du deine Reiter ebenfalls in Gefahr bringen. Und sie sind mehr wert als sein Fußvolk. Schickt er mit dem nächsten Zug weiteres Fußvolk vor, wird der Weg für seinen Streitwagen frei. Du müsstest ausweichen, und daraus könnten sich für ihn neue Möglichkeiten ergeben.» Er hob die Schultern. «Wahrscheinlicher erscheint mir allerdings, dass er herausfinden will, wie du denkst. Was für eine Spielerin du bist.»

«Dafür würde er eine Abteilung seiner Fußkämpfer opfern?»

«Den Kriegsgegner richtig einzuschätzen kann wichtiger sein, als die erste Schlacht zu gewinnen.»

Leyken biss sich auf die Unterlippe. «Und trotzdem wäre er damit in der Unterzahl», sagte sie leise. «Und ich habe jetzt schon etwas über seine Strategie gelernt.»

Sie griff nach dem Stein, der ihre Reiter darstellte, näherte sich Bagaudes' Fußvolk. Mit einer etwas übertriebenen Bewegung warf sie den gegnerischen Spielstein um.

Zenon nickte bedächtig, drehte sich zur Arena. Die Rosse von Leykens Reitern wieherten auf, als die Männer einen Kriegsruf ausstießen, ihre Lanzen einlegten. Gespannt beobachtete Leyken den Vorgang. Jetzt musste der Archont die Darsteller seiner Fußkrieger aus dem Spiel nehmen.

Die Reiter gaben ihren Tieren die Sporen, hielten auf die Gegner in ihren blauen Wämsern zu, die sich ihnen entgegenwandten, die Schilde zum Schutz gehoben. Staub stieg vom Grund der Arena auf. Die Zuschauer auf den Rängen hatten wieder begonnen, in die Hände zu klatschen. Heftiger. Und heftiger.

Mit einem Mal war ein Gedanke in Leykens Kopf, ihre Stimme plötzlich heiser. «Und jetzt?»

Der Sebastos stützte den Ellenbogen auf die Balustrade. Aufmerksam betrachtete er das Geschehen.

«Jetzt werden deine Reiter Bagaudes' Männer töten.»

POL

DAS KAISERREICH DER ESCHE:
FREIE STADT CARCOSA

Ein heftiger Einschlag. Der grob aus dem Fels gehauene Stollen erbebte, Gesteinsstaub rieselte von der Decke. Pols Herz überschlug sich. Eilig suchte er Halt an der Wand.

Der edle Adorno stieß eine Verwünschung aus. Er führte eine Fackel in der Hand, bildete die Spitze der kleinen Gruppe, die sich in den Tunneln und Gewölben unter der Zwingfeste abwärtsbewegte. Pol folgte, in seinem Rücken Fra Théus' schweigende Gestalt. Der greise Prediger stützte sich auf einen Stab, den er bei jedem zweiten Schritt auf die unregelmäßigen Stufen setzte.

Im nächsten Moment hatte der neue Domestikos des Hohen Rates einen ebenen Abschnitt des Ganges erreicht, hielt für Augenblicke inne, wartete ab, bis die Erschütterungen sich beruhigt hatten und seine Begleiter zu ihm aufschlossen. «Der Bergrutsch hat das Waffenlager an der südlichen Stadtmauer beschädigt», brummte er schließlich. «Sie müssen die Katapulte erbeutet haben. Jetzt nehmen sie sie in Betrieb.»

«Kann das der Zwingfeste gefährlich werden?» Vorsichtig löste der Junge die Hand vom Gestein.

«Nein. Nicht die Katapulte allein. Und die Blide lagert in den Tiefen des Magazins, zerlegt in ihre Einzelteile. Mögen die Götter geben, dass sich niemand auf die Seite des Aufstands schlägt, der weiß, wie man sie zusammensetzen muss. Sie allein vermag wiederholt auf genau dieselbe Stelle zu zielen. Solch massivem Beschuss hält auf Dauer keine Mauer der Welt stand. – Doch hier unten müssen wir uns selbst darum keine Sorgen machen. Auch um einen neuen Bergrutsch nicht. Was den Platz der Götter verschlungen hat, war kaum mehr als ein Kratzer mit dem Daumennagel an der Oberfläche des Gesteins.»

Ein Kratzer, der den vierten Teil der Unterstadt in Schutt und Asche gelegt hat, dachte Pol mit einem Frösteln. In diesem Augenblick aber hob der Domestikos die Fackel, beleuchtete einen Abschnitt der Wand, und überrascht sah der Junge genauer hin. Fugen waren im Felsgestein zu erkennen, eingeritzte Zeichen, eine Schrift zweifellos, die er allerdings nicht zu deuten wusste. Alles, was er von Schriftzeichen verstand, verdankte er dem Wirt des *Drachenfuther – Speyhs unt Tranck*. In der Vergangenheit hatte es sich nicht als sonderlich zuverlässig erwiesen.

Der Domestikos löste einen Schlüsselbund vom Gürtel. Was er als Nächstes tat, war nicht zu beobachten. Adornos Körper war im Weg, und Pol fragte sich, ob das Zufall war. Wohl kaum, dachte er. Sie befanden sich am Zugang zum strengst gehüteten Ort der gesamten Stadt. Das volle Dutzend Gardisten, das den Einstieg in die Tiefen hütete, hatte selbst den eigenen Domestikos mit misstrauischen Blicken bedacht.

Adornos Hand drückte gegen den Fels. Pol konnte erkennen, dass er kaum Kraft aufwenden musste. Nahezu lautlos glitt der von Fugen umgebene Abschnitt der Wand zurück, und die Fackel leuchtete in einen weitläufigen Raum. Beeindruckt blieb der Junge stehen. Regale voller mächtiger, ledergebundener

Folianten nahmen das Blickfeld ein. Sie reichten bis zur unregelmäßigen Decke der gigantischen Felskaverne.

Ein Gefühl hohen Alters schien den Raum zu erfüllen, als sei die Luft gesättigt mit den Erinnerungen an ferne Zeitalter der Welt, hier, im Archiv des Hohen Rates, tief unter den Fundamenten der Zwingfeste. Tausende und Abertausende zerfledderter Manuskripte, die die Worte und Gedanken von Menschen festhielten, deren Leiber seit Jahrhunderten zu Staub zerfallen waren. Als ob von ihnen selbst etwas gegenwärtig war, von den Geistern der Toten.

Mit einer beinahe abergläubischen Scheu trat Pol in den Raum. Im nächsten Augenblick schob sich Fra Théus zielstrebig an ihm vorbei in das Labyrinth der Bücherschränke. Hier und da lehnten Leitern am dunklen Holz, die in schwindelerregende Höhen führten. Der Alte passierte eine um die andere, bis er in den Schatten beinahe unsichtbar war. Unvermittelt hielt er inne, bückte sich mit steifen Gliedern, griff zu, kaum in Kniehöhe.

«Jedenfalls ist er nicht zum ersten Mal hier», sagte der Junge leise.

«Richtig.» Pol zuckte zusammen, drehte sich um. Mit seiner Fackel hatte der Domestikos eine Öllampe entzündet, war nun unbemerkt an seine Seite getreten. «Die Archive der Feste befanden sich in den vergangenen Jahren in meiner Obhut», erklärte Adorno. «Wem ich Zutritt gewährte, lag in meiner Verantwortung.» Sein Blick fixierte den Jungen. «Bücher sind unsere Erinnerung. In die Zukunft zu schauen ist keinem Menschen gegeben. In welche Richtung aber sollen wir uns sonst nach Hilfe umsehen in einer sich verdüsternden Gegenwart?» Eine Handbewegung wies auf die Umrisse der Regale, deren Reihen sich im Halbdunkel verloren. «Diese Schränke hüten mehr als die Protokolle des Hohen Rates seit Anbeginn seiner Herrschaft über Carcosa. Fra Théus gehört zu den wenigen, die in unserer Zeit die Sprachen der Alten noch beherrschen und ihre Schriften entziffern können.»

«Schriften aus der Zeit der Vergessenen Götter?»

«Nein.» Aus den Schatten humpelte Théus heran. Pol zuckte kein zweites Mal zusammen. Das Pochen, mit dem der Greis den Stab aufsetzte, war deutlich zu vernehmen, nun, da die Katapulte für den Augenblick schwiegen. «Nicht aus der Zeit der Vergessenen Götter.» Der alte Mann trug ein ledergebundenes Manuskript unter dem Arm, das er auf einem Lesepult nahe dem Zugang ablegte. «Zu jener Zeit waren noch keine Schriftzeichen bekannt, und es hätte auch kaum dem Wesen dieser Götter entsprochen, dass man Details zu ihrer Verehrung dem Pergament anvertraute. Sie waren die Götter, die die Menschen in diesem Teil der Welt ursprünglich verehrten, Götter der ganz alltäglichen Dinge. Des Feuers und der sprießenden Natur. Der weiten See, der Flüsse und Ströme. Wenn man die freundliche, die friedliche Seite all dieser Dinge betrachtet. Zugleich aber …» Er senkte die Stimme. «Zugleich aber waren sie genauso unberechenbar wie das, was sie verkörperten. Die menschlichen Leidenschaften. Die Stürme und die Flammen. Das Meer, das heute wie ein polierter Spiegel vor uns liegt und sich morgen in einen Mahlstrom verwandeln kann.»

«Nicht eben das, was die Bewohner von Carcosa zu schätzen wissen», murmelte Pol.

«Nicht in unseren Tagen.» Der Alte nickte knapp. Seine Hand legte sich auf den Einband der Handschrift, schien ihn beinahe zu streicheln. «Doch sie waren einfache Leute, die Menschen, die damals hier lebten und nur deshalb auf dem Felsen siedelten, weil er vor Überflutungen sicher war und einige der wilden

Tiere des Umlands abhielt. Sie waren Bauern. Sie waren Jäger in den Wäldern, die sich damals bis an die Küste dehnten, und Fischer in der Mündung des Lysander. Ihre Götter verehrten sie unter dem freien Himmel, wo sie Zwiesprache mit ihnen hielten und sich die Zeichen der Zukunft und den Willen der Unsterblichen von ihren Sehern deuten ließen. Ganz wie es im Norden noch heute geschieht, jenseits der Grenzen des Reiches. Diese Menschen waren Teil des Landes selbst, und ihre Götter waren es ebenso. Sie brauchten weder einen Hohen Rat, der ihre Geschicke lenkte, noch brauchten sie Münzen, um Handel zu treiben. Sie waren einzig dem Kaiser untertan, der in der heiligen Esche selbst ein Teil des Landes war.»

«Und es bis heute ist.» Der Junge nickte.

Théus schien ihn einen Moment lang nachdenklich zu betrachten. Eine Geste, die ein Nicken sein mochte oder auch nicht, und Pol nahm sie ohnehin kaum zur Kenntnis. Bauern, dachte er. Jäger und Fischer. Er selbst war mit Sicherheit nichts von alledem, und doch: *Die Vergessenen Götter zürnen*, hatte die heisere Stimme des Alten verkündet. *Darum bist du hier*. Und dann hatten die beiden Männer ihn aufgefordert, sie in die Tiefen des Felsens zu begleiten. Der Domestikos von Carcosa – und der zum Tode verurteilte Aufwiegler, dessen Verbündete seinen Vorgänger auf dem Gewissen hatten. Adorno machte nicht den Eindruck, als hätte er vor, den Prediger in absehbarer Zeit zu strafen.

Ruhig stand er an der Seite des Jungen, Théus' Worten lauschend, während der Prediger Pol aufmerksam im Auge hatte. *Als wüsste er ganz genau, was mir durch den Kopf geht.*

«Doch die Zeiten änderten sich.» Ja, sehr eindeutig behielt der Alte ihn im Blick. «Die Menschen – Menschen in anderen Teilen der Welt – begannen Handel zu treiben und Münzen zu prägen, um diesen Handel zu erleichtern. Und Kriege zu führen um den Besitz dieser Münzen. Sie bauten Schiffe, immer größere Schiffe, um ihre Handelsgüter und Münzen zu befördern, von Cynaikos nach Tranto, von Tranto nach Astorga und später nach Westerschild, das wir heute Emporion nennen. Die Schiffe gingen am Felsen von Carcosa vor Anker, zum Schutz vor den Stürmen. Und der Rest ist dir bekannt.»

«Die Menschen von Carcosa haben selbst mit dem Handel begonnen, mit dem Prägen von Münzen.»

«Und mit den Kriegen.» Ernst sah ihn der Alte an. «Mit ihren Göttern dagegen, mit denen sie Leben und Land geteilt hatten, wussten sie immer weniger anzufangen. Ihre neuen Götter, wenn es nicht der Handel, die Münzen und der Krieg selbst waren, hießen Athane, Atropos und Pareidis. Kaufmannsgötter, die an Bord der Handelsschiffe gekommen waren, mit Tuchballen und geräuchertem Fisch. Und die dem Geschmack der Kaufleute ganz und gar entsprachen. – Du hast einen neuen Speicher erbaut und fürchtest, dass er irgendwann ein Raub der Flammen werden könnte? Du verfügst über eine Ladung Duftholz aus Mênone, die sicher an den Hof des Kaisers gelangen soll? Nenn den Priestern deinen Wunsch, und sie sagen dir den Preis dafür. Wenn dein Speicher dann dennoch brennt, dein Flusssegler mit dem Duftholz auf Grund läuft, wird der Tempel dir deinen Verlust mit Zins und Zinseszins wiedergutmachen. Bis sich der Verlust womöglich in einen Gewinn verwandelt.» Der Tonfall des Predigers machte ausreichend deutlich, was er von dieser Art der Frömmigkeit hielt.

«Die Athane wählten sie zur Herrin der Stadt Carcosa», erklärte Théus. «Sie setzten einen Hohen Rat ein, der die Stadt unter den Schutz der neuen Göttin stellte. Und die Götter, die die Menschen bis dahin verehrt hatten – wurden vergessen. Man hatte sich noch bemüht, ihnen Tempel zu errichten, am

Richtplatz, doch neben der Athane und ihren göttlichen Geschwistern vermochten sie nicht zu bestehen. Wer sich überhaupt noch an sie erinnerte, der entsann sich ihrer als Dämonen. Ihre Andachtsstätten verfielen. Ihre Verehrer begannen sich nur noch im Geheimen zu treffen. Wo sie denn noch Verehrer hatten, weit draußen, fern der Stadt. Und jener Ort, der als ihre Heimat angesehen wird ...»

«Die Höhen von Schattenfall.» Unwillkürlich bekamen Pols Arme eine Gänsehaut. Es hatte seine Gründe, dass keine Handelsstraße existierte, die Carcosa unmittelbar mit der Stadt Noreia verband, jenseits der kahlen Höhen am Oberlauf des Lysander. Dort, wo die Geister der Vergessenen Götter hausten, wie man im Volk erzählte. Reisende pflegten die größten Umwege in Kauf zu nehmen, um diese Stätte zu meiden, an der der Schleier dünn war zwischen der Welt der Lebenden und der Welt der Toten. Der jenseitigen Welt, der Welt dämonischer Mächte.

Der Alte nickte bestätigend, und unverhohlener denn je schien er Pol zu betrachten. Der Junge aber verstand nicht. Théus' Geschichte war faszinierend. Pol lauschte ihr voller Aufmerksamkeit, aber was hatte all das mit *ihm* zu tun? Er war kurz davor, den Prediger ganz offen zu fragen, doch etwas hielt ihn zurück. Ohne dass er es genau zu fassen bekam, war etwas merkwürdig an den Worten des Mannes. Echos schienen in diesen Worten mitzuschwingen, den hohen Raum zu erfüllen. Echos, in denen die Worte von Göttern widerhallten? Göttern, die das Volk nicht länger verehrte?

«Die Menschen haben vergessen.» Die Stimme des Alten klang jetzt abschließend. «Ihre Götter vergessen. Vergessen, was es bedeutet, ein Teil des Landes zu sein, in dem sie leben, ihm Dank und Respekt entgegenzubringen für das, was es den Menschen schenkt. Sie haben den Zorn der Vergessenen Götter geweckt, und dennoch glaubten sie das als Lächerlichkeit abtun zu können. *O weh, mein Becher ist mir zerbrochen! Mich deucht, die Vergessenen Götter zürnen!* Und ihr Hoher Rat ...» Ein Seitenblick auf den Domestikos, der aber keine Miene verzog. «Ihr Hoher Rat hat sie darin nur noch bestärkt, denn eben darauf war seine Macht gegründet. *Seid ohne Sorge*, sagten die Mächtigen des Rates. *Wir wachen über euch und eure Stadt, und über uns wacht eine Göttin, deren Macht um so vieles stärker ist als die Kräfte jener verblassten Gestalten der Vergangenheit.* Allzu gern nur hat das Volk ihnen geglaubt, die ihm das Wachen so großmütig abnahmen und das Denken gleich dazu. Allzu bereitwillig hat es ihre Macht erhalten, die auf Lügen gebaut war.»

Lügen. Pol fröstelte. Die Göttin lügt. Sie alle lügen. Noch als der Mann auf dem Schafott gestanden hatte, gefesselt an das Holz des Schmerzenspfahls, und die Glut der Henkerswerkzeuge seine Haut versengt hatte, war etwas von seiner ganz eigenen Macht zu spüren gewesen.

Théus sah ihn an. «Die Vorsehung aber lässt sich nicht betrügen. Sehr spät zwar, aber am Ende hat das letzte jener Oberhäupter des Rates sein Urteil ereilt. Barontes. Du selbst warst Zeuge.»

Pol hob die Augenbrauen. Dann hatte die Vorsehung an jenem Tag die braunen Bauernkappen von Théus' eifrigsten Anhängern getragen.

Der Prediger betrachtete ihn. «Der Wille der Unsterblichen zeigt sich in den Taten der Menschen», fügte er wie zur Erklärung an. «Und wessen Hand den tödlichen Pfeil auch führte: Wir sind zu spät gekommen. Der Zorn der Vergessenen Götter ließ sich nicht länger beschwichtigen, und die Häuser der Reichen haben die Hütten der Armen unter sich zermalmt. Die gesamte Stadt bezahlt nun den Preis, den einige wenige ausgehandelt haben.»

Pol sah zwischen den beiden Männern hin und her. Ein Urteil der Vorsehung. Und Adorno erhob keinen Einspruch. Also hatten sie es gemeinsam getan, hatten gemeinsam das Attentat auf Barontes vorbereitet und die Befreiung des Verurteilten ins Werk gesetzt. Ein Prediger von der Straße und der Bibliothekar des Hohen Rates, der nun selbst zum Domestikos von Carcosa aufgestiegen war. Wobei er Adorno nur ansehen musste, um zu wissen, dass er auf diese Ehre keinen gesteigerten Wert gelegt haben konnte. Den Ring mit dem Zeichen des Greifen schien er eher wie eine Bürde zu tragen. Und das Volk drängte gegen die Mauern, ließ die Geschosse der Katapulte gegen die Feste regnen. Für die Menge würde es keine Rolle spielen, dass die neuen Herren von Carcosa versucht hatten, die Bürger der Stadt vor dem Zorn der Vergessenen Götter zu bewahren.

«Uns bleibt nur eins», erklärte Théus. «Wir müssen den Zorn der Vergessenen Götter besänftigen. Wir müssen sie um Verzeihung bitten.»

Pol sah ihn an. «Wenn wir sie nur darum bitten, werden sie den Menschen von Carcosa vergeben?», fragte er mit einem gewissen Unglauben. «Die giftigen Sümpfe werden sich zurückziehen, und …» Er schüttelte den Kopf. «Wir haben diese Götter *vergessen*. Wir können uns nicht einmal an ihre Namen erinnern. Und mit einem Mal soll ihre Macht so groß sein, dass sie …»

«Die Kraft der Vergessenen Götter ist die Kraft des Landes selbst», sagte der Prediger streng. «Sämtliche Gelehrte der vergangenen Jahrhunderte sind sich einig, dass sie diese Macht besitzen.» Er musterte Pol, legte die Rechte auf den Einband des Buches. «Wir sehen uns allerdings einer Schwierigkeit gegenüber. Nach der Auffassung derselben Gelehrten wird kein Mensch in der Lage sein, die Götter von ihrem Wunsch nach Rache abzubringen.»

Schweigen. Und im selben Augenblick hob der Beschuss von neuem an. Die Katapulte entließen ihre Last, die mit dumpfen Lauten in die Zinnen der Befestigung traf. *Drei, vier, fünf.* Fünf Belagerungsmaschinen, die die Menge vor den Mauern der Zwingfeste aufgereiht hatte. War ein wüster Mob zu einer solchen Disziplin überhaupt in der Lage? Was, wenn bereits Männer der Garde auf ihrer Seite standen, Männer, die imstande waren, auch die mächtige Blide in Stellung zu bringen? Die Feste würde fallen. Was, wenn *das* die Rache der Unsterblichen war?

Die Augen des alten Mannes ruhten weiterhin auf Pol, und stärker denn je war der Junge sich sicher, dass er auf irgendeine Weise *wusste*, was ihm im Kopf herumging. «Dass diese Stunde kommen würde, die Stunde, da der Zorn der Vergessenen Götter losbrechen wird, haben die Weisen seit langer Zeit vorhergesehen», erklärte Théus. «Seit einer Zeit, da einzelne Menschen es noch wagten, sich bis in Sichtweite der Höhen von Schattenfell zu begeben, wo ihnen Offenbarungen der Götter zuteilwurden. Von Mund zu Mund wurden diese Worte weitergegeben, dem Pergament aber hat man sie erst zu jener Zeit anvertraut, da die Priester der Athane ins Land kamen. Eben sie waren es, die die alten Offenbarungen und Prophezeiungen zum ersten Mal festhielten, und natürlich hatten sie allen Anlass, ihre Gegner in einem möglichst düsteren Licht erscheinen zu lassen. – Diese Handschrift hier aber ist noch einmal älter als jene Überlieferungen. Sehr viel älter. Sie muss entstanden sein, als etwas vom Glauben an die Vergessenen Götter noch lebendig war und die blinde Ergebenheit an die Athane die Worte des Schreibers noch nicht vollständig gefärbt hatte. Lange Zeit wurde angenommen, dass dieser Text schon vor Jahrhunderten vernichtet wurde. Tatsächlich aber war er lediglich versteckt, hier in diesem

Raum, an einem Ort, an dem nur derjenige nach ihm suchen würde, dem bereits einige der Geheimnisse der Alten vertraut sind. Einer der Vorläufer des edlen Adorno muss ihn dort verborgen haben – einer seiner Vorläufer als Bibliothekar. Was in dieser Schrift geschrieben steht, ist damit näher an der Wahrheit als alles, was den Gelehrten vergangener Generationen zur Verfügung stand, und für uns kann es über *alles* entscheiden.»

Ein letzter Blick auf den Jungen, und er schlug den in brüchiges Leder gebundenen Folianten auf, holte Luft, begann mit lauter Stimme vorzulesen, und noch während er las, schien sich etwas zu verändern. Als ob es mit einem Mal *dunkler* wurde im Archiv des Hohen Rates von Carcosa. Als ob es mit einem Mal *kälter* wurde. Als ob die Worte des Predigers ein Echo verursachten, für das selbst dieser Raum zu klein war. Etwas sehr, sehr Altes schien aus ihnen zu flüstern. Etwas sehr, sehr Mächtiges.

Ihr handeltet Seide und Silber und Gold,
Euch wurde gegeben, was nur ihr gewollt.
Nichts konnte, so schien es, misslingen.

So glaubtet ihr Toren, es stände euch frei,
Euch Götter zu wählen, wer immer es sei.
Nun müsst ihr voll Schrecken erkennen:

Sie schenken euch alles, nur mehr noch und mehr,
Nach außen herrscht Reichtum, das Innen ist leer.
Ihr seid an der Probe gescheitert.

Der Fluss schwimmt in Gift, und die Kuppel stürzt ein.
Die Esche wird welk, auf das Dach drückt der Stein.
Die Erde gibt frei ihre Toten.

Ihr wählt einen aus, zu den Göttern zu gehn,
Nach Schattenfell hin, um Vergebung zu flehn.
Sie werden, ganz gleich wen, verstoßen.

Sie kennen nicht Gnade, sei's Knie auch gebeugt,
Für jeden, der jemals vom Vater gezeugt,
Der jemals der Mutter geboren.

Fra Théus schwieg. Ernst schloss er den schweren Einband. Nichts als die matte Flamme der Öllampe gab der Szene Licht. Seine Augen waren von einem unergründlichen Dunkel, als er den Blick auf Pol richtete. Geisterhaft schienen die letzten Worte von den Wänden der Felskaverne widerzuhallen.

Eisige Kälte hatte von dem Jungen Besitz ergriffen.

«*Für jeden.*» Die Augen des Predigers fixierten ihn. «*Für jeden, der jemals vom Vater gezeugt, der jemals der Mutter geboren.* – In allen späteren Handschriften ist der Text verändert: *für jeden*. Mehr ist dort nicht zu lesen. Wen wir auch senden: Die Unsterblichen werden ihn nicht erhören. Und schlimmer noch. Ein jeder, der es wagen sollte, die Reise nach Schattenfall auf sich zu nehmen, wird damit nur eines erreichen: Carcosa der Vernichtung auszuliefern, sofort und auf der Stelle.»

«Dann wäre es wohl am besten, erst gar keinen Versuch zu unternehmen», sagte Pol schwach.

Sehr langsam schüttelte der Alte den Kopf. «Wenn wir keinen Versuch unternehmen, wird der Zorn der Götter anhalten. Ich habe das Land um Carcosa durchwandert in den vergangenen Jahren, habe zu den Menschen gesprochen und ihren Worten gelauscht. Ich habe beobachtet, was geschieht, wenn die Götter zu zürnen beginnen. Der wochenlange Regen, der das Viertel um die Richtstätte in die Tiefe gerissen hat, war nichts als eine erste Botschaft, der weitere folgen werden: Stürme. Donner, Blitz und Hagelschlag. Bedenke, dass selbst die Oberstadt zu grossen Teilen aus Holz errichtet wurde, lediglich mit Lehm verkleidet, damit die Gebäude stattlicher wirken. Einem Feuer hätten sie wenig entgegenzusetzen. Davon abgesehen, dass der Winter bevorsteht.» Sein Blick ging an Pol vorbei, auf etwas, das allein er sehen konnte. «Die Umgebung Carcosas unbewohnbar zu machen hat einige wenige Jahre gedauert. Die Stadt selbst ist ein begrenzteres Ziel, auf das die Unsterblichen nun ihren Zorn richten werden. Es wird bedeutend schneller gehen. – Doch wir wissen jetzt, dass der Text über all die Jahrhunderte verkürzt wiedergegeben wurde. Es gibt eine Möglichkeit! Eine einzige, letzte, verzweifelte Chance, Carcosa und seine Menschen zu retten. Ja, wir müssen jemanden senden, der den Vergessenen Göttern Abbitte leistet. Doch es muss jemand sein, der von *keinem* Vater gezeugt wurde. Der von *keiner* Mutter geboren wurde. Wir müssen *dich* senden.»

«Aber ...» Hilfesuchend sah Pol umher. Der Domestikos war allerdings der letzte Mensch, von dem er sich Hilfe versprechen konnte. «Ich kann unmöglich der Einzige sein, der ...»

Bedauernd hob Théus die Schultern. «Der Einzige, den wir gefunden haben.»

Pol nickte wie betäubt. Mit einem Mal begriff er. Mit einem Mal schien ein jeder Stein wie von selbst an Ort und Stelle zu fallen. *Darum bist du hier.* Er, derjenige, auf den die Weissagung passte. Irgendwie mussten die beiden Männer Kenntnis erlangt haben von den Umständen seiner Geburt, und daraufhin hatten sie alles mit Sorgfalt eingefädelt. Die Fremden, die Pol im *Drachenfuther* belauscht hatte: Männer vom Lande, wo Théus' treueste Anhänger lebten. Einzig ihretwegen hatte ihn seine Flucht in die Zisterne der Seiler geführt, wo die Gardisten ihn erwartet hatten. Und dort war er den neuen Herren Carcosas in die Hände gefallen. Wer sonst noch in ihrem Auftrag gehandelt hatte – die Goldschmiedefrau, ihr Leibwächter – konnte er nur ahnen. Und zu allem Überfluss hatten sie Marbo. Pol bezweifelte, dass sie dem Wirt tatsächlich etwas antun würden. Keiner der beiden war von einer solchen Art, und am Ende war das auch unnötig. Mit einem einzigen Ziel hatte Théus seine gesamte lange Geschichte erzählt und die alte Handschrift hervorgezaubert: Pol selbst sollte begreifen, dass er keine andere Wahl hatte. Dass er ja sagen und die Reise antreten *musste*.

«Ich habe mich nicht darum gedrängt, das hier zu tragen.» Matt hob Adorno die Hand mit dem Ring, der den Greifen von Carcosa zeigte. «Nicht unter diesen Bedingungen», murmelte er. «Doch für jeden von uns kommt der Augenblick, in dem wir uns bewähren müssen in einer Aufgabe, die niemand von uns zu wählen vermag. Ich nicht und genauso wenig die Bürger von Carcosa. Carcosa, das bereits mächtig war, als Vendosa noch ein Fischerdorf war und das mächtige Emporion ein Handelsposten von Pelzjägern. Das von Bränden, Seuchen und Belagerungen heimgesucht wurde, wieder und wieder im Laufe so vieler Jahrhunderte. Niemals aber haben die Bewohner mit dem Gedanken gespielt, diesen Felsen aufzugeben, der besiedelt ist, seitdem es Menschen gibt. Immer haben sie die Herausforderungen durchgestanden unter Führung mal mehr, mal weniger weiser Domestiki, aber letzten Endes doch gemeinsam. Und nun, zum ersten Mal in ihrer Geschichte werden sie keine andere Wahl mehr haben. Zum ersten Mal legen sie ihr Schicksal in die Hände eines einzigen …» Ein winziges Zögern. «… Mannes.»

Er zog sich den Ring von der Hand. Auffordernd streckte er ihn Pol entgegen.

SÖLVA

DIE NORDLANDE:
NAHE DEM AHNENGEBIRGE

«*Ein Pferd!*» Terve zögerte, warf einen Blick zu ihrer Freundin hinüber. «Oder?»

Sölva runzelte die Stirn. Es handelte sich um ein Packpferd. Auf seinem Rücken war ein Teil der Matten und Häute verschnürt, mit denen man am Abend die Jurte des Hetmanns bedeckte. Die Trossknechte hatten die Tiere in einem windgeschützten Winkel zusammengetrieben, als klargeworden war, dass der Tross zurückbleiben würde, während Morwa, Sohn des Morda, in eigener Person den Angriff gegen die Hasdingen anführte. Die Schneedecke war dünn an dieser Stelle. Neugierig stupste das Pferd seine Nase in den Boden. Als es auf das allgegenwärtige Moos stieß, wandte es sich mit einem missvergnügten Schnauben ab.

«Nein», murmelte Sölva. «Ich glaube, das meint sie nicht. – Der *Zügel*!», sagte sie laut und besonders deutlich. Sie beschrieb eine Geste, als ob sie den ledernen Riemen anzog.

Die Frau – die Frau mit den absonderlichen Linien auf der dunklen Haut – griff die Bewegung auf, während ihre Lippen lautlos das Wort wiederholten. Mit dem Unterschied, dass sie den Zügel des Tieres tatsächlich in der Hand hielt. Mit einem beinahe fragenden Ausdruck wandte das Pferd den Kopf in ihre Richtung. Der Schatten eines Lächelns huschte über das Gesicht der Fremden.

Sölva trat zu ihr, legte die Hand auf das Zaumzeug des Tieres. «Die *Trense*», sagte sie, sah die Frau dabei an. Streng genommen war mit der Trense nur das eigentliche Bissstück im Maul des Tieres gemeint; die Finger wollte das Mädchen allerdings behalten.

Die Trense. Die Lippen der Frau bewegten sich. Kein Ton war zu hören, doch deutlich konnte Sölva erkennen, wie sie das Wort formten.

Sölva spürte Erleichterung. Das Ganze war ihr Gedanke gewesen. Die Fremde sprach nicht, aber konnten die Freundinnen nicht trotzdem versuchen, sie ein wenig mit der Sprache des Nordens vertraut zu machen? Auf diese Weise würde sie zumindest jeden im Lager *verstehen* können.

Vor einigen Tagen war es ihnen gelungen, ihr zu erklären, was sie beabsichtigten, und sie hatte sich darauf eingelassen. Nur war Sölva nie ganz sicher gewesen, ob sie die Lehrstunden nicht nur aus reiner Höflichkeit über sich ergehen ließ. Schließlich kam es selten genug vor, dass sie die Jurte des Hetmanns überhaupt verließ. Und wenn das geschah, war sie bisher gewöhnlich für sich allein geblieben. Selbst inmitten des improvisierten Unterrichts schien ihr Blick sich manches Mal fast unmerklich zu verändern, bis dem Mädchen klarwurde, dass ihre Gedanken in Wahrheit *anderswo* waren. Und es war mehr als bloße geistige Abwesenheit. In solchen Augenblicken bekam Sölva eine Gänsehaut. Die Fremde konnte etwas sehen, das niemand anders sehen konnte. Orte? Dinge? Die *Zukunft*? Mehr noch als das. Sölva und der kleine Balan verdankten den

Kräften dieser Frau ihr Leben. Der kleine Junge ließ sich inzwischen jeden Tag bei den Freundinnen sehen, sobald er seine Pflichten in seiner Abteilung des Trosses erfüllt hatte. Vor der Fremden schien er Angst zu haben, doch Sölva wich er nicht mehr von der Seite, wenn er einmal da war. *Wie ein heimlicher Verehrer*, dachte sie. *Oder wie ein Eiserner ganz für mich allein. Als hätte er mich gerettet. Und nicht umgekehrt.*

Am Ende allerdings war es natürlich die Frau, die sie alle beide gerettet hatte, und auf irgendeine Weise hatte Sölva ihre Dankbarkeit zeigen wollen. Auch sie verspürte ein mulmiges Gefühl gegenüber der Fremden, das sich erst ganz allmählich legen wollte. Eben aber, angesichts der Reaktion des Packpferds, hatte die Namenlose zum ersten Mal gelächelt.

Das hatte gutgetan. Und eine Aufmunterung konnte Sölva an diesem Nachmittag gebrauchen. Sie alle waren in Sorge um Morwen: Terve, die sein Lager teilte, Sölva selbst. Und die Frau aus dem Süden musste ebenfalls begriffen haben, was vorging. Ihre Haltung war im Sattel ihrer Stute gefroren, die Sorge auf ihren Zügen ablesbar, als sie dem Hetmann hinterhergeblickt hatte, der an der Spitze seiner Recken zu Morwens Rettung aufgebrochen war.

Hob jetzt die letzte Schlacht des endlosen Feldzugs an? Sölva betete darum, betete, dass die Tiefländer rechtzeitig kommen würden. Rechtzeitig für Morwen. Sie konnte ihn noch vor sich sehen, wie er an diesem Morgen die Reiter für seinen Erkundungsritt um sich versammelt hatte. Die blauen Bänder, die Terve ihm in seinen Kriegerzopf geflochten hatte, hatten fröhlich geleuchtet. Sein Schwert hatte er in die Luft geworfen und mit einer eleganten Bewegung am Heft wieder aufgefangen wie beim müßigen Reiterspiel, bevor er sich vor Sölva und ihrer Freundin verneigt hatte, als wären sie feine Damen aus Westerschild. Morwen. Sölva wusste, dass es in seiner Nähe immer einen Platz für sie geben würde. In seinem Heerlager und irgendwann in seiner Methalle, wenn er Morwa als Hetmann des Bündnisses nachfolgte. Ganz gleich, welche wilden Gedanken ihm zwischendurch wieder in den Kopf kommen mochten. Sie hatte ein Gebet zur freundlichen Herrin der Winde geschickt, wohl wissend, dass Kriege eher eine Angelegenheit des Wolfsköpfigen waren. Zu ihm würden jedenfalls die Reiter beten, die jetzt gegen die Gegner anstürmten. Gebete um Ruhm und um Beute. Um den Besitz und die Frauen und Töchter der Hasdingen, wenn der Sieg ihnen gehörte. Einen Moment lang fragte sie sich, was Krieger eigentlich taten, wenn der Krieg einmal vorbei war. Konnten sie sich überhaupt wünschen, dass er jemals endete?

Ihr Gedankengang brach ab, als Terve einen Schritt nach vorn machte. «Gut», murmelte Sölvas Freundin, wandte sich allein an das Mädchen, obwohl die Frau aus dem Süden danebenstand und die Zügel des Packpferds noch immer in der Hand hielt. Einer gewöhnlichen Unterhaltung konnte sie noch längst nicht folgen. «Es ist ja schön, dass sie inzwischen die Namen aller möglichen Gegenstände kennt», erklärte Terve. «Nur kann sie damit immer noch nur die Hälfte verstehen, wenn jemand etwas erzählt. – Wein *trinkt* man schließlich, einen Braten *isst* man, und ein Kleid *zieht* man *an*, und …» Sie hielt inne, betrachtete das Pferd, dann die Fremde. Nachdrücklich wies sie auf das Packtier, stellte sich dann neben die Fremde, wandte ihr den Kopf zu. «*Reiten*», verkündete sie.

Sölvas Augenbrauen wanderten in die Höhe. Terve vollführte Bewegungen: die Hände vor dem Körper, als hielten sie die Zügel eines Pferdes umfasst, während ihre Hüften … Auf und ab oder doch eher vor und zurück? Den Bewegungen eines geübten Reiters durchaus ähnlich. Sölva fragte sich lediglich, ob der Fremden bekannt war, auf welche Weise Terve ihr Brot und ihre gewagten Kleider verdiente. Ihre Verrenkungen erinnerten jedenfalls noch an eine ganz andere Tätigkeit.

Tatsächlich hatte die Miene der Frau einen skeptischen Ausdruck angenommen. Gehorsam aber wiederholten ihre Lippen das Wort. *Reiten*. Kein Ton war zu hören. Die einzigen Laute kamen vom Wind, der über die verschneite Ebene fegte.

«Sehr gut», lobte Terve, schlug die Faust der rechten Hand auf die Handfläche der linken. Wie die Krieger, die zum Zeichen des Beifalls mit den Schwertknäufen gegen die Schilde schlugen. Ein zufriedener Blick zu ihrer Freundin.

Sölva nickte. Rasch hatte sie sich ebenfalls etwas überlegt. Vorsichtig ging sie in die Hocke, stützte sich mit der Hand in den Schnee und wies auf die Stelle, an der die Schnauze des Pferdes das Weiß beiseitegeschoben hatte. Die Ausläufer des Feuermooses wucherten kreuz und quer in die Höhe, und dennoch konnte man aus einigem Abstand glauben, dass das Geflecht einem geheimen *Plan* folgte, von der Hand eines unsichtbaren Schöpfers kunstvoll verknüpft. Und in der Tat gehörten die Kissen in mattem Grün, die an unterschiedlichen Stellen aus dem Schnee hervorsahen, ja letzten Endes zu ein und derselben Pflanze. In ihren Ausläufern, ihrem den Blicken verborgenen Wurzelwerk vermochte sie sich tausendfach zu verzweigen, sich über Meilen und Meilen hinweg auszubreiten, wie es die Art von Moosen war.

Wobei man diesem speziellen Moos besser nicht zu nahe kam. Die Trossknechte hatten versucht, den Packtieren davon zu fressen zu geben, und Sölva hatte die Pferde gepeinigt aufwiehern und die Männer schimpfen hören. Sie streckte die Hand aus, doch wenige Zoll über der Pflanze hielten ihre Finger inne, bevor sie sie langsam weiter nach oben wandern ließ. Sie sah in Richtung der Frau: «*Wachsen.*»

Die Fremde betrachtete sie. Und Sölva betrachtete die Frau, mehrere Atemzüge lang. Diesmal jedoch machte die Fremde keine Anstalten, das Wort zu wiederholen. Sie rührte sich nicht. Lediglich ihre Augen gingen langsam von der Pflanze zu Sölva, dann wieder zurück zum matten Grün der Moosinsel, lösten sich nun auch von dieser, bis sie sich in der Weite des Schnees verloren. Sie dachte nach. Sölva wusste es, sah es ganz deutlich, doch sie verstand nicht. *Wachsen.* Was war Besonderes an diesem Wort?

Jetzt endlich bewegten sich die Lippen der Fremden, allerdings ganz anders als bisher, wenn sie eine frisch erlernte Bezeichnung mit beinahe übertriebener Mimik stumm wiederholt hatten. Diesmal war die Regung kaum auszumachen. Gleichzeitig aber hätte Sölva schwören können, dass es sich nicht um das Wort *wachsen* handelte.

Ein anderes Wort? Ein Wort aus ihrer eigenen Sprache, der alten Sprache des Sonnenvolks? Die Frau wiederholte es. Und war es möglich, dass es nicht vollständig tonlos war? Doch der Wind fauchte mit einer Gewalt, dass er jede Silbe mit sich riss, die nicht laut und vernehmlich gesprochen wurde.

Unvermutet ging die Frau in die Knie. Plötzlich war ihr Gesicht nur wenige Zoll von Sölva entfernt, und das Mädchen erschrak beinahe, als es aus einer solchen Nähe in die Augen der Fremden blickte. Augen, die eben noch ein Grün besessen hatten, das der matten Farbe des Mooses nicht unähnlich war, sich nun aber unvermittelt … Veränderte sich der Lichteinfall, als der Wind weiter auflebte, den Vorhang aus Schnee für Atemzüge beiseitefegte? Waren es die Augen selbst, die sich veränderten, ihre Farbe vertieften, dass Sölva für Momente in das schattige Grün eines geheimnisvollen Waldes zu blicken glaubte? Ein Wald. Die Hand der Frau streckte sich nach der Pflanze, und Sölva öffnete den Mund, wollte sie warnen. Doch die Fremde hatte das Fluchen der Knechte gehört wie sie selbst. Auch ohne Kenntnis der Sprache musste es zu deuten sein. Und das Packpferd war zurückgescheut, als seine empfindlichen Lippen das Moos berührt hatten.

Einen Moment lang hielten die Hände der Frau wenige Zoll über der Pflanze inne. Dann senkten sie sich, legten sich flach auf das trügerisch weiche Kissen. Sölva nahm es wahr, doch aus irgendeinem Grund war es ihr nicht möglich, ihren Blick von den Augen der Fremden zu lösen. Als läge genau dort das große Geheimnis verborgen.

Kein Zusammenzucken. Etwas anderes ging in diesen Augen vor. Wie ein Schleier, der vor den Blick der Frau gezogen wurde, als sie *fortging* und Sölva begriff, dass die andere sie nicht mehr sehen konnte, obwohl sie doch direkt vor ihren Augen im Schnee kauerte. Nein, die Frau sah in diesem Moment etwas anderes, auf eine Weise, die das Vorstellungsvermögen eines gewöhnlichen Menschen überstieg. Im selben Moment aber glaubte auch Sölva selbst etwas zu sehen, zu spüren, etwas, das nur schwer zu beschreiben war. Ihr Körper rührte sich nicht, da war sie sich sicher. Sie verharrte in ihrer kauernden Haltung, und dennoch fühlte es sich an, als ob sie einen Schritt auf die Fremde zutrat. Wie auch immer das möglich sein sollte. Als ob ihr ein Tor geöffnet worden wäre, die Fremde sie einlud, sie willkommen hieß in jenem geheimnisvoll lockenden Wald. Dem Wald, der diese Fremde war, deren Namen Sölva nicht kannte.

Ildris. Zwei Silben. Mit einem Mal waren sie da, und Sölva vermochte nicht zu sagen, wo sie hergekommen waren. Ob sie die Silben *gehört* hatte, ob sie sie *gelesen* hatte auf jene magische

Weise, in der die Seher aus ihren Stäben lasen, den Buchenstäben, die sie in die Luft warfen, um die Muster zu deuten, die sie beim Auftreffen auf den Boden malten. *Ildris*. Sie wusste, dass das der Name der Fremden war, und doch war da noch mehr, war da ein Bild vor ihren Augen, nein, eine Abfolge von Bildern: Üppiges Grün um eine Wasserstelle, dazwischen eine Zahl schneeweißer, verstreut stehender Häuser, ringsum aber in alle Himmelsrichtungen Sand, ein endloses Meer von ockerfarbenem Sand unter einer gleißenden Sonne. – *Das bin ich*. Eine Stimme in ihrem Kopf, eine Stimme, die Sölva noch niemals gehört hatte, aber es gab keinen Zweifel, dass es Ildris' Stimme war. *Das bin ich*.

Neue Bilder, zu schnell vorbei, um sie vollständig zu erfassen. Nichts als ein Geschmack blieb auf Sölvas Zunge zurück, ein Geschmack von Blut und Tod und Feuer und dann ... Die Stadt. Der Baum. Sölva wusste, was sie sah, doch ihr fehlten die Worte, als dass sie es hätte beschreiben können. Es war zu gewaltig, mit den Worten der nördlichen Sprache nicht ausdrückbar. Brücken von schwindelerregender Höhe. Straßen, die dem Wuchs begrünter Äste folgten. Kuppeln und Türme und schneeweiße Paläste. Die kaiserliche Rabenstadt. Die heilige Esche. Sah sie tatsächlich Bilder? Waren es Begriffe, Gedanken? Wucherndes Grün: ein Baum, ein Wald, die ganze Welt ein Wald, und auch das ... – *Auch das bin ich*. – Und eben als ein Gedanke kam und Sölva klar war, dass dies ihr eigener Gedanke war und kein Gedanke dieser Frau mit dem Namen Ildris ... der Gedanke nämlich, dass dies das Merkwürdigste von allem war: dass ein Mensch, eine Frau, mehr sein konnte als ein einzelner Mensch, dass sie sonnendurchglühte Wüste sein konnte und kühler, grüner Wald zugleich ... eben in diesem Moment begriff das Mädchen.

Ein Keuchen entwich Sölva, und von irgendwo sprach jemand in fragendem Tonfall ihren Namen. Terve. Terve, die zwei Schritte in ihrem Rücken stand oder doch auf einem anderen Kontinent, an den unerforschten Gestaden jenseits des Westlichen Meeres. Es spielte keine Rolle. Ildris war *fort*, und Sölva war bei ihr, bewegte sich durch haarfeines Wurzelwerk, fadendünne Verzweigungen. Moos. Ein- und dieselbe Pflanze, Inseln und Polster verbunden durch das Geflecht ihrer Wurzeln und all das unsichtbar unter der Last des Schnees, der auf der weiten Ebene lastete. Der Ebene, die bis an den Rand des Ahnengebirges reichte.

Das Land erzitterte. Es bebte unter den Hufen der Rosse von Morwas Heerbann. Das war die Richtung, doch schon war Ildris' Geist dem Aufgebot der Tiefländer voraus. Schneller als das Licht, schneller als ein Wort, schneller als Gedanken schossen die Frau aus dem Süden und das Mädchen auf das Schlachtfeld zu.

MORWA

DIE NORDLANDE: DAS AHNENGEBIRGE

Es war ein Rausch. Schnee und Graupel fegten Morwa entgegen, Zehntausende winziger, nadelspitzer Geschosse, die auf jeden Quadratzoll der bloßen Haut seines Gesichts trafen. Das Herz in seiner Brust überschlug sich. Wieder. Und wieder. Nicht im tastenden Stolpern der Krankheit, sondern in jenem von den Göttern gesandten Wahn, der den Krieger beseelte, wenn er auf dem Rücken seines Rosses der Schlacht entgegenjagte. Ein vertrautes Gefühl und zugleich so unendlich viel mehr, so neu und so unerhört kostbar. Wie hätte er hoffen können, es noch einmal spüren zu dürfen? Zeit, die sich zu verdichten schien in der Spanne, die dem Aufeinanderprallen der Heere vorausging. Voran der Vorhang aus Schnee, die Umrisse des Gebirgszugs, die sich allmählich aus dem Grau hervorschälten, und irgendwo dort der Feind. Töten oder getötet werden. Beides war nahe, beides war gewiss, für die eine Seite wie für die andere. Morwa ließ die Zügel schießen. Der Rappe suchte sich selbst seinen Weg, vom Rausch gepackt wie sein Reiter.

Der Hetmann und das Aufgebot seiner Männer: Wie in jenen ersten Jahren, nachdem Ostil, schon damals ein alter Mann, ihm den Reif von Eisen aufs Haupt gesetzt hatte. Rabenschwarz und wild war die Mähne des jungen Morwa im Wind geflattert, als er die engen Grenzen des Tals von Elt hinter sich gelassen hatte, wenige Dutzend junger Männer, tatendurstig wie er selbst, in seinem Rücken. Und seinen gewaltigen Traum. Die Menschen des Nordens zu vereinen gegen die Dunkelheit, die in weiter Ferne zu liegen schien. Damals.

Gefechte gegen unbotmäßige Vasallen, kleine Edle aus der Nachbarschaft, dem Hause Ottas seit zwei oder drei Generationen entfremdet. Dann gegen die Jarls der Umgebung, gegen die festen Städte an der Meeresküste, gegen Eik, das sich in seinen Sümpfen uneinnehmbar wähnte, gegen die Hirtenvölker an der Flut, Morwas Stammesverwandte. Gegen Thal schließlich mit seinen mächtigen Mauern aus der Zeit der alten Kaiser. Jahr um Jahr war seine Heeresmacht gewachsen, einem Steinschlag gleich, der zentnerschwere Felsbrocken aus ihrer Verankerung reißt und zu einem Teil jener Gewalt werden lässt, gegen die es keine Wehr gibt. Eine Lawine, die dem Bergsattel zwischen Ahnvater und Ahnmutter entgegenraste.

Zum letzten Mal, dachte der Hetmann. Was zählte es, wenn er sich den Worten des Boten der Götter widersetzte, den Worten der Götter selbst? Dies war es wert. Um Morwens willen, um seiner selbst willen, um dieses einzigartigen Gefühls willen. Die Gipfel wuchsen vor ihm auf, und Ostils düstere Worte schienen unendlich fern. Der Schneefall hatte nachgelassen, und das Gelände stieg an. Die Schneedecke begann sich in einzelne Flecken aus Weiß aufzulösen, verschwand dann bis auf letzte Spuren. Der unebene Boden war mit Feuermoos bedeckt, ganz wie Mortil es prophezeit hatte. Der kluge Rappe setzte die Hufe vorsichtiger auf, und noch immer war kein Gegner auszumachen, doch in diesem Augenblick …

Ein Aufwiehern in Morwas Rücken. Im nächsten Moment verwischte Schatten schräg von oben. Pfeile! Gestalten in den Felsen über ihm. Sofort waren sie wieder verschwunden. Morwa löste die rechte Hand, gab seinen Männern Zeichen, ohne sich umzuwenden. *Verteilt euch!* Er duckte sich in den Sattel, während das Pferd den Hang in Angriff nahm.

Ein Hinterhalt. Natürlich ein Hinterhalt, ganz wie Ostil es vermutet hatte und der Hetmann selbst nicht anders, wenn er ehrlich war. Wie viele Bogenschützen konnten die Hasdingen versammelt haben? Morwens Schar hatte keine zwei Dutzend Männer umfasst. Viel zu wenige jedenfalls, um ihr gesamtes verbliebenes Aufgebot zu beschäftigen.

Ein Pfeil schoss so nah an Morwas Schläfe vorbei, dass er den Luftzug spürte. Grimmig wandte er sich im Sattel um. Sein Heerbann war ein Meer von stählernen Helmen und dunklen Lederpanzern, dessen hinterste Reihen sich im Schnee der Ebene verloren. Weit mehr als die fünfzig Eisernen, die er sich ursprünglich ausbedungen hatte. Die gesamte Streitmacht des Bündnisses von Ord drängte gegen die Berge an, jeder einzelne Mann zu Pferde. Doch schließlich hatte er den Männern die Wahl gelassen, und welcher Krieger des Nordens würde zurückbleiben, wenn die Hörner zur Schlacht riefen und von den Bergen widerhallten? Der Hetmann kniff die Augen zusammen: Nein, auch Mortil war nicht zurückgeblieben. Zwischen den Kriegern aus Elt schloss er zu seinem Vater auf. Morwa stieß den Atem aus. Damit war der Plan gescheitert, den er aus dem Augenblick heraus ersonnen hatte, als er Mortil für die Zeit seiner Abwesenheit die Verantwortung übertragen hatte. Keiner seiner Söhne würde wie von selbst und ohne Widerspruch an seine Stelle rücken, falls Morwa auf dem Schlachtfeld blieb. Seine Nachfolge war ungeklärt. Ungeklärt wie zuvor.

Sein Blick richtete sich auf das ansteigende Gelände. Die Schützen huschten zwischen den Felsen umher. In ebendiesem Moment suchte einer von ihnen neue Deckung, und … Morwas Brauen zogen sich zusammen. Weite, flatternde Röcke! Es waren nicht die Krieger der Hasdingen, die tödliche Geschosse auf seine Streiter regnen ließen. Es waren Frauen! Es waren die Weiber der Hasdingen.

Morwas Blick glitt über seine Krieger. Ein halbes Dutzend seiner Eisernen ritt hart in seinem Rücken, wie es ihre Pflicht und ihr Vorrecht war, darunter der Bannerträger, der das Zeichen des schwarzen Ebers hoch erhoben hielt. Hinter ihnen aber drängten nun mehr und mehr Männer ungestüm nach, behinderten sich gegenseitig im unübersichtlichen, immer steileren Gelände. Selbst ungeübte Schützen konnten ihr Ziel unter diesen Umständen kaum verfehlen, wenn sie ihre Geschosse nur mitten ins Gedränge richteten. Dort trafen Pfeile gegen stählerne Helme, dort fing ein Harnisch die schlimmste, tödliche Wucht ab. Aber die ledernen Panzer boten keinen vollständigen Schutz. Die Hände eines Reiters fuhren unvermittelt an seinen Hals, er wankte im Sattel, stürzte nach hinten. Wenige Schritte entfernt stieg ein Ross unter panischem Wiehern auf der Hinterhand in die Höhe. Die Männer aus Thal suchten auch die Körper ihrer Reittiere zu panzern, doch die Leiber der meisten anderen Pferde waren ungeschützt. Eine Handvoll verletzter Tiere konnte ein ganzes Aufgebot ins Chaos stürzen.

Es war die Aufgabe des Hetmanns, dieses Chaos zu verhindern und dem Angriff eine Richtung zu geben. Linker Hand stieg das Gelände eher gemächlich an, dem Massiv des Ahnvaters entgegen. Durchaus gangbar für einen Reiterzug – bis zu einem Punkt, an dem der Felsen plötzlich senkrecht in die

Höhe strebte. Rechter Hand dagegen waren die steilen Hänge der Ahnmutter, die sich zu Pferde unmöglich bewältigen ließen. Dort hatten die Weiber der Hasdingen Position bezogen, ließen ihre Pfeile unter den Männern aus dem Tiefland grausame Ernte halten. In der Mitte zwischen den Gipfeln befand sich der etwas niedrigere Sattel, der die beiden höheren Bergmassive verband, und wie von selbst war es dieser Bereich, gegen den die Krieger des Hetmanns anstürmten, mehr und mehr von ihnen, die sich gegenseitig ins Gehege kamen.

Aussichtslos. Die Hänge waren übersät mit Geröll, überwuchert von den hässlichen Flechten des Mooses. *Schwierig*, sie zu Pferde zu erklimmen, aber nicht *unmöglich*. Bis etwa auf halber Höhe ein Abschnitt der Felswand lotrecht nach oben ragte, fünf oder sechs Fuß vielleicht, aber mehr als genug, um ein jedes Pferd der Welt daran zu hindern, den Absatz zu passieren. Ausgenommen die geflügelten Rosse der Schwertmaiden aus den Liedern der Skalden, dachte der Hetmann.

Sein Blick ging wieder nach links, wo sich Gewölk, schwer von Schnee, am westlichsten Gipfel der Bergkette türmte. Er kniff die Augen zusammen. Ein Pfad? Ja, es war deutlich: Ein Pfad wand sich durch das Geröll dem Ahnvater entgegen, bis er in den Schatten des Gipfels unsichtbar wurde. Der Pass, den Mortil an dieser Stelle vermutet hatte? Ein Hohlweg, der auf die andere Seite führte? Über jenem Bereich musste der dritte seiner Söhne die Gerfalken beobachtet haben. Nun aber waren die Vögel nirgendwo zu sehen. Nichts war dort zu sehen. Der Gebirgsstamm schien dort keine Bogenschützen postiert zu haben.

Als wollten sie uns einladen, dachte der Hetmann düster. Es war eine offensichtliche Falle. *Zu* offensichtlich, als dass sie damit rechnen konnten, der erfahrenste Kriegsherr des Nordens werde sie nicht erkennen. Ihre Weiber hatten sich an den Hängen der Ahnmutter verschanzt, doch wo waren ihre gerüsteten Krieger? Sie warteten auf der anderen Seite jenes Hohlwegs.

«Die Frage ist, ob sie lediglich damit *rechnen* müssen, dass ich die Falle erkenne», murmelte er. «Und dieses Risiko eingehen. Oder ob sie *wollen*, dass ich sie erkenne.»

Mortil hatte zu seinem Vater aufgeschlossen, sah ihn fragend an. Der Bergkristall hing in einem kleinen Beutel um seinen Hals wie ein wunderbringendes Amulett.

«Stell dir einen Hetmann vor», wandte Morwa sich an den dritten seiner Söhne, «einen Hetmann, der weiß, wo sich die Hauptmacht seiner Gegner versteckt hält, und dem klar ist, dass dort die Entscheidung fallen wird: Wo wird dieser Hetmann kämpfen?»

Mortil legte die Stirn in Falten. «Ebendort», sagte er. Und nach einem winzigen Zögern: «Wenn er vollkommen sicher ist.»

Morwa brummte zufrieden. Die Einschränkung galt; Mortil war nicht der dümmste seiner Söhne. Er wandte sich im Sattel um. Im unübersichtlichen Gelände begannen sich die Reihen seiner Krieger aufzulösen. Die Hauptmacht der Eisernen bildete einen geordneteren Block in der zunehmenden Unruhe, besser gegen den Regen von Pfeilen geschützt in ihren schweren Rüstungen. Der Hetmann hielt Ausschau, entdeckte den alten Rodgert, gab ihm ein Zeichen. «Nach links», formten seine Lippen. Er deutete den schemenhaft erkennbaren Pfad entlang, dem Ahnvater und dem Hohlweg entgegen, der auf die andere Seite des Berges zu führen schien. Dann senkte er die flache Hand langsam zum Erdboden: *Vorsichtig!* Der Alte hob den Arm. Er hatte verstanden, rief seinen Männern Anweisungen zu. Aufmerksam blickte Morwa seiner Leibgarde nach.

«Wir reiten nicht mit ihnen?» Mortil, an der Seite seines Vaters.

«Wir reiten nicht mit ihnen», bestätigte der Hetmann, warf einen Blick über die Schulter.

Auf der rechten Flanke ritten die Männer aus Vindt. Ebendort, wo Morwa sie für gewöhnlich postierte, wenn er das Heer zum Gefecht aufstellte. Auf ihren raschen Pferden aus den Ebenen am Westlichen Meer hatten sie mehr als einen Kampf entschieden, wenn sie einem Spuk gleich unvermittelt im Zentrum des Geschehens erschienen waren. Doch Morwa zögerte. Im Kampf auf zerklüfteten Hängen waren diese Männer unerfahren. Und damit für sein Vorhaben ungeeignet. Hinter ihnen und ein Stück abseits dagegen folgten die Reiter der Jazigen, jenes Gebirgsvolks, das sich als erstes dem Eber von Elt angeschlossen hatte, wärmende Mützen aus Pelz auf den Häuptern. *Bogenschützen.* Die besten, die er in seinen Scharen wusste. Mitten unter ihnen erspähte er Gunthram, einst Hetmann jenes Volkes. Morwa hatte ihn als Jarl an der Spitze des Stammes belassen, einen gestandenen Kämpfer, seiner Jugend zum Trotz.

Soeben zog sich der junge Mann mit einem entschlossenen Ruck einen Pfeil aus dem ledernen Harnisch, warf ihn geringschätzig beiseite. Der Hetmann sah, wie sich dabei sein Gesicht verzog. Die Spitze musste durch die Panzerung ins Fleisch gedrungen sein, nicht einmal tief vielleicht, aber in einem Leben auf Kriegszügen hatte Morwa genügend Männer gesehen, die Wochen nach einer Schlacht einer vereiterten Wunde erlegen waren, die sie während des Kampfes als Kratzer abgetan hatten. Der Nordländer, der während des Gefechts an die Wochen danach dachte, musste erst noch geboren werden.

«Gunthram!» Morwa hob die gepanzerte Faust, wies nach

rechts, lenkte sein eigenes Tier in diese Richtung. Der junge Jarl signalisierte sein Einverständnis, begann seine Reiter zu sammeln.

«Nach rechts?» Überrascht sah Mortil seinen Vater an.

Morwa neigte das Haupt, während er den Rappen zu Füßen der Ahnmutter vorantrieb. «Die Hauptmacht der Hasdingen erwartet uns auf der Linken, jenseits des Passes, den Rodgert und die Eisernen in diesem Moment in Angriff nehmen. Der Hohlweg scheint unbewacht, doch niemand, der schon einmal ein Aufgebot in die Schlacht geführt hat, würde daran glauben, dass das tatsächlich der Fall ist. Vermutlich wird der Feind sich in jenem Moment zu erkennen geben, in dem der letzte der Eisernen den Engpass passiert hat. In diesem Moment werden sie den Hohlweg verschließen und unsere Männer in die Zange nehmen: der Entscheidungskampf.»

«Aber habt Ihr nicht selbst gesagt ...»

«Der Hetmann wird dort kämpfen, wo die Entscheidung fällt. *Wenn er vollkommen sicher ist.* Deine Worte, Mortil, Morwas Sohn. Nicht die meinen.»

Der junge Mann tastete nach dem Beutel um seinen Hals. «Sie wird nicht auf dem linken Flügel fallen?»

«Du hast gehört, was ich voraussehe», erklärte Morwa. «Wenn die Eisernen den Pass durchquert haben und er einmal verschlossen ist, werden wir keine Möglichkeit haben, ihnen zu Hilfe zu kommen. Und die Weiber der Hasdingen können aus ihrer Position hoch an der Ahnmutter jeden Punkt des Schlachtfeldes unter Beschuss nehmen.» Er legte den Kopf in den Nacken, richtete die Augen auf die Stellung der Frauen. «Sie befinden sich *sehr* weit über uns. Und oberhalb des Punktes zudem, an dem am gegenüberliegenden Hang der Hohlweg in den Schatten verschwindet. – Würdest du dein Wort verpfänden, dass ihre Pfeile nicht auch das jenseitige Ende dieses Hohlwegs erreichen können, auf der Nordseite der Berge?»

Mortil folgte seinem Blick, kniff die Augen zusammen, schüttelte den Kopf. «Nein.»

Morwa nickte grimmig. «In ihren stählernen Panzern sind Rodgerts Männer besser geschützt als der Rest unseres Aufgebots, unsterblich aber sind sie nicht. Die Krieger der Hasdingen, die sich jenseits des Passes bereithalten, werden abwarten können, bis die Geschosse ihrer Gefährtinnen ihr Werk verrichtet haben. In Positionen, die sie sorgfältig auswählen konnten. Erst dann, wenn die Eisernen bereits geschwächt sind, werden sie selbst sich in Gefahr begeben. Dort oben …» Er wies auf die zur Rechten aufragenden Hänge, die Hänge der Ahnmutter, wo in diesem Moment keine der Frauen auszumachen war. «Dort oben, Sohn des Morwa, fällt die Entscheidung. Einzig dort oben lässt sich die Stellung des Gegners aufbrechen. Und da der Hang von dieser Seite zu steil ist, um ihn zu erklimmen, muss er an einer anderen Stelle zugänglich sein.»

Erneut legte Mortil den Kopf in den Nacken. Das hochgelegene, unübersichtliche Gelände, in dem die Bogenschützinnen Deckung suchten, wuchs als steiler Sporn aus den Hängen der Ahnmutter hervor. Morwa und seine Begleiter hatten ihn nun beinahe umrundet, die Jazigen unter ihrem Jarl knapp hinter ihnen.

Der junge Mann fuhr sich mit der Zunge über die Lippen. «Wenn Ihr das nicht erkannt hättet …»

Morwa sah ihn an, die Stirn in Falten. Sein Sohn verstummte. Langsam schüttelte der Hetmann den Kopf. «Was wäre dann gewesen?», fragte er. «Das ist die Frage. Wie vielen Männern stehen wir gegenüber? Wenigen hundert, würde ich vermuten. Sie sind bereits gezwungen, ihre Frauen zu bewaffnen. Wir dagegen führen ein Bündnis sämtlicher Stämme des Tieflands wie des Gebirges auf das Schlachtfeld. Um ein Vielfaches müssen wir ihnen überlegen sein. Sie *können* sich keine Aussichten ausrechnen, diesen Kampf zu gewinnen. Für den Ausgang der Schlacht wird es also keinen Unterschied bedeuten, dass ich diese List erkenne. In jedem Fall werden Rodgerts Männer irgendwann die Reihen der Hasdingen durchbrechen. Lediglich das können wir verhindern: dass der Blutzoll noch einmal deutlich höher ausfällt. Und das ist es, was mir nicht gefällt.»

Verständnislos sah sein Sohn ihn an.

Der Hetmann musterte ihn nachdenklich. «Was ich mich frage, Mortil, Morwas Sohn: Ein Volk, das die Welt durch die Facetten eines Bergkristalls betrachtet, sodass ihm keine noch so entlegene Möglichkeit entgeht – ist es die Art eines solchen Volkes, den eigenen Untergang hinzunehmen, mit der einzigen Aussicht, so viele Gegner wie möglich mit sich in den Tod zu reißen?»

Der junge Mann zögerte. «Die Menschen im Stammsitz der Hasdingen sind nicht von dieser Art. Gerade sie haben sich aber auch nicht auf den Marsch in den Norden gemacht. Wenn aber jene, denen wir jetzt gegenüberstehen, ihnen irgendwie ähnlich sind: Nein, das wäre nicht nach ihrer Art.»

«Ich übersehe etwas», murmelte Morwa. Er vermochte es nicht auf den Punkt zu bringen. Es war nicht viel mehr als ein Gefühl, doch was bedeutete das schon? Dreißig Kriegsjahre hatten ihn gelehrt, seine Ahnungen nicht leichtfertig beiseitezuschieben. «Da ist irgendetwas, das ich nicht sehen kann. – Was aber, wenn *Ostil* es sehen konnte?»

Bevor Mortil etwas erwidern konnte, hatten die Jazigen zu ihnen aufgeschlossen. Morwa straffte sich, als der junge Jarl sein Ross an seine Seite brachte, finster zwischen die Felsen blickte. Ein oder zwei der Bogenschützinnen hatten sich in ihre Richtung gewandt, aber den einzigen Pfeil, der die Reihen der Jazigen erreichte, fing einer der Männer mit dem Rundschild ab.

«Weiber in Waffen.» Gunthram sagte nur diese drei Wörter. In einem Tonfall, als wollte er vor die Hufe seines Pferdes auf den Boden spucken. Was er einen Atemzug später auch tat.

«Ich glaube mich an eine Geschichte zu erinnern», bemerkte Morwa. «Eine Geschichte aus dem Gebirge, die Erzählung von Thormund und der blonden Ilfgar. Thormund war auf der Hohen Warte in Gefangenschaft geraten. Die schöne Ilfgar jedoch legte seine Rüstung an und befreite ihn. Sie büßte die tapfere Tat mit dem Leben.»

«Der Herr der Hohen Warte ließ sie von seinen Hunden zerreißen.» Gunthram wandte die Augen nicht von den Schützinnen. «*Nackt*. Wie Euch bekannt ist, mein Hetmann, gehört die Warte zum Stammesgebiet der Hasdingen. In den alten Zeiten scheint ihnen besser bekannt gewesen zu sein, was sich schickt.»

«Im Reich des Bündnisses von Ord schickt es sich, einem Krieger, der seine Waffen niederlegt, mit allen Ehren zu begegnen, die einem im Kampf unterlegenen Gegner zukommen.» Auch Morwa hielt den Blick auf die Frauen gerichtet. «So wie es Euch und Euren Streitern widerfahren ist, als das Bündnis von Ord euch aufnahm. Und so wie ihr selbst daraufhin den Kriegern der Charusken begegnet seid, die nun an unserer Seite reiten.»

«Diese Krieger waren Männer!»

«Und diese Krieger nun sind Frauen. Ihr habt die Männer nicht geschändet, und ihr werdet auch die Frauen nicht schänden. Wer auch immer die Waffen streckt und dem Eber den Eid der Treue leistet, steht unter dem Schutz des Hetmanns des Bündnisses von Ord.»

Schweigen. Mit einem Seitenblick sah Morwa, wie die Fingerknöchel des Jarls weiß hervortraten, als seine Hände sich um die Zügel des Pferdes schlossen.

«Jazigen!» Gunthrams Stimme klang gepresst. «Absitzen! Zum Angriff! Wer die Waffen freiwillig aus der Hand legt, wird verschont. All jene aber, denen ihr die Bogen aus den Händen schießt, gehören euch!»

Morwa schloss die Augen. Gunthram wusste, dass er seinem einmal geäußerten Wort nicht nachträglich eine neue Bedeutung geben konnte.

Die Jazigen waren aus den Sätteln geglitten. Ihre hintersten Reihen spannten die Bogen. Innerhalb desselben Lidschlags ließen sie die Pfeile von den Sehnen, dass sie den Himmel verdunkelten, als sie über Morwa und den Jarl hinwegflogen. Der Hetmann nahm sich nicht die Zeit, zu beobachten, ob sie ihre Ziele trafen.

Mit geübten Bewegungen schwangen die Tiefländer sich ebenfalls aus den Sätteln. Für einen Augenblick berührten Morwas Lippen das Blatt seiner Streitaxt, murmelten einige rasche Worte, mit denen er dem Wolfsköpfigen die Seelen jener Kämpferinnen versprach, die die Waffe fällen würde. Er hob die Axt. «Für den Eber von Elt!», brüllte er. «Für das Bündnis von Ord!»

Mortil und das halbe Dutzend Eiserner seines persönlichen Geleits folgten dicht hinter ihm. Zu beiden Seiten nahmen die vorderen Reihen der Jazigen den steilen Hang in Angriff, die Bogen auf dem Rücken verschnürt, Schwerter und Äxte in den Fäusten. Ein Stück oberhalb ertönte ein Aufschrei. Einer der Bogenschützen hatte sein Ziel getroffen, doch im selben Augenblick wurde der Beschuss erwidert. Morwa suchte nach Halt im dunklen, scharfkantigen Gestein, während er auf seinem Rücken nach der Verschnürung seines Schildes tastete.

Ein Schatten. Eine Bewegung: zu schnell, um sie wirklich wahrzunehmen. Ein dumpfer Laut. Morwa blinzelte. Mortil befand sich neben ihm, hatte seinen eigenen Rundschild eben noch rechtzeitig in die Höhe gebracht. Zwei Zoll vom oberen Schildrand zitterte der Pfeil, der nach dem Gesicht des Hetmanns gezielt hatte.

Mit grimmiger Miene pflückte der dritte von Morwas Söhnen den Pfeil heraus, hob den Schild noch etwas weiter an, gab seinem Vater Gelegenheit, seine eigene Wehr vom Rücken zu lösen. Morwa dankte ihm mit einem Nicken, gab ihm ein Zeichen, als er die Schildriemen über den Arm gestreift hatte.

Schreie zwischen den Felsen oberhalb, dann Laute anderer Art. Den Jazigen musste es gelungen sein, eine der Frauen ihrer Waffen zu berauben, bevor sie Gelegenheit bekommen hatte, sie freiwillig niederzulegen.

«Gunthram!», brüllte Morwa. «Wir sind im Gefecht! Der Mann, der sich über eine Frau hermacht, ehe dieser Kampf vorbei ist, stirbt von meiner Hand!»

Er nickte Mortil zu: Weiter! Ob der Jarl der Jazigen achtgab, dass der Anweisung Folge geleistet wurde, konnte er nicht erkennen. Die Schreie waren verstummt. Möglicherweise hatten die Schützen der Frau kurzerhand die Kehle durchgeschnitten.

Verbissen kletterte Morwa den Hang empor, vermied die Stellen, an denen sich Feuermoos zwischen die Felsen klammerte. Mortil und die Eisernen waren an seiner Seite. Junge Männer, dachte Morwa düster, geboren zu einer Zeit, als bereits Dutzende von Kriegern von seiner Hand gestorben waren. Nun gaben sie auf ihn acht wie besorgte Ammen, falls er den nächsten Pfeil gleich wieder übersah.

Doch das tat er nicht. Ein neuer Hagel von Geschossen regnete nieder, aber keiner der Tiefländer wurde getroffen. Atemzüge später entdeckte der Hetmann rechts von ihnen den Körper eines Jazigen, die Augen starr gen Himmel gerichtet. Die Miene des Mannes wirkte vor allem überrascht. Der Schaft aus Fichtenholz ragte knapp unterhalb des Kiefers aus seinem Hals.

Das Klirren von Stahl auf Stahl verriet, dass die ersten Jazigen zur Position der Bogenschützinnen vorgedrungen waren. Die Geräusche kamen von rechts, unsichtbar hinter einem mannshohen Felsen und …

Eine Bewegung links von ihm, ein Aufblitzen. Morwa brachte die Axt herum, keuchte auf, als ein von oben geführter Hieb auf den Stiel traf. Eine junge Frau, kaum älter als das Mädchen Sölva, taumelte angesichts des unerwarteten Widerstands zurück. Schon war einer der Eisernen heran. Für einen Moment blickte Morwa in die aufgerissenen Augen der Frau, dann drang die Klinge des Eisernen in ihre Brust.

«Weiter!», knurrte der Hetmann, musste zweimal neuen Halt suchen, bis es ihm gelang, den neuerlichen Anstieg zu überwinden. Jetzt sah er die Jazigen. Zu fünft oder sechst hatten sie zwei Frauen in die Enge getrieben. Eine von ihnen versuchte einen Ausfall, brachte einen Rundschild nach vorn, den sie kaum zu heben vermochte. Sie stolperte zurück, als die Axt eines Jazigen auf den Schildrand niederfuhr. Über die Schulter des Angreifers trafen ihre Augen den Blick des Hetmanns.

Lass die Waffen fallen! Ihm fehlte der Atem, die Worte laut zu rufen. Es war ohnehin zu spät. Die Axt des Jazigen fuhr auf die Frau nieder. Morwa wandte den Blick ab.

«Hetmann!»

Er fuhr herum, doch zwei der Eisernen waren schon an

ihm vorbei, die Schilde vorgestreckt, die Spitzen der Schwerter abwartend auf eine Kämpferin gerichtet, die sich im Schatten des Felsens verborgen hatte. Sie blutete aus einer Wunde am Oberarm, einen Bogen schien sie nicht zu führen, mit beiden Händen indes umklammerte sie ein monströses Etwas, bei dem es sich nur um einen Bratspieß handeln konnte. Eine Frau von üppigen Formen, farblose Haarsträhnen hatten sich aus ihrer Haube gelöst. Morwa konnte ihr nur wenige Jahre voraushaben.

Er ließ seine Axt sinken, hob die Hand, sah ihr ins Gesicht. «Leg die Waffe nieder, Frau. Dir wird nichts geschehen.»

Ihre Brauen zogen sich zusammen. Er war sich sicher, dass sie ihn verstanden hatte. Ihr Blick glitt zwischen den Eisernen hin und her. Er konnte sehen, wie der Griff um ihre Waffe unsicherer wurde.

«Es ist vorbei.» Morwa trat einen Schritt auf sie zu, behielt nicht die Waffe im Blick, sondern ihr Gesicht. An ihren Augen würde er es erkennen, wenn sie sich zu einer verzweifelten Tat entschloss. «Gib mir deine Waffe, Mütterchen. Lebe für deine Kinder.»

Ihre Augen gingen zu seinem Helm. Der Reif von Eisen. Sie wusste, wer vor ihr stand. Ein tiefer Atemzug, und sie ließ den Spieß fallen.

Morwa war nicht bewusst gewesen, dass er selbst den Atem angehalten hatte, doch jetzt schien sich der Ring um seine Brust eine Winzigkeit zu lösen. «Das war gut getan», sagte er, als sie auf ihn zutrat. «Du hast ...»

Es ging so schnell, dass selbst er es nicht kommen sah. Ihr Kopf schoss vor. Der Speichel der Frau traf ihn knapp unter dem linken Auge.

Einer der Eisernen war heran, hob die Waffe.

«Halt!», donnerte Morwa. Der Mann hielt mitten in der Bewegung inne. Seine Klinge blieb zum Schlag erhoben.

«Meine Kinder?», zischte die Frau. «Ich soll leben für meine Kinder, Sohn des Morda? Meine Kinder sind gestorben, als Eure Krieger über die Mauern der Wacht stiegen und Ihr die Feste zur Plünderung freigabt, weil sie sich nicht ergeben hatte. Meine Tochter, nachdem vier Eurer Männer ihren Willen mit ihr hatten. In diesem Monat hätte sie ihrem Gemahl das erste Kind geschenkt. War *das* gut getan, *König von Ord*? War er das wert, Euer Reif von Bronze?»

Morwa rührte sich nicht. Für zwei Atemzüge erwiderte er ihren Blick, bevor er beiseitetrat. «Mortil», sagte er. «Du bürgst mir für das Leben dieser Frau.»

Er blieb stehen. Sein Blick verfolgte, wie sein Sohn und einer der Eisernen sie den Hang hinab davonführten. *Sie wird leben*. Er presste die Hand auf die linke Schulter. «Sie wird leben», flüsterte er und fragte sich, mit wem er sprach.

«Mein Hetmann?»

Er drehte sich um. Einer seiner Eisernen, der Bannerträger. Mit dem Kinn deutete er nach rechts, höher hinauf ins Gelände. Einige letzte Bogenschützinnen leisteten noch Widerstand, hatten sich an der Flanke der Ahnmutter empor zurückgezogen. Zu ihren Füßen schien sich inmitten losen Gerölls kaum erkennbar ein Pfad zu schlängeln, doch direkt dahinter, jenseits des Sattels …

«Gerfalken», wisperte Morwa. «Morwen.»

Schon war er an dem Mann vorbei. Die Schützinnen waren für den Augenblick keine Bedrohung mehr. Die Jazigen näherten sich dem Hang und deckten sie ihrerseits mit Pfeilen ein.

Es waren nur noch wenige Schritte, und dennoch spürte der Hetmann, in welchem Maße der Aufstieg ihn geschwächt hatte.

Der Aufstieg und die Worte der Frau, die ihre Kinder verloren hatte. Wie so viele Frauen, die ihre Väter, ihre Söhne und Ehemänner, ihre Töchter und Anverwandten verloren hatten, einzig damit Morwa, Sohn des Morda, in dem Wissen in sein Grab sinken konnte, dass er sein Werk vollendet hatte. Aber hatte er eine Wahl? Das Reich von Ord: die einzige Chance, die Menschen des Nordens zu schützen, wenn die Dunkelheit kam.

Doch ist das die Wahrheit?, dachte er. *Ich* bin es, der die Dunkelheit bringt. *Ich* bin es, der den Kindern ihre Eltern, den Eltern ihre Kinder entreißt im Namen einer höheren Sache. Denn ich bin der große Eber. Und zugleich bin ich selbst ein Vater, der die Warnungen des Hochmeisters, die Warnungen der Götter in den Wind geschlagen hat. Meines eigenen Sohnes wegen.

Morwen. Er hatte es gewusst, hatte gespürt, dass er noch am Leben war. In Gefahr, aber noch am Leben. Auf der anderen Seite des Bergrückens, und jetzt …

«Hetmann!» Die Stimme des Bannerträgers, aber im selben Moment hörte Morwa es selbst. Sein Blick schoss nach oben. Der Hang, die Flanke der Ahnmutter: Staub stieg in die Luft, Geröll löste sich, unmittelbar unterhalb der Stellung, die die Frauen eingenommen hatten.

«Hölle des Feuergotts!», flüsterte er, und im selben Moment begriff er. *Das* war die Falle. *Das* war der Hinterhalt.

Er stolperte, fing sich. Zurück konnte er nicht. Das Geröll donnerte ihm entgegen und würde das Gelände unter sich begraben, mitsamt den Jazigen, die den Felssporn jetzt gesichert hatten. Einzig Morwa selbst und seine Begleiter waren ihnen ein Stück voraus. Der Bergsattel! Die andere Seite! Der Bannerträger war bei ihm, dazu ein weiterer Eiserner. Schon füllte Staub die Luft. Ein mannshoher Block des schwarzen Gesteins versperrte den Weg, doch Morwas Gefolgsmann hatte die Standarte des Ebers fallen lassen, packte den Hetmann, half ihm empor, unternahm einen Versuch, ihm zu folgen.

Morwa stöhnte auf, als ihn ein Stein an der Schulter traf, doch auf Händen und Knien kroch er voran, blind in Staub und splitterndem Stein, während hart in seinem Rücken der Felssturz niederbrach, das Schlachtfeld unter sich begrub. Schreie, die unvermittelt abgeschnitten wurden. Staub, Dunkelheit, kein Atem mehr. Er hielt inne, konnte nicht mehr weiter.

Ostil. Er hatte es gewusst. Der Hochmeister hatte gewusst, dass Morwa nicht hätte gehen dürfen. Ein Hinterhalt, und natürlich hatte er *ihm* gegolten. Natürlich hatten die Hasdingen vorausgeahnt, dass er ihre Falle durchschauen würde, ihre Falle in der Falle in der Falle. Dass er nicht auf dem linken Flügel kämpfen, sondern den Angriff auf die Stellung an der Ahnmutter anführen würde. Er würde sterben, und er hatte keinen Nachfolger benannt. Jeder einzelne seiner Söhne würde sich berufen fühlen, nach dem Reif von Eisen, dem Reif von Bronze zu greifen. Wofür er ein Leben lang gekämpft hatte …

Der Staub: War er mit einem Mal weniger dicht? Er begann sich zu legen, und unvermittelt konnte Morwa wieder sehen, einen Hang, der abwärts führte, bedeckt mit dem allgegenwärtigen Moos, auf das sich eine dünne Schicht Gesteinsstaub legte. Er verharrte in seiner kauernden Haltung, wollte sich den Schweiß von der Stirn wischen, zuckte zusammen, als er sie berührte – Blut auf seinen Fingern. Doch er lebte! Er musste sich nicht umblicken, um zu wissen, dass der herabstürzende Hang seine Gefolgsleute unter sich begraben hatte, und dennoch: Der Hetmann des Bündnisses von Ord war am Leben! Nicht um seiner selbst willen, sondern für das große Werk, die letzten Schritte, die noch vor ihm lagen. Als hätte der schwarze Eber trotz allem seine Hand über ihn gehalten.

Umrisse. Ganz langsam begannen sich Umrisse aus dem Staub zu schälen. Gerüstete Krieger, ein oder zwei Dutzend von ihnen. Kämpfer der Hasdingen, die schweren Stiefel in den moosigen Hang gepflanzt, die Kriegsäxte in den Fäusten.

Beim zweiten Versuch gelang es Morwa, sich aufzurichten. Seine eigene Axt war hoffnungslos unter dem Geröll verschwunden. Seine Finger waren glitschig von Blut, als er das kurze Schwert aus dem Gürtel zog.

LEYKEN

DAS KAISERREICH DER ESCHE: DIE RABENSTADT

Hastig brachte der Mann im blauen Waffenrock seinen Schild in die Höhe. Eben noch rechtzeitig. Einer von Leykens Reitern jagte heran, die Lanze zum tödlichen Stoß gefällt. Mit einem ohrenbetäubenden Laut prallte die stählerne Spitze auf das feste Holz. Sie glitt ab. Im letzten Augenblick hatte der Fußkämpfer den Schild in einem schrägen Winkel geneigt. Schon war der Reiter an seinem Gegner vorüber, musste um die Balance im Sattel kämpfen.

Leyken schlug die Hände vor den Mund, starrte auf die Szene, unfähig, sich abzuwenden.

Der Fußkrieger hatte sich lediglich eine Atempause erkauft. Ein neuer Reiter wurde im Staub der Arena sichtbar. Sein gefiederter Helmbusch leuchtete wie eine grüne Flamme, als er mit dem Schwert nach dem zu Fuß Kämpfenden ausholte. Verzweifelt versuchte sich der Mann unter dem Hieb wegzuducken. Doch schon war es zu spät. Mit einem widerwärtigen Geräusch drang die Klinge durch seinen Lederpanzer, fuhr in seine Schulter, ließ ihn zurücktaumeln, und im selben Moment erreichten ihn weitere Streiter aus Leykens Partei. Der Rest waren Schreie, die von den Mauern der Palastgebäude widerhallten, bis sie mit einem Gurgeln abbrachen.

«Das war der sechste», bemerkte der Sebastos und sprach das Offensichtliche aus. «Der letzte. Der Zug geht an uns.»

Leyken war übel. Binnen Atemzügen waren die Männer des Archonten in den Sand gestürzt, einer um den anderen. Sie hatte geschrien, als sie begriffen hatte, worin die spezielle Abart des *Šāhānz* bestand, die man in der Rabenstadt spielte. Sie hatte gefleht. Es musste eine Möglichkeit geben, ihren Zug rückgängig zu machen und das Gemetzel abzubrechen, das Gemetzel zwischen Männern in grünen Röcken und Männern in blauen Röcken. Männern, die auf ihrer Seite kämpften, Männern, die ihre Waffen für den Archonten hoben. In einem *Šāhānz*-Spiel. Stumm hatte der Höfling den Kopf geschüttelt, ein ums andere Mal, ohne den Blick von dem Geschehen abzuwenden.

Füße, die im Todeskampf auf den Boden trommelten, dunkles Blut, das pulsierend aus einer schrecklichen Bauchwunde schoss, während einer der Besiegten zuckend sein Leben aushauchte. Grauenhafte Bilder. Und doch hätte es kaum einen Unterschied bedeutet, wäre Leyken in der Lage gewesen, die Augen zu schließen. Noch schlimmer nämlich waren die rasselnden Geräusche aus den Kehlen der Sterbenden. Geräusche, die noch die aufgeregten Rufe des Publikums übertönten und auf so schreckliche Weise an die letzten Augenblicke im Leben ihres Vaters erinnerten.

Du musst deine Schwester finden. Du musst deine Schwester töten.

Ildris. Lautlos formten ihre Lippen den Namen. Sie wusste nicht, ob ihre Schwester noch am Leben war. Aber ein halbes Dutzend Männer lagen mit verrenkten Gliedern am Boden des Kampfplatzes, und sie, Leyken von den Banu Qisai, hatte den Befehl dazu gegeben.

«Die Erfindung des *Šāhānz* geht auf die Weisen von Shand zurück.»

Sie wandte den Kopf. Die Augen des Sebastos musterten sie aufmerksam.

«Sie verfolgten einen bestimmten Gedanken damit», erklärte er. «Seit Generationen wurde ihr Land von Kämpfen erschüttert, von gewaltigen Feldschlachten zwischen den Aufgeboten der Mächtigen, die Jahr für Jahr einen ungeheuren Blutzoll forderten. Und ebendiesen Schlachten wollten sie ein Ende machen, indem sie die Kriegsherren dazu bewegten, sich stattdessen im *Šāhānz* zu messen. Nun halten die Menschen von Shand ihre weisen Männer in hohen Ehren. Die Manöver während einer Schlacht allerdings sind kompliziert und vielfältig. Die Mächtigen davon zu überzeugen, dass das Spiel einen vollwertigen Ersatz lieferte, erwies sich als nicht geringe Herausforderung. – Eine Reiterabteilung vermag sich rascher zu bewegen als das Fußvolk. Der *elephas* dringt ebenfalls mit großer Geschwindigkeit auf das Schlachtfeld vor, ist dabei aber kaum anders zu lenken als in gerader Linie. Die Steine verfügen also über unterschiedliche Zugmöglichkeiten. Was in der Tat ein zutreffendes Abbild der Wirklichkeit darstellt – und dennoch nicht dazu führte, dass sich das *Šāhānz* auf jene Weise durchsetzte, wie seine Schöpfer sich das erträumt hatten.»

Leyken schwieg. Sie war wie betäubt. Menschen waren gestorben. Und der Mann mit Namen Zenon hielt mit ruhiger Stimme einen Vortrag über die Ursprünge des *Šāhānz*.

Er betrachtete die Figuren auf dem Spielbrett zwischen ihnen, wies auf eine von ihnen. «Die Steine, die unsere *elephántes* verkörpern, sind von grüner Farbe.» Sein Finger bewegte sich weiter. «Die *elephántes* des Archonten dagegen sind blau. Das aber ist der einzige Unterschied zwischen ihnen; ansonsten gleichen sie einander wie Zwillinge. In den Körben, die auf den Rücken der Tiere thronen, siehst du einen Mann, der dem Tier mit seinem Stachelstock Anweisungen erteilt, und einen zweiten Mann, der den gespannten Bogen auf die Gegner richtet. Das aber bildet nicht die Wirklichkeit ab. Wenn du nämlich die *elephāntes* in der Arena betrachtest, sind die Körbe auf unserer Seite mit mehr als einem halben Dutzend Männern besetzt, was bei Bagaudes' Tieren nicht der Fall ist. Davon abgesehen, dass sie sich erst seit wenigen Tagen auf dem Baum befinden.» Ein Blick zur Seite, zu den Aufgeboten in der Tiefe. «Sie sind tatsächlich unruhig», murmelte er. Ein Funken böser Freude glomm in seinen Augen. «Wenn die Treiber sie nicht unter Kontrolle halten, werden sie unter seinen Scharen größeren Schaden anrichten als in unserer *chaturanga*.»

Leyken sah hin und her zwischen den Figuren auf dem Spielbrett und den grauen Giganten in der Tiefe. Auch einem von der Höhe verwirrten *elephas* hätte sie nicht im Kampf gegenübertreten wollen, und trotzdem hatte der Sebastos recht: Niemals besaßen sämtliche Tiere in der Arena dieselbe Stärke.

Zenon wandte sich wieder zu ihr. «In der Schlacht ist der Angreifer durch die Wucht seines Ansturms im Vorteil. Doch entscheidet das allein über den Ausgang eines Gefechts? Was wird mit einem Grüppchen eilig bewaffneter Bauernburschen geschehen, die sich auf eine Abteilung kaiserlicher Lanzenreiter stürzen? Auf Veteranen eines Dutzends Schlachten, besser bewehrt und bewaffnet als sie, zahlenmäßig überlegen?»

«Sie werden den Kampf verlieren», murmelte Leyken.

Abschätzig stieß er die Luft aus. «Sie würden niedergemacht bis auf den letzten Mann. – Du hast es beobachtet?» Er wies auf einen Bereich des Kampfplatzes.

Schaudernd sah Leyken auf eine Blutspur, die sich bis in

den Schatten der Tribünen zog. Einige der Zuschauer drängten sich an den Rand der Balustrade, um das Bild genauer in Augenschein zu nehmen. Ein tieferer Schatten zeichnete sich auf dem Sand der Arena ab, ein ungefüger Umriss, der erst auf den zweiten Blick als Kriegsross zu erkennen war. Unruhig schlug das Tier mit dem Schweif, angeekelt von dem Blutgeruch, den es nicht abzuschütteln vermochte. Blut, das von seinem Reiter stammte, einem Mann im Grün von Leykens Partei, der leblos im Sattel hing, nachdem ein Speer seine Kehle durchbohrt hatte.

Einer von Leykens Männern. Einer der Männer, die den Stein verkörperten, der Bagaudes' Fußvolk geschlagen hatte. Einer der Sieger des Gefechts. Und dennoch war er im Kampf gestorben, durchbohrt von den Waffen der Gegner.

«Ein vorrückendes Aufgebot kann schreckliche Verluste erleiden, bevor es die feindlichen Reihen auch nur erreicht.» Zenon betrachtete das Ross ebenfalls. «Eine stolze Angreiferschar kann bis auf den letzten Mann am Schildwall des Gegners aufgerieben werden. Oder aber die Kampfparteien trennen sich ohne Ergebnis, und alle beide haben eine hohe Zahl von Opfern zu beklagen. – Nichts davon findet sich im herkömmlichen *Šāhānz* wieder. Nichts von der Feigheit und Tapferkeit der Kämpfer. Das spiegelt erst unsere Form des Spiels, hier in der Rabenstadt.»

Leyken sah unverwandt in die Arena. Verstand sie? Doch, das war der Fall. Wenn ein Spieler den Versuch unternahm, eine Figur zu schlagen, setzten seine Kämpfer ihr Leben aufs Spiel. Und umgekehrt konnten die Angegriffenen ihr Leben unter Umständen retten. Zumindest ergab nichts anderes einen Sinn. Es war anders als beim herkömmlichen *Šāhānz*, wo man den geschlagenen Stein ohne Zögern aus dem Spiel nahm, der Siegerstein seine Manöver dagegen unbehelligt fortsetzte. *Sie haben eine Chance*, dachte Leyken. Doch machte das die Sache einen Deut besser?

Sie biss sich auf die Lippen. Seitdem die Partie begonnen hatte, zeigte der Höfling sich von seiner freundlichsten Seite. Was nichts bedeuten musste. Eine Ehrenwache kaiserlicher Söldner hatte an den Zugängen der Arena Aufstellung genommen. Es würde ihn nicht mehr kosten als eine müde Handbewegung, und Leyken würde sich auf dem Rückweg in ihr stinkendes Gefängnis befinden. Um es nie wieder zu verlassen. Wenn sie den Mund aufmachte, sollte sie sich besser etwas einfallen lassen. Etwas, das ihre Bewunderung für den strategischen Fortschritt, den die Mächtigen der Rabenstadt mit ihrer Abart des Spiels erzielt hatten, angemessen zum Ausdruck brachte.

Einer Abart, bei der Männer einander töteten. Hatten die Weisen von Shand nicht genau diesem Töten Einhalt gebieten wollen mit ihrer Erfindung? Und das *Šāhānz* war jenes Spiel, das Leykens Großvater gegen den greisen Shereefen der Banu Hransha gespielt hatte. Die Kinder hatten sich zu Füßen der Alten versammelt, mit großen Augen die Figuren aus poliertem Horn und Ebenholz bestaunt, auf die das Licht der Herdstelle fiel. Und der Höfling und seine Standesgenossen priesen sich, weil sie dieses Spiel in etwas verwandelt hatten, bei dem sie Männer gegeneinander in den Tod hetzten?

«Eure Sklaven haben also eine Chance?» Ihre Stimme war heiser. «Welch ein Trost für sie, wenn sie zu Eurem Vergnügen ihr Blut vergießen!»

Er hob die Augenbrauen, doch im selben Moment lenkte etwas seine Aufmerksamkeit ab. Auch Leyken hatte es gesehen: Ein Lichtreflex, als der Reiter mit dem grünen Federbusch den schweren Helm vom Kopf hob, eine leuchtend rote Haarmähne zum Vorschein kam. Harte Züge, breite Schultern: Ein Streiter aus dem barbarischen Norden, der den stahlgepanzerten Arm hob, zu ihrem Balkon emporgrüßte. Ein Gruß, den Zenon respektvoll erwiderte.

«Ihr ...» Verwirrt sah Leyken den Höfling an. «Ihr kennt den Mann?»

«Die Grünen sind meine Kampfpartei, mit der ich zu den Spielen antrete.» Besitzerstolz war ihm anzuhören. Im selben Tonfall hätte ein Krieger der Oase von seinem Ross berichtet, das er in Sichtweite der Mauern von Cynaikos aus den Händen der Kaiserlichen erbeutet hatte. «Ich kenne einen jeden meiner Männer. Orthulf steht seit mehr als vier Jahren an der Spitze meiner Reiter. Er ist die Verpflichtung für meine *chaturanga* aus freiem Willen eingegangen, nachdem er aus den Reihen der *Variags* ausgeschieden war, der besten Abteilung der kaiserlichen Garde. Jeder dieser Männer kämpft aus freien Stücken dort unten. In dieser Stadt stehen nur wenige in einem höheren Ansehen als jene, die beim *Šāhānz* ihre Kräfte messen.» Eine winzige Pause. «Und die Kämpfer der grünen Partei, meine Kämpfer, übertreffen alle anderen. – Jeder hier hat Anteil an der Esche», fügte er hinzu und musterte sie eindringlich. «Doch der Stamm des Baumes verzweigt sich in eine Vielzahl von Ästen, und was zum selben Ast gehört, ist enger miteinander verbunden als das, was zu unterschiedlichen Ästen gehört. Meine Männer sind mit mir verbunden, jeder einzelne von ihnen. Und ich ...» Langsam erhob er sich. «Ich bin mit ihnen verbunden.»

Seine Hand griff nach der verzierten Schließe, die seine Robe eng um seine Schultern hielt. Er löste die Nadel aus dem Stoff, und das Gewand gab den Blick auf seinen Hals frei.

Leyken schlug die Hand vor den Mund. Eine hässliche, dunkel gerötete Narbe zog sich von seiner Kehle bis zum Ansatz des Schlüsselbeins. Die Ränder der Wunde hatten sich bereits geschlossen, und doch konnte es sich um keine alte Verletzung handeln. Sie hätte schwören können, dass bei ihrer ersten Begegnung dort noch keine Narbe gewesen war, als er sein Gewand in der Hitze ihrer Kerkerzelle gelockert hatte.

Und natürlich war die Narbe noch nicht da gewesen. Denn Leyken wusste, woher sie stammte. Ihr Blick bewegte sich in die Tiefe, zu jenem einzelnen Pferd, das sich noch immer in den Schatten hielt. Zur Gestalt des Reiters, der ohne Leben über dem Hals seines Rosses hing, nachdem der Speer eines der blau gewandeten Fußkrieger seine Kehle durchbohrt hatte.

Alles hat Anteil an der Esche. Es war nicht zu begreifen, und dennoch verstand sie. Der Höfling war mit den Männern seines Aufgebots verbunden, und jede Wunde, die ihnen geschlagen wurde, wurde auch ihm geschlagen.

«Ich werde es überleben», bemerkte er mit ruhiger Stimme. «Anders als Maniakes.»

Maniakes. Stumm wiederholten ihre Lippen den Namen. Maniakes. Der Mann, der gestorben war, als Leyken ihm und seinen Kampfgefährten den Angriff auf die Kämpfer des Archonten befohlen hatte.

«Ich ...» Sie fuhr sich mit der Zunge über die Lippen. «Ich spiele nicht weiter. Es sind Eure Männer.» Sie schüttelte den Kopf. «Ich will nicht, dass sie getötet werden. Noch sonst jemand. Und ich will auch nicht, dass Ihr verletzt werdet. Es ist nicht gerecht, wenn ich die Befehle gebe und diese Männer ... und Ihr ...» Ihr Blick fiel auf den Kelch mit dem Krysios, den sie noch immer in der Linken hielt, deren Knöchel weiß hervortraten. Jeden Augenblick musste das Glas zerspringen. Mit einer nachdrücklichen Geste stellte sie es neben dem Spielbrett ab. «Ich spiele nicht weiter. Wann immer ein Spieler am Zug ist, hat er die Möglichkeit, seinen Herrscher umzustoßen und die Partie verloren zu geben. Ich werde warten, bis der Archont seinen Zug gemacht hat, und dann werde ich von diesem Recht Gebrauch machen. Sagt mir nicht, dass Eure Form des Spiels es nicht kennt.»

Zenon nickte langsam. Wie beiläufig hatte er seinen eigenen Kelch wieder zur Hand genommen, schien die nahezu transparente Flüssigkeit nachdenklich zu betrachten. «Gerecht.» So leise, dass sie das Wort nur mit Mühe verstehen konnte. Er schien ihm nachzulauschen wie etwas wenig Vertrautem. «Doch», murmelte er. «Wir kennen diese Möglichkeit. Auch wenn sie nur selten Anwendung findet. – Du siehst die Leute?» Er nickte in Richtung Arena.

Wie wäre es wohl möglich gewesen, sie zu übersehen? Menschen hatten sich von ihren Plätzen erhoben, jubelten Orthulf und seinen Streitern zu. Der Krieger aus dem Norden grüßte in die Menge, in die Reihen zu Füßen ihres Balkons. Auf der gegenüberliegenden Seite konnte von Begeisterung keine Rede sein. Rufe, die Leyken nicht verstehen konnte, die aber alles andere als freundlich klangen. Fäuste, die drohend in Richtung des Kampfplatzes, in Richtung der gegenüberliegenden Ränge geschüttelt wurden.

«Kinder der Luft, Kinder der Esche.» Ein Lächeln kräuselte die Lippen des Sebastos. «Die Anhänglichkeit an die Grünen wie die Blauen wird in den Familien weitergegeben. Und sie alle warten nun darauf, dass der Archont seinen nächsten Zug macht. Denn deshalb sind sie hergekommen: um ein *Šāhānz*-Spiel zu verfolgen. Ein Ereignis, das eine große Bedeutung besitzt in dieser Stadt, und wer es ihnen vorenthält …» Seine Miene wurde ernst. «Der Spieler, der seinen Herrscher umstößt, wird sie besänftigen müssen. Sie würden sonst sehr zornig werden.» Er hob die Schultern. «Unsere Form des Spiels sieht vor, dass seine *chaturanga* in diesem Fall der Esche übergeben wird.»

«Sie …»

«Du hast es verfolgen können. – *Mulak*, wenn ich mich richtig erinnere. Der Name, den du gerufen hast. Wie die Gardisten berichten, die dich gefangen nahmen.»

Sie öffnete den Mund. Doch ihre Kehle war verschlossen. Nichts kam hindurch, kein Atem. Mulak, ihr Versprochener, in dessen Rachen sich eine Ranke der Esche gezwängt hatte, um das Leben aus ihm herauszusaugen. Mehr als das Leben. Seine Seele. Genauso würde also ihre *chaturanga* enden, die Reiter und Fußkämpfer, die Wagenlenker und die Treiber der *elephāntes* mitsamt ihren Tieren, wenn man sie dem Baum auslieferte. Sobald Leyken ihren Herrscher umstieß.

Mühsam fand die Luft den Weg in ihre Lungen. «Nein», keuchte sie. «Nein. Es sind Eure Männer. Ihr kennt sie. Ihr seid mit ihnen verbunden, sie mit Euch. Ihr kennt die Regeln, nach denen auf der Esche gespielt wird. Ihr müsst die Führung übernehmen und …»

«Nun …» Wieder ließ er sie nicht zu Ende reden. «An dieser Stelle haben wir die Schwierigkeit. Sehr wenige Dinge im Leben sind *gerecht*. Du hast die Führung der grünen Partei übernommen, und nun willst du sie aus der Hand geben. Ist das gerecht? Du wirst einwenden, dass ich dir nichts verraten habe von der Natur des Spiels in der Rabenstadt. War das gerecht?» Erneut hob er die Schultern. «Das hat keine besondere Bedeutung, denke ich. Denn ich werde deinem Wunsch ohnehin nicht entsprechen. Ich habe überhaupt nicht die Möglichkeit dazu, nachdem du das Spiel einmal begonnen hast. – Bagaudes scheint sich zu einem Zug entschlossen zu haben», bemerkte er wie nebenbei.

Ihr Blick huschte umher zwischen ihm, den Aufgeboten in der Tiefe, der Terrasse des Archonten. Sie sollte weiterspielen? Sie musste weiterspielen, wenn sie die Männer ihrer *chaturanga* nicht einem grauenhaften Tod ausliefern wollte. Und spielte Gerechtigkeit überhaupt eine Rolle? Ehre, dachte sie. Eine Tochter des Oasenvolks hatte nicht die Wahl.

«Ich fürchte, dass deine Chancen nicht sonderlich gut stehen.» Er musterte die Aufstellung der Figuren auf dem Brett. «Ich ahne seine nächsten Züge voraus, und er wird bei jedem einzelnen von ihnen im Vorteil sein. Bagaudes kennt sein Aufgebot, wie ich mein Aufgebot kenne und wie du die Streiter der grünen Partei nicht kennst, ihre Stärken und Schwächen.»

«Dann ...» Ein Gedanke, der nur langsam an Klarheit gewann. Sie hob die Hand, führte sie zögernd an die Kehle, spürte den Puls an jener Stelle, an der bei ihm die Narbe seine Haut entstellte. Jene Stelle, an der Maniakes die tödliche Wunde empfangen hatte. «Wenn ich die Kämpfer führe, dann muss ich es sein, die die Wunden empfängt», sagte sie heiser. «Ich muss mit ihnen verbunden sein, wie Ihr mit ihnen verbunden seid, wenn Ihr sie führt. Wie der Archont mit seinen Männern verbunden ist. Es muss eine Möglichkeit geben. Es muss ...»

Sie brach ab. In seinen Augen schien etwas aufzuglimmen. Es war nicht jenes düstere Frohlocken, das dort zu sehen gewesen war, als er von dem Blutbad gesprochen hatte, das die *elephāntes* des Archonten unter dessen eigenen Männern anrichten könnten. Aber es war dem ähnlich.

Er hat mich dort, wo er mich haben wollte. Das Wissen war plötzlich da. Sie wusste nicht, woher es kam, aber sie war sich vollkommen sicher. Doch warum? Konnte er genau *darauf* zugesteuert haben mit all seinen Winkelzügen: dass sie die Verbindung mit seinen Männern einging?

«Ihr müsst es mir zeigen.» Nervös fuhr sie sich mit der Zunge über die Lippen. «Ihr müsst mir zeigen, was ich tun muss, damit sie zu meinen Männern werden.»

«Muss ich das?» Seine Haltung veränderte sich nicht, und doch: Als wenn er sich behaglich in seinem Polster zurücklehnte. «Nun, es ist möglich. Auch du bist jetzt Teil der Esche. Während du geschlafen hast, hat sie dich angenommen. Es dürften vierundvierzig Tage sein inzwischen. Das ist eine *zu* lange Zeit.» Eine Bemerkung, die sie nicht verstand. «Im Übrigen hat der Krysios dich nicht getötet», stellte er fest.

Sie öffnete den Mund, doch nun war er abgelenkt. Bagaudes' Aufgebot regte sich. Eine neue Abteilung blauer Fußkrieger rückte auf das Schlachtfeld vor. «Wie erwartet», murmelte der Höfling. «Er hat den Weg für seinen Streitwagen freigemacht, der nun deine Reiter bedroht. Ihn zu schlagen ist unmöglich. Das erlauben die Zugmöglichkeiten der Reiter nicht. Ziehst du sie aber zurück, entblößt du deinen eigenen Streitwagen, und der nächste Zug wird wieder ihm gehören.»

Leyken warf nur einen kurzen Blick in die Arena. Ihre Augen kehrten zu Zenon zurück. «Sagt, was ich tun muss. Ich bin bereit.»

Er neigte das Kinn, wies auf das Spielbrett. «Das ist nicht schwierig. Die Kraft der Esche ist nicht von jener Art, die man mit Blutzauber und magischen Worten beschwören müsste. Die Steine auf dem Brett stehen für die Krieger deiner *chaturanga*. Ihr Geist ist in den Steinen, und dein Geist muss ebenfalls mit diesen Steinen eins werden. Lege die Finger auf das Spielbrett, und dann musst du es nur wollen, tatsächlich *wollen*.»

Sie holte Atem. Noch einmal. Dann schloss sie die Augen, als ihre Fingerspitzen sich dem Spielbrett näherten. Bewusst nahm sie die Berührung wahr, eine glatte Oberfläche unter ihren Fingern, erwärmt von der Sonne, die irgendetwas im Gezweig der Esche in die Straßen und Plätze der Rabenstadt lenkte.

Die Steine. Die Männer. Die Verbindung zu den Männern in den grünen Waffenröcken am Boden der Arena. Sie *suchte*. Es war kein Sehen oder Hören, waren keine tastenden Bewegungen ihrer Finger, die weiterhin reglos auf der Oberfläche des Spielbretts lagen. Obwohl es dem Tastsinn noch am engsten verwandt war, dem Gefühl, wenn ihre Finger im feuchten Ufersaum der Wasserstelle den jungen Fischen nachgespürt hatten. Es war noch einmal anders. Als wäre ein zusätzlicher Sinn in ihr erwacht, über den sie zuvor nicht verfügt hatte. Etwas in ihr hatte teil an der Esche. Und dieses Etwas war es, das sich auf die Suche begeben hatte.

Das Spielbrett hatte ebenfalls teil an der Esche – obwohl es nicht aus dem Leib des Baumes gewachsen war. Jetzt war Leyken in der Lage, beides zu unterscheiden. Die schwarzen Felder bestanden aus dem Holz eines Baumes, der weit im Süden der Welt wuchs, noch jenseits der Wüste, noch jenseits von Sokota. Leyken spürte die Jahresringe, spürte ein Echo der Sommer und Winter, die sich in das Holz gegraben hatten. Die weißen Felder dagegen waren aus den mächtigen Zähnen eines *elephās* gefertigt. Die Gegenwart des Tieres im Elfenbein nahm sie als etwas wahr, das eher einem Geruch nahekam. Die Steine auf dem Brett wiederum waren unbelebtes Kristall. *Heute* war es unbelebt. Vor unendlich langer Zeit, bevor es zu Kristall geworden war, mochte es etwas anderes gewesen sein, ein Wald, eine Wüste, ein Gewimmel bunter Käfer. Echos, die längst verklungen waren. Die Steine. Die Steine, die ihre Männer waren, die grünen Steine. Die Gegenwart der Männer im Stein.

Sie keuchte auf. Mit einem Mal war es da. Als hätte sie einen Vorhang beiseitegezogen, doch selbst das fing den Eindruck nicht ein. Es war schneller gegangen und scheinbar ohne ihr Zutun. Wie ein Aufblitzen, und dann, mit einem Mal, war es da, das ganze Bild.

Ihre Kämpfer. Sie stand zwischen ihnen, in ihren Reihen. Reiter und Fußvolk und geschmückte Streitwagen, geflochtene Körbe, die auf den Rücken der riesigen grauen Tiere schwankten. Sie vermochte die Männer zu unterscheiden. Der Reiter mit Namen Orthulf war eine ruhige Präsenz, um die sich seine weit nach vorn geschobenen Männer gruppierten. Anspannung war zu spüren, äußerste Aufmerksamkeit auf den Gegner, der in seine neue Stellung gerückt war. Wichtiger aber war, was ihr über die Männer selbst gegenwärtig wurde, über ihre Stärken und Schwächen, ihre Einschätzung der eigenen Kräfte, wenn es zum Zusammenstoß mit dieser, mit jener Abteilung von Bagaudes' Männern kommen würde.

Mit einem Mal flammte Zorn in ihr auf. Genau das war es, was sie hätte wissen müssen, bevor sie ihre Reiter zum Angriff entsandt hatte. Doch Zenon hatte sich nicht offenbart. Er hatte sie in die Falle laufen lassen – sie alle: Leyken und seine Männer dazu, die nun ihre Männer waren.

Denn das waren sie. Sie teilte ihre Anspannung, ihre Angst. Sie teilte ihre Kampfeslust. Sie hörte ihren Atem, roch die Ausdünstungen der Körper in ihren schweren Rüstungen. Sie sah ... Sie sah deutlicher, als sie hätte sehen können, hätte sie tatsächlich zwischen den Gerüsteten gestanden. Sie sah jede noch so winzige Schweißperle auf der Haut eines Fußkriegers, spürte die Bewegung, mit der der Schweif eines der Pferde, die vor die Streitwagen gespannt waren, eine lästige Fliege verscheuchte. Sie war ein Teil davon, wusste Dinge über die Männer, die ihnen eben selbst bewusst waren. Nicht alles zugleich, sondern so, wie es ihnen in den Sinn kam.

Die Aufmerksamkeit der meisten war auf den Gegner gerichtet, doch einer der Reiter dachte an sein Kind, eine Tochter, die eben begonnen hatte zu zahnen und ihm und seiner Gefährtin den Schlaf raubte. Einer der Fußkämpfer dagegen war bei der Summe, die ihm bei einem Sieg seiner Partei ausgezahlt werden würde. Woraus sie entnahm, dass die Männer sich nicht allein freiwillig verpflichtet hatten, sondern obendrein für ihre Tapferkeit entlohnt wurden. Der bewusste Fußkämpfer trug sich mit dem Gedanken, seinen Lohn zu einer goldäugigen Hure zu tragen, auf einem Zweig des Baumes, der hinter dem Tempel des Atropos aus der Esche hervorwuchs. Und so vieles mehr, so vieles mehr zugleich. Orthulf musterte die Phalanx der gegnerischen Kämpfer, schätzte die Stärke der Einheiten ab, ließ seinen Blick auf einem hünenhaften Krieger ruhen, mit dem er bereits seine Kräfte gemessen hatte. Einem Mann, der ebenfalls aus dem Norden stammte. Einem Mann aus … *Ord*.

Es war … Es war ein Zusammenzucken. Anders war es nicht zu beschreiben. Als wenn in ihrem Kopf etwas zusammenzuckte, die ganze Welt zusammenzuckte. Es war ein Gefühl, das sich nicht einordnen ließ. Ein Aufblitzen, ein neues Aufblitzen wie in jenem Moment, in dem sie, scheinbar ohne eigenes Zutun, die Kämpfer der grünen Partei gefunden hatte. Es war dem ähnlich und doch noch einmal anders. Und hundertmal gewaltiger.

Sie spürte Schwindel. Raue Hänge vor ihren Augen, an die sich farbloses Moos klammerte. Unterdrücktes Klirren von Waffen. Der Klang von Hörnern in der Ferne. Leyken blinzelte. Nein, sie blinzelte nicht. Was von ihr sich hier draußen befand, war nicht in der Lage zu körperlichen Reaktionen. Grau von Schnee wölbte sich der Himmel über der Einöde. Leyken hatte Erzählungen über den Schnee gehört, der das Land bedeckte wie der Sand der Wüste, dabei aber kalt war und strahlend weiß. Doch sie sah keinen Schnee. Da war ein Aufgebot von Reitern, die eiserne Rüstungen trugen aus Tausenden ineinander verflochtener Ringe. Eine Standarte, die irgendwo in den Himmel gereckt wurde und die einen schwarzen Eber zeigte. Eine Wolke von Pfeilen, die auf die Streiter niederging, die sich vor den tödlichen Geschossen tief hinter die Hälse ihrer Pferde duckten, bis der Himmel wieder klar wurde und dort Vögel zu erkennen waren, Raubvögel. *Gerfalken.*

Leyken spürte, wie ihr Atem schneller ging, spürte, wie sie sich an der Seite des Sebastos unruhig regte, dort, auf dem Balkon seines Palastes in der Rabenstadt. Aber sie war nicht dort, nicht wirklich dort. Sie war *hier.* Wie immer sie hierhergekommen war, nach Ord. Es musste Ord sein, der Norden der Welt, wo in diesem Moment eine Schlacht stattfand.

Und doch schienen sich die Bilder zu überlagern. Die Augen des Höflings hatten sich zu schmalen Schlitzen verengt. *Lauernd.* Lauernd worauf? Hatte er gewusst, was geschehen würde? Dass sie nicht bei ihrem Aufgebot verharren würde, sondern …

«Jeder hier hat Anteil an der Esche.» Seine Stimme schien aus weiter Ferne zu kommen, Meilen um Meilen um Meilen entfernt in der wirklichen Welt. «Der Stamm verzweigt sich in einer Vielzahl von Ästen, und das, was zum selben Ast gehört, ist enger miteinander verbunden als das, was zu unterschiedlichen Ästen gehört.»

Leyken keuchte auf. Sie war da. Das *Gefühl*, das ihre Schwester war, war da. Und sie wusste, dass auch Ildris es spürte, dass sie Leyken spürte. Eine Berührung? Mehr und weniger als das, Bilder, geteilte Erinnerungen in der Kürze eines Lidschlags. Sie lebte! Ihre Schwester lebte, und …

Und es war vorbei. Es war dunkel, und Leyken war zurück, zurück in ihrem Körper, zurück in der Rabenstadt auf dem weichen Polster im Palast des Sebastos. Sie schlug die Lider auf.

Triumph sprach aus den Augen des Höflings.

MORWA

DIE NORDLANDE: DAS AHNENGEBIRGE

Reglos blickte Morwa den Männern entgegen, das Schwert in der Rechten.

Er hatte die Waffe bewundert, solange er denken konnte. Ihr Ebenmaß, ihre perfekte Balance. Den Stahl hatte der Sohn des Feuergottes den Nachtalben abgerungen, im Rätselspiel, wie die Skalden erzählten. Mit den Liedern über das Schicksal der Waffe ließen sich ganze Abende bestreiten an den Feuern in der Methalle. Das Heft der Klinge zierte die in den Stahl gegrabene Rune Othala. Was Ottas Erben auch verloren haben mochten in mehr als einem Dutzend Generationen: Die Waffe des großen Königs war voller Ehrfurcht weitergegeben worden, vom Vater auf den Sohn auf den Sohn des Sohnes.

Und mit mir wird es enden, dachte der Hetmann. Sein Mund schmeckte nach Staub, seine Kehle hatte den Durchmesser eines Getreidehalms angenommen, Blut rann von seiner Stirn. Den linken Arm konnte er nur unter Schmerzen bewegen, aber es war nicht das erste Mal, dass er im Kampf eine Verletzung davongetragen hatte. Der Arm war nutzlos, doch im Gefecht würde er den Hetmann nicht behindern.

Mit langsamen Schritten kamen die Hasdingen näher. Es waren vielleicht zwanzig von ihnen. Eine isolierte Schar, soweit Morwa erkennen konnte. Sie musste an dieser Stelle gewartet haben, sollte jemand dem Bergsturz entrinnen.

Einige der Männer trugen Schwert und Rundschild, die meisten aber hielten die gewaltigen doppelschneidigen Kriegsäxte des Nordens umfasst, die nur mit beiden Händen zu führen waren. Die Spuren der Entbehrungen waren in ihre Züge gegraben, und dennoch sah Morwa, dass er noch dem ältesten von ihnen mehrere Jahre voraushaben musste. Ihre Panzer waren aus Leder, auf den Scheiteln saßen grob gearbeitete Helme, ausgenommen bei dem Mann, den Morwa für den Anführer hielt. Auf dem Haupt jenes Kriegers ruhte der Schädel eines mächtigen grauen Wolfs, das Fell des Tieres fiel wie ein Mantel über seinen Rücken.

Die Stammeskrieger waren gezwungen, zu Morwa an seinem erhöhten Standort aufzublicken. Wie zu den Abbildern der alten Kaiser auf ihren Granitsockeln in den Straßen von Thal. Die Sonne stand in seinem Rücken. So nahe an der längsten Nacht des Jahres hatte sie sich den ganzen Tag über kaum vom Horizont gelöst. Gelbes Licht fiel auf das wintertrockene Moos und ließ den Schatten des Hetmanns dem Umriss eines Giganten gleichen.

Die Krieger der Hasdingen waren keine Männer, die sich vor Schatten fürchteten.

«Morwa, Sohn des Morda.» Es war der Mann mit dem Wolfsfell, der nach vorn trat. Ein Neigen des Hauptes, aus dem durchaus Respekt sprach. Die Hasdingen hatten einen Halbkreis um den Hetmann gebildet. Auf das frische Geröll in seinem Rücken würden sie nur unter Mühen gelangen. «Ihr seid allein», bemerkte der Anführer. «Ich sehe keinen Eurer Eisernen.»

Morwa setzte zu einer Erwiderung an. Seine Krieger lagen unter Tonnen von Gestein begraben, das die Verbündeten dieser Männer von der Schulter der Ahnmutter gelöst hatten. Die Männer wussten, wo seine Krieger waren. Sie waren ... Morwa hielt inne. Die Kämpfer, die er gegen die Ahnmutter geführt hatte, waren fast ausnahmslos Jazigen gewesen. Rodgert und die Eisernen hatte er auf den linken Flügel gesandt.

Der Hetmann lauschte. Ein stetiges, hohes Geräusch war in seinen Ohren. Ein Geräusch, das sich verlässlich einstellte nach dem Lärm einer Schlacht, dem Aufeinanderprallen der Heere, dem Kriegsgeschrei und dem Klirren der Waffen. Es würde sich in einigen Stunden legen. Dazu in seinem Rücken unterdrücktes Stöhnen, weiter entfernt die Schreie eines Menschen in Todesqual. Für einen Atemzug brachen sie ab, um dann von neuem anzuheben, die Namen der Götter fluchend. Etwas schwächer noch gemurmelte Laute, das Aufwiehern von Rossen, einzelne gebrüllte Befehle: Die Krieger seines Bündnisses, die sich noch immer am Bergsattel abmühten. Sie würden nicht rechtzeitig kommen, um Morwas Leben zu retten. Doch vom linken Flügel, wo in diesem Augenblick die Auseinandersetzung zwischen seinen Eisernen und der Hauptmacht der Hasdingen toben musste ...

Keine Kampfgeräusche. Kein Klirren von Waffen. Über den niedrigeren Sattel hinweg waren die Hänge des Ahnvaters zu erkennen: die nördlichen Hänge, nun, nachdem der Grat der Bergkette hinter ihm lag.

Es waren keine Hänge. Es war eine senkrechte Felswand, in der nicht einmal die Bergziegen der Hasdingen Halt finden würden. Hunderte von Fuß fiel sie in die schneebedeckte Ebene ab, die sich bis an den Horizont dehnte, wo möglicherweise einzelne gezackte Umrisse auszumachen waren: der Rand der

Erfrorenen Sümpfe. Inmitten dieser Ebene aber bewegte sich etwas, Wegstunden bereits entfernt. Eine gewundene dunkle Linie, einem fernen Lindwurm gleich.

«Die Vergessenen Götter zürnen.»

Morwa fuhr zusammen. Ruckartig blickte er wieder die Hasdingen an. Sie waren keinen Schritt näher gekommen. Es hätte ihnen wenig Ehre eingebracht, hätten sie versucht, ihn zu überrumpeln. Davon abgesehen, dass sie das schwerlich nötig hatten, zwanzig gegen einen.

«Die Winter werden kälter», erklärte der Mann mit dem Wolfsfell. «Die Sommer werden heißer – in anderen Teilen der Welt. Im Norden werden sie feuchter. Über dem Ahnengebirge ist Regen gefallen, Morwa, Sohn des Morda, zum ersten Mal seit Menschengedenken. Um jene Zeit, da Ihr mit Eurem Aufgebot die Drachenklamm durchschritten und den Krieg in die Berge getragen habt, hat es begonnen. Und als Ihr unser Volk aus seinen angestammten Wohnstätten vertrieben habt, hielt es noch immer an. Vor Wochen erst kehrte der Frost zurück, mit aller Macht und über Nacht, wie es uns vertraut ist. Doch die Felsen hatten sich vollgesogen mit Regen. Als er gefror, hat das Wasser die Schulter des Ahnvaters gesprengt und die Pfade mit sich in die Tiefe gerissen.»

Morwa musterte den Hasdingen. «Und ebenso ist es in die Wände der Ahnfrau eingedrungen», murmelte er. «Eure Weiber brauchten nichts zu tun, als Keile in die entstandenen Risse zu treiben. Und darauf zu warten, dass ich mein Heer den Hang hinaufführe.»

«Dies …», der Mann mit dem Wolfsfell nickte über Morwas Schulter auf die von Felstrümmern übersäte Hochfläche, «war der letzte Weg über die Berge, den Rosse hätten passieren können. Der Umweg über die Nordstraße wird Euer Aufgebot Tage kosten. Kälte, Hetmann, wie Ihr aus dem lieblichen Süden sie Euch nicht auszumalen vermögt. Selbst wenn es dem Bündnis von Ord gelingen sollte, sich noch einmal zu sammeln: Niemals wird es ihm gelingen, jene meines Volkes noch einzuholen vor dem Rand der Erfrorenen Sümpfe.» Er drehte sich halb zur Seite, wies auf die schneebedeckte Ebene. Auf die gewundene Linie des fernen Heereszuges, die sich von ihnen fortbewegte: die letzten Überreste der Hasdingen, denen die List und das Opfer ihrer Weiber den dringend benötigten Vorsprung verschafft hatte. Der Mann im Wolfsfell sah wieder Morwa an, senkte nun die Stimme. «Niemals wird Euer Bündnis sie einholen – vor der längsten, der dunkelsten, der kältesten Nacht des Jahres.»

Kälte. Sie hatte von Morwa Besitz ergriffen. Der Ring um seine Brust: Enger als je zuvor, seitdem die Frau aus dem Süden zu ihm gekommen war und ihm half, seine Bürde zu tragen. Die längste und dunkelste Nacht des Jahres. Die Nacht, in der das Volk des Gebirges Schutzzauber in die Mähnen seiner Pferde flocht und Zweige von Eschen über die Türen hängte, die Spitzen zur Abwehr gen Norden gerichtet. Kälte. Als wären die Worte des Hasdingen mehr als bloße Worte. Als wären sie eine Prophezeiung.

«Doch ich bezweifle, dass es so geschehen wird.» Der Stammeskrieger betrachtete ihn. «Es waren die Jazigen, die Ihr gegen die Ahnmutter geführt habt. Nicht Eure Eisernen, wie wir erwartet hatten. Hätte der Bergsturz Eure Leibgarde, Eure besten Männer getroffen, wäre der Feldzug jetzt mit Sicherheit vorbei gewesen. So aber werden die Eisernen bald bemerken, dass die Pfade am Ahnvater sie ins Nichts führen und niemand sie dort zum Kampf erwartet. Ob das Aufgebot von Ord dann allerdings in der Lage sein wird, sich wieder auf den Zug zu begeben, ohne einen unbestrittenen Anführer? Mit vier Brüdern stattdessen, die um den Reif von Eisen ringen, um den Reif von Bronze …»

Morwa hielt den Atem an. Der Hasdinge hatte die letzten Worte in einem Tonfall gesprochen, als hätte er etwas Widerwärtiges in den Mund genommen. Aber nicht darauf lauschte der Hetmann. Genauso wenig auf den Umstand, dass sein Tod diesen Worten nach bereits eine vollendete Tatsache war. Wie hätte er etwas anderes erwarten können. Nein. – Der Hasdinge hatte von *vier* Brüdern gesprochen. Morwen war am Leben! Wo befand sich Morwas ältester Sohn?

Der Krieger im Wolfsfell hatte den Hetmann nicht aus den Augen gelassen. Jetzt warf er einen Blick nach links, nach rechts, als wollte er seinen Männern ein Zeichen geben. Dann trat er einen Schritt vor.

«Ihr habt Feuer gegen die Wälle unseres Hauptsitzes geschleudert», sagte er. «Das ist nicht jene Art, in der ein Mann der Berge kämpft. Doch ich weiß, dass Ihr kein Mann der Berge seid. Und als Eure Männer die Mauern der Wacht überstiegen, haben sie sich die Frauen genommen, wie es ihr Recht war. Die Lade mit dem Fell des Lemmings aber haben sie nicht berührt. – Ich werde Euch als einem Mann der Ehre begegnen.» Er sah seine Krieger an. «Fällt er, gehört mir seine Wehr. Falle ich, so werdet ihr den Sohn des Morda ziehen lassen, wohin auch immer es ihm beliebt.»

Der Hetmann sah, wie mehrere der Männer das Haupt zum Einverständnis neigten. Nicht aber alle, was der Wortführer indessen nicht zu bemerken schien. Das Wort eines Mannes galt wenig über seinen Tod hinaus, dachte Morwa. Ganz gleich, was man in diesem oder jenem Teil der Welt als Ehre ansah. In den Tiefianden hätte er mit den Männern verhandeln können. Sehr rasch hätten sie begriffen, dass ein lebender Morwa in ihrer Gefangenschaft ihnen ganz andere Möglichkeiten eröffnet hätte. Sie hätten die verbündeten Stämme zum Abzug zwingen können. Wenn das Bündnis von Ord nicht überhaupt zerbrochen wäre mit dem wiedergeborenen Otta lebend in der Hand seiner Feinde.

Mühsam ging er in die Hocke, vermied es, sich mit dem verletzten Arm aufzustützen. Er brachte die Beine über den Rand des sockelartigen Blocks, verharrte einen Augenblick, um wieder zu Atem zu kommen, ließ sich dann so rasch wie möglich in die Tiefe gleiten. Dass der Krieger, gegen den er seinen letzten Kampf fechten würde, ihm helfen musste, auf den Beinen zu bleiben, wollte er ihnen beiden ersparen.

Mit steifen Schritten trat er auf den Mann mit dem Wolfsfell zu, setzte die Spitze des Schwertes auf den Boden. «Morwa, Sohn des Morda, aus dem Geschlechte Ottas von Elt.»

Der Hasdinge deutete eine Verneigung an. Die Spitze seiner Waffe berührte das Moos. «Ragnar, Sohn des Ragbod, Sohn des Schwestersohnes des Hetmanns der Hasdingen.»

Morwa neigte das Haupt. Mit einiger Anstrengung gelang es ihm, die Waffe zu heben. Die Gegner begannen einander zu umkreisen.

SÖLVA

DIE NORDLANDE: DAS AHNENGEBIRGE

Waren es Bilder? Es war deutlicher als Bilder. Es war Töten und Sterben. Es war Stahl, der auf Stahl traf. Es waren die Spitzen tückischer Pfeile, die sich in warmes, atmendes Fleisch bohrten. Auf Seiten der Tiefländer wie auf Seiten ihrer Gegner. Kampferfahrene Eiserne starben und junge Frauen der Hasdingen, die an diesem Morgen noch ein Kind an ihrer Brust genährt hatten. Pferde bäumten sich im Todeskampf, Reiter glitten aus dem Sattel, stürzten klaftertiefe Hänge hinab, um mit verrenkten Gliedern zu Füßen der zerklüfteten Felsen liegen zu bleiben.

Sölva war nicht sicher, ob sie auch Geräusche hörte. Da war ein Brausen und Rauschen, doch sie konnte nicht sagen, ob es vom Blut stammte, das ein rasender Puls durch die Adern ihres Körpers jagte, oder von den Säften, die im Wurzelwerk des Mooses zirkulierten.

Es war so viel, zu viel auf einmal. Und bei alldem war ihr bewusst, dass nichts als ein fernes Echo sie erreichte. Ein Echo dessen, was die Frau – Ildris – sah und hörte und spüren musste. *Warum tut sie das*? Ein Gedanke in jenem Teil ihres Geistes, der ihr gehörte. *Warum hat sie mich mitgenommen? Warum hat sie das von mir mitgenommen, was jetzt hier ist?* Was ging in diesem Moment mit ihrem Körper vor? Kurz nur stellte sie sich vor, dass Terve sich voller Sorge über sie beugte und versuchte, sie aus ihrer Starre zu wecken.

Doch hatte das für den Moment keine Bedeutung. Der Teil von ihr, auf den es ankam, war *hier*. Hier auf dem Schlachtfeld zu Füßen von Ahnmutter und Ahnvater. Sie fragte nicht nach dem *Wie*. Sie bezweifelte, dass Ildris selbst ihr die Frage hätte beantworten können.

Ihre Aufmerksamkeit wurde fortgerissen. Was auch immer von ihr *hier* war, reagierte anders, als ihr Körper reagiert hätte. Sie konnte ihren Blick nicht steuern. Vielleicht konnte Ildris das. Sölva spürte die Gegenwart der Frau aus dem Süden. Irgendwann, für einen Lidschlag nur, hatte sie sogar das Gefühl gehabt, die Fremde *doppelt* zu spüren, an dieser Stelle indes musste ihr Geist sich verwirrt haben. Ildris war da, so nahe, dass die Grenzen zwischen ihnen beinahe aufgehoben waren.

Ein Beben. Ein Erzittern und Vibrieren ging durch das Geflecht der Wurzeln. Der Berg, die Ahnmutter, war in Bewegung: Geröll hatte sich gelöst, traf auf mürbes Gestein, das ihm keinen Widerstand entgegenzusetzen hatte. Die tonnenschwere Last kam unmittelbar auf Sölva zu, doch zugleich war das Mädchen auch an vollkommen anderen Orten, sah ein und denselben Vorgang aus tausend Augen, tausend Winkeln, wo auch immer das Moos die kargen Hänge deckte. Schemenhafte Gestalten, die zurückstolperten: Krieger der Jazigen, Frauen der Hasdingen mit verhärmten Gesichtern, Eiserne ihres Vaters. Die wenigsten von ihnen würden dem Steinschlag entrinnen. Andere Umrisse ein Stück abseits, auf den Grat des Bergsattels zu, wo möglicherweise eine Chance bestand ...

Ein Laut entwich Sölvas Lippen. Sie wusste, dass sie dieses Geräusch tatsächlich hervorbrachte und Terve in diesem Moment die fieberhaften Anstrengungen um ihre Freundin verstärkte. Womöglich hätte Sölva sogar sprechen können, irgendein Wort, das die Dirne beruhigt hätte, doch zur Beruhigung bestand kein Anlass. Der Hetmann! Taumelnd kletterte Sölvas Vater den Hang empor, die Hand vor die Brust gepresst. Zwei seiner Eisernen waren noch bei ihm, halfen ihm, einen Felsblock zu erklimmen, doch im nächsten Moment war der Steinschlag heran, wurden die empfindlichen Strukturen des Mooses ausgelöscht, wurde von anderer Stelle die erstickende Wolke des Staubes sichtbar, die über dem Bergsattel in die Höhe wuchs, sich senkte, sich auf die weichen Kissen des Mooses legte und von wieder anderer Stelle …

Auf den Verlauf der Zeit war kein rechter Verlass, wenn man sich auf diese Weise bewegte, das hatte Sölva bereits erkannt. Eine gewisse Spanne musste verstrichen sein. Morwa stand aufrecht. Blut lief ihm ins Gesicht, sein linker Arm schien ihm nicht recht zu gehorchen, seine rechte Hand jedoch hielt das kurze Schwert, in dessen Heft die Rune Othala gegraben war. Die Klinge war blutbefleckt. Zu Füßen des Hetmanns lag der leblose Leib eines Stammeskriegers, in das Fell eines mächtigen grauen Wolfs gehüllt.

Sölva versuchte die Gestalten zu zählen, die mit bedächtigen Schritten auf ihren Vater zukamen. Sie führten Schwerter, Schilde, Kriegsäxte. Lederpanzer schützten ihre Körper, und darüber trugen auch sie Felle. Felle von Hermelin und Eisfuchs, die sie unsichtbar machten im Schnee des Nordens, wenn sie es darauf anlegten. Was in diesem Augenblick unnötig war mit einem einzigen, verletzten Gegner. Und dennoch gelang es Sölva nicht, die genaue Zahl der Hasdingen auszumachen. Die Wahrnehmung durch die Wurzeln des Mooses war von anderer

Art, war deutlicher und undeutlicher zugleich und ließ doch keinen Zweifel.

Dies war der Moment, auf den sich alle Pläne der Hasdingen gerichtet hatten. Der Hetmann des Bündnisses von Ord war ihnen ausgeliefert.

Sölva spürte, wie ihre Gedanken sich verwirrten, konnte nicht mehr mit Sicherheit sagen, was in ihrem, was in Ildris' Kopf geschah. Die große Dunkelheit, von der der Hetmann so oft gesprochen hatte, eine Bedrohung der Welt, die um so vieles größer war als zu Ottas Zeiten: Mit einem Mal glaubte sie sie sehen zu können, einer gigantischen Klaue gleich, die sich über das Land legte. Nicht über den Norden allein, sondern über alle Länder, in denen Menschen lebten. Niemals hatte Morwa für sich selbst gekämpft. Und wenn er das doch getan hatte, so einzig deswegen, weil ihm bewusst gewesen war, dass alleine ihm, dem Erben Ottas, die Vereinigung der Völker des Nordens gelingen konnte. Die Stämme des Gebirges hatten die Bedrohung nicht sehen wollen, die Hasdingen noch weniger als alle anderen. Und wer hätte es ihnen verübeln können, wenn sie ihre eigene Freiheit wichtiger nahmen als die düsteren Visionen eines Hetmanns aus dem Tiefland? Sie hatten alles getan, um diese Freiheit zu verteidigen, hatten ihre angestammten Sitze aufgegeben. Ihre Weiber hatten sich geopfert, nachdem sie begriffen hatten, dass ihnen nur noch eine letzte Möglichkeit offenstand, ihre Freiheit zu bewahren. Der Sohn des Morda musste sterben.

Schritt für Schritt rückten die Hasdingen heran. Ildris' Geist war in Bewegung. Die Frau aus dem Süden begriff, was vorging, und Sölva spürte, wie sie sich fieberhaft durch das haarfeine Geflecht der Wurzeln bewegte. Morwa stand allein. Wo waren seine Gefolgsleute? Rodgert und die Eisernen, die auf dem linken Flügel den Hohlweg durchschritten hatten, in unübersichtliches Gelände geraten waren, das sie doch nur bis an den Punkt führen würde, an dem der Nordhang des Ahnvaters senkrecht in die Tiefe abfiel. Sie waren viel zu weit entfernt. Die Hauptmacht des Bündnisses dagegen befand sich noch immer auf der anderen Seite der Gipfelkette, kämpfte sich zäh die steile Anhöhe des Bergsattels empor. Der Hagel von Pfeilen hatte aufgehört, als die Frauen der Hasdingen gestorben waren, aber selbst wenn die Männer den Kamm erreichten, blockierte nun der Bergsturz den Weg. Morwen … Für einen kurzen Augenblick spürte Sölva Erleichterung. Es war ein Gefühl, kein Bild: Morwen lebte, mit ihm mehrere seiner Kundschafter, und sie waren nahe. Aber nicht nah genug. Auch sie waren in die Irre geleitet worden, versuchten nun von Norden her den Sattel zu erklimmen. Unweigerlich würden sie zu spät kommen.

Bitte. Das Mädchen versuchte, das Wort, das Gefühl zu formulieren, versuchte der Frau aus dem Süden deutlich zu machen, dass der Hetmann nur noch sie allein hatte. Seine Vertraute, seine Ratgeberin, die keines Wortes seiner Sprache mächtig war. Einzig Ildris mit ihren Kräften, die niemand unter den Nordländern ermessen konnte und womöglich die dunkelhäutige Fremde selbst nicht. Doch welchen Sinn hatte das? Am Ende war Ildris nicht einmal wirklich hier, so wenig, wie Sölva hier war. Sie waren hilflos, zum Zusehen verdammt.

Sölvas Vater nahm Gefechtsposition ein, die Füße hüftbreit auseinander, was ihm sicheren Stand verlieh, ihm gleichzeitig Raum für einen Ausfall ließ. Die Hasdingen waren noch zwanzig Schritte entfernt, noch fünfzehn. Sie hatten sich zu einem Halbkreis formiert, rückten näher an den Hetmann heran. Noch zehn Schritte. Der Hetmann hob seine Waffe.

Ein Seufzen. Es war das erste Geräusch, bei dem Sölva sicher war, dass sie es tatsächlich hörte. Ein schwerer Atemzug oder – Wind. Wind, der durch das hohe Gras streift oder durch das … *Moos.*

Das Moos. Das Mädchen spürte es, war Teil davon. Der Norden war im Schlaf des Winters gefangen. Die Tiere des wilden Landes hatten sich tief in ihre Höhlen verkrochen, und nicht anders träumten die harten Gräser und Flechten. Nicht anders träumte auch das Feuermoos, das seine Säfte tief in die Wurzeln zurückgezogen hatte, um Kraft zu schöpfen für den nächsten Sommer, der auch im Norden der Welt irgendwann kommen würde. Schlaf, tiefer Schlaf.

Schlaf, aus dem die Pflanze unvermittelt erwachte. Das Seufzen war wie der Atem der Herrin der Winde, der Menschen und Tieren und Pflanzen Leben einhauchte. Aber es war stärker, auf eine unglaubliche Weise stärker. Nicht dem Hagel von Steinen vergleichbar, der auf den Bergsattel niedergegangen war, oder mit einer zerstörerischen Flut, dass die Dämme an den Küsten des Westlichen Meeres barsten, doch ebenso bezwingend, ebenso unaufhaltsam. Jahreszeiten jagten dahin wie der Schlag eines rasenden Herzens. Die Adern der Pflanze zogen sich zusammen, weiteten sich, sogen Düfte, Säfte, Substanzen aus vergessenen Tiefen empor. Kräfte, einem *Bewusstsein* nahe, rasten durch das verzweigte Netz der Wurzeln, führten mehr heran und mehr.

Dunst. Ein feiner Dunst schien mit einem Mal über dem Hang zu schweben. Nebel, der von den Kissen des Mooses aufstieg, die ihre Farbe verändert hatten, kräftiger, greller leuchteten. *Gefährlicher.* Immer dichter wurde der Nebel, stieg höher und höher.

Der vorderste der Hasdingen hob seine Axt. Sölva fand sich in einem Winkel, der dem Blickfeld ihres Vaters ähnlich sein musste, tiefer lediglich, zu seinen Füßen. Der Hasdinge öffnete den Mund zum Kriegsschrei. Das Mädchen sah, wie seine Brust sich weitete.

Die Hände des Mannes fuhren an die Kehle. Der Dunst, der Nebel, hatte eine beinahe stoffliche Form angenommen, ein Schimmern, eine leichenhaft grüne Farbe. Das Moos! Die ätzenden Säfte, die sich in den trügerisch weichen Kissen sammelten, in den wärmsten Monaten des Jahres ihre höchste Konzentration gewannen, bis kein Mensch es mehr wagen konnte, die Pflanze mit bloßen Händen zu berühren. Säfte, die eine Waffe waren, mit der das Moos sich zur Wehr setzte. Eine Waffe, die tödlich war für eine jede Kreatur, die nicht mit den Verhältnissen des äußersten Nordens vertraut war wie die Ziegen der Hasdingen.

Was Ildris getan hatte, musste die Stärke der Substanz auf das Hundert-, ja Tausendfache gesteigert haben. Wolken ätzenden Nebels füllten die Luft, einzig Morwa blieb außerhalb ihrer Reichweite, während der Stammeskrieger taumelte. Männer wichen zurück, stolperten. Sie würden …

Ein Schlag. Er galt Sölva, und er kam vollkommen unvorbereitet. Schwindel. Übelkeit. Ildris? Wo war Ildris?

«Ildris!» Sölva fuhr hoch, sackte im nächsten Moment zurück, wurde aufgefangen. Jemand hielt ihren Körper fest. Ihren *Körper*.

«Sölva?» Die Augen ihrer Freundin waren vor Entsetzen geweitet. Ihr Gesicht hatte die Farbe des nicht mehr vollständig sauberen Schnees am Lagerplatz der Tiefländer.

Sölva blinzelte. Große runde Augen blickten sie an. Sie gehörten dem Packpferd, dessen Zügel die Frau aus dem Süden in der Hand geführt hatte, in einem anderen Jahrhundert, einem anderen Leben. Die Frau aus dem Süden: Ildris.

Sie saß am Boden, zwei Schritte von Sölva entfernt, und unendlich langsam schien ihr Blick ins Hier zurückzukehren. Ihre Hände lösten sich von der Oberfläche des Mooses, verharrten für einen Moment in der Luft, bevor sie sich in einer nicht vollständig bewussten Bewegung auf ihren Leib legten, auf ihren Bauch.

Terve keuchte auf.

Urplötzlich verspürte das Mädchen eine tiefe Müdigkeit. *Dann hat sie es also auch gesehen.* Ein Gedanke, der kaum noch Gestalt annahm: So und nur so, dachte sie. So und nur so war es möglich, dass ein Mensch, eine Frau, sonnendurchglühte Wüste sein konnte und kühler, grüner Wald zugleich. Wenn sie ein Kind unter dem Herzen trug.

MORWA

DIE NORDLANDE: DAS AHNENGEBIRGE

«*Vater?*»

Da war ein Nebel. Ein Nebel auf dem Hang, der an den Gestalten der Hasdingen emporkroch wie ein lebendiges Wesen. Und Morwa selbst ... Er konnte sich nicht rühren, war unfähig, das Schwert, die Waffe Ottas, noch einmal zu heben, während die Krieger des Nordens auf ihn zukamen aus sämtlichen Richtungen. Ragnar, Sohn des Ragbod, lag tot zu seinen Füßen, doch vor seinem Tod hatte der Mann im Wolfsfell Treffer angebracht, die den Hetmann lähmten, verhinderten, dass er die Waffe ein letztes Mal ...

«*Vater?*»

Und er hörte die Stimme, wusste, dass sie ihm vertraut war, wusste zugleich, dass sie nicht hierhergehörte, und hatte doch kein Gesicht zu dieser Stimme, denn der Nebel ...

«*Vater!*»

Eine Hand berührte seinen Arm, und mit einem Mal fuhr Ottas Klinge in die Höhe, um mit einer kurzen, heftigen Bewegung ...

«*Vater!*»

Die Augen waren vor Entsetzen aufgerissen. Aus zehn Zoll Entfernung blickte Morwa in das Gesicht seines ältesten Sohnes. Morwas rechter Arm bebte, verharrte in einem merkwürdigen Winkel, zwang seinen Körper zu einer lächerlich anmutenden Balance, die zu einem Gaukler am Markttag in Vindt gepasst hätte. Seltsam halbherzig drückte seine Klinge gegen einen Rundschild, den einer von Morwens Begleitern im letzten Augenblick in die Höhe gebracht und den Hieb abgefangen hatte, der nach dem Antlitz des ältesten von Morwas Söhnen gezielt hatte.

Kraftlos sackte der Arm des Hetmanns nieder. Seine Finger hielten das Schwert umklammert, doch er hatte kein Gefühl mehr in ihnen. Er starrte Morwen an. *Morwen*. Blut verkrustete die blonde Mähne, die sich wirr aus dem Kriegerzopf gelöst hatte. Blut zog sich über sein Gesicht, von den Schläfen über den Hals, bis es einen dunklen Fleck auf dem wollenen Hemd unter dem ledernen Panzer bildete.

«Es ist nicht mein Blut.» Morwen, mit mühsam gefasster Stimme. Der Ansatz eines Lächelns. «Jedenfalls das meiste nicht.»

«Du lebst.» Der Hetmann brachte kaum mehr als ein Flüstern zustande. «Die Gerfalken haben nicht gelogen.»

«Gerfalken?» Morwen kniff die Lider zusammen.

Morwa fühlte einen plötzlich aufwallenden Zorn. Das Bedürfnis, nach dem närrischen ältesten seiner Söhne zu schlagen, nicht mit der Klinge, wohl aber mit der flachen Hand. Der Ring, den ihm die Hetfrau auf den Finger geschoben hatte am Tag, da man sie zueinander gegeben hatte, würde eine blutige Furche über die Wange ihres Sohnes ziehen. Doch Morwa spürte, dass ihn nun tatsächlich alle Kraft verlassen hatte.

«Der Hang der Ahnfrau hat den Bergsattel unter sich begraben», sagte er matt. «Wir werden die Nordstraße nehmen müssen und eine Woche verlieren. Die Hasdingen sind uns weit voraus, und die Dunkelheit der Raunacht wird uns am Rande der Erfrorenen Sümpfe treffen.» Er suchte den Blick des Jüngeren. «Männer sind unter dem Felssturz gestorben. Der größte Teil der Jazigen – und viele weitere in anderen Abschnitten des Schlachtfelds. Um deine Fahrlässigkeit, dein Ungestüm. Um deine Narretei, die eines Hetmanns nicht würdig ist. Und gewiss keines Königs.»

Die Brauen des jungen Mannes zogen sich zusammen. «Mein Vater ...»

«Schweig still, Morwen, Morwas Sohn.» Mit unendlicher Müdigkeit. «Ich bin der Hetmann. Ich treffe die Entscheidung.»

«Nicht würdig?» Morwen fuhr auf. Eine heftige Bewegung, eine Geste zu einem Punkt an der Bergflanke, im nordwärts gerichteten Gelände. Er hatte gelogen; es war sehr wohl sein Blut, zum großen Teil zumindest. Eine hässliche Wunde klaffte am linken Unterarm, als hätte er versucht, einen Hieb mit der bloßen Hand abzuwehren. «Sehr wohl ist mir bewusst, was eines Anführers der Leute aus Elt würdig ist, *mein Hetmann*. Sehr wohl schätze ich sie hoch, die Ehre des Mannes, vor dem die Standarte des Ebers getragen wird. – Dort unten ...»

Er wandte sich um, schien etwas zu suchen, bevor er bestimmter auf einen Punkt deutete. Morwas Blick folgte der gewiesenen Richtung.

«Dort unten stießen wir auf die Hasdingen, eine kleine Schar nur.» Seine Stimme war laut, sodass sie auch seine Gefährten erreichte, die sich angesichts der Auseinandersetzung zwischen Vater und Sohn ein Stück zurückgezogen hatten. Vier Männer waren noch am Leben von den bald zwei Dutzend, die mit ihm aufgebrochen waren, zwei davon in der Rüstung der Eisernen. Und keiner von ihnen war vollständig unverletzt geblieben. «Eine kleine Schar nur, die mit den Jungen des Ebers ihr Spiel trieb, ihre Pfeile auf sie anlegte, sie in den sumpfigen Pfuhl zu treiben suchte, der sich unterhalb der Felswand gebildet hat. Das Geistertier des Hauses Elt, das heilige Tier des Königreichs von Ord. Und ein Mann von Ottas Stamm soll danebenstehen, wenn sie die Tiere ersäufen?»

«Junge Keiler?», murmelte Morwa. «Hier draußen? *Jetzt?*» Er strengte die Augen an, doch der Nachmittag neigte sich nun rasch. Die blasse Sonne war im Begriff, hinter dem Ahnvater unsichtbar zu werden. Er konnte die Stelle nicht erkennen.

«Kaum mehr als Frischlinge. Ein später Wurf des Vorjahrs. Doch gegen die Pfeile der Hasdingen …»

«Weil Ihr, der Eber von Elt, allen Menschen hier Vater seid», sagte Morwa leise, und auf der Stelle brach Morwen ab. Ostils Worte. Vater, dachte Morwa. Und Mutter. *Wenn in der Wildnis die Kälte kommt, und die wilde Bache erkennt, dass ihre Kräfte nicht ausreichen werden, um den Wurf dieses Jahres durch den Winter zu bringen und sich selbst dazu, so wird sie ihre ohnehin dem Tode geweihten Frischlinge verschlingen, um ihrerseits zu überleben. Im Frühjahr mögen neue Junge kommen, um die Linie fortzusetzen.*

Ein plötzliches Frösteln überkam ihn, und er fragte sich, woher es stammte. Es war nicht die Kälte und Schwäche allein.

«Zeig mir die Stelle», wies er den ältesten seiner Söhne an. «Frischlinge allein hier draußen? Wo sind die Elterntiere? Wo ist das Rudel?»

Für weniger als einen Atemzug schien ihn Morwen skeptisch zu betrachten. Morwa war bewusst, dass er selbst weit schlimmer aussehen musste als sein Sohn, doch Morwen war klug genug, keine Bedenken anzumelden. «Kommt mit», sagte er und war bereits beim Abstieg, wo sich nach wenigen Schritten Schnee auf das Moos legte.

Das Moos ... Morwa wusste, wem er den beißenden Nebel und sein Leben zu verdanken hatte. Doch jetzt war kein Gedanke daran.

«Ihr seid der Große Eber, der Eber von Elt», murmelte er zu sich selbst. Die Kälte schien sich zu verstärken. *«In dieser Gestalt habe ich Euch in meinem Traum gesehen. Und Ihr müsst am Leben bleiben.»*

Es war beinahe dunkel, als sie den Fuß des Berges erreichten. Morwen wies auf die sumpfige Wasserfläche. Ein schattenhafter Fleck mochte einer der Frischlinge sein, den die Hasdingen getötet hatten. Morwa würde Anweisung geben, ihn in Ehren zu verbrennen. Ringsumher aber lagen die Körper von Morwens Männern, dazu, in weit größerer Zahl, wie er mit Genugtuung feststellte, getötete Hasdingen. Die Pferde mussten von den Gebirgskriegern davongeführt worden sein. Morwen und die überlebenden Kundschafter hatten sich in den Felsen verbergen können, wie er seinem Vater beim Abstieg berichtet hatte. Nachdem die Hasdingen erkannt hatten, dass ihr Plan aufging, hatten sie Morwas ältesten Sohn seinem Schicksal überlassen können. Ein Bewerber mehr, der um den Reif von Eisen, den Reif von Bronze fechten würde, wenn der Hetmann tot war.

Morwa blickte sich um. Von den übrigen Frischlingen war im schwindenden Licht keine Spur zu sehen.

«Mein Hetmann?» Einer von Morwens Männern, fast unsichtbar im Schatten der Felswand. Im selben Moment wurde Feuer geschlagen. «Eine Höhle! Die Zuflucht der Tiere.»

«Wir kommen.»

Während des Abstiegs war es Morwa gelungen, seine Schwäche zu verleugnen, nun aber empfand er sie mit jedem Atemzug stärker. Wenn jetzt die Krankheit nach ihm griff ... Die Frau aus dem Süden war weit entfernt.

Es spielte keine Rolle. Die Jungen des Ebers. Mit einem Mal schienen sie größere Bedeutung zu haben als alles andere.

Der Kundschafter erwartete sie am Eingang der Höhle. Er hatte eine Fackel entzündet, leuchtete in den Schatten, und die Schar drang in die Kaverne ein. Morwas Hand lag auf dem Heft seiner Waffe. Eber und Bache waren tödlichere Gegner als die Hasdingen, wenn sie ihre Jungen in Gefahr glaubten.

Es war warm in der Höhle nach der Kälte des nördlichen Abends. Schweiß trat auf die Stirn des Hetmanns. Die Fackel schuf zuckende Bewegung, wo keine war, und ein strenger Geruch lag in der Luft, ein ... ein *widerwärtiger* Geruch.

Abrupt hielt der Mann mit der Fackel inne. «*Hölle des Feuergottes!*» Geflüstert.

Morwa war heran, sein Sohn an seiner Seite. Für Momente konnte er nicht erkennen, was er vor sich hatte. Weiter hinten tatsächlich Bewegung, als sich die Frischlinge in die Tiefe der Höhle zurückzogen, doch unmittelbar vor ihm ...

Auch hier war Bewegung. Wimmelndes Gewürm zwischen bleichem Gebein, in leeren Augenhöhlen, die dem Hetmann entgegenstarrten, versehen mit letzten, halb verwesten Fleischfetzen. Die Rippen stachen aus dem aufgerissenen Fell hervor, doch am deutlichsten waren die mächtigen Hauer.

Die mächtigen Hauer des Vaters Eber, von dessen Kadaver sich seine Jungen genährt hatten.

POL

DAS KAISERREICH DER ESCHE:
DIE MARSCHEN ÖSTLICH VON CARCOSA

Unfreundlicher Wind schlug Pol entgegen. Wind, der den Gestank von Moder mit sich trug.

Er hielt sich im Schutz einer verfallenen Brustwehr, die die Reste eines wuchtigen Befestigungsturms krönte. Fahles Moos klammerte sich in die ausgewaschenen Fugen. Das bröckelige Mauerwerk schien sich nur noch aus alter Gewohnheit an Ort und Stelle zu halten. Zwischen den Zinnen wucherte welkes Gestrüpp wie die strohigen Haarbüschel eines Leichnams. Als er um die letzte Kehre der einstigen Handelsstraße gebogen war, in seinem Rücken das Ehrengeleit des Hohen Rates von Carcosa, hatte er erschrocken an den Zügeln gerissen, dass sein Reittier ein entrüstetes Wiehern von sich gegeben hatte. Aus leeren Fensterhöhlen hatte die Ruine ihnen entgegengestarrt wie ein grinsender Totenschädel.

Wobei sie im Grunde überhaupt nichts Unheimliches an sich hatte. Ganz im Gegenteil war Pol mittlerweile zu der Einsicht gelangt, dass geradezu etwas Heimeliges von dem Gemäuer ausging, das Teil eines uralten Befestigungssystems war, angelegt, um das Umland seiner Heimatstadt gegen die

Begehrlichkeiten der Vendozianer und der benachbarten kaiserlichen Archonten zu sichern. Was sich dieser Tage natürlich erledigt hatte. Wer hätte versucht sein sollen, Carcosa einen solchen Landstrich streitig zu machen? Hier draußen, irgendwo im Nirgendwo, zwei Tagesreisen östlich der Stadt. Die Ruine erhob sich auf dem letzten Ausläufer eines Dünenrückens. Tatsächlich unheimlich wurde es unmittelbar zu ihren Füßen.

Eine monströse Fläche bräunlich sumpfigen Landes verlor sich am Horizont in einer Ahnung von bräunlich sumpfigem Wasser. Hüfthohes Faulgras bedeckte den größten Teil des Blickfelds, und hier und da nur ragten die kümmerlichen Überreste höherer Vegetation aus dem Morast hervor, gespenstischen, abgestorbenen Gliedmaßen gleich. Von derselben Tönung wie alles andere.

Wobei eine gewisse farbliche Abwechslung dennoch gegeben war. Da war etwas, dort unten in der Tiefe, nicht weit von dem Punkt, an dem die Straße in das schlammige Ungefähr eintrat: Ein pulsierendes Leuchten regte sich unter der Oberfläche einer trüben Lache. Ein gespenstisches Glimmen giftigen Grüns, das ruhelos seine Position veränderte.

Nun waren Pol die Sümpfe keineswegs fremd als einem Kind der Rattensteige. Einem wuchernden Geschwür gleich hatten sich ihre Ausläufer Jahr um Jahr bis an den Rand der Unterstadt von Carcosa ausgebreitet. Oder die Unterstadt bis an den Rand der Sümpfe. Faulgase jedenfalls, die unvermittelt aus der klammen Tiefe aufstiegen, waren ihm ebenso vertraut wie die mit dem Vorgang einhergehende Geräuschentwicklung, die an die Rülpser einer Riesenechse denken ließ. Anders sah es indessen mit *phosphoreszierenden* Faulgasen aus, die sich pfeilschnell unter der schlierigen Wasseroberfläche zu bewegen wussten, dabei unvermittelt Haken schlugen und … Ein zischender Laut. Ein Platschen.

Pol starrte auf einen Punkt in der Luft. Einen Atemzug zuvor noch hatte sich eine schmutzig graue Möwe über der Wasserfläche bewegt. Sechs oder sieben Fuß oberhalb, mit einem beinahe übertriebenen Sicherheitsabstand. Jetzt war da nichts mehr. Nichts als Luft, gesättigt von den Ausdünstungen des Morastes. Spielte sein Gehör ihm einen Streich, oder war aus der irisierenden Pfütze ein gedämpftes *Schmatzen* zu vernehmen?

«Was beim …» Er zögerte. Die Vergessenen Götter zürnten. Seine Reise diente dem Zweck, diesen Zorn zu besänftigen. Noch aber hielt der Grimm der Namenlosen an, und noch waren die Höhen von Schattenfall fern. Was war in seiner Situation gefährlicher? Ebenjene Götter vorzeitig auf sich aufmerksam zu machen? Oder doch wieder bei Athane und ihren göttlichen Geschwistern Zuflucht zu suchen? «Was bei allen Göttern war das?», flüsterte er.

«Ein Frosch.»

Er zuckte zusammen, drehte sich um. Die Tagesstunde war fortgeschritten. Nichts als eine Silhouette ragte im Gegenlicht auf, die Gestalt eines Mannes in einem bodenlangen Mantel, auf seinem Haupt der hohe, spitz zulaufende Hut eines Wissenden, der sich an der Alten Akademie von Vidin mit den Sprüchen und Zaubern sämtlicher Lande des Reiches vertraut gemacht hatte. Ehrfurchtgebietend. Machtvoll. Bedrohlich geradezu.

Bis Fra Théus seine Haltung veränderte, an die Seite des Jungen trat und im selben Augenblick jedes schäbige Detail zu erkennen war: das zerschlissene Gewebe seines Reisemantels, die Mottenlöcher in seinem breitkrempigen Hut mit der in einem traurigen Winkel abgeknickten Spitze. Pol hatte den Alten beim kühnen Gil geglaubt, Arthos Gil, dem Anführer des Ehrengeleits, das im Windschatten des Turms das Lager für die Nacht vorbereitete. Dort aber schien es den Prediger nicht gehalten zu haben. Mit finsterer Miene musterte er den Jungen.

«Ein *Frosch*?» Pols Mund war trocken, als er den Blick wieder der Stelle im Sumpf zuwandte, an der nichts mehr darauf hindeutete, dass dort gerade noch etwas gewesen war. Nicht einmal Kreise auf der trüben Oberfläche. «Die Möwe war groß wie …» Er suchte nach einem Vergleich. «Sie war groß wie eine Möwe!»

«Und der Frosch dürfte jene Größe besitzen, die Frösche hierzulande aufweisen.» Théus beugte sich über die Brüstung, ließ den Blick über die Gegend schweifen. «Ich war seit Jahren nicht mehr so weit draußen», murmelte er. «Sieht tatsächlich noch übler aus als früher.»

«Aber Frösche …», setzte Pol an.

«Glaubst du, so etwas geschehe zum ersten Mal?» Im Ton unüberhörbarer Rüge. «Der Mensch hat dieses Land verlassen. Wenn eine Art weichen muss, nimmt eine andere ihren Platz ein, und ganz selbstverständlich verändern die neuen Bewohner ihr Erscheinungsbild und ihre Gewohnheiten, wenn sie am neuen Ort heimisch werden und keinen Gegner mehr zu fürchten haben.»

Pol starrte ihn an. «So schnell? Die Siedler sind gerade erst fort!»

«Die Vergessenen Götter zürnen», murmelte der Alte. «Die Blätter der heiligen Esche welken. Die Welt gleicht einem Rad, das seine Spur verloren hat.» Ein düsterer Blick in die Tiefe. «Und doch ist das Prinzip dasselbe wie ehedem. Wie viele Arten haben für *uns* Platz machen müssen? Die Gegend, die zwischen uns und Schattenfall liegt, stand noch nie in einem sonderlich guten Ruf, und die Vergessenen Götter waren noch der geringste Grund. Der Säbelzahn war die reißendste und gefährlichste Bestie, die die Welt jemals gekannt hat. Wenn sie eine Schwäche besaß, so war es die abergläubische Furcht, die sie vor dem Wasser hegte. Also legten die Bauern ihre Dörfer auf Inseln im Lauf des Lysander an, der sich auf seinem Weg zum Meer hin vielfach verzweigte.»

«Ein guter Gedanke», murmelte Pol.

«Der ihnen wenig geholfen hat. Wie du deutlich siehst, ist das Gelände flach wie ein Teller. Das Wasser floss träge, und im Winter froren die Flussarme zu. Erst wenn das Eis getaut war, konnte man feststellen, welche Dörfer überlebt hatten, und in welchen die Säbelzähne jede einzelne Seele verschlungen hatten, Männer, Frauen, Kinder. Bis der kaiserliche Archont höchstselbst aus Astorga herbeikam und den Grauen Grigor stellte, den mächtigsten der Säbelzähne. Und die Pfeile seiner Meute den Schrecklichen durchbohrten, den letzten seiner Art vermutlich.»

Vermutlich?

«Was sich um die Zeit des zweiten oder dritten Kaisers zugetragen hat», fügte der Prediger an, nur der Vollständigkeit halber offenbar. «Wenn ich mich richtig entsinne.»

Pol stieß den Atem aus. Die Zeit der alten Kaiser lag Jahrtausende zurück, demnach berichtete Théus nicht aus eigener Erinnerung. Die Bestien mussten inzwischen ausgestorben sein, selbst wenn man seinerzeit das eine oder andere Exemplar übersehen hatte. Die Frage war, ob das noch einen Unterschied machte. Frösche von Kalbsgröße reichten schon aus, um seine Reiselust spürbar zu dämpfen. Nur mit Mühe konnte er die Vorstellung von Sumpfforellen, die entsprechend die Größe von Handelsschiffen angenommen haben mussten, aus seinem Kopf verdrängen.

«Allmählich frage ich mich, ob dieses ganze Unternehmen eine gute Idee war», murmelte er, warf einen Blick in Richtung des Predigers. «Jedenfalls war es nicht *meine* Idee.»

«Nicht deine *Idee.*» Der Alte betrachtete ihn streng. «Wohl aber deine *Entscheidung.* Niemand zwingt dich, die Reise auf dich zu nehmen, und man sollte glauben, dass du das zu schätzen wüsstest. Der Domestikos hätte dir deine Ketten nicht abnehmen müssen. Du könntest jetzt ebenso gut in einem eisernen Käfig auf dem Weg nach Schattenfall sein, um die Vergessenen Götter um Vergebung zu bitten. Mit einem Messer an der Kehle. – Wobei ich mir nicht recht vorstellen kann, dass die Unsterblichen dann ein Einsehen hätten.» Pol war sich nicht vollständig sicher, ob nicht ein gewisses Bedauern aus den Worten sprach. «Stattdessen hattest du Zeit für deine endgültige Entscheidung», betonte Théus. «Du hattest sogar Gelegenheit, dich mit deinem Ziehvater zu besprechen.»

«Allerdings», zischte Pol. «Die hatte ich.» Die Betonung, die Théus dem Wort *Ziehvater* gab, gefiel ihm überhaupt nicht. Wie viele Kinder erblickten jedes Jahr das Licht der Welt in den Winkeln der Unterstadt, und niemand fühlte sich für sie verantwortlich? Der Wirt des *Drachenfuther* aber hatte Pol ein Heim gegeben, und nun, als der Junge zu ihm gekommen war nach seinem Gespräch mit dem Prediger und dem Domestikos von Carcosa, hatte sich Marbo seine Gewissensnöte voller Geduld angehört, hatte dem Für und Wider gelauscht, hatte abgewogen, ob Pol das gefahrvolle Abenteuer auf sich nehmen sollte. Zumindest am Anfang.

«Wie Euch bekannt ist, hat Marbo mir geraten, die Reise anzutreten», brummte er. «Er hat mir sogar besonders eingeschärft, Euch in jeder Hinsicht zu vertrauen. Mit dem Quartier, das der Domestikos ihm auf der Zwingfeste zugewiesen hat, ist er im Übrigen äußerst zufrieden. Ihr wusstet, dass es sich um ein Gemach unmittelbar über dem Weinkeller handelt?»

«Ist das so?» In den Augen des Alten schien es listig aufzuglimmen.

Pol warf ihm einen bösen Blick zu. Doch er hatte ja längst begriffen, wie Théus und der edle Adorno ihn übertölpelt hatten. Als hätten sie geahnt, dass sie ihm damit den letzten Ausweg verbaut hatten. Wäre Marbo auch nur ein Haar gekrümmt worden, hätten sie sich auf die Suche nach einem anderen vater- und mutterlosen Gesandten machen können.

Théus musterte ihn. «Deine Vaterstadt braucht dich. In der Stunde höchster Not erhältst du Gelegenheit, ihr einen Dienst zu erweisen, und dein eigener, stolzer Ziehvater legt dir ans Herz, die Reise zu wagen. Wer wird da noch zögern? Stell dir vor, wie du nach vollbrachter Tat nach Carcosa zurückkehrst! Ruhm und Ehre, die dich erwarten! Ein Haus in der Oberstadt, die schönsten Jungfrauen aus den besten Familien! Du wirst fett werden, Pol von der Rattensteige, fett wie ein Braumeister! Was sollte dich da noch zurückhalten?»

«Abgesehen von Euren Fröschen, wollt Ihr sagen? Abgesehen von dem, was die Vergessenen Götter mit mir anstellen werden, wenn Ihr Euch getäuscht habt mit Eurer Überlieferung?»

«Richtig.» Ein bestätigendes Nicken. «Abgesehen von den unauslöschlichen göttlichen Flammen, die in diesem Fall deine Gebeine bei lebendigem Leibe verzehren werden. Von den Fröschen, den Giftschlangen, den kindskopfgroßen Spinnen, die in den Sümpfen hausen. Von der Eiterpest, die bis heute nicht erloschen ist in den Ruinen von Maltesta, inmitten des verbotenen Waldes, der sich an die Sümpfe anschließt. Und von den neunhundertneunundneunzig giftigen Quellen, die jenseits des Waldes, am Rande der Öde der Xeliphon, auf den Dürstenden lauern. Aus der tausendsten kannst du bedenkenlos trinken. – Wenn es dir tatsächlich gelingen sollte, all das zu überwinden: Welcher Gott, der etwas auf sich hält, sollte da nicht ein Einsehen haben, wenn du in ehrlicher Zerknirschung vor ihm kniest? *Müssen* die Unsterblichen die Menschheit nicht einfach in Gnaden wieder aufnehmen?»

«Ohne jeden Zweifel», murmelte Pol.

«*Niemals!*» Théus fuhr herum.

Pol zuckte zurück, stolperte, stieß hart gegen die Zinnen. Für einen Atemzug spürte er Widerstand. Dann gab das bröckelnde Mauerwerk mit einem Knirschen nach, der Junge rutschte weg, versuchte sich an den Resten der Brustwehr festzuklammern, glitt ab.

Finger schlossen sich um seinen Unterarm. «Niemals!» Unter Pols Füßen war der Abgrund, doch er wurde festgehalten, in die Höhe gehoben. Aus den Augenwinkeln konnte er den kühnen Gil erkennen in seiner prächtigen Rüstung aus tartôsanischem Stahl. Dazu die übrigen Männer seines Ehrengeleits in ihren prächtigen Wämsern mit dem Greifenwappen. Mit Interesse blickten sie zu ihm empor, während er ihnen umgekehrt nur einen geringen Teil seiner Aufmerksamkeit widmen konnte. Die stechenden Augen des Alten waren wenige Zoll von seinem Gesicht entfernt.

«Niemals ist irgendetwas auf der Welt ohne jeden Zweifel», zischte der Prediger. «Dürre und Fluten, Stürme und Hungersnot brechen über die Lande herein. Die Macht des Reiches wankt, und fern in der Steppe hebt der Khan sein blutiges Banner. Carcosa ist in Gefahr? Die gesamte Menschheit ist in Gefahr! – Die Götter sind voller Zorn über unsere Verfehlungen.

Doch wenn wir sie nur höflich um Verzeihung bitten, werden sie schon ein Einsehen haben?»

«Aber ...» Das Herz schlug Pol bis zum Hals. «Das habt Ihr doch selbst gesagt», brachte er hervor.

«Und du hast mir unbesehen geglaubt?» Théus' Blick fixierte ihn. Der Alte hielt seinen Arm gepackt, zog den Jungen abrupt zu sich heran, sodass Pol jetzt zumindest über der Plattform des Turmes baumelte, allerdings auf eine Weise, die es ihm unmöglich machte, mit den Zehenspitzen den Boden zu berühren. Wie konnte eine solche Kraft in der gebrechlichen Gestalt wohnen?

«Was auch immer man dir erzählt», flüsterte der Prediger. «Was auch immer du hörst oder siehst: Sei misstrauisch! Stelle jedes Wort in Frage! Finde heraus, wie die andere Seite denkt! Nur so wirst du ergründen, was ihre wahren Absichten sind. – Die Vergessenen Götter, so glaubst du, werden nur allzu rasch bereit sein, uns zu vergeben? Nur damit wieder irgendjemand seine Gebete an sie richtet?»

Pol schluckte. «Die Frösche werden es nicht tun.»

«Werden sie nicht?» Böse starrte der Alte ihn an. «Woher willst du das wissen? Nur weil du ihre Gebete nicht wahrnehmen kannst mit deinem begrenzten Verstand? – Glaubst du, die Frösche nehmen es wahr, wenn wir unsere Worte an die Unsterblichen richten? Nein?» Pol war nicht einmal zum Kopfschütteln gekommen. «Warum sollte es uns dann umgekehrt gelingen? – Unsere Welt ist aus dem Gleichgewicht, unsere Waagschale scheint sich zu heben. Wir haben allen Anlass, uns bedroht zu fühlen. Wie aber mag sich das Bild von der Warte der Götter her ausnehmen?»

«Oder von der Warte der Frösche», murmelte Pol.

Ganz kurz schien ein Funke in den Augen des Alten aufzuflackern. Ein Anflug von Heiterkeit? Oder etwas anderes? Er ließ den Jungen los, und Pol atmete erleichtert aus, als ihm erlaubt wurde, auf eigenen Füßen zu stehen.

Théus betrachtete ihn noch einen Moment, dann wandte er sich wieder den Marschen zu. «Vor einem Menschenalter überzogen Felder goldener Ähren diese Ebene», sagte er leise. «Sie wiegten sich im sanften Wind, der ebenjenes Maß an Regen, jenes Maß an Sonne mit sich trug, welches das Korn im Überfluss gedeihen lässt. Die Ernten waren so üppig, wie wir es uns in diesen Tagen kaum ausmalen können. Doch war das den Bauern genug? Sie hatten ein eifersüchtiges Auge darauf, wer sich an ihren Feldern zu schaffen machte. Saatkrähen, Ratten: Wem es gelang, eines der Tiere zu erlegen, dem wurde die Beute in Gold aufgewogen, in silberner Münze mit dem Bilde der Athane.»

«Was blieb den Bauern anderes übrig?», sagte Pol immer noch heiser. «Wenn sie verhindern wollten, dass sich die Tiere an ihrer Ernte mästen?»

Ohne in seine Richtung zu sehen, nickte der Alte. «Gewiss. Schließlich wollten sie sich ja selbst an ihr mästen. Und ihre Schweine, Rinder und Ziegen noch dazu, die sie eines Tages erschlagen würden, um sich sodann auch an ihnen zu mästen. Ausgenommen jene Schweine, Rinder und Ziegen, die sie gegen neue Münzen eintauschen würden, mit denen sie allerlei zu erwerben gedachten, das ihr Leben bequemer und erfreulicher machte: eiserne Pflugscharen, warmes Wollgewebe, schweren Wein von jenseits des Südlichen Meeres. Nicht gerechnet die Münzen, mit denen sie jene entlohnen würden, die im folgenden Jahr die Ratten und Saatkrähen erschlagen würden. Münzen, deren Wert den Wert des Korns bei weitem überstieg, von dem sich die Tiere genährt hätten.» Erst jetzt sah er wieder zu Pol. «Du erkennst den Unterschied? Welche der beiden Seiten steht für ein Gleichgewicht in der Welt? Die Bauern – oder die Ratten und Saatkrähen?»

«Ich …» Pol hielt inne. Natürlich erkannte er den Unterschied. Ebenso wie er das nicht vollkommen unwesentliche Detail erkannte, dass die Bauern eben Menschen gewesen waren wie er selbst. Die Ratten und Saatkrähen dagegen … nun, sie waren eben Ratten und Saatkrähen gewesen. «Aber die Menschen hatten das Getreide angebaut», sagte er. «Es gehörte ihnen.»

Der Alte neigte den Kopf, schien den Einwand zu bedenken. «Du erinnerst dich an unsere Rast?», fragte er dann. «Gestern Abend, an einem Dickicht von verwilderten Frostbeeren, die wir uns haben munden lassen? Wie mag es sich wohl zugetragen haben, dass dort am Wege ein Frostbeerenstrauch gewachsen ist, fern jeder menschlichen Besiedlung? Wie mag es geschehen sein, dass der alte Walnussbaum, von dessen Nüssen wir heute Morgen aßen, einst im feuchten Sand Wurzeln geschlagen hat? Gewiss: Womöglich waren Reisende auf dieser Straße unterwegs, denen ihre Vorräte von Nüssen und Beeren aus den Taschen rutschten. Was aber, wenn ich dir erzählte, dass sich Nuss und Beere im dichten Fell des Wildes verfangen haben, um an einem fernen Ort zu Boden zu gleiten und ihre Art zu verbreiten? Die Beeren und Nüsse, von denen wir gegessen haben: Gehörten sie dann nicht in Wahrheit dem Wild? Haben wir uns diese Fragen gestellt?»

Pol zögerte, dann schüttelte er den Kopf.

«Wir rauben dem Strauch seine Beeren, der Biene ihren Honig», erklärte Théus. «Wir rauben der Kuh ihr Kalb und ihre Milch gleich dazu. Nehmen wir uns auch nur die Zeit, ihnen zu danken? Viele Tiere, gewiss, tun nicht viel anderes auf der Suche nach Nahrung, und ob sie sich bedanken, entzieht sich unserem Wissen. Kein Tier aber raubt so viel wie der Mensch.

So viel mehr, als es benötigt. – Nein, dieses Land ist auch heute nicht leer. Ratten, Krähen, Frösche, Möwen und so viele andere sind im Begriff, in ein neues Gleichgewicht zu finden. Sollte es die Augen der Götter nicht sehr viel stärker erfreuen als alles, was wir, die Menschen, ihnen anzubieten haben mit einer halbherzigen Entschuldigung, nach der wir womöglich weitermachen wie zuvor?»

«Aber das können sie doch nicht wollen! Sie können nicht wollen, dass unsere gesamte Stadt, unsere gesamte *Art* vernichtet wird!»

«So wie wir den Säbelzahn vernichteten in diesem Teil der Welt.» Die Stimme des Alten blieb streng. «Der Säbelzahn war ein gefährliches Raubtier. Und doch hat er weit weniger Unheil über andere Arten gebracht, als wir das getan haben.»

«Aber das war vor Jahrtausenden! Lange vor meiner …» Pol brach ab. *Von keinem Vater gezeugt, von keiner Mutter geboren.* «Lange bevor ich zur Welt kam. Sie müssen uns Zeit geben, Zeit zu lernen!»

Théus musterte ihn. Wollte Pol sich nur einbilden, dass sich seine Miene veränderte? Er konnte sehen, wie der Alte Atem holte, dann den Kopf schüttelte.

«Dem Säbelzahn wurde diese Zeit nicht gewährt», murmelte Théus. «Aber sie sind die Götter. Wie könnten wir ihren Ratschluss vorhersehen? Wenn tatsächlich du es bist, von dem die Prophezeiungen sprechen, und wenn es dir gelingt, die Höhen von Schattenfall zu erreichen – dann wird es dir freistehen, sie darum zu bitten.» Sein Blick wurde noch einmal eindringlicher. «Und an ihnen wird es sein, diese Bitte zu gewähren oder aber zu verwerfen. An ihnen wird es sein, dich zu prüfen.»

Pols Kehle war eng. Kalbsgroße Frösche. Säbelzähne. Spinnen, Seuchen und vergiftete Quellen. Und am Ende eine Horde von Göttern, die nur darauf wartete, der Menschheit und ihm als Vertreter dieser Menschheit den Todesstoß zu versetzen.

Wie nur war es möglich, dass er in ebendiesem Moment entschlossener war als jemals zuvor, die Reise nach Schattenfall tatsächlich auf sich zu nehmen?

SÖLVA

DIE NORDLANDE: JENSEITS DES AHNENGEBIRGES

Es sind Geräusche in der Luft. Geräusche wie flüsternde Stimmen, wie peitschendes Lachen. Geräusche, die überall sind und bald aus dieser, bald aus jener Richtung ertönen. Hufe hämmern über den hartgefrorenen Boden, eine kalte, blasse Sonne steht am Himmel. Keine Brise regt sich über dem Schnee, aber das Pferd jagt voran, dass ihr die Frostluft wie mit Messern ins Gesicht schneidet, ihre Augen beinahe blind macht.

Es ist die tellerflache Ebene jenseits des Ahnengebirges, die sich in Richtung auf die Erfrorenen Sümpfe erstreckt. Sie erkennt sie wieder, doch alles ist anders, als es sein sollte. Sie sitzt im Sattel, aber es ist keines der gemächlichen Trosstiere, das sie trägt, sondern sie spürt den schlanken Leib eines der pfeilschnellen Pferde unter sich, die auf den endlosen Weidegründen von Vindt für die Jagd gezüchtet werden. Tiere, die rascher sind und wilder als die grobknochigen Rosse, die die Krieger in die Schlacht tragen. Und sie hält sich sicher, der Griff um die schmalen Zügel ist ihr vertraut. Der Griff einer geübten Reiterin, die sie nicht ist.

Das Bild ist trübe, verschwommen an den Rändern. Sölva weiß, dass sie sich in einem Traum befindet.

Sie ist nicht allein. Ihr Blick ist vorwärtsgerichtet, doch an den Grenzen ihres Sichtfeldes sind Schatten. Schatten von Reitern, einer zur

Linken, ein anderer zur Rechten, mal um eine Winzigkeit voran, mal ein Stück zurückfallend. Ein halsbrecherischer Ritt um die Wette über harschen Schnee, Schollen schrundigen Eises, die unvorbereitet tückisch aus dem Boden hervorstehen. Wenn dieser Ritt ein Wettspiel ist, so muss der Preis ein hoher sein.

Die Hufe trommeln auf den Schnee, der Puls stampft in ihrer Kehle. Das Pferd fliegt schneller, und sie hört die Rufe der anderen Reiter, atemlos lachend im Rausch der Geschwindigkeit, fluchend zugleich im verbissenen Wettstreit. Vor ihr ist jetzt blankes Eis, einer der Altwasserarme des großen Nordstroms, und sie begreift, dass es zu gefährlich wird, das Rennen an dieser Stelle fortzusetzen. Hastig versucht sie, das Pferd zu zügeln, kämpft an gegen die Kraft des widerspenstigen Tieres.

Ein tiefes Stöhnen. Es kommt aus ihrer Kehle, von ihrem Körper, der sich zwischen den Fellen herumwirft, sich aus dem Traumgebilde zu lösen sucht. Doch es gelingt ihm nicht, und dann ist das Ross auf dem Eis. Für den Bruchteil eines Atemzugs finden die Hufe keinen Tritt, und im nächsten Moment ... Es ist keine Bewegung, so nimmt sie es nicht wahr. Es ist ein blitzartiger Eindruck, mit dem die dunkle Rinne auf sie zukommt, die von der Strömung offen gehalten wird. Wie sie sich aus dem Sattel löst, auf dem Wasser auftrifft und auf der Stelle versinkt, das ist nicht wahrnehmbar. Schwärze, Schwindel, Enge, als der Sog des dunklen Gewässers sie unter das Eis drückt. Das Pferd, wo ist das Pferd?

Benommenheit. Für einen Lidschlag das Gefühl zu schweben, schwerelos. Doch wo ist oben, wo ist unten? Irgendwo, verschwommen, ist mattes Licht. Das Tageslicht, die Oberfläche, und es gelingt ihr, sich in diese Richtung zu wenden. Die Kälte des Wassers lässt ihren Körper erstarren, unter Schmerzen beschreibt sie einen Schwimmzug: nach oben, zum Licht, zur Luft, und ... Hart schlägt ihre Stirn von unten gegen das Eis, und im nächsten Moment sind Schatten zu erkennen, die sich über ihr langsam nähern. Sie sind unkenntlich, doch sie weiß, dass es die beiden Reiter sind, die vorsichtig nahe herantreten, dann innehalten, reglos.

Sehen sie sie nicht? Wagen sie sich nicht weiter vor? Ihre Fäuste hämmern gegen die Barriere, Schwärze füllt ihren Kopf, und nun gibt es keine bewussten Bewegungen mehr. Nur Angst. Panik. Fingernägel brechen blutig ab, als ihre Hände abgleiten von der matten gläsernen Decke, die sie durchbrechen muss zur Luft, zum Licht hin und …

Ein Keuchen. Sölva fuhr in die Höhe.

Ihr Herz raste zum Zerspringen. In Bächen lief der Schweiß von ihrem Körper. Um sie her war Dunkelheit.

«Was?» Eine schlaftrunkene Stimme. Terve. Morwen hatte noch lange mit dem Kriegsrat zusammengesessen, sodass sie heute bei dem Mädchen in ihrem gemeinsamen Quartier nächtigte. «Hast nur geträumt.» Ein undeutliches Murmeln. «Leg dich einfach … wieder …» Ein wohliges Geräusch, und die Trossdirne war wieder eingeschlafen, ein undeutlicher Schatten im Zwielicht. Eine Ahnung der Wachtfeuer drang aus dem Freien in die kleine Jurte, die Sölvas ältester Bruder den Freundinnen zur Verfügung gestellt hatte.

Schwindlig sah das Mädchen sich um. Die Felle waren zu Boden geglitten, doch die Hitze flutete durch Sölvas Körper. In diesem Moment mochte sie kaum den wollenen Stoff des verschossenen Kittels, den sie als Nachtkleid trug, am Leibe behalten. Dann, im nächsten Augenblick, kam die Kälte, und Sölva raffte die Felle wieder an sich.

Raus hier. In der Feuerstelle glommen Reste der Glut vom Vorabend. Draußen würde es noch einmal kälter sein, doch sie musste ins Freie, wenn sie nicht ersticken wollte. Ersticken unter dem Eis, während die beiden Reiter …

Sie schlug die Felle vor dem Ausgang beiseite, stolperte aus der Jurte. Die Luft stach wie Nadeln in ihre Lungen, und schwer stützte sie sich auf die Filzmatten über dem Gestänge.

«Warum haben sie mich nicht gesehen?», flüsterte sie. Ihr

Herz wollte sich nicht beruhigen. «Die Reiter müssen mich gesehen haben!»

Die Sonne hatte im Rücken der Männer gestanden, so hoch am Himmel, wie das nur möglich war so nahe an der längsten Nacht des Jahres. Konnte die Reflexion auf dem Eis sie geblendet haben? Selbst das war keine Erklärung; sie mussten gesehen haben, wo Sölva in der schwarzen Tiefe verschwunden war. Gerade dass sie ihre eigenen Tiere noch zum Stehen gebracht haben konnten, und das bedeutete ... Sölva hielt inne.

Nein.

«*Hast nur geträumt*», wisperte sie, wiederholte die Worte ihrer Freundin. War es möglich, dass sie mit einem Mal nach einer Frage klangen?

Sie verharrte. Zögernd begann sich der Schwindel in ihrem Kopf zurückzuziehen. Sie holte Atem, und erst jetzt drang die Kälte wirklich in ihr Bewusstsein. Sie zog die Felle enger um die Schultern, doch wenn sie sich zum Schlafen legte, streifte sie ihre dünnen Lederschuhe ab. Sie waren in der Jurte geblieben. Schon waren ihre Fußsohlen, die Knöchel und Waden ohne Gefühl, und trotzdem konnte sie nicht zurück ins Zelt, sich von neuem niederlegen. Sie würde blind ins Dunkel starren, voller Angst, die Augen noch einmal zu schließen und sich in ihrem Traum wiederzufinden, im erstickenden Zwielicht unter dem Eis.

Du wirst erfrieren, wenn du dich nicht bewegst. Ohne dass sie sich bewusst dafür entschieden hatte, setzte sie einen Fuß vor den anderen, zwischen den Zelten hindurch. Die Quartiere von Morwens Gefolgsleuten mischten sich mit Schlafstätten, deren Bewohner sich einem anderen von Morwas Söhnen angeschlossen hatten, anderen Anführern des Aufgebots. Wo die Krieger aus den Küstenstädten ihr Lager aufgeschlagen hatten, konnte sie selbst in völliger Dunkelheit am leichten Fischgeruch erkennen.

Finsternis lastete über dem Lager, aber in einem bestimmten Maß waren die unterschiedlichen Färbungen der Nacht ihr vertraut, seitdem sie die Kette des Ahnengebirges hinter sich gelassen hatten. Die dunkelste Stunde, dachte Sölva, ist die Stunde vor der Morgendämmerung. Der Tag konnte nicht mehr fern sein, und nun, da die Raunacht beinahe gekommen war und die Tagesstunden kurz und flüchtig waren, musste jede Ahnung von Licht genutzt werden. Bald würden die Hornsignale das Lager wecken, und sobald die Dämmerung den Himmel färbte, würde sich der Heerbann erneut zum Aufbruch bereitmachen. Noch aber lag die Ruhe des Schlummers über den Zelten. Vorsichtig setzte Sölva einen Fuß vor den anderen. Dass der Rausch einen der Männer im Freien niederstreckte, geschah selten, doch es kam vor.

Gassen trennten die Reihen der Zeltbehausungen voneinander, und wo sie zusammenliefen, stieg der Rauch von Wachtfeuern in den Nachthimmel. Jeweils zu zweit hüteten Krieger die Flammen, sprachen zuweilen gedämpft miteinander. Und Sölva wusste, dass rings um das Lager weitere Wachtposten eingeteilt waren, unsichtbar allerdings, eins mit der Nacht in die Schwärze spähend. Die so wohlgeordnete Zeltstadt, die an einem jeden Abend an einem anderen Ort aus dem Boden wuchs, versprach Sicherheit, doch diese Sicherheit war trügerisch. Die Hasdingen konnten nun auf keine Deckung mehr hoffen, bis sie sich mit dem Rücken zu den Erfrorenen Sümpfen wiederfanden. Nichts hatten die Tiefländer mehr zu fürchten als einen verzweifelten Angriff im Schutz der Dunkelheit.

Über den Reihen der Zelte erhob sich der höhere Umriss von Morwas Jurte. Ein Feuer, geschürt von zweien der Eisernen, verlieh den Keilerschädeln über dem Zugang zuckendes Leben. In diesem Moment wurden die Felle beiseitegeschlagen, und jemand schob sich ins Freie. Sölva konnte nicht erkennen, um wen es sich handelte, jedenfalls um keinen ihrer Brüder, und sie hatte ohnehin keine Augen für diese Gestalt. Einen Lidschlag lang war der Blick in die Jurte frei. Öllampen tauchten den Innenraum in gelbliches Licht, mehrere Männer hatten sich um Morwas Stuhl versammelt, die mit angespannten Mienen untereinander Zwiesprache hielten. Kurz sah sie Morwen und Mornag, aber auch einen jungen Mann, den sie nicht kannte. Einen jungen Mann mit dem flammend roten Haar der Leute aus Thal und in einem goldenen Panzer, wie Jarl Hædbærds Boten ihn getragen hatten, als sie mit der Gefangenen aus dem Süden im Lager eingetroffen waren. Es war schon mehrfach geschehen, dass Gruppen von Tiefländern zum Heerbann aufgeschlossen hatten, um Morwas schrumpfende Scharen zu verstärken. Das aber war nicht das Erstaunliche. Sölva kniff die Augen zusammen. *Sie sind immer noch beim Kriegsrat?* So wenig sie die Stunde mit Sicherheit abschätzen konnte, so eindeutig musste die Nacht weit fortgeschritten, die Dämmerung nahe sein.

Eben, während sie auf andere Gedanken gekommen war, hatte ihre Unruhe sich zu legen begonnen. Jetzt erwachte sie von neuem. Was konnte diese Versammlung anderes bedeuten, als dass der letzte Kampf bevorstand? Morleif, der jüngste ihrer Brüder, war am Vortag mit einigen Männern auf Erkundung ausgeritten. Sölva hatte nichts mehr davon mitbekommen, dass er wieder im Lager eingetroffen wäre, doch natürlich musste er längst zurück sein. Was für Nachricht konnte er mitgebracht haben?

Eine merkwürdige Stimmung hatte in den vergangenen Tagen vom Zug des Bündnisses von Ord Besitz ergriffen. Bis zur Schlacht an den Hängen der Ahnmutter war jedermann davon ausgegangen, dass die Niederwerfung der letzten Rebellen kaum mehr als eine lästige Pflichtübung darstellen würde. Der eigentliche Gegner würde die Kälte sein. Doch niemand hatte sich ausmalen können, was die tägliche Gegenwart des Eises tatsächlich bedeuten würde. Noch immer blieben mit jedem Tag Tiefländer unter eilig aufgeworfenen Hügeln zurück, ihre Ruhestätte dem steinhart gefrorenen Boden abgetrotzt. Männer – und ebenso Frauen vom Tross –, die keine Verletzung erlitten hatten und nichts als der Kälte erlegen waren, dem Husten und dem Fieber, das im Heerbann um sich griff.

Und dennoch war es das nicht allein. Sie hatten die Hasdingen unterschätzt. Niemand sagte es laut, jedenfalls nicht in Sölvas Gegenwart, doch der Hetmann hatte einen Fehler begangen. Sie hätten die Männer des Gebirgsstammes ihrem Schicksal überlassen sollen. Der Winter selbst hätte den Aufständischen ein Ende gemacht. Kein Mann, keine Frau des Bündnisses hätte noch sterben müssen. Und nun, die Raunacht vor Augen, befanden sie sich in einem Gebiet, in das seit Ottas Zeiten kein Tiefländer einen Fuß gesetzt hatte. Das Aufgebot war noch immer gewaltig, und die tröpfelnd eintreffenden Verstärkungen taten ein Übriges, dass sie den Hasdingen nach wie vor um ein Vielfaches überlegen sein mussten. Doch konnte irgendjemand länger ausschließen, dass die Rebellen eine neue, letzte Tücke planten? War es denkbar, dass der sicher geglaubte Triumph sich im letzten Augenblick in etwas völlig anderes verwandelte?

Morwa selbst hatte sich verändert. Reglos im Sattel zog er dem Aufgebot voran, seine Gestalt ein Bündel von Fellen. Selbst den alten Rodgert duldete er nur noch selten an seiner Seite, selbst Mortil, der so viel in Erfahrung gebracht hatte über die

Landschaft des Nordens. An keinen seiner Söhne schien er noch mehr als die nötigsten Worte zu richten. Die vordersten Reihen des Heerbanns hielten Abstand von ihrem Hetmann, ohne dass sie jemand dazu aufgefordert hatte. Als ob er, der immer einer von ihnen gewesen war, nun nicht länger dazugehörte, nicht länger vollständig dieser ihrer Welt zuzurechnen war. Ein ferner Fixstern, dem sie folgten, und es ging keine Wärme von ihm aus. Sein bleiches Leuchten stand über dem Norden, über der Decke aus harschem, altem Schnee ohne Zeichen und Wegpunkte unter einem eisigen grauen Himmel. Was, wenn es tatsächlich einen Weg gab, den allein er sehen konnte, über Meilen und Meilen ebenen Landes, durchzogen von den überfrorenen Zuflüssen des Nordstroms? Die Straße zum Sieg, zum wiedererstandenen Königreich von Ord? Nein, so fühlte es sich nicht an.

«Etwas muss ihm geschehen sein», flüsterte Sölva. Und war ihr nicht klar, was das gewesen war? Wusste sie es nicht besser als jeder andere lebende Mensch, die Frau mit Namen Ildris ausgenommen? Die dunkelhäutige Fremde hatte sein Leben gerettet. Hätte sie nicht eingegriffen: Der größte Kriegsherr seit den Tagen der Alten wäre von einer Bande halb verhungerter Hasdingen dahingestreckt worden. Drei Jahrzehnte lang hatte der gesamte Norden der Welt vor Morwa, Mordas Sohn gezittert, und nun war er so schwach, dass eine Frau ihm helfen musste.

«So schwach», murmelte das Mädchen. Es waren nicht die Verletzungen allein, die Wunden, die er an der Ahnmutter davongetragen hatte. Sölva konnte nicht sagen, wann sie es erkannt hatte, vielleicht tatsächlich erst in jenem Moment, in dem sie eins gewesen war mit Ildris und den Wurzeln des Mooses: Ihr Vater war krank, schwer krank. Ein Leiden, das er mit immer größerer Mühe zu verbergen suchte, drückte ihn in den Sattel. Doch konnte sie die Einzige sein, die das erkannt hatte? Was, wenn es längst auch andere begriffen hatten, wenn es ihren Brüdern klar war? War es nicht so, dass sie den Hetmann – und einander – mit anderen Augen betrachteten seit der Schlacht an den Hängen des Ahnengebirges? Oder gar länger schon, seitdem der Zug von neuem in den Norden aufgebrochen war?

Sie fröstelte, die Augen weiter auf die Jurte mit den Keilerschädeln gerichtet. Die Vergessenen Götter zürnen, dachte sie. Und die Dunkelheit wird kommen. Was würde geschehen, wenn Morwa, Mordas Sohn, nicht mehr da war, um sie zurückzuhalten?

Noch war es nicht so weit, doch es war nicht länger seine Kraft, die jenen Tag hinausschob. Es war Ildris allein. Sölva glaubte sie zu spüren, wie sie zu dieser Stunde in ihrem abgeteilten Bereich der Jurte lag, versunken in verwirrenden, dunklen Träumen. Welche unfassbaren Kräfte mussten in ihr wohnen, dass sie zu solchen Taten in der Lage war?

«Du weißt es», wisperte sie. «Du weißt, was in ihr wohnt. Und Terve hat es ebenfalls gesehen, und wer weiß wie viele Leute noch.»

Für einen Moment nur war das Mädchen auf den Gedanken verfallen, die Fremde könnte Sölvas eigenen Halbbruder oder ihre Halbschwester unter dem Herzen tragen. Schließlich teilte der Hetmann seine Jurte mit ihr. Doch natürlich konnte Sölva rechnen. Seit einigen Wochen erst begleitete Ildris den Heereszug. Ihre Schwangerschaft war bedeutend weiter fortgeschritten. Ihre Stunde musste bereits nahe sein. Ein Kind des Südens, dachte das Mädchen. Und am äußersten nördlichen Rand der Welt würde es seine ersten Atemzüge tun. Warum auch immer: Es war ein Gedanke, der ein erneutes Frösteln verursachte.

«Dann dürfen wir uns das nicht gefallen lassen!»

Sie fuhr zusammen, machte unwillkürlich einen Schritt zur Seite, konnte nur mit Mühe verhindern, dass sie in die Matten des Zeltes zu ihrer Rechten stolperte. Doch aus einem anderen Zelt, dem Zelt gegenüber, war die Stimme ertönt. Es war etwas höher als die umgebenden Quartiere, und an der Stange in seiner Mitte war eine Standarte eingehängt, die sie in der Dunkelheit nicht erkennen konnte. Ohne Zweifel aber handelte es sich um die Unterkunft eines Mannes, dessen Worten die Krieger seines Stammes Gehör schenkten. Und seine Sprache hatte den harten Klang des Gebirges.

«Bitte ... Alric, sprich leiser, ich flehe dich an! Wenn dich irgendjemand hört!»

Diese Stimme, eine zweite Stimme, war tatsächlich leiser. Mit klopfendem Herzen hielt Sölva inne. Waren nicht schon seit einer Weile Stimmen zu hören gewesen? Vermutlich. Selbst nach dem erschöpfendsten Tagesmarsch sank nicht jeder einzelne Krieger übergangslos in den Schlummer, sobald die Lagerstatt errichtet war. Wann sollten Frauen wie Terve schließlich ihre Münzen verdienen? Und auch so mochte dieser oder jener Mann noch lange wach liegen, gequält von den Schmerzen einer hartnäckigen Wunde, unruhig angesichts der bevorstehenden Schlacht. Oder aber im Gespräch mit seinen Kampfgefährten. An den meisten Zelten waren Leinwand und wärmende Matten nur dünn. Doch wer über Monate hinweg Seite an Seite ritt und focht und schlief, der lernte, nicht auf jedes halblaut gesprochene Wort zu lauschen.

Und trotzdem. Sie rührte sich nicht. Sie konnte nicht sagen, was genau es war, das sie verharren ließ. Der Tonfall des ersten Sprechers möglicherweise – Alric. Ein Ton, aus dem mühsam gebändigte Wut sprach. Was ein Grund mehr hätte sein müssen für Sölva, ihren Weg so rasch wie möglich fortzusetzen, anstatt auf ein Gespräch zu horchen, das sie nichts anging, und sich der Gefahr auszusetzen, ertappt zu werden. Möglicherweise war es eine Eingebung. Hatte sich ihr Frösteln, ihre Gänsehaut nicht unvermittelt verstärkt? Was hinter den Matten gesprochen wurde, war von Bedeutung. Wie in den Wurzeln des Mooses, dachte sie. Sie hätte nicht zu sagen gewusst, warum sie diesem und nicht jenem Strang des verzweigten Gewächses folgen musste, und doch war es an keiner Stelle eine Frage gewesen. Weil es so sein musste. Weil die Ordnung der Dinge selbst die Richtung wies – so wie die Richtung ihrer Füße zu diesem Zelt, in diesem Moment?

«*Es war keine Schande, gegen Mordas Sohn zu fechten.*» Jetzt dämpfte auch Alric die Stimme ein wenig. «*Und genauso wenig war es eine Schande, von ihm besiegt zu werden, die Waffen vor einem Mann zu strecken, den man als den neuen Otta ansieht. Bis dahin haben wir nicht anders gehandelt, als auch unsere Altvorderen gehandelt hätten bis zurück in Thormunds Zeiten. Doch kannst du dir vorstellen, dass diese Männer zugesehen hätten, wie irgendein Hetmann sie in einem solchen Wahnsinn ...*»

«*Beim Feuergott, wenn dich jemand ...*»

«*Nein! Sollen sie mich hören! Sollen sie hören, was doch jeder zweite von ihnen weiß! Ich habe mit Männern aus der Feste bei Ardo gesprochen und mit Fastred und Fafnar, Fastholms Söhnen, den vasconischen Brüdern. Die Vasconen waren nie unsere Freunde, aber sie alle sehen es ganz genauso. Der alte Eber liegt im Sterben. Mit einem Fuß ist er schon auf der anderen Seite. Worauf es aber nicht ankommt. – Auf sie allein kommt es an. Auf sie, die alles tut, dass er nicht mehr bei Sinnen ist. Auf die Hexe aus dem Süden.*»

Sölvas Herz überschlug sich. In diesem Moment aber entstand Unruhe im Zelt. Sie wagte nicht mehr zu atmen. Was ging dort vor? Versuchte der andere Mann, Alric mit Gewalt zum Schweigen zu bringen? Nein, sie sprachen weiter, heftiger als zuvor, doch Sölva konnte die folgenden Worte nicht verstehen. In diesem Moment stand sie tatsächlich kurz davor, so schnell wie möglich zu verschwinden. Was, wenn einer der beiden ergrimmt ins Freie stürmte?

«... ein Seelensauger.» Alric schien Atem zu holen, fuhr dann mit veränderter Stimme fort, als ob er einen alten Sinnspruch aufsagte. «*Sie trinken dein Blut,/ sie trinken den Mut,/ mit Stärke und Sinn/ fließt's Leben dahin. – Die Lieder der Alten sind voll mit Geschichten über jene Weiber und ihre Rachsucht. Und Jarl Hædbærds Patrouille hat die Frau geschändet, heißt es. Jeder einzelne seiner Männer, einer nach dem anderen. Sie haben ...*» Einen Moment lang war Sölva nicht unglücklich, dass sie nicht jedes Wort verstehen konnte. «*... will sie sich rächen ... redet ihm ein, den Feldzug fortzusetzen, weiter und weiter in dieses Land, das nicht für Menschen gemacht ist. Entweder werden die Hasdingen uns töten, oder die Kälte selbst wird den letzten Schlag führen, und beides ist noch das beste, was einem Mann von Ehre geschehen kann.*»

Atemlos hielt Sölva inne, und sie stellte sich vor, dass auch der Mann, mit dem Alric seine Jurte teilte, an den Lippen des anderen hing. Alric war noch nicht fertig. Erst jetzt kam das Entscheidende.

«*Denn sie will nicht unseren Tod.*» Die Stimme war ein Raunen. «*Sie will etwas, das noch viel weniger zu ertragen ist für einen Mann des Gebirges. Aus einem einzigen Grund ist sie hier: weil sie bestimmen will, wer nach dem Tod des Ebers seinen Reif tragen soll. Hetmann des Bündnisses, König von Ord von ihren Gnaden. Ihren Wünschen verpflichtet. Und dann werden wir, Krieger der Hochlande, nicht allein für einen aus dem Tiefland kämpfen, wie es schon kaum mit der Ehre zu vereinbaren ist, sondern wir werden ihre Sklaven sein. Sklaven einer Hure aus der Hölle des Südens!»*

Das Mädchen war erstarrt. Verrat. Jedes Wort dieses Mannes schrie Verrat. Ein Hetmann über die Reiterstämme des Tieflands hätte ihn an Armen und Beinen zwischen seine Rosse spannen lassen, bis sie seinen Körper in Stücke rissen – für weit weniger als solche Worte. Und dennoch ... Was, wenn etwas von Alrics Worten die Wahrheit war, nur ein Splitter davon? Morwa, Sohn des Morda, war tatsächlich krank, lag womöglich auf den Tod darnieder. Einzig Ildris hielt ihn am Leben, und dass sie über Kräfte verfügte, die die einfachen Leute als Hexerei ansehen mussten, hätte Sölva in eigener Person bezeugen können.

Ganz genau, schien eine Stimme in ihrem Kopf zu flüstern. *Weil sie eben das sind: Hexerei*. Doch nein. Sie ballte die Fäuste. Ildris war kein verhutzeltes, böses Weib wie die alte Tanoth, die den Trossdirnen ihre ungeborenen Kinder aus dem Leibe riss. Ihre Kräfte hatten nicht allein das Leben des Hetmanns gerettet, sondern ebenso ihr eigenes, Sölvas Leben und das Leben des kleinen Balan noch dazu. Das Leben jedes Einzelnen im Lager womöglich, indem sie verhindert hatte, dass der Hetmann unter den Äxten und Schwertern der Hasdingen an den Hängen der Ahnmutter gestorben war. Wäre sie nicht gewesen ...

Auf einen Schlag schien sich die Kälte in ihrem Körper in blankes Eis zu verwandeln. Was wäre geschehen, wenn Morwa an der Ahnmutter gefallen wäre? Ihre Brüder hätten sich gegeneinander erhoben im Kampf um den Reif von Eisen, den Reif von Bronze des künftigen Königs von Ord. Die bis vor kurzem so bitter verfeindeten Stämme hätten zu den Waffen gegriffen, sich diesem oder jenem von ihnen angeschlossen, und innerhalb der Stämme selbst wären Zwistigkeiten ausgebrochen. Mit dem Schwert wäre Bruder gegen Bruder losgegangen, und Sölvas eigene Brüder allen voran. Morwen gegen Mornag. Mortil gegen Morleif, der Sölva kaum drei Jahre voraushatte und ihr liebster Spielgefährte gewesen war, bevor er sich in einen kühnen und hochmütigen Reiterführer verwandelt hatte, als der Krieg gegen die Hochlande begonnen hatte. Sölvas eigener Platz wäre natürlich an Morwens Seite gewesen, sodass all ihre anderen Brüder gegen sie gestanden hätten. Ildris' Eingreifen aber hatte verhindert, dass es dazu kam. Doch war das tatsächlich so?

«Nein», flüsterte sie. «All das wird eben jetzt geschehen. Ganz genau so wird es kommen, wenn Vater stirbt, ohne dass er Morwen zum Erben bestimmt und jeden einzelnen Krieger auf ihn schwören lässt, Mornag, Mortil und Morleif vor allen anderen.»

Ihr Atem ging hektisch. Sie musste mit Morwen sprechen, musste ihm erzählen, was sie gerade begriffen hatte. Doch nein, unmöglich, jetzt mit ihm zu reden. Er befand sich im Zelt des Hetmanns und … Nein. Sie hielt inne. Es war vollkommen unnötig, ihm davon zu berichten. Denn er wusste es! Er wusste es längst. Mit Sicherheit stand es ihm längst schon vor Augen. Jedem, ging ihr auf, musste es bewusst sein, auch Alric und seinem Gefährten, die in ihrem Zelt noch immer zischend Zwiesprache hielten, während Sölva wie erstarrt im Freien stand und, ja, jetzt war sie sicher, dass der Himmel im Osten sich blasser zu färben begann, die Morgendämmerung beinahe gekommen war. Jeden Augenblick würden die Wächter ihre Hörner blasen und die beiden Krieger würden aus dem Zelt stolpern und die Lauscherin entdecken.

«*Doch wir haben ihre Ränke erkannt.*» Um eine Winzigkeit atmete sie auf. Alric hatte die Stimme gesenkt, doch nichts deutete darauf hin, dass er etwas von ihrer Anwesenheit ahnte. *«Wir haben sie vorausgesehen. Wir wissen, was sie beabsichtigt, und wir werden handeln, ehe es zu spät ist. Fastholms Söhne mit ihren Männern und dazu viele von unseren eigenen und was von den Jazigen noch am Leben ist. Und nicht wenige Tiefländer, selbst aus Elt. Diejenigen, die ihm folgen.»*

Sölvas Stirn legte sich in Falten. *Die ihm folgen?* Wem folgten sie? Und wie würde ihr Handeln aussehen?

«Wenn der Sohn des Morda nicht mehr Herr seiner Sinne ist, dann wird sein Heerbann entscheiden, auf wessen Scheitel nach seinem Tod der Reif von Eisen kommt.» Die Stimme war nun kaum mehr als ein Flüstern, und das Mädchen, mit rasendem Herzen, musste sich anstrengen, die Worte zu verstehen. *«Und es wird nicht derjenige sein, dem die Hure ihn aufsetzen will mit ihren Verbündeten, dem alten Narren in seiner Kutte und der Tochter der Kebse.»* Sölva presste die Hände vor den Mund, doch sie lauschte, lauschte voll Entsetzen. *«Noch ahnen sie nichts davon»*, wisperte Alric. *«Doch es hat schon begonnen.»*

Worte, die in einem Ton gesprochen wurden ... Wie eine dunkle Prophezeiung, dachte das Mädchen. Etwas, dessen Alric sich vollkommen sicher war, weil Fastred, Fafnar und ihre Mitverschwörer ihn, einen Mann von Einfluss, ins Vertrauen gezogen hatten. Was auch immer im Begriff war zu geschehen: Es war bereits im Gange. Und Sölva selbst war ein Ziel ihrer Pläne, nicht anders als Ildris und der Hochmeister es waren. Wer anders als der greise Ostil konnte gemeint sein mit dem alten Narren in seiner Kutte? Wenn in diesem Augenblick das Hornsignal, der Weckruf, ertönte, dann würden sie Sölva ...

Tiefe, düstere Töne schollen durch die Dunkelheit. Sölva stolperte, fing sich, stolperte erneut. Irgendwo hinter ihr wurde es lebendig, doch diesmal vermochte sie sich nicht abzufangen, stieß sich das Knie auf, als sie der Länge nach auf den gefrorenen Boden stürzte.

Geräusche. Felle wurden beiseitegerissen. Alrics Stimme, eine Antwort seines Gefährten. Sie konnte die Worte nicht verstehen, aber im nächsten Moment kamen die Stimmen näher, und eine Hand aus Eis griff um ihr Herz.

Und dann waren sie an ihr vorüber, entfernten sich. Die Männer hatten sie nicht gesehen, sie war unsichtbar gewesen in der Finsternis hinter dem Umriss des Nachbarzeltes, über dessen Schnüre sie gestolpert war. In diesem Augenblick aber regte es sich auch in jenem Zelt. Gehetzt, mit einem mühsam unterdrückten Schmerzenslaut kam sie in die Höhe. Der Weckruf. Binnen Augenblicken würden die Menschen aus ihren Jurten …

Sie verharrte. Ein einzelnes Horn nur ertönte dunkel und schaurig über dem Feldlager. Nirgendwo wurde sein Ruf aufgenommen. Eines der Wachtfeuer war nur wenige Schritte entfernt. Die beiden Krieger dort hatten sich erhoben, blickten unschlüssig in Richtung der großen Jurte, der Jurte mit den Keilerschädeln. Denn von dort musste der erste Ruf ertönen, in den sodann die Hörner an sämtlichen Wachtfeuern einstimmen würden. Das Zeichen, dass ein neuer Tag des endlosen Zuges begonnen hatte.

Doch jetzt fiel Sölvas Blick auf die beiden Eisernen, die die Flammen vor Morwas Zelt gehütet hatten. Auch sie waren aufgestanden, keiner von ihnen aber blies das Horn. Ratlos blickten sie auf den Zugang der Jurte.

Die Felle wurden beiseitegeschlagen. Eine sehnige Gestalt stürmte ins Freie: der alte Rodgert, der mit bellender Stimme Befehle erteilte, während sich ein Stück rechts vom Zelt des Hetmanns in der Ferne etwas regte. Pferde, doch nein, keine

Angreifer aus dem Dunkel. Kundschafter, die von ihrem Ritt zurückkehrten.

Jetzt? Verwirrt starrte Sölva auf die Szene. Mussten Morleif und seine Begleiter nicht seit Stunden zurück sein? Was sonst als die Nachrichten, die sie gebracht haben mussten, sollte der Grund für die Versammlung in Morwas Jurte sein? Hatte der Hetmann zusätzliche Späher ausgesandt, mitten in der Nacht?

Jedenfalls war das Hornsignal nicht der Weckruf gewesen. Es war von den Kundschaftern gekommen, doch nun, auf ein Nicken Rodgerts hin, brachte auch einer der Eisernen sein Horn an die Lippen, stieß hinein, und sofort wurde die Botschaft an anderen Stellen des Lagers aufgenommen. Die aus dem Schlaf Gerissenen näherten sich ohnehin bereits der freien Fläche vor dem Zelt des Hetmanns, verwirrt, neugierig, was das Geschehen zu bedeuten hatte, nicht anders als Sölva selbst, die jetzt ohne Zögern ebenfalls näher trat. Eine Entdeckung hatte sie nicht mehr zu fürchten. Wie Alric und sein Gefährte aussahen, wusste sie nicht, doch sie mussten sich unter jenen befinden, die sich vor der Jurte drängten.

Wie von selbst bildete sich eine Gasse, durch die die Reiter des Trupps den Platz vor Morwas Wohnstatt erreichten, ein Dutzend von ihnen, die ein Packpferd am Zügel führten. Nein, kein Packpferd. Das Tier war kleiner und schmaler, ein Jagdpferd, wie es die Kundschafter … Sölva erstarrte.

Ein verwegener Ritt um die Wette. Ein Ritt auf den raschen Rossen aus den Ebenen von Vindt. Der zugefrorene Arm des Nordstroms, auf dem die Hufe wegrutschten. Die kalte Tiefe, und auf dem Eis die Schatten der beiden Reiter.

Eis. Auf einen Schlag war die Kälte wieder da, und sie war mächtiger als zuvor, gewaltiger. Dinge, die nichts miteinander zu tun hatten, verbunden einzig durch ihre Abfolge rasch hintereinander: Ein Traum war ein Traum. Die düsteren Worte, mit denen ein Anführer der Bergstämme über Pläne schwadronierte, nach denen er und seine Mitverschwörer dem Bündnis einen Hetmann ihrer Wahl aufzwingen würden, waren womöglich nicht mehr als prahlerische Rede. Und jeden Tag kehrten Kundschafter unter Führung von Sölvas Brüdern auf ihren raschen Pferden ins Lager zurück. Nichts hatte mit dem anderen zu tun – doch war das so? *War das tatsächlich so?* Wurzeln, Stränge des Mooses, die ein verwirrendes Geflecht bildeten, undurchschaubar und doch erfüllt von einem tiefen, verborgenen Sinn.

Ihr Blick haftete am Sattel des Packtieres, das kein Packtier war. Hafteten an dem unförmigen Umriss, der quer über dem Sattel lag, verhüllt von einem Kriegsmantel, jetzt besser sichtbar, als die Kundschafter den Lichtkreis des Wachtfeuers erreichten und gleichzeitig die fahle Dämmerung die Gegenstände stärker hervortreten ließ.

Etwas Unbekanntes lenkte die Schritte des Mädchens, als es sich langsam auf die Szene zubewegte, die Reihen der Zelte hinter ihm zurückblieben, ebenso die Reihen der Krieger, als sie jene Tochter ihres Hetmanns erkannten, der der Sohn des Morda in den letzten Wochen wiederholt eine gewisse Aufmerksamkeit zu widmen schien.

Der Umriss über dem Sattel: ein Körper, ein menschlicher Körper von schmaler Gestalt. Die schweren Stiefel eines Kriegers ragten unter dem dunklen Kriegsmantel hervor, doch sie wirkten zu groß, seltsam unangemessen für den traurigen, reglosen Leib. Als hätte sich ein Kind in Panzer und Waffen eines Kriegers gegürtet, ein Kind, dem niemand zu sagen wagte, dass es ein lächerliches, im besten Falle ein rührendes Bild abgab.

Worte, die nun niemals fallen würden, weil die strenge Würde des Todes selbst sie unmöglich machte.

Köpfe wandten sich in Sölvas Richtung. Wenige Schritte noch trennten sie von dem Reittier und seiner leblosen Last.

Bleib stehen!

Sölva erstarrte. Die Worte waren in ihrem Kopf.

Dreh dich nicht um. Geh nicht zurück. Lass sie zu dir aufschließen.

Ihr Blick huschte nach links. Mehrere Gestalten waren aus der Jurte ins Freie getreten. Einer der Eisernen hielt die Felle zurück, ließ sie passieren: Sölvas Vater trat auf die freie Fläche. Er hielt sich gerade, doch für jeden musste jetzt zu erkennen sein, unter welcher Anstrengung er sich zu dieser Haltung zwang. Der Rotschopf in seinem goldenen Panzer war an seiner Seite, ein gutaussehender junger Mann. Nein, dachte Sölva, nicht mehr als ein Jüngling. Ein halbes Dutzend Jahre, die er ihr vorausshaben mochte. In seinem Rücken folgte Gunthram, der Jarl der Jazigen, das Haupt mit Stoffbahnen umwunden, nachdem ihn der Steinschlag an der Ahnmutter um ein Haar unter sich begraben hätte wie so viele seiner Männer. Und gleich darauf Sölvas Brüder: Morwen, dann Mornags düstere Gestalt, schließlich auch Mortil, die Finger um den Bergkristall geschlossen, den er um den Hals trug wie einen Magnetstein, der ihm den rechten Weg weisen konnte.

Jetzt aber trat *sie* aus der Jurte. Ildris. Ein wärmendes Fell lag um ihre Schultern, ein Gewand aus fließendem Seidenstoff umhüllte ihren Leib, doch dass ihre Stunde nahe war, ließ sich so wenig verbergen wie Morwas Gebrechlichkeit. Sie blickte nicht in Richtung des Mädchens. Das war unnötig, denn natürlich wusste Sölva, wem die Stimme gehörte, deren Echos noch immer ihren Geist füllten. Und die Frau aus dem Süden hatte vorausgesehen, was geschehen würde. Die Umstehenden näherten sich der Szene nun ebenfalls, schlossen zu Sölva auf. Gemurmelte Worte, Worte der Betroffenheit.

Mit langsamen Schritten trat der Hetmann auf das Packtier zu. Es war Mornag, der sich an dem Jüngling im goldenen Panzer vorbeidrängte, ihm eilig folgte, die Arme ausgestreckt, sollte sein Vater straucheln. Doch Morwa hielt sich aufrecht, und im nächsten Moment zog der zweite seiner Söhne die Hände zurück. Einen Schritt vor dem Ross hielt das Haupt über das Bündnis von Ord inne. Morwas Rechte hob sich, und noch Sölva, zwanzig oder dreißig Fuß entfernt, konnte erkennen, dass sie zitterte. Die Linke hatte sich zur Faust geschlossen, presste sich an seine Brust.

Zwei der Kundschafter waren mit dem Pferd auf ihn zugetreten, Männer, deren Gesichter Sölva niemals gesehen, niemals bewusst wahrgenommen hatte. Schatten, die sich im wilden Ritt nach vorn geschoben hatten, dann ein Stück zurückgefallen waren. Und die dann, zuletzt, schemenhafte Umrisse gewesen waren über dem Eis.

Die beiden wechselten einen Blick miteinander, dann beugte sich einer von ihnen über den leblosen Körper auf dem Rücken des Pferdes, schlug den Kriegsmantel zurück.

Das Raunen der Versammelten verstärkte sich, doch niemand sah das Antlitz von Morwas jüngstem Sohn, niemand als der Hetmann selbst. Der Leib des Pferdes war im Weg.

«Eine Gruppe ihrer Späher.» Einer der beiden Kundschafter sprach. Seine Stimme war leise. «Der Hasdingen. – Wir befürchteten eine Falle, doch Euer Sohn war nicht zu zügeln, mein Hetmann. Wir erkannten die Gefahr, die von den Zuflüssen des Nordstroms ausging, in denen sich das Wasser selbst in dieser Kälte tückisch seinen Weg bahnt, doch er war zu schnell, war uns zu weit voraus … Bis wir die Hasdingen vertrieben hatten ... Bis wir die Stelle im Eis gefunden hatten ...»

Sölvas Brauen zogen sich zusammen. Sie wusste, was geschehen war. Sie hatte es gesehen, geträumt, und es war vollkommen anders gewesen. *Sie lügen!* Sie öffnete den Mund ...

Diesmal waren es keine Worte. Ildris traf sie mit einer Gewalt, die sie taumeln ließ. *Schweig still!* Die Worte folgten erst im Nachhinein, doch die Botschaft war unmissverständlich. Und trotzdem verstand Sölva nicht. Schwindel war in ihrem Kopf; gleichzeitig versuchte sie, der dunkelhäutigen Frau auf irgendeine Weise zu vermitteln, was sie gehört, geträumt, begriffen hatte. Auf irgendeine Weise musste Ildris in der Lage sein, ihre Gedanken wahrzunehmen, die sie in ihrem Kopf so deutlich wie nur möglich formulierte: Verrat. Eine Verschwörung. Diese Männer lügen. Morleifs Tod ist ein Teil davon. *Es hat schon begonnen.*

Erreichten ihre Gedanken die Frau aus dem Süden? Lösten sie eine Reaktion aus? Spürte Ildris ihre Antwort?

Der Hetmann beugte sich über seinen toten Sohn, die Rechte jetzt schwer auf die Schultern des Rosses gestützt, das Gesicht verborgen. Mornag und Mortil näherten sich zögernd, während Morwen ...

«Zu schnell?» Seine Stimme war wie der Hieb einer Klinge. «Ein Junge von sechzehn Sommern war *zu schnell* für erfahrene Reiter auf den besten Rossen des Heerbanns?»

Der Kundschafter hatte sich ebenfalls über den Toten gebeugt. Jetzt zuckte er hoch. «Morwen?» Nur das eine Wort, in einem Tonfall ... War es Überraschung? Sölva kam nicht dazu, darüber nachzudenken. Das Folgende geschah zu rasch, zu plötzlich – in kaum einem Atemzug.

Mit einem Mal hielt der älteste ihrer Brüder sein Schwert

in der Hand. Die Klinge stieß zu, drang in die Kehle des Mannes, wurde im selben Lidschlag freigerissen. Bestürzt versuchte Mortil, seinem Bruder in den Arm zu fallen, doch bei weitem nicht schnell genug.

«Das ... Ich ...» Der zweite der Kundschafter, der zweite der Schatten über dem Eis. Er versuchte zurückzuweichen, nach der eigenen Waffe zu greifen, doch seine Finger hatten das Heft der Klinge noch nicht ansatzweise erreicht, als Morwens Schwert in einem schrägen Winkel in seinen Hals fuhr.

Chaos. Männer stürmten vor, schrien durcheinander. Mornag und Mortil, die ihrem Bruder die Waffe entwanden, den Rasenden festhielten, der sich freizukämpfen suchte.

«Zu schnell?» Für einen Moment bekam Sölva einen Blick auf das Geschehen. Blut tropfte aus Morwens Mundwinkel, und sie fragte sich, ob ein Schlag ihn *unbeabsichtigt* getroffen hatte. «*Zu schnell?* Ein unerfahrener Junge, und seine Hüter waren nicht in der Lage ...»

«*Still!*»

Morwen verstummte. Alle verstummten auf der Stelle, jede Bewegung schien einzufrieren. Der Hetmann hatte sich aufgerichtet, stand ohne Hilfe, die Augen jetzt auf Morwen, jetzt auf alle übrigen gerichtet.

«Meine Söhne sind vom Hause Ottas. Auch Morleif entstammte dem Geschlechte der alten Könige. Kein Sohn des Morwa, kein Erbe Ottas, so jung an Jahren er auch sein mag, benötigt einen *Hüter*. Diese Männer ...» Ein Nicken auf die Leiber der Toten. «Diese Männer und ihre Gefährten sind frei von Schuld. – Rodgert.» Der Anführer der Eisernen hielt sich schon bereit. «Nehmt Morwen, Morwas Sohn, in Gewahrsam, aber legt ihn nicht in Ketten. Kein Erbe Ottas soll Ketten tragen.

Doch verwahrt seine Waffe. Er erhält sie nicht zurück, ehe ich es befehle.»

Das Raunen erhob sich von neuem, lauter jetzt, als Rodgert zu Morwas ältestem Sohn trat, ihm die gepanzerte Faust auf die Schulter legte, einem seiner Männer zunickte, Morwens Waffe aufzunehmen. Sölva konnte sehen, wie sich die Kiefer ihres Bruders aufeinanderpressten. Doch ohne Widerstand ließ er sich davonführen.

Streng blickte der Hetmann des Bündnisses von Ord über die Versammelten. «Wir brechen in einer Stunde auf.»

Auf dem Fuße wandte er sich um, festen Schrittes seinem Zelt entgegen, vorbei an der Frau aus dem Süden, deren Augen in tiefer Konzentration geschlossen waren, ihre Haut wie Asche. Für einen Moment passierte er den Lichtschein des Wachtfeuers.

Sein Haar war weiß wie frisch gefallener Schnee.

LEYKEN

DAS KAISERREICH DER ESCHE: DIE RABENSTADT

Eine fahle Dämmerung steht am Himmel. Eisiger Wind pfeift durch die Gassen der Lagerstatt am Rande des Reiches von Ord. Tief holt Leyken Atem. Sie kann sich nicht erinnern, wie sie hergekommen ist. Offenbar hat man sie bis zu dieser Stelle passieren lassen. Doch Krieger in dunklen Panzern verfolgen jede ihrer Bewegungen voller Misstrauen.

Sie schlägt die Felle vor dem größten der Zelte beiseite und tritt ein. Das Licht ist unstet: Getrockneter Dung schwelt in einer Feuerstelle, die Luft ist gesättigt von seinem Geruch. In einem geschnitzten Stuhl lagert die zusammengesunkene Gestalt eines alten Mannes. Haare und Bart sind schlohweiß, aus seinen Zügen sprechen Schwäche und Krankheit. Eine Frau bemüht sich um ihn, in wärmende Felle und weite Gewänder gehüllt. Sie wendet dem Eingang den Rücken zu und kann Leyken nicht sehen.

Keuchendes Husten schüttelt den Alten. Auch er scheint Leyken nicht zu bemerken. Als er wieder zu Atem kommt, ist es die unbekannte Frau, an die er sich wendet. «Und damit ist der Tag gekommen.»

Leyken stutzt. Sie ist nahe genug, dass die heisere Stimme sie erreicht, doch spricht der Kranke überhaupt in einer Zunge, die ihr vertraut ist? Wenn er das nicht tut: Wie kann sie seine Worte dann verstehen? Es ist seltsam: Jetzt, als ihr dieser Gedanke kommt, nimmt sie für einen Augenblick tatsächlich nur fremdartige Laute wahr. Dann aber weht der Gedanke davon, und ja, nun sind die Worte wieder da.

«Der Tag ist gekommen, und alles muss geschehen wie ehedem. Elf Söhne hat die Hetfrau dem großen Otta geschenkt. Elf Söhne, die elf edle Jungfrauen freiten. Das Gemüt der Holden aber war launisch. Aus ihrem Zank, so heißt es, entsprang der Zwist, unter dem das Reich von Ord zerbrach. – Von meinen Söhnen sind nur drei noch am Leben, und es würde mich verwundern, wenn es einen von ihnen zu braven Jungfrauen zöge.» Leyken kann beobachten, wie ein mattes Lächeln über die Züge des Greises huscht, für einen Augenblick nur. Schon ist es wieder fort, als wäre es niemals da gewesen. «Doch das ist auch unnötig. Denn Zwist und Zank sind immer gegenwärtig in den Herzen der Menschen. Lange schon sind sie unsere Reisegefährten, und nun erreichen sie das Herz meines Reiches. Die Blätter der Esche welken. Die Vergessenen Götter zürnen. Der Vollmond steht am Himmel, und es sind nur noch Stunden, bis die Raunacht anbricht. Die dunkelste, die längste, die kälteste Nacht des Jahres. Nun ist der Tag …» Ein neuer Hustenanfall schneidet ihm das Wort ab. Er ringt darum, den Satz zu beenden, doch kaum mehr als ein Flüstern will ihm gelingen. «Nun ist der Tag ihres Zorns gekommen.»

Die Frau nähert die Hand seiner Brust, lässt sie wieder sinken. Mit sorgenvoller Miene schaut sie über die Schulter, schaut zum Ausgang und … Ihr Blick verändert sich, als er auf Leyken trifft. Steht Überraschung in diesem Blick? Es ist weit mehr als das. Sie ist erstarrt, dann, unendlich langsam, erhebt sie sich, und ihre Lippen bewegen sich, ohne dass ein Laut zu hören ist, und …

«Sybaris?»

Leyken macht einen Schritt auf sie zu, vermag kaum zu glauben, dass es endlich, endlich …

«Sybaris?» Drängender.

«Ildris!» Leyken fuhr in die Höhe.

Erschrocken zog sich das junge Mädchen zurück. Das junge Mädchen, die jüngste ihrer Zofen. Nicht Ildris. Nicht die stickige Luft im Innern eines Zeltes umgab sie, sondern die freundlichen Düfte ihrer Gemächer auf der heiligen Esche. Es war ein Traum gewesen, nichts als ein Traum.

Sie saß in einem behaglichen Lehnstuhl. Decken aus weicher Wolle lagen auf ihren Knien. Doch krampfhaft hatte sie sich aufgerichtet. Starr sah sie geradeaus. Jenseits der Fenster und des schimmernden Gespinstes zog sich ein befestigter Damm gen Norden, bis er in den Schatten der fernen Gipfel unsichtbar wurde. Die Straße in die fruchtbarsten Provinzen des Kaiserreichs, die blühenden Städte im Tal des Makander. Und irgendwie, irgendwo, weit jenseits der Berge und des Flusses, weit jenseits der Grenzen des Reiches die Straße in ein Land mit Namen Ord. Meilen um Meilen entfernt in der wirklichen Welt, Wochen und Monate der Reise.

«Ich...» Leyken schüttelte den Kopf. «Mir fehlt nichts», murmelte sie. «*Salim-an*», setzte sie hinzu. *Ich bin gut.* Verdeutlichend legte sie die Hand auf die Brust, als sie die skeptische Miene des Mädchens sah. Keine ihrer Zofen beherrschte die Sprache des Kaiserreichs. Genau aus diesem Grund hatte der Sebastos sie vermutlich ausgewählt, um ihr zu Diensten zu sein, dachte sie düster. Dieses Mädchen allerdings, Nala mit Namen, war wissbegieriger als die Übrigen. Im plötzlichen verzweifelten Wunsch, vertraute Klänge zu hören, hatte Leyken es mit einigen Worten ihrer eigenen Sprache, der Sprache der Wüste, vertraut gemacht.

Für einen Moment schien Nala noch nicht überzeugt. Sie war hübsch auf eine fremdartige Weise: kupferrote Haare, eine blasse Haut, der Nasenrücken beschrieb einen vorwitzigen, aufwärts gerichteten Bogen. Dennoch war Leyken erschrocken, als sich das Mädchen zum ersten Mal über ihr Lager gebeugt hatte: Wangen und Stirn waren mit winzigen Flecken gesprenkelt, dunkler als die umgebende milchweiße Haut. Doch nein, Nala litt deswegen keine Schmerzen. Verblüfft am Anfang, dann mit einem Lächeln hatte das Mädchen abgewehrt.

Jetzt wirkte Nala ernster, nahm Leyken noch einmal prüfend in den Blick, bevor sie offensichtlich zu der Einsicht kam, dass ihrer Herrin tatsächlich nichts Ernsthaftes fehlte. Dennoch zögerte sie weiterhin, fuhr sich dann mit der Zunge über die Lippen. Stockend, vorsichtig, im Ton einer Frage: «Kalla… Kallamar?»

Überrascht sah Leyken sie an. *Es spricht?* Im Idiom der Wüste. Doch im nächsten Moment verstand sie. Ein Gast! Deshalb war das Mädchen zu ihr getreten, hatte sie aus den Geschehnissen des Traums geweckt. Mit klopfendem Herzen strich sie über die Decken. Wer sollte ihr Besucher anderes sein – als der Sebastos? Sie nickte, hob jedoch die Hand: *Bitte ihn zu mir, aber gib mir einen Moment.* So viel war auch ohne Worte zu vermitteln.

Und tatsächlich: «Sybaris.» Gemurmelt. Schon war das Mädchen verschwunden.

Sybaris. Leyken schloss die Augen. Der Titel, mit dem die Zofen sie ansprachen. Eine Ehrenbezeugung, wie sie vermutete, ähnlich wie *Sebastos*. Den Höfling selbst – Zenon – hatte sie allerdings seit dem Tag des *Šāhānz*-Spiels nicht mehr zu Gesicht bekommen. Kaum vermochte sie mit Sicherheit zu sagen, wie lange das zurücklag. Die Tage gingen wie im Traum dahin in der Pracht ihrer Gemächer.

Ein muschelförmiges Bassin stand in den Räumen zu ihrer Verfügung, für schläfrige Bäder in duftenden Essenzen. Mondlilienblüten segelten träge auf dem Wasser, Bürsten und Kämme mit Griffen von Perlmutt glitten wie von Zauberhand durch ihr Haar, wobei es natürlich die Finger der dienstbaren Frauen waren, die sie führten. Anschließend wurde Leyken in vorgewärmte, märchenhaft weiche Tücher gehüllt und in den Lehnstuhl gebettet, wo keine schwereren Aufgaben ihrer harrten, als dem müßigen Spiel des Windes zu lauschen, der sich in den Abertausenden Blättern der Esche fing wie eine von fern herbeigereiste Melodie.

Zu anderen Zerstreuungen blieb ihr indessen auch keine Möglichkeit. Am Zugang der Räume hielten zu jeder Tageszeit zwei von Zenons Männern Wacht, *Variags*, wie der Höfling sie genannt hatte. In einem von ihnen hatte Leyken zu ihrer Überraschung den Nordmann Orthulf wiedererkannt, den Reiterführer seiner *chaturanga*. Sobald sie sich in jenen Teil der Räumlichkeiten begab, wurde sie höflich gegrüßt – doch kam sie einen Schritt zu nahe, rückten die Männer augenblicklich enger zusammen und blockierten den Weg nach draußen.

Unübersehbar durfte sie sich nach wie vor als Gefangene betrachten. Zwar in einem bei weitem komfortableren Gefängnis als zuvor, doch noch immer ohne Antworten. Ohne Antwort auf die Frage, warum Zenon sie festhielt.

Tief holte sie Atem. Zenon, der sie aus ihrem finsteren Gefängnis befreit, ihr den Befehl über seine *chaturanga* übertragen, sie bewogen hatte, eins zu werden mit den Männern der grünen Partei. Der sie dazu gebracht hatte, die geisterhafte Welt des heiligen Baumes zu betreten. Und all das war nur Mittel zum Zweck gewesen. *Denn alles ist mit allem verbunden auf der heiligen Esche*, dachte sie. Die Dinge aber, die zum selben Ast gehörten, waren noch einmal auf engere Weise eins. Zenon mit seinen Männern – und Leyken mit der Einzigen, die außer ihr selbst noch am Leben war von den Banu Qisai.

Ildris. Kaum hatte Leyken einen Fuß auf die andere Seite

gesetzt, als es sie unweigerlich zu ihrer Schwester gezogen hatte. Nicht auf körperliche Weise, sondern in der Welt der heiligen Esche. Kaum mehr als ein Aufblitzen war es gewesen, und dennoch war Ildris dort gewesen, und Leyken war sich sicher, dass ihre Schwester sie ebenfalls wahrgenommen hatte. Und dann hatte Zenon seine Gefangene zurückgerissen auf eine Weise, die sie nicht verstand, und sie hatte den Triumph in seinen Augen gesehen. Das Letzte, was sie überhaupt gesehen hatte, bevor sie in eine Ohnmacht gesunken war, erschöpft, als hätte sie den Weg aus dem Lande Ord im Norden der Welt auf bloßen Füßen zurückgelegt.

Doch sie wusste nun, dass ihre Schwester lebte. Wusste, *wo* sie lebte. Und der Sebastos wusste ebenfalls. Wusste … wusste, dass sie wusste. Und an dieser Stelle hörten die Dinge auf, einen Sinn zu ergeben, sooft sie sich auch in den vergangenen Tagen alles vor Augen geführt hatte.

«Wo liegt der Vorteil für ihn?», flüsterte sie. Wenn sie in einem keinen Zweifel hatte, dann war es die Tatsache, dass der Höfling nichts auf der Welt ohne Berechnung tat. Warum also trieb er einen solchen Aufwand um Leyken von den Banu Qisai? Sie begriff nicht. Sie war am Leben und wusste nicht, warum. Sie blieb eine Gefangene und wusste es genauso wenig zu deuten. Sie hatte ihre Schwester gefunden – und auf der Stelle wieder verloren.

Tausend Fragen. Was hatte der Höfling mit ihr vor? Hatte er sie nicht auf eine bestimmte Weise angesehen, einschlägige Andeutungen gemacht? Schon hatte sie sich zu fragen begonnen, ob sie überhaupt in absehbarer Zeit wieder von ihm hören würde oder ob der goldene Käfig dieser Gemächer schlicht das Schicksal war, das er ihr zugedacht hatte. Tief in der Wüste gab es Stämme, die ihre Frauen hinter hohen Mauern hielten, wo sie im Grunde ein beneidenswertes Leben führten. Märchenhafte Kleider, kostbare Geschmeide, exotische Düfte: Jeder Wunsch wurde ihnen von den Augen abgelesen. Ihre Tage verbrachten sie in paradiesischen Gärten. Doch solange sie lebten, bekamen sie kein anderes männliches Wesen mehr zu Gesicht als ihren Gemahl.

Konnte sie wissen, wie die Gesetze in der Rabenstadt aussahen? Diese eine Frage würde sie Zenon mit Sicherheit nicht stellen, wenn er sich denn herabließ, sie aufzusuchen. Worauf sie allerdings beharren würde, ohne länger irgendwelche Ausflüchte zu akzeptieren …

«Sybaris?»

Sie blickte auf und blinzelte überrascht. Es war nicht Zenon. Es war Orthulf. Täuschte sie sich, oder war seine barbarische Wehr an diesem Morgen eine Spur glänzender poliert, seine barbarische Mähne eine Spur sorgfältiger geflochten als gewöhnlich? Jedenfalls war es das erste Mal, dass er seinen Posten an der Tür verließ und die Gemächer betrat.

Er verneigte sich. «Der Sebastos sendet mich. Und Euch sendet er …» Eine erneute, womöglich gar eine Idee tiefere Verneigung. «… dies.»

Leyken starrte auf den Gegenstand, den er ihr auf den Handflächen darbot, das Haupt noch immer geneigt: eine silberne Schatulle, in deren Deckel in feiner Ziselierung die Gestalt einer Nymphe gearbeitet war, die soeben dem Bade entstieg. Auf die wohlgeformten Brüste hatte der Künstler unübersehbar besondere Sorgfalt verwandt, wobei zumindest die Scham der Gestalt unsichtbar war – hinter einem Dickicht besonders stattlicher Rohrkolben allerdings, was zu naheliegenden Deutungen Anlass gab.

Rund um den Deckel des Behältnisses zogen sich Jade und

Korund, Schmucksteine aus Shand und den Ländern der Drachen. Eine Kostbarkeit – und mehr als das. Auf der Stelle begriff sie, worauf diese Gabe anspielte. Zenons Worte über das Wasser. *Kein anderer Stoff macht so viel von uns aus.* Nachdenklich hatte er sie betrachtet. *Selbst in dir aus dem Süden, wo das Feuer so stark ist.* Die entblößte, feenhaft berückende Gestalt sollte *sie* sein?

«Der Sebastos bittet Euch, sein Geschenk sogleich zu öffnen.» Orthulfs Stimme, gen Boden gerichtet.

Ohne weiteres Zögern nahm Leyken das silberne Kästlein entgegen. Schon um den Barbaren aus seiner unbequemen Haltung zu erlösen. Und in der Tat erhob er sich nun umstandslos und zog sich augenblicklich auf seinen Posten an der Tür zurück. Oder doch beinahe augenblicklich. Nach einer erneuten Verneigung.

Mit unsicheren Fingern öffnete sie die Schatulle, und ihr Blick fiel auf ein papyrusartiges Blatt, mit Buchstaben in einer Handschrift gefüllt, die stolz und aufrecht war, von derselben Eleganz wie der Höfling selbst. Ihre Augen glitten über das Schreiben. Dann stirnrunzelnd ein zweites Mal. Seine Worte waren knapp und höflich, voller Freude über ihre fortschreitende Genesung. Woraus sie schließen konnte, dass Orthulf ihm regelmäßig Bericht erstattete. Er selbst, berichtete er, werde gegenwärtig leider ganz von seinen Aufgaben im Kaiserlichen Rat in Anspruch genommen. Sodass er bedauerlicherweise auf das Vergnügen verzichten müsse, ihr erneut seine Aufwartung zu machen. Dennoch spräche aus seiner Sicht nichts mehr dagegen, dass sie die Gärten des Palastes aufsuche, wenn sie sich denn kräftig genug fühle. Indes möge sie sich zu diesem Anlass bitte in eines der Gewänder kleiden, die die Zofen ihr bereitlegen würden. Und sie möge die kleine Gabe anlegen, die in dem Kästlein enthalten sei. Es sei nicht akzeptabel, wenn die Bewohner des Palastes seinen Gast für eine Dienerin halten müssten.

Die Hälfte einer Stunde später stand sie vor dem hohen Spiegel in ihrem Schlafraum, gehüllt in das schlichteste der Gewänder, zwischen denen die Zofen ihr die Auswahl gelassen hatten, einer gerade geschnittenen, wollweißen Robe. Ihre Hand legte sich auf den Gegenstand, der unter dem Schriftstück verborgen gewesen war. Es war ein Halsreif von dunklem Gold. Opal und Korund waren abwechselnd in die Rundung gefasst, über dem Ansatz ihrer Brüste aber funkelte geheimnisvoll ein schwerer Jadestein. Eine Kombination von Steinen und Metall, die ihr im ersten Augenblick bei aller Kostbarkeit fremdartig erschienen war. Nun allerdings kam sie aus dem Staunen nicht wieder heraus, welch faszinierenden Kontrast Opal und Korund zu ihrer dunklen Haut bildeten, wie die Jade im Gegensatz dazu das Grün ihrer Augen aufgriff. Als wäre das Geschmeide eigens für sie, für Leyken von den Banu Qisai angefertigt worden. Doch sie wusste, dass das in der recht kurzen Zeit ihrer Bekanntschaft mit dem Sebastos unmöglich gewesen wäre. Und sie glaubte das hohe Alter des Schmuckstücks zu spüren. Ein Geschenk eines längst zu Staub gewordenen Herrschers an seine Angebetete? Möglicherweise. Der Anblick aber verschlug ihr den Atem. Mit welcher Sorgfalt, mit welcher Sicherheit hatte Zenon diesen Reif für sie ausgewählt!

Im Spiegel fiel ihr Blick auf Nala, die ihr das Geschmeide umgelegt hatte. Die Bewunderung in den Augen des Mädchens war überdeutlich. Und unübersehbar galt sie nicht allein dem Schmuck.

Leyken schloss die Augen, holte Atem, öffnete sie wieder. «Ich denke, ich bin bereit», sagte sie.

Das Mädchen schenkte ihr ein scheues Lächeln – und wie

selbstverständlich folgte es Leyken auf dem Fuße, als sie auf die Tür zuging. Orthulf und der zweite Posten wiederum machten keine Anstalten mehr, sie am Verlassen ihrer Gemächer zu hindern, sondern setzten sich im Gegenteil an die Spitze, als sie die Flure des Palastes betraten. Doch was hatte Leyken erwartet? Vermutlich war eine solche Eskorte das mindeste, wenn man auf Einladung des Höflings auf der Esche weilte.

Es war Orthulf, der die kleine Gruppe anführte. Er schien den Weg genau zu kennen, durch labyrinthische Fluchten von Fluren und Treppenhäusern, geschmückt mit blassen Skulpturen, die Geschöpfe der Sage wie der großen Vergangenheit des Kaiserreichs darstellten. Gleich Honig legte sich das Licht der Sonne auf den kühlen Marmor. Die Decken bestanden aus einem Gewebe, das man auf den ersten Blick für Leinwand halten mochte. Doch Leyken wusste, dass es sich um etwas gänzlich anderes handelte. Sie konnte spüren, wie überall um sie her die Säfte der heiligen Esche am Werk waren und die Wunder der Rabenstadt erschufen. Wieder und wieder öffneten sich Türen in kuppelgekrönte Hallen, wurde aus Arkadengängen der Blick auf unbekannte Teile des Komplexes frei, auf Innenhöfe voller plätschernder Wasserspiele und üppiger Grasflächen. Und immer wieder begegneten ihnen Menschen, halblaut in Gespräche vertieft.

Wurde Leyken angestarrt? Sie glaubte zu spüren, wie zwei Damen stehen blieben, kaum dass sie an ihnen vorbei war. Wie sie ihr nachblickten und leise miteinander zu tuscheln begannen. Wie ein zerstreut wirkender Herr in einer langen Robe, der eben noch hastig an ihr vorbeigeeilt war, ein mächtiges Bündel von Schriftrollen unter dem Arm, unvermittelt innehielt, ihr sinnend hinterherblickte. *Alles ist mit allem verbunden*, dachte sie. Nein, sie täuschte sich nicht.

Und dann, endlich, öffnete sich ein reich verziertes Portal in die Gärten. Leyken trat ins Freie und blieb nach wenigen Schritten stehen. Wie selbstverständlich hatte sie erwartet, in die parkartige Anlage zu gelangen, in der sich zwischen der Residenz des Sebastos und dem Palast des Archonten die Arena erhob. Das aber war nicht der Fall. Der Park war auf einer weitläufigen Terrasse angelegt, die an einer marmornen Brüstung endete und nach draußen blickte, auf die sumpfige Ebene, auf den in Richtung Sonnenaufgang gerichteten Teil an diesem Punkt der heiligen Esche. Am Horizont waren wie in Dunst gehüllt die Umrisse einer schroffen Bergkette auszumachen. Nebel von Gischt stiegen auf, wo die Wasser des Meeres mit schäumender Gewalt durch die Enge des Schlundes stürzten, der, unpassierbar für Schiffe, eines der größten Geheimnisse des Reiches hütete: die gewaltigen Schaufelräder und Transmissionen, mit denen die kaiserlichen *machinista* ganz eigene Wunder erschufen, mechanische Wunder, die verborgen im Geäst der Rabenstadt und in den Befestigungsanlagen ihr Werk verrichteten.

All das aber nahm Leyken kaum zur Kenntnis. Eine ganze Landschaft breitete sich auf der weitläufigen Terrasse aus. Wiesen und Wasserläufe, Hügel und kleine Haine. Mit staunenden Schritten folgte sie einem munteren Bachlauf, der sich um eine begrünte Anhöhe wand, um dann geheimnisvoll murmelnd in schattigem Moos zu versickern. Nur um Schritte entfernt wieder zutage zu treten, wo er in eine großzügige Wasserfläche mündete, von einem tieferen Blau als der Himmel, dessen Spiegel sie war. Und natürlich belebten Menschen das Bild, Bewohner der Rabenstadt in bunten Gewändern, gefolgt von ihren Zofen und Dienern, ganz wie Nala ihrer Herrin folgte, bereit, mit einem Fächer von Feuerpfauenfedern die träge Luft des Vormittags in Bewegung zu versetzen.

Lachen, das Summen von Unterhaltungen füllten die Luft. An der Balustrade lehnte ein junger Mann, versonnen über eine Laute gebeugt. Eine perlende Folge von Tönen stieg von den Saiten auf, fand in einen lebhaften Rhythmus, und schon blieben Menschen stehen, wandten sich in seine Richtung. Aus dem Augenwinkel beobachtete Leyken, wie sich auch Nala zu dem Spielmann gedreht hatte, unauffällig mit den Zehenspitzen wippte, im nächsten Moment abrupt innehielt, als sie ihren Blick bemerkte. Leyken musste lächeln, nickte dem Mädchen zu. Sollte es sich doch an der Musik erfreuen!

Alles, alles in der Rabenstadt war von einem Überfluss an Fülle und Schönheit. Das Gras war grüner, Pracht und Duft der Blüten in ihren tausend Rabatten betörender als draußen in der Welt. Herrschaften in prächtigen Gewändern wandelten über die Wege, bewunderten exotische Gewächse oder Schwärme schlanker Fische, die am Grunde des Bassins ihre unvorhersehbaren Wege zogen. Junge Damen hoben bei jedem Schritt die Flut ihrer Röcke auf gezierte Weise an, damit der Saum nicht über den Boden schleifte, gaben gleichzeitig voller Sorgfalt acht, nicht versehentlich in unsittlicher Weise ihre Knöchel zu entblößen. Was wiederum nicht passen wollte zur engen Schnürung ihrer Mieder, die die Brüste nach oben drückten, dass sie beinahe aus den großzügigen Ausschnitten ins Freie quollen. Und die jungen Herren standen ihnen keineswegs nach in der Raffinesse der Kleidung. Auch ihre Röcke reichten bis zum Boden, waren dabei aber vorn und hinten bis an den Gürtel geschlitzt, als rechneten die Recken damit, dass man sie jeden Augenblick zu den Waffen rufen könnte. Dann nämlich würden sie die Bewegungsfreiheit brauchen, die der Schnitt der Gewänder ihnen verlieh: Wenn es galt, kühn in den Sattel zu springen, um hoch zu Ross gegen den Gegner anzustürmen, dessen Reihen den Horizont verdunkelten. Womit in den kaiserlichen Gärten eher nicht zu rechnen war. Anders verhielt es sich allerdings mit Schlachten anderer Art, Schlachten zwischen Mann und Frau, bei denen ein strategisch gewährter Blick auf kräftige männliche Waden und wohlgeformte Oberschenkel sich durchaus als kriegsentscheidend erweisen mochte. Nicht zu vergessen die wichtigste Stelle, knapp unterhalb des Gürtels, kontrastfarben abgesetzt und – Leyken hätte es schwören können – im einen oder anderen Fall zur Verstärkung ausgestopft.

Und all das war weit mehr als übersteigertes höfisches Zeremoniell, weit mehr als bloße Maskerade! Die Mädchen *waren* hübscher als Mädchen an anderen Orten der Welt, ihre Lippen waren röter, ihre Augen strahlender. Die Jünglinge *waren* stattlicher, ihre Schritte federnd und siegessicher. Jugendliche Götter des Krieges und der Liebe, denen alle Verheißungen der Welt offenstanden. Eine Gruppe junger Leute gelangte eben an eine Stelle, an der ein Wasservogel sein Gefieder ausgeschüttelt hatte. Unvermittelt riss sich einer der Jünglinge seinen Mantel von den Schultern und breitete ihn mit großer Geste vor seiner Angebeteten auf den Boden, verhinderte so, dass diese den Fuß auf die angefeuchteten Kiesel setzen musste. Das junge Mädchen berührte den kostbaren Samt zwar kaum mit den Zehenspitzen, ließ sein Antlitz aber sogleich hinter einem Fächer unsichtbar werden, als müsste es angesichts der unerwarteten Ritterlichkeit ein Erröten verbergen.

Verneigungen und Worte des Dankes. Ein Handrücken, der huldvoll zum Kuss gereicht wurde. Neckische Spiele. Und all diese Spiele, all dieser Zauber, all diese Schönheit und Musik waren ein Teil dessen, was die Rabenstadt ausmachte, waren ein Teil ihrer besonderen Magie. Einer Form von Magie, die ohne lodernde Opferfeuer auskam, ohne blutige Rituale und Worte der Beschwörung. Konnte ein Mensch, der einmal einen Fuß in diese Regionen der kaiserlichen Residenz gesetzt hatte, sich überhaupt wünschen, jemals wieder an einem anderen Ort zu leben?

Leyken zwang sich zum Innehalten. *Ganz genau das*, dachte sie, ballte die Fäuste. *Ich wünsche mir ganz genau das. Ich bin nicht aus freiem Willen hier.* Und statt der Antworten, die sie unnachgiebig hatte einfordern wollen, hatte Zenon ihr in seiner Großmut einen Ausflug in die kaiserlichen Gärten gewährt.

Im tändelnden Gespräch kamen die jungen Leute wenige Schritte entfernt an ihr vorbei, schienen einen hochgewachsenen Söldner in seinem goldenen Panzer kaum wahrzunehmen, der das Geschehen reglos beobachtete. Die Männer in ihren schimmernden Rüstungen waren allgegenwärtig, schneeweiße Mäntel um die Schultern, eine besondere Auszeichnung, wie Leyken vermutete, an jene, die so nahe am Herzen der kaiserlichen Macht ihren Dienst verrichteten. Für die Höflinge und die Bewohner der Rabenstadt mochte ihre Gegenwart eine Selbstverständlichkeit darstellen, verlieh ihnen vielleicht gar ein Gefühl besonderer Sicherheit. Anders als es Leyken geschah, für die selbst die Freiheit der paradiesischen Gärten nichts anderes bedeutete als ein neues, größeres Gefängnis. *Ich kann nicht fort*, dachte sie. Selbst wenn es ihr gelang, Orthulf und seinem Gefährten zu entrinnen, und sie konnte sich nicht vorstellen, wie das möglich sein sollte. Alles war mit allem verbunden. Sie selbst war zu einem Teil der heiligen Esche geworden und die Esche ein Teil von ihr. Niemals würde es ihr möglich sein, sich insgeheim aus diesem prachtvollen Kerker davonzustehlen.

Mit einem Mal ertrug sie es nicht länger. Sie warf einen Blick in Richtung der jungen Zofe, doch Nala hatte sich von der Gruppe um den Lautenspieler gelöst und bestaunte einen

Flammenvogel, der wenige Schritte entfernt sein Gefieder geöffnet hatte gleich einem lodernden Rad. Leyken wusste, wie scheu die Tiere waren. Als wäre ihnen bewusst, wie begehrt ihr Federkleid war. Ihr Großvater hatte eine einzige Feder eines der Vögel gehütet wie ein Heiligtum. Inmitten der Anlage aber waren die Tiere ohne Furcht. Silberhasen, Zedernspringer, Tiere, die in diesem Teil der Welt nicht heimisch waren. Wer immer sie auch gezähmt haben mochte.

Mit erneuter Bewunderung waren Leykens Augen über die Gärten geglitten. Als sie wieder in Richtung des Mädchens sah, stellte sie fest, dass Nala sich von dem Flammenvogel abgewandt hatte und nunmehr am Ufer des Bassins entlangspazierte. Wie zufällig. Bis Leyken im Schatten einer Glutkirsche etwas entdeckte: die Umrisse eines der goldgepanzerten Gardisten, der dort ebenfalls wie zufällig verharrte. Natürlich war es möglich, dass er schlicht besonders aufmerksam die Anlagen im Blick hatte, auf der Suche nach unvermuteten Eindringlingen. Die allerdings die Kunst des Fliegens hätten beherrschen müssen, um den Garten zu erreichen. Wahrscheinlicher erschien, dass ihm die junge Zofe keinesfalls entging, die sich in seine Richtung bewegte. Und im selben Moment kam Leyken der Gedanke, dass ihr eigenes Leben auf der heiligen Esche zwar keinen Wunsch offenließ, von ihren Zofen dagegen erwartet wurde, dass sie sich von morgens bis abends bereithielten, um ihr zu Diensten zu sein. Nala konnte kaum viel Gelegenheit haben, mit einem ansehnlichen jungen Mann ins Gespräch zu kommen.

Ohne auffällige Hast begann sich Leyken zu entfernen. Sie atmete auf. Orthulf und sein Gefährte schlossen sich natürlich an und folgten ihr in beinahe unziemlichem Abstand. *Nur für den Fall*, dachte sie düster. *Falls ich mich plötzlich wie ein Geist in Rauch auflöse.* Was vermutlich die einzige Möglichkeit war, auch nur aus den Gärten zu entweichen. An den Ausgängen wachten Angehörige der Garde. Zumindest aber würden sie nicht von sich aus das Wort an Leyken richten. Nala dagegen mit ihrem freundlichen, hilfsbereiten Wesen würde tausend Versuche unternehmen, zur Zerstreuung und Bequemlichkeit ihrer Herrin beizutragen, sobald sie deren zunehmende Verzweiflung erfasste. Und Leyken damit kaum zur Besinnung kommen lassen.

Und sie musste zur Besinnung kommen, dachte sie, während sie sich tiefer in die Anlagen wandte. Der hinterste, verlassenste Winkel war eben gut genug. Der kiesgestreute Weg schien einem Hain zuzustreben, und obgleich sie im tiefsten Innern nicht glaubte, dass die Schatten ihr Zuflucht bieten würden, folgte sie jener schwachen Hoffnung.

Sie spürte Erschöpfung, spürte eine Schwäche und namenlose Traurigkeit, und die paradiesische Umgebung schien all das nur noch einmal zu verstärken. Und zugleich spürte sie eine Rastlosigkeit, eine tiefe Unruhe.

Ildris brauchte sie. Es war so deutlich. So viel war geschehen, seitdem die Zofe sie aufgestört hatte aus ihrem beängstigenden Traum, und dennoch schien die Erinnerung an die Bilder dieses Traums in einem Winkel ihres Bewusstseins hartnäckig zu verharren, wie es jener Art von Träumen eigen war, die den Erwachten durch den gesamten Tag begleiteten, jeden seiner Schritte unsicher machten, in jede seiner Handlungen nagenden Zweifel säten.

Kein Traum. Es – war – kein – Traum. War es ein Flüstern in ihrem Kopf? Oder war es der Wind, der in den Gärten der heiligen Esche durch die Bäume strich? Blutbuchen streckten einander über den kiesgestreuten Pfad hinweg die Zweige entgegen, Silberpappeln schimmerten durch das Laub wie kostbares Geschmeide. Wertlose Gaukelei oder eine verborgene

Wahrheit, die sich mühte, in ihr Tagesbewusstsein durchzudringen? Sie hielt inne, wusste, dass die Nordmänner ebenfalls stehen blieben, wenige Schritte hinter ihr. Sie sah sich nicht nach ihnen um.

Kein Traum? Ein würdiger Greis auf seinem Thron, dem Tod schon näher als dem Leben, und sie war sich sicher, dass sie diesen Mann noch nie zuvor gesehen hatte. Im Volk der Oase horchte man aufmerksam den Worten der Sterbenden, die der Göttin schon nahe und möglicherweise in der Lage waren, ein Echo ihrer Ratschlüsse zu erlauschen. *Nun ist der Tag ihres Zorns gekommen.* Nicht von der Mondgöttin aber hatte der Alte gesprochen, die das Volk des Kaiserreiches unter dem Namen Athane kannte, sondern von anderen, von vergessenen Göttern. *Die Vergessenen Götter zürnen. Die Blätter der heiligen Esche welken.* Leyken fröstelte. Doch die Blätter der Buchen und Pappeln standen in vollem Saft, und wenn sie den Kopf in den Nacken legte, war auch das tiefe Grün des heiligen Baumes ganz deutlich zu erkennen in den Regionen der Rabenstadt weit über ihr.

Der heilige Baum. Ihr Traum hatte sich verändert, hatte sich in einen jener Tagträume verwandelt, die ihr so vertraut waren. Wie oft hatte sie sich das Wiedersehen mit ihrer Schwester ausgemalt während der langen Reise in die Rabenstadt, in der verzweifelten Hoffnung, die Entführte zu finden? Sie zu retten, zu befreien. Ganz anders als der Shereef der Huasin und die Seinen das beabsichtigten, die einzig die Ehre des Oasenvolks im Blick hatten. *Beabsichtigt hatten*, korrigierte sie ihren Gedanken. Mulak war vor ihren Augen gestorben, und zu viel war seitdem geschehen. Sie zweifelte nicht länger daran, dass die anderen ihm in die Schatten gefolgt waren an jenem Tag in den ertrunkenen Gewölben.

Sie war allein. Sie war die Einzige, die noch am Leben war von jenen, die aus der Oase aufgebrochen waren. Und sie war nun hier, an jenem Ort, an den man Ildris verschleppt hatte. Nur dass Ildris nicht länger hier war, sondern in einem fernen Land mit Namen Ord, und Leyken konnte nicht einmal ahnen, was sie dorthin verschlagen hatte.

Doch da war etwas gewesen in ihrem Traum. Etwas, das sie nicht zu fassen bekam, nicht einzuordnen vermochte. Das Licht war unstet gewesen in jenem Zelt in einem Heerlager im Norden. Ihre Schwester hatte sich erhoben, und da war etwas unvertraut gewesen an Ildris. Aber auch das war die Art von Träumen: Leyken vermochte sich die Bilder nicht vollständig ins Gedächtnis zurückzurufen. Es war weniger die Gestalt ihrer Schwester gewesen, die ihr begegnet war, als ein Gefühl, das sie mit Ildris' Gegenwart verband.

«Ich begreife nicht», sagte sie leise. Und sie musste begreifen. Alles war mit allem verbunden, und sie spürte, dass die Antworten wichtig waren, für sie selbst, für Ildris, für Dinge, die sie noch nicht einmal im Ansatz begriff. Durch eine Lücke im Blattwerk war der Mond zu erkennen, eine perfekte flache Scheibe, nicht der fingernagelschmale silberne Mond der Göttin, der die Schilde der Oasenfamilien zierte.

«Der Vollmond steht am Himmel», flüsterte sie. *«Und es sind nur noch Stunden, bis die Raunacht anbricht. Die dunkelste, die kälteste, die längste Nacht des Jahres.»*

Sie hatte noch nie von einer Raunacht gehört. Doch ihre Schwester brauchte sie, und zugleich wusste und spürte Leyken, dass es schon zu spät war. Sie hatte keine Chance, rechtzeitig zu Ildris zu gelangen.

Der Pflanzenwuchs wurde dichter. Beerenobst wucherte im Unterholz. Die Düfte waren betäubend. Der Duft von Blüten, die sich eben geöffnet hatten und Heerscharen leuchtender Schmetterlinge anzogen, die trunken zwischen den blühenden Zweigen umhertaumelten. Der Duft von reifen Beeren, schwer von köstlichem Saft. Nirgendwo fanden sich Blüten wie Beeren an ein und derselben Pflanze, doch weder die einen noch die anderen wollten in die Jahreszeit passen. Draußen in der Welt begann sich der Winter über das Land zu legen, selbst in Leykens Heimat eine unfreundliche Zeit. Und die Rabenstadt erhob sich bedeutend weiter im Norden. Diese Düfte ...

Sie zog die Nase kraus. Der Geruch war mit jedem Schritt stärker und stärker geworden. Es war ein intensiver Geruch, ein süßlicher Geruch, den sie mit einem Mal nicht länger mit reifen Beeren in Verbindung brachte, sondern mit etwas ... Widerwärtigem. Mit etwas Großem, das im Unterholz verendet war.

«Beiseite!»

Sie fuhr zusammen. Ein Mann im goldenen Panzer der kaiserlichen Söldner, der wie aus dem Nichts vor ihr aufgewachsen war. Nein, aus den Schatten von Baum und Buschwerk. Und in seinem Rücken waren weitere Männer in ihren goldenen Rüstungen, mit grimmigen Mienen, Schweiß auf der Stirn. Sie bahnten sich einen Weg durch das Unterholz, von der rechten Seite her, wo der Hain ein Stück entfernt gegen die Mauern des Palastes stieß. Nicht auf den sorgfältig angelegten Wegen.

«Was ...», begann Leyken und sah, wie die Brauen des Mannes sich zusammenzogen, als er noch einmal unwirsch in ihre Richtung blickte.

Jetzt, plötzlich, kniff er die Augen zusammen. «Verzeiht, Sybaris.» Mit einer Verneigung, der Tonfall plötzlich verändert. «Aber Ihr solltet hier nicht verweilen. Dies ist kein Ort für ... Euch.» Das letzte Wort nach einer winzigen Pause.

«Gesellt Euch nur zu mir», schlug eine freundliche Stimme vor.

Leyken spähte zwischen die Bäume. Da war noch jemand inmitten des Dickichts, jemand, der nicht in einem starren Panzer steckte. Ein kleiner Mann in einem farblosen Kittel, nicht mehr jung. Er trug einen dunklen Hut mit ausladender Krempe, doch nun, als er diesen Hut höflich lüpfte, sich aus den Schatten löste, mit einem etwas mühsamen Schritt über Dornenranken hinweg zu ihr auf den Pfad trat, konnte Leyken erkennen, dass sein Schädel nahezu kahl war. Nicht mehr als ein schütterer Haarkranz zog sich um seinen Hinterkopf.

«Gehen wir den Recken aus dem Weg», riet er. «Solange wir ein wenig Abstand halten, werden sie nichts dagegen einzuwenden haben, wenn wir verfolgen, wie sie sich ans Werk machen.»

Ans Werk machen? Fragend sah sie ihn an, doch in diesem Moment hatte er sich in die Richtung des Gardisten gewandt. Und der Mann im goldenen Panzer – schien er eine Winzigkeit zu zögern? – neigte das Haupt zum Einverständnis.

Jetzt drehte der Fremde im Kittel sich wieder zu ihr um. Wollte sie sich nur einbilden, dass er für einen Moment prüfend auf das Geschmeide von Korund, Opal und Jade, das Geschenk des Sebastos, blickte? «Die heilige Esche ist ein friedlicher Ort», erklärte er. «Sybaris», fügte er mit einer Verneigung an. «Den Söldnern, die in diesen Regionen der Stadt Dienst tun, kommen vor allem Aufgaben des Protokolls zu. Es ist nicht ungewöhnlich, dass man zuweilen für andere Dienste auf ihre Hilfe zurückgreift. – So geraten sie nicht in Gefahr zu verweichlichen.»

Um seine Augen war jetzt ein Netz winziger Falten zu erkennen. Es waren fröhliche Augen. Sie fragte sich lediglich, ob er die fröhliche Bemerkung auch dann gemacht hätte, wenn die

Gardisten noch in Hörweite gewesen wären. Was nicht der Fall war. Vor sich hin brummelnd drangen sie wieder in das Unterholz vor, nahmen dabei ihre Schwerter zu Hilfe.

«Ari», sagte der kleine Mann unvermittelt und wiederholte seine Verneigung. «Zu Euren Diensten, Sybaris.»

Ein kleiner Mann in einem schlichten Kittel. Seine Rechte hielt locker einen Stab mit metallener Spitze, einen einfachen Grabstock, wie man ihn überall in der Welt kannte, so auch in der Oase. In seinem Gürtel steckte ein kleines Messer mit halbmondförmiger Klinge, das man einsetzte, um Wurzeln und Kräuter zu schneiden.

Ein Gärtner. Ein Gärtner auf der heiligen Esche. Auf den Fluren des Palastes hatte sie bereits Gesinde gesehen, das den Bewohnern der Rabenstadt zu Diensten war. Und ihre eigenen Zofen gehörten ebenfalls dem dienenden Volk an. Menschen aus den Provinzen, die gegen große oder mindere Münze ihre Arbeit verrichteten, so wie Nala, die aus einer Stadt mit Namen Astorga stammte. Oder Gefangene vielleicht aus den Kriegen an den Grenzen. Selbst diese Dienstboten allerdings trugen noch bessere Gewänder als Ari, der kleine Gärtner.

Sie zögerte. Ob Regeln und Gebräuche existierten, wie jemand, der mit den Mächtigen der heiligen Esche verkehrte, solche niederen dienstbaren Geister ansprach? Sollte der Mann sich nicht glücklich schätzen, wenn ein leibhaftiger Gast des Sebastos überhaupt das Wort an ihn richtete? Möglicherweise war das tatsächlich so. Nur war ihr dieser kleine Mann sehr viel freundlicher begegnet als der Höfling selbst.

Leyken lächelte. «Es ist mir eine Ehre.» Sie kreuzte die Arme vor der Brust, neigte den Kopf. Eine Begrüßung, wie ein Shereef sie sich nicht respektvoller hätte wünschen können. «Leyken», fügte sie hinzu. «Von den Banu Qisai.»

Ganz kurz schien in seinen Augen etwas aufzuflackern. Etwas, das sie nicht zu deuten wusste. Dann, zu ihrer Überraschung, griff er ihre Geste auf, kreuzte die Arme. «Die Ehre ist auf meiner Seite.»

Das war nun zweifellos die Wahrheit, dachte sie, fuhr sich über die Lippen. Gärtner oder nicht: Ari war der Erste, der ihr vielleicht die eine oder andere ihrer Fragen beantworten konnte. Rasch warf sie einen Blick über die Schulter. Orthulf und sein Gefährte waren ein Stück entfernt unter den Bäumen stehen geblieben. Befanden sie sich außer Hörweite? Auf jeden Fall hielten sie größeren Abstand als zuvor, schienen sich in diesem Moment noch weiter zurückzuziehen. War ihre Anwesenheit nicht länger notwendig, nun, da Gardisten in der Nähe waren? Warum erst hier? Die gesamte Anlage wimmelte von kaiserlichen Söldnern. Allerdings schienen die Männer in den goldenen Rüstungen dort eher Aufgaben des Protokolls zu versehen, wie Ari es ausgedrückt hatte.

«Was tun die Söldner dort zwischen den Bäumen?», wandte sie sich an den Gärtner. Seltsamerweise war das das Erste, was ihr einfiel. «Ihr spracht davon, dass man für bestimmte Dienste um ihre Hilfe bittet und …»

Sie brach ab. Mit einem Mal stieg ihr wieder jener unangenehme, auf widerwärtige Weise süßliche Geruch in die Nase, der sie irritiert hatte, kurz bevor sie auf die Gardisten gestoßen war. Ein *Gestank*. Ein Gestank nach Verfall und Verwesung. Das Wäldchen war winzig, und doch: «Suchen sie … Der Gardist wollte nicht, dass ich mich hier aufhalte. Suchen sie etwas Gefährliches?», fragte sie.

«Etwas Gefährliches?» Die Augenbrauen des kleinen Mannes hoben sich. In einem neugierigen, ja, hätte sie es nicht besser gewusst, in einem *amüsierten* Ausdruck.

«Ihr riecht es genauso wie ich», stellte sie fest, mit einem Hauch von Strenge in der Stimme. «Irgendetwas befindet sich in diesem Buschwerk. Etwas verbirgt sich dort.»

Er neigte den Kopf. «Das ist anzunehmen. Und zu hoffen. Diesen Männern fehlt ohnehin jede Geduld. Es ist kaum zu übersehen, dass sie ihrer Aufgabe mit wenig Begeisterung nachkommen. Wenn sie nichts finden, wird sie das nicht glücklicher machen.»

«Dann ...»

Sie zuckte zusammen. Ein Krachen. Ein Schatten schoss aus dem Gesträuch, ein Schatten, der ihr kaum bis an die Knie reichte. Haarig und mit wild blickenden Augen – und im nächsten Moment auf der anderen Seite des Weges wieder im Gebüsch verschwunden.

«Ein Duchs», bemerkte Ari.

Sie drehte sich zu ihm um. «Ein was?»

«Ein Duchs. Eine Kreuzung aus Dachs und Fuchs, die Ihr nur hier auf der heiligen Esche finden werdet. Erschaffen, damit der Baum sich seiner Schädlinge erwehren kann. Seid ohne Sorge: In der Regel sind die Tiere nicht *gefährlich*.»

«Der Abkömmling einer Füchsin und ...»

«Das wäre ein Fachs.»

Sie starrte ihn an. «Ihr verspottet mich! Ihr treibt Scherz mit mir!»

«Was ist *gefährlich*?» Er musterte sie aufmerksam. «Der Säbelzahn ist gefährlich, die Rohrkatze und wer weiß, vielleicht auch der Duchs. Wenn Ihr eine Spitzmaus seid, ein Käfer oder ein Vogeljunges, das aus seinem Nest gefallen ist, dann ist er mit Sicherheit gefährlich. Wobei ein einzelner Duchs natürlich nur eine gewisse Zahl von Beutetieren vertilgen wird, und eine Kupfermeise mehr oder weniger wird die Esche nicht zu Fall bringen. Entscheidend ist das Verhältnis: Wie viele Spitzmäuse sich wie vielen Duchsen gegenübersehen.»

«Wohl kaum für die einzelne Maus.» Sie war sich noch immer nicht sicher, ob der kleine Mann sie nun aufzog. Doch wie sollte er das wagen, im Angesicht einer Sybaris der kaiserlichen Rabenstadt? Was auch immer eine Sybaris war. «Für die einzelne Spitzmaus macht es keinen Unterschied, ob da nur ein Duchs ist oder ein ganzes Dutzend von ihnen. Oder ob sie von anderen Mäusen umgeben ist oder nicht – wenn sie die eine Maus ist, die der eine Duchs verschlingt.»

Wieder glaubte sie jenes sonderbare Funkeln in den Augen des Gärtners wahrzunehmen. Und wieder fragte sie sich, was es zu bedeuten hatte.

Ari legte den Kopf leicht schief. «Glaubt Ihr das? Alles ist mit allem verbunden in der Rabenstadt. Doch das, was zum selben Ast gehört, ist noch einmal enger miteinander verbunden: die eine Maus mit ganzen Heerscharen von Spitzmäusen. Und der eine Duchs mit vielen weiteren Düchsen … und Dachsen und Füchsen und Fachsen, was das anbetrifft.»

«Und er allein zählt nichts?»

Ein Kopfschütteln. «Oh nein. Für sich zählt er so viel, wie sein Wesen ihm eingibt. Sein Wesen aber wird danach trachten, sowohl sein eigenes Leben zu bewahren als auch den Stamm derer, die von seiner Art sind.»

«Aber seine Art habt Ihr …» Sie hielt inne. «Seine Art habt Ihr überhaupt erst hervorgebracht auf der heiligen Esche.» Mit einem Mal musste sie an das *Šāhānz*-Spiel denken, an die *chaturanga* der blauen wie der grünen Partei, die Bagaudes, der Archont von Panormos, und Zenon, der Sebastos, in der Arena gegeneinander in den Tod sandten. «Wie ist es mit uns?», fragte sie. «Was zählt der einzelne Mensch auf der heiligen Esche?»

Und wieder sah sie das Funkeln in seinen Augen. Diesmal aber war sie sich sicher, dass es sich um ein anerkennendes Funkeln handelte. «Der Mensch ist etwas Besonderes», sagte er und senkte die Stimme. «Der Mensch muss an Düchse und Mäuse und an alle anderen denken. An ihr Verhältnis zueinander, denn alles ist mit allem verbunden. Und natürlich an jene von seiner eigenen Art, bis hin zum tumbsten aller kaiserlichen Söldner.» Seine Augen musterten sie, winzige, aber sehr kluge Augen in einem Netz von Fältchen. «Der Mensch ist der Gärtner.»

«Der …» Sie brach ab, verblüfft. Der Gärtner. *Er* war der Gärtner. Er war …

Ein Geräusch. Ein krachender Laut, aber weit mächtiger diesmal, ein *Bersten* aus dem Dickicht. Die Bäume! Die Bäume selbst schienen sich zu bewegen, die Buchen und Pappeln wie in unvermitteltem starkem Wind. Doch da war kein Wind. Da war …

«Bleibt zurück.» Die Stimme des kleinen Mannes war ruhig. Er trat an ihr vorbei, schob sie nach hinten, ohne Hast oder gar Gewalt, aber mit Nachdruck. Am Rand des Weges hielt er inne, mit Blick auf das Gesträuch, in dem, daran konnte kein Zweifel mehr bestehen, ein Kampf stattfand.

Die Geräusche rissen nicht ab. Unterdrückte Flüche, jetzt ein Schmerzenslaut. Ein kaiserlicher Söldner stolperte aus dem Dickicht hervor, schwankte, die Hand nahe der Schulter auf seinen goldenen Harnisch gepresst. Blut quoll zwischen seinen Fingern hervor, und Leyken spannte sich an, bereit, ihm zu Hilfe zu eilen.

«Nein.» Ari wurde nicht lauter, und gerade das ließ sie aufhorchen, ließ sie innehalten. «Wir bleiben auf dem Pfad.»

Der Verwundete taumelte zurück, fort vom Platz der Auseinandersetzung, fort aber auch vom kiesgestreuten Weg, war im nächsten Moment im Buschwerk wieder unsichtbar. Leykens Augen verharrten auf der Stelle, an der sie ihn zuletzt gesehen hatte. *Warum gehorche ich?*, dachte sie. *Und sei es nur für den Moment.* Doch Ari hatte nicht leichtfertig gesprochen. Ein *Gärtner*.

«Was geht da vor?», flüsterte sie, erhielt keine Antwort.

Sie bemühte sich, um den Gärtner herumzuspähen, tastete nach ihrem Gürtel, doch ihr Scimitar lag irgendwo in der Rüstkammer der kaiserlichen Söldner. Jener Männer, die sich nun gegen etwas zur Wehr setzten, das größer sein musste als ein Duchs, sehr viel größer. Die Bäume schwankten. Eine Silberpappel, ein mächtiger alter Baum dreißig Fuß vom Rand des Weges, die Rinde zerfurcht wie zerklüftetes Gestein. Sie wurde wie von der Faust eines Riesen geschüttelt. Einer der Äste, der hoch über dem Boden aus dem Stamm hervorwuchs, brach mit einem splitternden Laut, sackte in die Tiefe. Für einen Augenblick war die Gestalt eines Gardisten zu erkennen, der sich fluchend mühte, sich aus dem niedergebrochenen Geäst zu befreien.

«Jetzt passt auf!», wies der kleine Gärtner Leyken mit leiser Stimme an.

Und das tat sie, hatte aber dennoch Mühe, dem Geschehen zu folgen. Die Pappel bog sich noch immer, erst hierhin, dann dorthin und, nein, es war kein Wind. Es war etwas, das unendlich stärker und zerstörerischer war, aus allen Richtungen zugleich an Rumpf und Ästen des Baumes riss. Am Stamm selbst war Bewegung entstanden, eine Manneslänge über dem Boden vielleicht. Mehrere der stärksten Äste wuchsen nahezu auf derselben Höhe aus dem zerfurchten Holz hervor, das an dieser Stelle irgendwann einmal eine Verletzung erlitten haben musste. Die Borke war dort mit wulstig wucherndem Narbengewebe überdeckt. Unversehens schien dieses Gewebe zu *brodeln*, schien Blasen zu werfen, sich dann schrumpelnd, schrumpfend zurückzuziehen, dass eine dunkle Höhlung sichtbar wurde, ein gewundener Stollen in die Schwärze, in das Innere des alten Baumes. Und in dieser Höhlung …

Leyken fuhr zurück. Es war eine Made, ein Wurm, gliedlos und blind, aber größer, sehr viel größer, der Leib vom Umfang ihres Oberschenkels. Schuppen klebten auf rohem, fahlem, pulsierendem Fleisch, zahnlose Kiefer öffneten sich, als das Geschöpf sich zuckend aus der Höhlung wand und ein Schrei, ein *Schrei* ertönte, der ihr das Blut in den Adern gefrieren ließ.

Eine Bewegung – Ari – beinahe zu schnell, um sie wahrzunehmen. Das Geschöpf, das Gewürm, dessen Kreischen sich steigerte, höher wurde, schriller, als sein gliederloser Leib sich um den Grabstock krampfte, der sich unterhalb der aufgerissenen Kiefer durch seinen Leib gebohrt hatte. Die Kreatur schüttelte sich, der Boden unter Leykens Füßen schien zu erbeben, als das Wesen sich im Todeskampf hin und her warf.

«Fackeln», murmelte der kleine Gärtner. Längst presste Leyken die Hände auf die Ohren, konnte das Wort dennoch verstehen.

Die Gardisten waren ohnehin bereits am Werk. Flammen loderten an der Borke empor, fanden auf der Stelle Nahrung. Stinkender schwarzer Qualm verhüllte das Geschöpf, und der Schrei … War er noch da? Hallte er einzig in Leykens Geist wider?

Sie zitterte, als sie die Arme sinken ließ, auf die Gestalt des kleinen Mannes starrte, der sie unverwandt betrachtete. «Der Gärtner muss an dies alles denken», erklärte er. «Der Duchs und andere Helfer vertilgen das Gewürm, solange es klein ist. Doch ist es gewachsen, Leyken von den Banu Qisai, so könnte einzig eine Zahl von Gegnern ihm beikommen, die die Esche nicht zu tragen vermag. Dann muss der Gärtner eingreifen mit seiner Waffe: dem Feuer.»

«Was …» Ihre Stimme war heiser. «Was *war* das?»

Er musterte sie. «Ein Schädling. Die Blätter der Esche welken. Sie besitzt nicht länger jene Kräfte wie ehedem.»

Die Blätter der heiligen Esche welken. Die Worte eines alten Mannes auf einem geschnitzten Stuhl. Kälte griff nach ihr. *Die Vergessenen Götter zürnen.*

«Wir sollten den Hain verlassen», murmelte der Gärtner. «Sie werden die Bäume im Umkreis verbrennen. Noch ist es mit solchen Scharmützeln getan hier auf der Esche.» Er zögerte. «Doch noch hat der Krieg auch nicht begonnen.»

Respektvoll geleitete er sie den Weg entlang, zurück in die Richtung, aus der sie gekommen war. Doch sie nahm es kaum wahr. Während in ihrem Rücken die Flammen nach Buchen und Pappeln griffen, hatte die Kälte von ihrem Körper Besitz erlangt, als hätten die lieblichen Gärten der Rabenstadt sich mit einem Mal in eine Welt aus Eis verwandelt, über der ein mitleidloser Sturm fauchte. Irgendwo im äußersten Norden, am Rande des Reiches von Ord. Ein Sturm, zu dem die Bilder nicht passen wollten, als sie aus dem Hain ins Freie traten. Das leuchtende Grün der Gartenanlagen, in denen der Prunk höfischer Gewänder die Pracht der tausend exotischen Gewächse zu übertreffen suchte. Der Blick auf die verzauberten Ebenen jenseits der marmornen Balustrade, über denen sich die Scheibe des Mondes allmählich deutlicher abzeichnete.

Der Vollmond steht am Himmel, dachte sie. *Und es sind nur noch Stunden, bis die Raunacht anbricht.*

«Das Reich der Esche aber endet nicht an den Grenzen der Kaiserstadt», bemerkte der kleine Mann.

Leyken wandte sich zu ihm um. Konnte er ihren Gedanken gefolgt sein? Dann hätte er ihren Träumen folgen müssen.

«Es endet nicht einmal an den Grenzen, die die Aufgebote der Fürsten des Reiches und der kaiserlichen Archonten schützen», erklärte er. «Alles ist eins, so weit die Wurzeln nur reichen.»

«Die Wurzeln der Esche?»

Er schüttelte den Kopf. «Jede Wurzel. Scheitern wir, wird die Krankheit, die sich an den kleinsten der Zweige heftet, früher oder später den ganzen gewaltigen Leib des Baumes befallen. Alles ist ein einziger großer Garten, und über alles ist der Mensch, ist diese Stadt zum Gärtner bestellt.» Eine ausholende Handbewegung, die die Gärten und Paläste, aber auch die höheren Regionen des Baumes einbezog. Er schien zu zögern, noch etwas anfügen zu wollen, als der Ausdruck auf seinem Gesicht sich unvermittelt veränderte. «Und an diesem Tag kann der Gärtner gar nicht aufmerksam genug hinsehen», murmelte er.

Er sah sie nicht länger an. Sein Blick ging knapp an ihr vorbei.

Sie wandte sich um, hob die Brauen. Männer in goldenen Panzern, mehr von ihnen, als sie bisher auf einem Fleck gesehen hatte. Doch sie blieben nicht auf einem Fleck. Mit hastigen Schritten eilten sie an der Balustrade entlang, nach rechts, wo die Gärten hinter einem hohen, kuppelgekrönten Bau außer Sicht gerieten. Die Höflinge und jungen Leute gaben überrascht den Weg frei.

«Was befindet sich in dieser Richtung?», fragte Leyken.

«Die Gärten der ßavar.»

«Der ßavar?»

«Die … Kaiserin.» Er antwortete auf ihre Frage, doch mit einem Mal schien er ihre Gegenwart fast vergessen zu haben. Nur für einen Atemzug, dann schüttelte er entschlossen den

Kopf, als wollte er einen bestimmten Gedanken vertreiben. «Die Kräfte der Esche schwinden, und wir sehen uns Schädlingen ganz unterschiedlicher Art gegenüber. – Sybaris.»

Der kleine Mann verneigte sich, machte kehrt, ohne auch nur ihren Abschiedsgruß abzuwarten. Nach wenigen Schritten verließ er den Weg nach links, um den auflodernden Bäumen auszuweichen. Und sich den Wächtern anzuschließen, mit denen er gekommen war? Oder um sich tiefer in die Anlagen zu wenden – zu den Gärten der ßavar, der Kaiserin?

Eine Kaiserin. Verwirrt sah Leyken ihm nach. Jedes Kind wusste vom Kaiser auf dem Stuhl der Esche, doch hatte sie jemals von einer Kaiserin gehört? Aber natürlich gab es eine Kaiserin, wo es einen Kaiser gab. Ein Schädling – die Kaiserin? Unsinn. Doch um was für einen Schädling sollte es sich handeln, dass so viele Gardisten in einer solchen Hast jenem abgelegenen Bereich der Gärten entgegeneilten?

«Sybaris.»

Orthulf und sein Gefährte standen hinter ihr. Die Miene des Reiterführers war düster, als er die Augen in Richtung der brennenden Bäume wandte, dann den Söldnern in ihren goldenen Rüstungen nachblickte. Leykens Ausflug in die Gärten war beendet. Er musste es nicht aussprechen. Wie betäubt folgte sie den Nordmännern hinab zu der funkelnden Wasserfläche, zu den kiesgestreuten Wegen an der Balustrade mit den fröhlichen, kostbar gewandeten jungen Menschen der Rabenstadt.

Sie sah blasse Gesichter – hier und da. Einige der jungen Leute waren stehen geblieben, beobachteten die Flammen, die aus dem Waldstück in die Höhe schlugen, andere blickten die Promenade an der Brüstung entlang, wo die gepanzerten Streiter verschwunden waren. Leyken gewahrte ernstes Nicken, unbehagliche Mienen, doch ebenso sah sie, wie sich schmale

Jünglingshände selbstgewiss auf die Hefte von Schwertern legten. Schlanken silbernen Zierwaffen, die unter dem ersten entschlossenen Hieb in tausend Stücke zerspringen würden. Fast gegen ihren Willen kamen die Worte des Gärtners ihr wieder in den Sinn. *Noch ist es mit solchen Scharmützeln getan hier auf der Esche. Doch noch hat der Krieg auch nicht begonnen.*

«Sybaris!»

Sie drehte sich um. Am Ufer des Bassins eilte das Mädchen Nala in ihre Richtung, die Röcke gerafft, dass nicht allein ihre Knöchel, sondern selbst ihre Waden zum Vorschein kamen, verhüllt natürlich von seidenen Strümpfen.

Ein missbilligendes Zischen. Leyken fing den strafenden Blick einer würdigen Matrone ein, die sie augenscheinlich für das skandalöse Verhalten ihrer Zofe verantwortlich machte. Rasch nickte Leyken ihr zu, stieg hinab an den Ufersaum, dem Mädchen entgegen.

«Sybaris!» Schwer atmend langte Nala bei ihr an. Ihre Wangen waren gerötet, dass die eigentümlichen Flecken kaum noch zu sehen waren. Sichernd blickte sie sich nach sämtlichen Seiten um. Niemand war in Hörweite. Die ältliche Dame war nun ganz in die Betrachtung der Saphirforellen versunken, die sich im funkelnden Wasser tummelten; die beiden Nordmänner hatten sich einem Krieger in kaiserlichem Gold zugewandt. Leyken konnte erkennen, wie der Mann mit düsterer Miene in Richtung der Gärten der ßavar wies.

Das Mädchen holte Luft. Ein Ausdruck der Konzentration trat auf sein Gesicht. Wispernd: «*Fahd-… Fahd-tschar.*» – Eine Formulierung in Leykens Sprache: *Es hat gesucht.* Nala wandte sich um, deutete zu den vereinzelten Bäumen, die am jenseitigen Ufer ihr ausladendes Geäst über die Wasserfläche streckten.

Leyken blickte hinüber. Der ansehnliche junge Gardist, in dessen Richtung sich die Zofe mit einer solchen Zufälligkeit bewegt hatte, war fort. Wenn er denn jung und ansehnlich gewesen war, dachte sie. Doch davon war wohl auszugehen, wenn Nala ihre Herrin so ganz und gar vergessen hatte, dass sie sich anschließend voller Schrecken nach ihr auf die Suche begeben hatte.

Leyken biss sich auf die Lippen, fast schuldbewusst. Natürlich hatte sie sich auch mehr oder minder davongeschlichen.

Salim-an, dachte sie. *Ich bin gut*. Doch das konnte Nala ja kaum übersehen. «*Fahd-tschan*», verbesserte sie stattdessen mit einem Lächeln den Satz der Zofe. *Ich habe gesucht*.

Das Mädchen legte die Stirn in Falten, musterte Leyken, wandte die Augen dann noch einmal zum anderen Ufer des Teichs. Mit übergroßer Betonung: «*Fahd-tschar!*»

Verwirrt sah Leyken die Zofe an. Nala schien es mit der Formulierung ernst zu sein. *Es hat gesucht. Es* – oder *jemand*. Die Feinheiten waren eine Frage der Betonung, und das Mädchen beherrschte erst wenige Dutzend Wörter der Wüstensprache. Jemand hatte gesucht? Nach ihr, nach Leyken gesucht?

«Jemand hat mich gesucht?», fragte sie. «Der Sebastos? Zenon?»

Ein Kopfschütteln. Nalas Augen gingen zum Wasser, zurück zu Leyken, dann, hilflos, auf ihre Hände, dann ... Ein schweres Einatmen.

Der Fuß des Mädchens. Mit den Zehenspitzen fuhr Nala durch den weichen Ufersand. Sie zeichnete etwas: einen Bogen.

Ein Blick zu ihrer Herrin, flehend beinahe, doch Leyken schüttelte den Kopf. «Es tut mir leid. Ich verstehe nicht.»

Die Augen des Mädchens huschten an ihr vorbei. Diesmal aber gingen sie nicht zum jenseitigen Ufer. Diesmal hielten sie

Ausschau nach der alten Dame, nach den Nordmännern, nach irgendjemandem, der in ihre Richtung schaute.

Wieder fuhr Nalas Fuß durch den Sand, ganz nahe an der ersten, bogenförmigen Zeichnung, deutete einen zweiten, dabei engeren Bogen an, der am selben Punkt ansetzte und am selben Punkt endete wie der erste, sodass sie gemeinsam …

Mit einem Mal war Leykens Kehle zugeschnürt. «Ein Mond», flüsterte sie. «Ein Sichelmond. Der Mond der Göttin.»

Überdeutlich wies Nalas Blick zum jenseitigen Ufer. Zum Geäst des Glutkirschenbaums, in dessen Schatten ihr Verehrer sie erwartet hatte. – Ihr Verehrer?

Ein letztes Mal berührte die Zehenspitze der Zofe den Sand, flüchtig nur, ließ das Bild eben lange genug stehen, dass Leyken es wahrnehmen konnte, bevor das Mädchen es eilig verwischte.

Doch Leyken hatte es gesehen. Sie spürte, wie der Schwindel nach ihr griff. Sie hatte das Zeichen gesehen: drei kurze, gerade Striche, die sich in der offenen Mondsichel sternförmig kreuzten.

Ein Stern! Ein Stern in einer Mondsichel! Das Familienzeichen der Banu Huasin. Das Zeichen des Shereefen.

SÖLVA

NORDLANDE: DER ÄUSSERSTE NORDEN

Es war die Nacht des dreizehnten Mondes. Des Mondes, der keinem Gott zu eigen war und keinen Namen besaß im Jahreskreis. Es war die Raunacht. Es war die dunkelste, die kälteste, die längste Nacht des Jahres.

«Die Nacht, in der das Volk des Gebirges Schutzzauber in die Mähnen seiner Pferde flicht», flüsterte Sölva. «Und Eschenzweige über die Türen hängt, die Spitzen zur Abwehr gen Norden gerichtet.»

Hier gab es keine Türen. Gezackte Umrisse ragten in das fahle Licht der Himmelsscheibe. Düstere Hohlwege verloren sich in einem Labyrinth geschwärzter Trümmer. *Endberg*. So laute der Name der Ruinenstadt, hatte Hochmeister Ostil gemurmelt, als sie durch die Überreste einst mächtiger Tore getreten waren. Sölva bezweifelte, dass dies der wahre Name des Ortes war. Der wahre Name war vergessen wie die Namen jener, die ihn vor seiner Vernichtung bewohnt hatten, Jahrtausende in der Vergangenheit.

Zyklopische Befestigungen thronten auf einem gewaltigen, weit in die Erfrorenen Sümpfe vorgeschobenen Felsmassiv. Einschüchternd noch in ihren Überresten, unbezwingbar von allen Seiten. Der einzige Aufstieg war über einen schmalen Grat hinweg von Süden her möglich, und es hatte mehr als zwei Stunden in Anspruch genommen, bis Heerbann und Tross des Bündnisses von Ord ihn vollzählig bewältigt hatten. Zwei Dutzend der Eisernen hüteten nun den Zugang, doch aller Erwartung nach würden sie eine ruhige Nacht verbringen.

Denn es war vorbei. In der Senke zu Füßen der alten Feste türmten sich die Leiber der Hasdingen. Als die Schlacht ihr Ende gefunden hatte, war es für diesen Abend schon zu spät gewesen, ihre Körper an einem Ort zu sammeln und den Flammen zu übergeben, wie es die Sitte ihres Volkes war. Denn es schien nur angemessen, dass diese Regeln eingehalten wurden nach dem letzten, grimmigen, verzweifelten Kampf des stolzen Stammes. Im Morgengrauen würden die Sieger die Gefallenen vom Grund der Senke, von den umgebenden graslosen Hängen bergen und streng nach dem alten Ritual verfahren.

«Warum haben sie das getan?», flüsterte Sölva. Durch eine Bresche in den Bollwerken war das Schlachtfeld sichtbar, geisterhaft im Licht des Mondes. «Warum haben sie es auf diese Weise enden lassen? Warum haben sie es *dort* enden lassen? Warum haben sie sich zum Kampf gestellt, wo es keine Deckung für sie gab? Im offenen Gelände.»

Sölva erwartete keine Antwort. Sie war allein. Die Freundinnen hatten ihr Zelt bereits bezogen, nahe bei der Jurte des Hetmanns, worauf Sölvas Vater seit Morleifs Tod bestand. Doch Terve hatte sich noch einmal entfernt, und Sölva selbst hatte die Frage keine Ruhe gelassen. *Warum?*

Die Hasdingen hatten gewusst, wie viele Reiter der Heerbann des Bündnisses zählte. Nicht die genaue Zahl vielleicht, aber doch, dass schon gegen die Reiter aus Elt und Vindt jeder Widerstand sinnlos gewesen wäre für ein um so viel kleineres Aufgebot, das ihnen fast vollständig zu Fuß gegenübertrat. Sie hatten tapfer gekämpft, dachte Sölva, aber ohne Hoffnung.

Aber waren sie nicht von Anfang an ohne Hoffnung gewesen? Schon als sie ihren Hauptsitz verlassen hatten, ein geringer Teil ihres Volkes nur, während die Übrigen am folgenden Morgen den Tiefländern die Tore geöffnet hatten. Monatelang waren sie zurückgewichen, Meilen um Meilen. Wieder und wieder hatten sie sich mit den Verfolgern Gefechte geliefert. Ihre Frauen und Töchter hatten sich an den Hängen der Ahnmutter geopfert und nun, zuletzt, die Krieger des Gebirgsstammes selbst.

«So sinnlos», wisperte Sölva. «Nach all diesen Opfern. Warum haben sie in der Senke haltgemacht, so dicht vor – dem hier?»

Sie legte den Kopf in den Nacken. Einer gekrümmten Klaue gleich hob sich der Schattenriss eines der Befestigungstürme in den Nachthimmel. Wie wenige Männer wären nötig gewesen, das schmale Nadelöhr des Zugangs zu halten, bewacht von solch gigantischen Wehranlagen? Gegen jede noch so große Übermacht, und sei es bis ins Frühjahr hinein. Am Durst wären die Verteidiger nicht zugrunde gegangen. Schließlich war mehr als genug Eis vorhanden, das sie hätten zum Schmelzen bringen können. Vermutlich hätte der Hunger sie am Ende in die Knie gezwungen, doch wenn es von Anfang an ihre Absicht gewesen war, sich bis an den Rand des Eises, auf diese letzte, gewaltige Festung hin zurückzuziehen: Sie hätten unzählige Gelegenheiten gehabt, sich mit Vorräten zu versehen auf ihrer monatelangen Flucht. Und sei es nur, um den Widerstand auf diese Weise noch länger fortzusetzen, dem Aufgebot des Bündnisses von

Ord noch schwerere Verluste zuzufügen, wenn ihr Schicksal so oder so besiegelt war.

«Warum haben sie das nicht getan?», fragte sie leise.

Für einen Moment glaubte sie ein Geräusch zu hören. Ein Rascheln? Ein Flüstern? Tiere, die in den Trümmern vor der Kälte Zuflucht gesucht hatten? Nein, ein Trupp schlecht gelaunter Hochländer streifte missmutig durch die zerstörte Feste, Charusken oder Vasconen, die noch keinen geeigneten Lagerplatz gefunden hatten. Es gab keine Tiere in den Überresten von Endberg. Als ob sie die Ruinen mieden, wie die Hasdingen sie gemieden hatten.

Zögernd streckte Sölva die Hand aus, berührte das Mauerwerk. Es war glatt unter ihrer Haut, kalt und glatt wie Eis. Ein Werk der Uralten, hatte der Hochmeister mit zitternder Stimme erklärt. In der Hitze von Waffen, wie die Welt sie seither nicht mehr kannte, waren die Bauten zu einer zähen Masse geschmolzen, die in der Kälte zu einer glasartigen Substanz erstarrt war. Mehr hatte er nicht berichten wollen, wobei Sölva vermutete, dass selbst er in Wahrheit gar nicht mehr darüber wusste.

Aber es musste möglich sein, mehr darüber zu erfahren. Über diese Mauern, über diese Stadt und ihre Bewohner – und ihren Untergang. Sie schloss die Augen. *Ildris*, dachte sie. Ildris war es mit Sicherheit möglich. Stein war zwar nicht Moos oder Pflanze aus gemeinsamer Wurzel; doch schienen die Ruinen nicht aus dem Leib des Felsens zu wachsen gleich einer steinernen Blüte von albtraumhafter Schönheit? Und hatte sie nicht gespürt, dass jene geheimnisvolle Welt, in die Ildris sie entführt hatte, ihr noch um so vieles mehr hätte zeigen können als die Dinge, die sich in ebendiesem Augenblick an einem anderen Ort ereigneten? Dass da etwas war wie ein Netz. Ein Netz, das

Erinnerungen festhielt und sich auf eine geheimnisvolle Weise bewegen ließ, diese Erinnerungen freizugeben.

Sölva schüttelte den Kopf. Selbst wenn das so war, besaß sie nicht die Kräfte der Frau aus dem Süden, die ihr nichts als einen kurzen Blick in jene andere, fremdartige Welt eröffnet hatten. Unter ihren Fingern war nichts als sprödes Glas, härter als Kristall und kalt wie Eis.

Sie ließ ihre Hand sinken. Da war etwas an diesen Ruinen, das sie in Unruhe versetzte. *Wir sollten nicht hier sein*, dachte sie. Denn darauf allein hatten die Hasdingen es angelegt mit all ihren Entbehrungen und Opfern. Dass das Aufgebot des Bündnisses in dieser Feste weilte, in ebendieser Nacht. Jeder im Heerbann spürte es, sie war sich gewiss. Männer des Tieflands, Männer des Hochlands. Und mehr als alle anderen die Stammesbrüder jener, die nun besiegt waren. Diejenigen Hasdingen, die sich dem Bündnis nach dem Fall ihres Hauptsitzes angeschlossen hatten und nun unter dem Befehl Mortils standen. Mortil mit seinem Bergkristall. Mortil, der sich so vertraut gemacht hatte mit dem Leben und Denken der Bergbewohner. Doch wenn der dritte von Sölvas Brüdern um die Bewandtnis wusste, die es mit der Feste Endberg hatte, so schwieg er wie alle Übrigen.

Am Ende hatten die Tiefländer keine Wahl gehabt. Als die Hasdingen dem Ansturm endlich erlegen waren, war das Zwielicht bereits hereingebrochen. Und der Himmel über den zu Eis erstarrten Sümpfen hatte einen Ton angenommen, der sich allein mit dem Nahen der Nacht nicht erklären ließ. Die Ruinen waren die einzig erreichbare Zuflucht vor einem Unwetter unbekannter Gewalt.

Zur Stunde hatte es noch nicht eingesetzt. Und hatten die Wolken sich nicht bereits verzogen?

Sölva holte Atem. Als ob sie es in der Luft schmecken konnte:

kein Unwetter, sondern etwas anderes, etwas nicht minder Gewaltiges. Und es hing mit diesem Ort zusammen, an dem der Anführer des Bündnisses von Ord an diesem Abend seine Jarls und Edlen, Krieger und Troßleute versammelte, um das Ende des Feldzugs zu verkünden. Der Krieg war vorüber, die letzten Rebellen niedergeworfen. In dieser Nacht würde der alte Ostil Sölvas Vater den Reif von Bronze aufs Haupt setzen, und nach sieben Jahrhunderten würde das Königreich Ottas von neuem erstehen.

Doch der Sieg schmeckte schal. Nur wenige Handvoll Menschen hatten am Ende die Waffen gestreckt und waren in die Gefangenschaft der Tiefländer geraten. Alle Übrigen hatten den Tod gesucht, ihren greisen Hetmann an der Spitze. Und auch unter den Angehörigen des Bündnisses hatte es Opfer gegeben. Männer aus Morwas Aufgebot, die Sölva gekannt hatte, solange sie zurückdenken konnte, Veteranen, die den Sohn des Morda über Jahrzehnte der Feldzüge begleitet hatten.

Es hat zu viele Tote gegeben, dachte sie. Auf beiden Seiten. Auf einem Feldzug, an dessen Sinn am Ende niemand mehr hatte glauben können. Nein, dachte sie, selbst ihr Vater nicht. Und nun, in der Stunde seines größten Triumphes, krallten sich die Zelte der Sieger in die Ruinen der Alten, auf der einen Seite von eisverkrustetem Morast umgeben, auf der anderen Seite von der Stätte der letzten, erbitterten Schlacht, die sich in einen Totenacker verwandelt hatte. Und die Anführer der Hochländer und Tiefländer versammelten sich in der Jurte ihres künftigen Königs zur Huldigung wie die Geier zum Leichenschmaus.

Sie zog den feinen, mit Zobel verbrämten Pelz enger um ihre Schultern. Den Pelz, der ein Geschenk ihres Vaters war wie die wärmenden Stiefel auch. Beides hatte Morleif gehört, doch zumindest war es nicht der Pelz, und waren es nicht die Stiefel, in denen der jüngste ihrer Brüder gestorben war, während zwei Männer über dem Eis gestanden und ungerührt seinen verzweifelten Kampf verfolgt hatten.

«Sie haben gelogen», flüsterte Sölva. Dem Hetmann gegenüber hatten sie behauptet, dass Morleif Opfer der Hasdingen geworden war. Doch das war nicht die Wahrheit. Morleifs Tod war Teil eines gespenstischen Plans, einer Verschwörung, an der der Hochländer mit Namen Alric beteiligt war und wer wusste wie viele Mächtige bis in das Aufgebot aus Elt, das Herz von Morwas Macht hinein. Einer Verschwörung mit dem Ziel, ihren Vater zu hindern, seinen Nachfolger an der Spitze des Reiches nach seinem Wunsch zu bestimmen.

«Morwen», wisperte sie. Mit aller Tücke wollten sie verhindern, dass der Reif von Bronze auf die goldene Mähne von Sölvas ältestem Bruder gelangte. Doch Morwen selbst hatte in seinem ohnmächtigen Zorn die beiden Mörder erschlagen. Niemand würde nun noch die Wahrheit aus ihnen herauszwingen können. Und überdies schmachtete Morwen nunmehr in der Gewalt des alten Rodgert. Und der Anführer der Eisernen hatte ihn zwar nicht in Ketten gelegt, ließ ihn aber während des Zuges mit einem dichten Ring von Eisernen umgeben, abgesondert vom Rest des Heerbanns. Wenn der Zug am Abend haltmachte, wurde er in seinem Zelt bewacht. Einzig Terve war es ein- oder zweimal gelungen, die Wächter zu überreden, dass man sie zu Morwen vorließ. Sölva war sich einigermaßen sicher, dass sie gar nicht genau wissen wollte, wie die Trossdirne das angestellt hatte. Doch machte all das überhaupt noch einen Unterschied? Morwen selbst hatte mit seiner übereilten Tat dafür gesorgt, dass der Plan der Verschwörer aufging, ohne dass sie selbst gezwungen gewesen wären, den Rest ihres Vorhabens ins Werk zu setzen. Undenkbar, dass Sölvas Vater jenen seiner Söhne zu seinem Erben bestimmte, dem er eben erst das Schwert hatte nehmen lassen.

Unruhig spähte sie in die Schatten der Ruinen. In dieser Nacht würde Morwa die Krone empfangen. Die Zeit lief ab. Wenn sie noch etwas unternehmen wollten, so musste es jetzt geschehen, nur brauchten sie dazu Morwens Einverständnis, seine Unterstützung. Die Mörder waren tot, doch es gab andere, weit ältere Möglichkeiten, vor den Augen eines Hetmanns und seiner Ratgeber Recht oder Unrecht zu beweisen. Wenn Morwa die Rechtmäßigkeit der Klage anerkannte, konnte Morwen einem der Verschwörer mit der Waffe in der Hand gegenübertreten, und sie würden bis zum Tode fechten. Ob dieses Verfahren in der Vergangenheit zu einem gerechten Urteil geführt hatte, war Sölva sich zwar alles andere als sicher. Doch Morwen war schließlich der beste Schwertkämpfer diesseits der Grenzen zum Kaiserreich. Was hatte Alric dem entgegenzusetzen oder wer auch immer für die Verschwörer in die Schranken treten würde?

Als Allererstes aber, und damit stand und fiel der verzweifelte Plan der Freundinnen, musste Morwen darum bitten, bei seinem Vater vorgelassen zu werden. Denn wie sollte er einen Schwertkampf bestreiten, solange er keine Waffe tragen durfte?

Würde Terve noch einmal zu ihm vorgelassen werden? Sölvas Fäuste öffneten und schlossen sich unruhig. Da! Zwischen den aufragenden Trümmern bewegte sich ein Schatten, die Schultern gebeugt, und schon an der Haltung ihrer Freundin erkannte sie, dass Terve diesmal keinen Erfolg gehabt hatte.

«Tut …» Terve stützte sich gegen den Überrest eines Gebäudes, der kaum noch als Mauer zu erkennen war, verkrümmt und verbogen in der Hitze der Feuer der Uralten. «Tut mir leid», murmelte sie schwach. «Sie waren fast so weit, wirklich. – Aber sie hatten sich über dem Feuer etwas zu essen bereitet.» Sie schüttelte sich. «Eisfisch! Ich kann keinen Eisfisch mehr sehen!»

«Dir ist wieder übel geworden?» Sölva runzelte die Stirn. Wenn Terve versucht hatte, die Wächter auf jene Weise zu überzeugen, wie sie sich das ausmalte, war das ein denkbar ungeschickter Moment gewesen. Doch es kam ihr kaum zu, der Dirne Vorwürfe zu machen. «So schlimm ist es jetzt?», fragte sie mitfühlend. «Mitten am Tag? Also … am Abend?»

«Du kannst dir denken, dass ich mir das nicht ausgesucht habe!» Für einen Moment klang ihre Freundin deutlich ungehalten, und Sölva biss sich auf die Zunge. Für gewöhnlich befiel die Übelkeit Terve am Morgen. Sölva war die eintönige Kost ja selbst zuwider, doch um ihre Freundin begann sie sich allmählich ernsthafte Sorgen zu machen angesichts der ständig wiederholten Anfälle von Erbrechen. Ganz gleich, was dieser Abend bringen würde: Morgen würde sie mit Ildris sprechen, nicht ohne schlechtes Gewissen, denn die Stunde der Frau aus dem Süden war nun beinahe gekommen. Seit Morleifs Tod hatte sie die Jurte des Hetmanns nicht mehr verlassen, wenn sie am Abend das Lager aufschlugen.

«Was können wir dann noch tun?», fragte Terve, jetzt wieder in ihrem gewohnten Tonfall. «Wenn der Hetmann heute Nacht den Reif von Bronze erhält, werden die Jarls erfahren wollen, wer ihn nach ihm tragen soll.»

Sölva nickte düster. «Vielleicht können wir ihn irgendwie bewegen, die Entscheidung aufzuschieben», murmelte sie. «Meister Lirka hat davon gesprochen, dass es in der alten Zeit zum Ritual der Krönung gehörte, dass der König seinen Edlen Wünsche erfüllte.»

«Der König den Edlen? Nicht umgekehrt?»

Sölva schüttelte den Kopf. «Sonst hätten sie ihn gar nicht

erst gekrönt. – Aber schließlich ist überhaupt nur Otta jemals gekrönt worden. Und das ist siebenhundert Jahre her.» Tief holte sie Atem. «Komm mit», sagte sie. «Wenn ich heute schon die Tochter eines Königs werde, kann ich unmöglich ohne meine Kammerzofe erscheinen.»

Ein leises Kichern von ihrer Freundin, als Sölva sie mit einer so höfischen Rolle bedachte. Doch es war ein schwaches Kichern. Das Alter, die schiere Gegenwart der Ruinen, die ein Gefühl der Beklommenheit auslösten. Das Wissen um die Raunacht und die undurchschaubaren Pläne, die in dieser Nacht gesponnen wurden. Ein Schleier lag über dieser Nacht, als sie sich ihren Weg durch die Trümmer suchten, ein Schleier düsterer Vorahnungen.

Das Zelt des Hetmanns hatten die Eisernen in den Ruinen des größten Gebäudes der zerstörten Stadt aufgeschlagen, der einstigen Festhalle vermutlich. Der Innenraum der Jurte war so hell erleuchtet, dass ein Schimmer des Lichts nach draußen fiel, wie auch der Klang von Crotta und Trommel ins Freie drang. Zwischen den gigantischen Bauten der Uralten aber schien sich die Wohnstatt des künftigen Königs von Ord beinahe zu verlieren.

Rundherum hatte der alte Rodgert sämtliche seiner Männer aufziehen lassen, die nicht an den Toren der Ruinenstadt benötigt wurden. Und sie schienen einen jeden, der sich der Jurte mit den Keilerschädeln näherte, voller Misstrauen zu mustern. Selbst sie spüren es, dachte Sölva. Wir sind am Ziel. Der Sieg ist unser. Doch es fühlt sich an, als hätte die eigentliche Gefahr gerade erst begonnen. Als wäre die Bedrohung niemals so groß gewesen wie in diesem Augenblick.

Einer der Leibgardisten hielt die Vorhänge beiseite und ließ die Freundinnen passieren. Sölvas Wahl ihrer Begleiterin nahm er mit einer gehobenen Augenbraue zur Kenntnis. Zumindest tragen wir Gewänder, die dem Anlass angemessen sind, dachte das Mädchen. Denn genau das hatte der Hetmann gewünscht. Terve hatte ein leuchtend rotes Band in ihr Haar gewunden, ein Stück aus Morleifs Besitz, das Sölva zusammen mit den Pelzen und den warmen Stiefeln erhalten, in diesem Fall aber an ihre Freundin weitergegeben hatte. Sie selbst hatte lediglich zugelassen, dass Terve ihr das Haar auf eine etwas festlichere Weise hochsteckte. Aus übertriebenem Zierrat hatte sie sich noch niemals viel gemacht.

War sie deswegen so überrascht, als sie nun die Jurte betrat und feststellte, dass ihre Ankunft alles andere als unbemerkt blieb?

Mehrere der Anwesenden wandten sich in ihre Richtung. Ratgeber ihres Vaters, Jarls über die Stämme des Gebirges und die Städte des Tieflandes. Man nickte ihr höflich zu, richtete freundliche Worte an sie. All die Dinge, die sie bis vor kurzer Zeit niemals erlebt hatte bei den Mächtigen des Bündnisses von Ord. Nun trat Jarl Gunthram von den Jazigen auf sie zu und verneigte sich geradezu vor ihr. Sie bemühte sich, nicht zu offensichtlich auf die Tuchbinden zu starren, die er noch immer um den Kopf trug nach den Kämpfen an der Ahnmutter, wo so viele seiner Krieger gefallen waren.

«Holde Sölva.» Unter seinem Verband sah er zu ihr empor, bevor er sich wieder aufrichtete, sie einen Moment lang unschlüssig musterte. Schließlich: «Dieser ... Pelz ...»

Sie kniff die Augen zusammen. «Ja?»

«Er passt zu Eurem ...» Sölva glaubte sein Aufatmen zu hören. «Er passt zu Eurem Haare.»

«Das ...» Sie schluckte. «Danke. Das habe ich auch schon gedacht», murmelte sie.

Wieder verneigte er sich, dann noch einmal. Und war mit einem gemurmelten Gruß unter den anderen Gästen verschwunden.

«*Das habe ich auch schon gedacht?*» Gezischt.

Sie drehte sich um.

Ihre Freundin starrte sie an. «Hast du den Verstand verloren? Der Mann ist ein Jarl! Er wollte dir etwas Freundliches sagen!»

Sölva blinzelte. «Das hat er doch auch getan. Und ich ...» Mit einem Mal wurde sie fast wütend über den vorwurfsvollen Gesichtsausdruck ihrer Freundin. «Der Pelz passt wirklich zu meinem Haar!», wisperte sie ungehalten. «Weil man nämlich bei beiden gar nicht so einfach sagen kann, welche Farbe sie überhaupt haben. – Aber das habe ich ihm *nicht* gesagt. Weil ich meinen Verstand nämlich noch sehr gut beisammenhabe, und irgendein Jarl mit seinen Schmeicheleien im Moment das Letzte ist, was ich ...»

«Er ist ein Jarl.» Terve musterte sie ernst. «Und du bist die Tochter einer Kebse. Sobald du anfängst zu bluten, wird dein Vater dich vermählen. Und den Jarls und Edlen ist nicht entgangen, dass er dir in den letzten Wochen eine ungewöhnliche Aufmerksamkeit gewidmet hat. Fast als hätte die Hetfrau dich geboren so wie deine Brüder. Wenn er dich dem Jarl eines Gebirgsstamms gibt, könnte er beweisen, dass es ihm ernst ist mit der Vereinigung der Tiefländer und der Hochländer. Und nun ist es auch noch ein Jarl, der sich Mühe gibt und freundlich ist zu dir. Der dich mit einer einfallsreichen Bemerkung ...»

«*Das* war einfallsreich?»

«Für einen Mann aus dem Gebirge: ja.» Plötzlich schien sich die Miene ihrer Freundin zu verändern. «Du kennst die Krieger nicht», sagte sie leise, schüttelte den Kopf. «Das *war* einfallsreich.»

Sölva öffnete den Mund. Doch dann sah sie unvermittelt in das auf den Boden gebreitete Stroh. Nein, sie kannte die Krieger nicht, kannte die *Männer* nicht. Und genauso wenig hatte sie eine Vorstellung davon, wie Terves Leben, das Leben einer Trossdirne überhaupt aussah. Ob die Krieger, die bei Terve lagen, jemals ihre Haare lobten? So viel Zeit sie doch darauf verwandte, sie auf berückende Weise herzurichten?

«Es tut mir leid», murmelte Sölva.

Doch Terves Stimmung schien sich schon wieder verändert zu haben. «Jedenfalls kann dir Schlimmeres passieren als Jarl Gunthram.» Eine Pause. Ein suchender Blick über Sölvas Schulter hinweg. Dann ein Nicken in eine bestimmte Richtung. «Er steht bei Mortil», flüsterte sie. «Dreh dich langsam um.»

Sölva kniff die Augen zusammen, gehorchte – und wurde überrascht. Es war der gutaussehende junge Mann im goldenen Panzer. Der Jüngling, den sie in der Nacht von Morleifs Tod vor der Jurte ihres Vaters beobachtet hatte. Jetzt sah sie, dass das Rot in seinen Haaren heller war als gemeinhin üblich bei den Menschen aus Thal, und der Entfernung zum Trotz hätte sie schwören können, dass er eher blaue als grüne Augen hatte zu dieser ungewöhnlichen Farbe. Nachdenkliche Augen, beinahe etwas traurig, als er den Worten ihres Bruders lauschte.

«Den finde ich eigentlich gar nicht so schlimm», murmelte sie.

Terve gab ein Geräusch von sich. Als ob sie die Luft zwischen die Zähne zog. Wie ertappt wandte sich Sölva zu ihr um.

Ein vergnügtes Funkeln stand in den Augen ihrer Freundin, doch sofort war es wieder verschwunden, als Terve den Kopf schüttelte. «Das ist Hædbjorn, der jüngste der sieben Söhne von Jarl Hædbærd aus Thal. – Doch er dürfte sowieso nicht heiraten, solange seine älteren Brüder nicht verheiratet sind. Und auch sein Vater nicht. Jarl Hædbærds drittes Weib ist letztes Jahr im Kindbett gestorben, und es heißt, *er* sei auf der Suche nach einer neuen Frau.»

«Sein *Vater*?» Sölva starrte sie an.

Ein Nicken. «Der älter ist als dein eigener Vater. Wie gesagt: Jarl Gunthram ist nicht das Schlimmste, was dir …»

Doch da hatte sich Sölva bereits von ihr weggedreht. Ihre bevorstehende Vermählung, ganz gleich mit wem, war das Letzte, an das sie an diesem Abend denken wollte. Wenn der Gedanke überhaupt ein Gutes hatte, so war es der Umstand, dass er sie für eine Weile abgelenkt hatte von der Stimmung, die über diesem Abend zu liegen schien.

Denn diese Stimmung war da, bei jedem einzelnen der Anwesenden. Sie waren Sölva auf ungewöhnliche Weise begegnet, doch erschienen nicht alle wertschätzenden Worte und Gesten auf eine merkwürdige Weise beiläufig, zerstreut geradezu, als wäre keiner der Versammelten recht bei der Sache? Lediglich Rodgert, der sich hinter dem geschnitzten Stuhl des Hetmanns postiert hatte, hatte eine besonders düstere Miene aufgesetzt, schien jeden der Anwesenden mit seinen wachsamen Blicken zu durchbohren. Seine Art, der Anspannung Ausdruck zu geben, die über dem gesamten Heerbann lag, dachte Sölva, während ihr Vater selbst …

Überrascht hielt sie inne. Morwa, Sohn des Morda, hatte sich erhoben, hatte sich unter die Versammelten gemischt, stand mit einer Sicherheit aufrecht, die sie seit Wochen nicht an ihm beobachtet hatte. Kurz begegneten sich ihre Augen, und mit einem Nicken verzeichnete er ihre Anwesenheit, ihre Bemühungen um ein angemessenes Erscheinungsbild. Und schon wandte er sich wieder ab, in ein Gespräch mit Mornag und Meister Tjark vertieft. Seine Stimme war noch für Sölva zu vernehmen, als er seinem Sohn einen Rat erteilte.

«Ob es gut ist, wenn das Volk seinen Herrscher liebt? Es ist das Wichtigste überhaupt, würde ich vermuten – für eine hübsche Fürstin aus dem Süden. Ein Hetmann der Nordleute dagegen oder gar ein König ...» Ein kurzes Innehalten. «Ein Hetmann oder König muss weder geliebt noch verehrt werden. Er muss *geachtet* werden. Und das wird nicht geschehen, wenn du dich bemühst, dich den Leuten allzu sehr anzuverwandeln.»

Eine kurze Pause. Ein Blick, aus dem eine gewisse Strenge sprach. Er schien darauf zu warten, dass der zweite seiner Söhne etwas einwarf, was indessen nicht geschah. Mornag wirkte aufmerksam. Und düster natürlich, wie es seine Art war. Was immer er denken mochte: Nichts davon war aus seiner Miene ablesbar.

«Die Männer werden es immer schätzen, wenn du ihre Gebräuche achtest», mahnte der Hetmann. «Doch niemals solltest du versuchen, dabei wie einer der ihren zu erscheinen. Denn sie wissen, dass du das nicht bist. – Ich habe die Sitten der einzelnen Städte und Stämme immer geehrt. Selbstverständlich habe ich in der Rota von Thal dem Andenken der Alten Kaiser meine Opfer gebracht. Aber ich bin dabei ein Mann aus Elt geblieben, ein halber Barbar in den Augen der Stadtleute. Und in Eik habe ich von den rohen Fröschen gegessen, wie sie es dort an den Hohen Festen tun. Aber ich schwöre dir: Kein Mensch wäre auf den Gedanken verfallen, dass diese Frösche mir auch geschmeckt haben. Für die Leute dort hätte ich wiederum ein trockener Kerl aus Thal sein können. In Vindt nun wieder habe ich erlaubt, dass sie mein Gesicht auf ihre Münzen prägen. Ihren Tribut aber habe ich wie von alters her in Seehundfellen eingefordert, anstatt eine Kiste von diesen Silberscheiben entgegenzunehmen. Beim Feuergott, sie haben es hinbekommen, dass ich auf den Dingern noch scheußlicher aussehe als in Wahrheit schon. – Nichts für ungut, Jarl Nirvan.» Halb über die Schulter gesprochen zu seinem weißbärtigen Verwalter in der Stadt, dessen Haltung sich bei der letzten Bemerkung voller Empörung angespannt hatte.

«Und wie seid Ihr den Leuten in *Elt* begegnet, mein Hetmann?», erkundigte sich Meister Tjark mit einem listigen Leuchten in den Augen. «Wenn Ihr dort doch ebenfalls Herr über das Bündnis seid?»

«Zu Hause in Elt?» Morwa schien zu stutzen. «Was denkt Ihr? – Wie ein leibhaftiger Hochländer!» Er stieß ein kurzes, dröhnendes Lachen aus. Ein Lachen, das *nicht* in einen Hustenanfall mündete, und es war so nah am Lachen des kampferprobten Hetmanns, der er seinen Scharen so viele Jahre gewesen war, dass Sölva eine Gänsehaut bekam.

Denn mit einem Blick hatte sie gewusst, dass ihr Vater nicht etwa auf wundersame Weise genesen war. Seine Haut war von einer Blässe, der nicht einmal das gelbe Licht der Öllampen Farbe verleihen konnte. Einzig auf seinen Wangen blühten scharf begrenzte Flecken in einem ungesunden Rot.

Ihr Blick wanderte zur Seite. Ildris saß auf einem niedrigeren Stuhl ein Stück hinter dem leeren Thronsessel des Hetmanns. Eine Decke war über ihre Knie gebreitet, doch schon der Umstand, dass ihr erlaubt war zu sitzen, wenn der Hetmann sich erhoben hatte, bewies, wie die Strapazen der Reise ihr zusetzten. Mit jedem Tag musste ihre Stunde nun kommen. Und dennoch hatte sie ihre Kräfte an diesem Abend auf eine Weise verausgabt, wie Sölva es sich nicht auszumalen vermochte. Für diesen Abend würde der Sohn des Morda jener Hetmann sein, der seine Gefolgsleute durch all die Kämpfe der vergangenen Jahre geführt hatte. Der König, den das Volk des Reiches von Ord ersehnte.

Sölva trat auf die Frau aus dem Süden zu. Ildris' Augen waren halb geschlossen, doch sie verfolgte jede ihrer Bewegungen.

«Wie geht es dir?», fragte Sölva. Angesichts jener Nähe, die sie beide verband, hatte sie längst auf die förmliche Anrede verzichtet. Lediglich den Namen der Frau würde sie nicht offen aussprechen. Terve hatte ihn vernommen, als Sölva vom Schlachtfeld an der Ahnmutter zurückgekehrt war, doch ansonsten blieb er ein Geheimnis zwischen ihnen beiden. Sie wies mit einem leichten Nicken in jenen Abschnitt des Zeltes, wo zwei junge Frauen Met und Südwein in Becher schenkten. «Möchtest du einen Trunk?»

Ildris schüttelte den Kopf. *Ich bin nicht durstig.* Ihre Worte erklangen inzwischen so deutlich in Sölvas Geist, als würden sie tatsächlich ausgesprochen. *Willst du einen Moment hier bei mir bleiben?*

«Natürlich», murmelte Sölva. Keiner der Gäste schien nun noch besonders auf sie zu achten, also konnte auch niemand auf den Gedanken kommen, dass es merkwürdig war, wenn sie eine Unterhaltung führten, wo doch eine von ihnen ihrer Sprache nicht mächtig war.

Das Kind wird nun sehr bald zur Welt kommen. Ildris' Worte kamen übergangslos. *Es wird ein Sohn sein.*

Sölva stutzte nur für einen winzigen Augenblick. Nein, für keinen Moment zog sie die Aussage in Zweifel. Bei allem, was Ildris wusste – wie sollte sie ausgerechnet davon nichts wissen?

Du bist ihm nahe, ertönten die Worte in ihrem Geist. *Wie du mir nahe bist. Du bist ihm näher als jeder andere Mensch.*

«Du selbst ausgenommen», bemerkte Sölva.

Doch die Frau ging darüber hinweg. *Er wird jemanden brauchen, der für ihn da ist,* fuhr sie fort. *Jemanden, der ihm zeigt, wo sein Ort ist. Wo ...* Ildris brach ab, und doch war dieses Abbrechen ganz anders, wenn sie auf ihre Weise sprach. Es war anders, als wenn jemand einen Satz nicht beendete. Weil da nicht etwa mit einem Mal Schweigen war, sondern etwas, das ... undeutlicher war. Keine Worte, wobei Sölva ohnehin niemals mit Sicherheit hätte sagen können, dass es Worte waren, die sie aus Ildris' Geist erreichten. Nun jedenfalls waren es eindeutig keine Worte mehr. Es war ein Raunen, oder aber es waren Bilder, undeutliche Bilder oder gar noch etwas anderes als Bilder, Gerüche vielleicht. Gerüche, die sie schon einmal wahrgenommen hatte, am Tag der Schlacht an der Ahnmutter, als Ildris sie eingelassen hatte in ihren Geist. Es war der Geschmack von Rauch und Blut und Eisen und Feuer, und dann waren es doch wieder Bilder, war da die Siedlung an einer Wasserstelle, umgeben von gelbem Sand, waren da die Gesichter von Männern in goldenen Panzern, in Grausamkeit verzerrt, war da ein Mann, dem ein Pfeilschaft aus dem Auge ragte. Sölva fröstelte.

Er darf nicht dorthin. Dieser Satz oder das, was der Satz bedeutete, war wieder deutlicher formuliert. *Er darf das niemals sein. Und er darf niemals ...* Es folgte ein neues Bild, und Sölva wusste, dass dieses Bild die heilige Esche darstellte, die kaiserliche Rabenstadt. Doch das, was dieses Bild ausmachte, war so gewaltig, dass es nicht auszudrücken war in den Worten, den Gedanken, die Sölva zur Verfügung standen. *Weil ich nie etwas Vergleichbares gesehen habe.* Das, für einen Moment, war ihr eigener Gedanke.

Es wird ihm immer nahe sein. Ildris' Gedanken. *Sie werden ihm nahe sein, und ich weiß nicht, ob es möglich ist, ihn auf ewig vor ihnen zu verbergen, doch du darfst ihn niemals ziehen lassen. Du darfst ihn niemals fortschicken. Du darfst keinesfalls ...*

Sölva sah, wie Ildris' Hand sich von der Stuhllehne hob, sich zitternd auf ihre Brust legte. Wie die Frau aus dem Süden Atem holte: heftig, wie im Krampf.

«Ich verspreche es», sagte Sölva hastig. Eine Idee zu laut möglicherweise. Sie spürte, wie der alte Rodgert einen misstrauischen Blick in ihre Richtung warf. «Ich verspreche es», wiederholte sie leiser. «Mein Vater würde euch niemals fortschicken», sagte sie, beschwörend beinahe, war sich gleichzeitig sicher, dass Morwa, Mordas Sohn, das tatsächlich nicht tun würde. Doch der Hetmann würde nicht ewig leben, dachte sie. Das war deutlicher denn je. Wenn Morwen an seine Stelle trat, traute Sölva sich zu, ihn ebenfalls davon zu überzeugen, dass Ildris bleiben musste. Ein anderer ihrer Brüder dagegen ... «*Ich* werde es niemals zulassen», betonte sie. «Ganz gleich, was geschieht. Keiner von euch wird das Reich von Ord je verlassen müssen – gegen seinen Willen. Du hast mein Wort.»

Nein. Es wird nicht gegen seinen Willen ... Doch dann hielt die Stimme in Sölvas Kopf von neuem inne, und da war nur noch ein Summen, ein tiefes, monotones Summen, und sie sah, wie die Hand der Frau auf die Lehne niedersank, beobachtete gleichzeitig, wie Ildris weiterhin atmete, erschöpft jetzt, geschwächt von der Anspannung, doch weiterhin bei Bewusstsein. Das Summen aber blieb. Es schien sogar lauter zu werden.

Doch es war kein Summen. Es war ein Singen in einer Sprache, die im Norden der Welt nur noch wenigen Menschen vertraut war. Sie verfolgte, wie sämtliche Anwesende die Augen zum Eingang der Jurte wandten, wo zwei der Eisernen die schweren Felle nun beiseitezogen. Fackeln loderten im Freien, und in ihrem Licht erschien die gebrechliche Gestalt Meister Ostils, trat mit gemessenen Schritten ins Innere, wo sich Meister Tjark und Meister Lirka nun anschlossen, während die vier jüngsten aus den Reihen der Seher, speziell für diesen Zweck bestimmt, den Schrein von Elt in das Zelt des Hetmanns trugen. Und es konnte kein Zweifel bestehen, dass es sich – anders als an jenem Tag an der Drachenklamm – diesmal um die echte Lade handelte. Das Behältnis, das elf edle Jungfrauen aus den Gebeinen der Könige des Sommervolks geschaffen hatten. Der Schrein, der die Hauer des Ebers hütete, welcher den großen Otta dahingestreckt hatte.

Die Versammelten wichen zurück, sodass sich eine Gasse bildete, durch die der greise Hochmeister mit geschlossenen Augen auf Morwa zuschritt, schließlich vor Sölvas Vater innehielt.

«Kniet nieder Morwa, Sohn des Morda! Kniet nieder, Hetmann von Elt! Kniet nieder, Erbe Ottas!»

Mit feierlicher Miene sank Morwa auf ein Knie – nur auf eines – nieder, blickte zum Oberhaupt seiner Seher empor.

«Legt ab den Reif von Eisen!», forderte Ostil ihn auf. «Legt ab den Reif des Hetmanns von Elt! Legt ab den Reif, den ihr als Haupt des Bündnisses von Hochland und Tiefland, des Bündnisses von Ord getragen habt!»

Morwas Hände hoben sich. Voller Respekt nahm er den Reif von seinem Scheitel, reichte ihn dem alten Rodgert, der ihn andächtig entgegennahm.

Der Hochmeister wandte sich um zu Meister Tjark und Meister Lirka, die die Zobelfelle vor dem Schrein geöffnet hatten und gemeinsam einen schweren, verzierten Kronreif ins Freie hoben. Tief verneigte er sich, als das Stück in seine Hände gelegt wurde, wandte sich zurück zu dem Knienden.

«Nehmt an, Morwa, das Kupfer der Tieflande aus den Gruben von Thal! Nehmt an, Morwa, das Zinn der Hochlande aus den Stollen des Steinwächters! Nehmt an, Morwa, die Krone Ottas, den Reif von Bronze des Königreiches Ord!»

Mit einer langsamen Bewegung ließ er den Reif auf den schlohweißen Scheitel des neuen Königs sinken, betrachtete sein Werk. Nach einem kurzen Zögern: «Erhebt Euch, König von Ord!»

Morwa gehorchte, öffnete den Mund … Doch was immer er sagte: Es ging unter in den Hochrufen seiner Jarls, seiner Edlen, der Eisernen, aller, die sich in der Jurte versammelt hatten, und Sölva bemerkte, dass sie selbst in den Jubel einstimmte, dass Tränen ihre Wangen kitzelten. Ein ganzes Leben, dachte sie. Ein ganzes Leben hatte ihr Vater diesem Augenblick gewidmet, niemals für sich selbst gekämpft, sondern für sein Volk, für die Menschen der Hochlande und der Tieflande, wissend um das, was kommen würde. Wissend, dass allein der Reif, den er nun auf dem Haupt trug, die Kraft besaß, sie aneinanderzuschmieden, die Stämme von Hochland und Tiefland zu einem Volk zu vermählen, wie sich Kupfer und Zinn in der Bronze seines Kronreifs mischten.

Ihre Kehle war eng, als sie den Worten lauschte, mit denen Morwa seine Eide leistete. Uralte, überlieferte Worte, die Ostil ihm mit heiserer Stimme vorsprach, bevor er sie in festem Ton wiederholte. Niemals hätte der Mann, den sie in den letzten Tagen gesehen hatte, diese Kraft aufgebracht, hätte ihm nicht Ildris so viel von ihrer eigenen Stärke geliehen. Doch sie war *geliehen*, dachte sie. Für diesen Abend allein. An diesem Abend würde er ein letztes Mal Morwa sein, Sohn des Morda, dessen Wort seinem Volk Gesetz war, nun, unter der Macht des Reifs von Bronze mit noch stärkerer Autorität.

«Tiefländer!» Die Eide waren beendet. Der König von Ord hob die Stimme. «Hochländer. Männer …» Ein kurzer Blick zu

Sölva und der Fremden aus dem Süden. «… und Frauen von Ord. Ich will euer König sein, will alles, was in mir ist, für euch geben, solange der Atem meine Brust füllt. – Könige aber müssen wie alle Menschen eines Tages sterben. Die Krone aber, das Königtum, währt ewig.» Er streckte die Hand aus, und Rodgert trat zu ihm, legte ihm den Reif von Eisen, den er bis vor so kurzer Zeit getragen hatte, in die Hand. Die beiden mussten sich im Voraus darauf verständigt haben. «Ich habe mehr als einen Sohn, der nach mir die Krone tragen könnte …»

Sölva erstarrte. Er wollte seinen Nachfolger bestimmen? Jetzt? Morwen saß gefangen in seinem Zelt, Mornag und Mortil dagegen hielten sich bereit. Sölvas Augen suchten Terve, sie öffnete den Mund …

Eine Hand schloss sich um ihre Finger. *Schweig!* Die Stimme der Frau aus dem Süden traf sie mit einer Gewalt, dass sie schwankte, sich an die Lehne von Ildris' Stuhl klammern musste. Bunte Flecken tanzten vor ihren Augen; nur aus weiter Ferne bekam sie mit, wie ihr Vater berichtete, dass der endgültige Sieg über die Hasdingen einzig durch das Geschick seines Sohnes Mornag unter so geringen Opfern hatte gelingen können. Mornag, der die Reserven, welche Hædbjorn, der Sohn des Jarls von Thal herangeführt hatte, kaltblütig über Stunden hinweg zurückgehalten hatte, bis die Reihen der Gegner begonnen hatten zu wanken, um dann wie der Kriegsgott selbst aus seinem Versteck in einem Nebental auf den Feind niederzufahren. Er, Mornag allein, besäße sowohl das Geschick auf dem Schlachtfeld als auch den überlegenen Verstand, der einen König auszeichne. Allerdings, fuhr Morwa fort, als der zweite seiner Söhne vortrat, vor seinem Vater auf beide Knie sank, allerdings rate er seinem künftigen Nachfolger, die Obhut über die Stämme des Gebirges in den bewährten Händen seines Bruders

Mortil zu belassen, der sich mit den Sitten und Gebräuchen der Menschen in diesem rauen Land auf so bemerkenswerte Weise vertraut gemacht habe.

Und Mornag, nachdem der König ihm den Reif von Eisen aufs Haupt gesetzt hatte, versprach, sich an den Rat seines Vaters zu halten.

Sölva klammerte sich an die Lehne von Ildris' Stuhl. Längst hatte die Frau aus dem Süden ihre Finger wieder von ihrem Handgelenk gelöst, noch immer aber schien die Stimme in ihrem Kopf nachzuhallen. Es war geschehen. In weniger als dem vierten Teil einer Stunde. Morwa trug den Reif von Bronze, und Mornag würde die Nachfolge ihres Vaters antreten, und das würde nur allzu bald geschehen. Von Elt aus würde er über das Reich von Ord herrschen, und Mortil würde derweil den Norden für ihn halten. Sölva war weit davon entfernt, Hass oder auch nur Ablehnung für irgendeinen ihrer Brüder zu empfinden, doch hatte ihr Vater nicht begriffen, wie *kalt* der zweite seiner Söhne war? Gerade ihm hatte er noch einmal eingeschärft, dass das Volk seinen König nicht *lieben* musste. Aber solange dieser König Mornag hieß, würde das ohnehin nicht geschehen. Wie Mortil mit den Bergbewohnern zurechtkommen würde, wenn das Aufgebot der Tieflande in seine Heimat zurückkehrte, stand in den Sternen. Niemals aber würde es den beiden gelingen, das Vermächtnis ihres Vaters zu bewahren. Und für Morwen blieb überhaupt kein Platz mehr – und wo sollte er auch seinen Platz finden, schwertlos, als Gefangener?

Sie haben gewonnen. Schwindlig beobachtete Sölva, wie Mornag und Mortil neben dem Stuhl des Königs Position bezogen. Alric und seine Verschwörer hatten gewonnen. Inzwischen wusste sie, wer Alric war: ein Mann mit dem Gesicht einer Kröte, der bei den Charusken stand. Und konnte sie wissen, ob sie nicht längst mit dem kühl denkenden Mornag im Bunde waren? Wie mochte ihr Lohn aussehen? Für Alric die Würde des Jarls über die Charusken? Seine Verbündeten, die Brüder Fastred und Fafnar, an der Spitze der Vasconen? Wie sollte das Reich von Ord überleben, wenn solche Männer die Stämme führten?

«Und nun ...» Der König von Ord verschaffte sich Gehör, während er sich auf seinen Stuhl sinken ließ. «Nun, wie die alte Sitte es gebietet, sollen die Tieflande wie die Hochlande ihre Wünsche an den neu gekrönten König richten.»

Sölva kniff die Augen zusammen. Tieflande und Hochlande? Hatte Meister Lirka nicht von den *Edlen* gesprochen? Sölva hatte darauf gehofft, dass sie selbst einen Wunsch würde äußern dürfen, und es war keine Frage, welcher Wunsch das sein würde. Wenn Morwen schon auf diese Weise übergangen wurde, sollte er zumindest ...

Mornag löste sich aus seiner Haltung, trat vor den Stuhl seines Vaters, verneigte sich. Hilflos musste Sölva zusehen. Es geschah, wie sie befürchtet hatte. Der König von Ord würde in dieser Nacht genau zwei Wünsche erfüllen: Hochlande und Tieflande. Einen Wunsch seines Sohnes Mornag und einen Wunsch seines Sohnes Mortil.

«Mein König und Vater.» Mornag verneigte sich ein zweites Mal. «Ich habe an diesem Abend nur einen einzigen Wunsch: dass mein Bruder Morwen sein Schwert zurückerhält. Dass der beste unserer Heerführer von neuem in unseren Scharen fechten darf.»

Gerade hatte Sölva ihre Finger von der Stuhllehne gelöst. Nun musste sie sich von neuem festklammern. Sie konnte nicht glauben, was sie hörte. Doch ihr Vater ...

Morwas Finger hatten sich ebenfalls um die Lehnen geschlossen, die Lehnen seines Thronstuhls. Sölva konnte sehen, wie sie sich ins Holz gruben. Unübersehbar, was er von Mornags Bitte hielt: überhaupt nichts. Das Herz schlug ihr bis zum Hals. Würde ihr Vater es wagen, mit seiner ersten Handlung als König eine Gunst zu verweigern, die er gerade noch versprochen hatte?

«Ich bitte Euch, Vater.» Mornag senkte die Stimme. «Die Dunkelheit wird kommen. Sie ist schon nah. Wir werden Morwen brauchen.»

Die Brust ihres Vaters hob sich. Als er den Atem ausstieß, schien ihn ein Teil der Kraft, den Ildris' Gabe ihm verliehen hatte, bereits wieder zu verlassen.

«Rodgert.» Knapp. «Bringt Morwen, den Sohn des Morwa, her. Er soll sein Schwert zurückerhalten und künftig in den Scharen seines Bruders fechten. – Welche Rolle ihm dort zukommen wird …» Er warf einen Blick auf Mornag. «Diese Entscheidung mag derjenige treffen, der den Reif von Eisen trägt.»

Mornag verneigte sich. «Mein König und Vater: Ich danke Euch.»

Noch immer ungläubig, verfolgte Sölva, wie der alte Rodgert die Jurte verließ. Er würde Morwen herbringen! Morwen würde frei sein! Gewiss: Es würde ihm schwerfallen, sich unter den Befehl seines Bruders zu fügen. Ihm, der sich bereits auf dem Stuhl seines Vaters gesehen hatte. Wo ihn auch so viele der Männer gesehen hatten, die nun in der Jurte versammelt waren – so ziemlich alle, die kein Teil von Alrics Verschwörung waren. Doch Sölva würde an seiner Seite stehen, würde ihm zureden, und irgendwie würde es ihr gelingen, seine wilden Gedanken zu zügeln.

Sie spürte, wie eine ungeheure Last von ihren Schultern

fiel, und im selben Moment entdeckte sie Terve inmitten der Versammelten. Terve, die über das gesamte Gesicht strahlte, als hätte ein besonders stattlicher Krieger ihr soeben einen silbernen Ring verehrt. Ganz kurz ging Sölvas Blick zu der Frau aus dem Süden. Ildris, die so viel wusste: Konnte sie gar von Mornags Absicht gewusst haben? Hatte sie Sölva deswegen zurückgehalten, als sie hatte sprechen wollen?

Doch Ildris' Miene war angespannt, verschlossen. Sölva versuchte ihren Geist zu erreichen, doch es gelang ihr nicht. Sie sollte sich zur Ruhe begeben, dachte sie. Sobald auch Mortil seinen Wunsch geäußert hatte ...

Sölva stutzte. Wie von selbst hatten ihre Augen sich zur anderen Seite von Morwas Stuhl bewegt – doch der dritte ihrer Brüder war verschwunden. Im selben Moment aber öffneten sich die Felle vor dem Zugang der Jurte, und Mortil trat von dort aus ein. Er musste das Zelt verlassen haben, ohne dass sie es bemerkt hatte. Allerdings kam er nicht allein zurück. Ein Zug hagerer Gestalten folgte ihm: Männer, einige Frauen, ein oder zwei Kinder sogar. Sie trugen Felle von Eisfuchs und Hermelin um die Schultern, doch diese Felle sahen schäbig aus, und die Hände der Menschen in dem traurigen Zug waren gebunden. Jene wenigen Hasdingen, die bis zum Schluss gegen Morwa gekämpft, dann aber lebend in die Hände seiner Krieger gefallen waren.

«Mein König und Vater.» Mortil trat vor den geschnitzten Stuhl, verneigte sich. «Die Tieflande haben um die Freiheit eines einzelnen Mannes gebeten. Die Hochlande haben einen größeren Wunsch.»

Voll Mitleid lagen Sölvas Augen auf den zerlumpten Gestalten. Doch würde ihr Vater in diesem Fall überhaupt zögern? War er nicht immer großmütig gewesen, wenn ein Stamm sich unterworfen hatte? Andererseits sah sie auch den Trotz in den Gesichtern. Was, wenn dieser letzte Rest noch immer nicht bereit war, das Haupt vor dem Hetmann zu beugen? Dem Hetmann, der nicht länger Hetmann, sondern König war.

Da regte sich Ildris, hob mit einer fahrigen Bewegung die Hand.

Ildris? Sölvas Gedanke war eine Frage, doch die Frau aus dem Süden gab keine Antwort. Ihre Finger streckten sich aus, zitterten. Sie wies in die Reihen der Hasdingen. Sie wies ...

«... habt mit eigenen Augen gesehen, mit welcher Treue Euch jener Teil der Hasdingen gedient hat, der sich bereits vor Monaten unseren Scharen angeschlossen hat.» Mortil war in seiner Rede fortgefahren. «Mein Wunsch an den König von Ord lautet, dass er die Reste dieses tapferen Volkes freigibt und sie aufnimmt in seine Huld.»

«Ssssss...»

Ein Geräusch. Sölva legte die Stirn in Falten.

«Ssssss...»

Sie drehte den Kopf, ganz langsam. Ildris' Arm war ausgestreckt. Ihre Finger zeigten in die Reihen der Hasdingen. Ihr gesamter Körper bebte, die Augen aufgerissen wie auf etwas Erschreckendes gerichtet, auf düstere Visionen in ihrem Geist.

«Ssssss... Ssssss... Ssssssie!»

Sie? Sölva verstand nicht, oder ... verstand sie doch? Eine Frau inmitten des elenden Zuges, eine uralte Frau in weißem Fell, das Haupt mit einem verschmutzten Tuch bedeckt.

«Sssssssie!» Lauter jetzt, dass selbst Morwa für einen Moment in Ildris' Richtung sah.

Doch im nächsten Moment wandte er den Blick wieder ab, erhob sich. Mit einer ganz anderen Miene als bei Mornags Bitte musterte er den dritten seiner Söhne.

«Gnade», verkündete er, «gilt den Stämmen des Nordens als höchste Tugend. Und wem käme es stärker zu, diese Gnade zu gewähren – als dem König. Dein Wunsch ...»

«Sie!» Ildris' Stimme überschlug sich. «Sie! Sie! Sie!» Ihre *Stimme*. Die Frau aus dem Süden *sprach*. Blicke gingen in ihre Richtung.

«Dein Wunsch ...» Morwa musste neu ansetzen. «Dein Wunsch ist gewährt, Mortil, Morwas Sohn. Die Gnade des Königs von Ord sei dem stolzen Rest der Hasdingen ...»

«*Lüge!*» Mit einer harten Bewegung riss die Alte inmitten der Schar der Gefangenen das Tuch von ihrem Kopf. «Niemals gewährt Ihr Gnade, Morwa, Sohn des Tieflands! Sohn von warmem Dreck! Sohn einer ...!» Ein Wort, das Sölva nicht kannte, doch es musste ein Wort des Gebirges sein, ein übles Wort. Zufällig war ihr Blick auf Jarl Gunthram gefallen, und sie konnte sehen, wie er unter seinem Verband erbleichte. «Wo gewährt Ihr Gnade dem Ragnar, dem Sohn des Schwestersohnes des Hetmanns der Hasdingen! Den Ihr vergiftet habt mit teuflischem Zauber?»

«Ragnar?» Morwas Stirn legte sich in Falten. Der Name schien ihm etwas zu sagen. «Ragnar ... starb ...» Er sprach langsam. «Die anderen ... die anderen starben vom Dunst des Feuermooses. Ragnar aber ...»

«Ragnar! Meines Sohnes Sohn!» Die Alte schlurfte dem geschnitzten Stuhl entgegen. Mit ihren Fesseln war sie an einen Mann gebunden, dessen rechter Arm in einer schwärenden Wunde endete, und dieser Mann wiederum an eine magere junge Frau. Die beiden folgten ihr. «Ihr lügt, Morwa!», zischte die Alte. «Jedes Wort ist eine Lüge, und wir spucken auf Eure Gnade, Morwa, Nichtkönig über das Tiefland, über das Hochland, der Ihr glaubtet, uns in das Eis treiben zu können, auf dass wir elend verrecken. Dass wir erfrieren und verderben, wenn wir nicht das Haupt vor Euch beugen!»

«Sie.» Ildris, flüsternd. Besorgt sah Sölva zu der Frau aus dem Süden, die den Arm hatte sinken lassen und sich aus ihrem Stuhl zu erheben versuchte.

Die Alte kicherte, trat weiter auf Morwa zu. «Wir werden nicht erfrieren!», flüsterte sie. «*Ihr* werdet nicht erfrieren in der längsten, der dunkelsten, der kältesten Nacht des Jahres.» Ein tiefer Atemzug. «Ihr werdet …»

Es geschah zu schnell. Zu schnell, dass Sölva oder irgendjemand anders hätte eingreifen können. Ildris war auf den Beinen, warf sich nach vorn. Die Alte hatte die Hände unter ihren schäbigen Fellen verborgen, riss sie jetzt hervor, doch es waren keine Hände. Es war … *Feuer*. Loderndes Feuer, das aus ihren Armen zuckte, dem König von Ord entgegen. Doch es traf nicht auf Morwa.

Ildris wurde in Feuer gehüllt, in blaue Flammen. Einen Moment stand sie noch aufrecht, dann stürzte sie zu Boden, wand sich zuckend, warf sich hin und her in grauenhaften Krämpfen.

Mit einem Fluch griff Morwa nach der Klinge Ottas, doch es war sein Sohn Mornag, der ihm zuvorkam. Mit einem kühl gezielten Wurf versenkte er sein Messer in der Kehle der Frau, dass ihr Kichern und Zetern mit einem Gurgeln abbrach, die Flammen nach Augenblicken erloschen.

Ildris lag still. Sölva war mit zwei Schritten bei ihr, beugte sich im Entsetzen über sie. Die Frau aus dem Süden atmete, doch die Haut mit den nachtschwarzen Tätowierungen war versengt, hatte Blasen geworfen über der Brust, der rechten Schulter.

Terve war an der Seite ihrer Freundin. «Ich hole die alte Tanoth!» Bevor Sölva etwas erwidern konnte, war sie fort.

Terve musste sich durch die Reihen der Jarls und Edlen kämpfen, denn die Männer … Sölva sah auf, schlug die Hand vor den Mund. Gunthram, Jarl der Jazigen, stieß seine Klinge in den Leib des Mannes, den der Strick an den leblosen Leib der Alten, der *Hexe*, fesselte. Jenes Mannes, dessen Arm in einem schwärenden Stumpf endete. Das Krötengesicht Alrics kam über der Schulter der mageren Frau zum Vorschein, die die Fesseln an diesen Mann banden. Sein Gesichtsausdruck, als er sein Messer über die Kehle der Frau zog: Sölva wusste, dass sie diesen Ausdruck niemals vergessen würde. Weitere Männer des Bündnisses, die sich auf andere Hasdingen stürzten.

«Mein König!» Mortils Stimme überschlug sich. «Ihr habt Gnade gewährt! Befehlt ihnen aufzuhören! *Vater!*»

Morwa stand vor seinem Thronsessel wie erstarrt. Sah auf Ildris am Boden, grauenhaft verletzt, beinahe reglos. Sah auf das Blutbad zu Füßen seines Thrones.

«Bitte …» Sölvas Stimme zitterte. Ihre Gedanken jagten. Ildris … das Kind. Ildris lag im Sterben, und sie hatte … Sie hatte es gewusst, irgendwie musste sie es gespürt haben. Doch die Hasdingen, die Menschen … «Vater!», flüsterte sie. «Bitte …»

Morwa öffnete den Mund.

Doch er kam nicht zum Sprechen. Die Felle vor dem Zugang wurden aufgerissen. Sölva hob den Blick. Terve konnte unmöglich so schnell zurück sein mit der alten Hexe. Der anderen alten Hexe: Tanoth.

Es war nicht Terve. Der alte Rodgert stand im Eingang der Jurte, einen Krieger roh am Arm gepackt. Mit einem Blick schien er zu erfassen, was geschehen war, soweit es sich überhaupt erfassen ließ. Soeben rammte ein Mann, den Sölva für Fastred hielt – oder seinen Bruder Fafnar – dem letzten der Gefangenen das Schwert durch die Kehle.

Mit finsterem Blick stieß Rodgert seinen Gefangenen auf den König zu, warf ihn zu Boden, nur wenige Schritte von Sölva entfernt, deren Hand hilflos auf Ildris' Leib lag. Sölva kannte den Mann. Der Name wollte ihr nicht einfallen, doch er hatte zu Morwens Gefolgsleuten gehört.

«Die Wachen sind niedergemacht», knurrte der alte Rodgert. «Morwen ist fort.»

Sölva starrte auf den Anführer der Eisernen, starrte auf den Mann am Boden. Ihr Blick wandte sich zu ihrem Vater. Irgendetwas tat sich im Gesicht des Königs von Ord, der ganz langsam die Hand hob, sie gegen seine Brust presste.

«Sprich, Verdammter!» Mit erstickter Stimme an den Mann am Boden gerichtet.

«Euer …» Ein Blutsfaden rann aus dem Mundwinkel des Kriegers, als er den Kopf hob. Rodgert konnte ihn nicht rücksichtsvoll angefasst haben. «Euer Sohn … Euer Sohn Morwen war in Sorge, dass Ihr ihm Eure Gunst entziehen könntet, und …»

Der König machte einen unsicheren Schritt nach vorn. «Weiter!»

«Er glaubte, dass einige der Edlen ihm in Wahrheit misstrauten. Weil wir … weil die Krieger ihn liebten. Dass sie deswegen in Angst wären. Dass sie den Reif lieber auf dem Haupt eines Eurer Söhne sehen würden, den sie … den sie lenken könnten, wie es nach ihrem Sinn wäre. Der ihnen nicht widersprechen würde, und …»

«Weiter!» Morwas Stimme war wie eine schartige Klinge.

«Morleif …»

Morwa presste die Lider aufeinander, als der Name seines jüngsten Sohnes fiel. Ein abruptes Nicken forderte den Mann auf weiterzusprechen.

«Morleif war der Jüngste von allen», flüsterte der Mann. «Ich ... ich habe es zufällig gehört. Wie Morwen ihm von Oldric und Turgor erzählt hat, den besten Jägern in seiner Gefolgschaft. Und ich war verwirrt, weil Turgor ... Turgor konnte reiten wie der Feuergott, aber er hätte ein Wildschwein nicht auf fünf Schritte ...»

«Weiter!» Morwas Stimme hob sich.

«Das ...» Der Mann stieß den Atem aus. «Ich ahnte Übles, als sie Morleif tatsächlich zur Jagd begleiteten an ... an jenem Tag. Aber begriffen habe ich erst, als Oldric und Turgor zurückkehrten – und Morleif tot war. Und Morwen dann, noch bevor Ihr die beiden befragen konntet ...»

«Tote Männer», flüsterte Morwa, «können nicht mehr reden.» Er hob sein Schwert.

«Nein.» Mornags Finger schlossen sich um seinen Arm. «Dieser Mann ist kein Held, mein König. Doch wofür soll er sterben? Weil er seinen Ahnungen nicht traute? Weil er Morwen, seinen eigenen Herrn, nicht zur Rede gestellt hat? Weil er ihn nicht an Euch verraten hat? Glaubt Ihr nicht, dass genug Blut vergossen wurde für Eure erste Nacht als König?» Er brach ab, sah sich um. «Mortil ist fort», murmelte er.

Sölva schlang die Arme um ihren Körper. Das Reich von Ord: Jahrzehnte hatte es gedauert, die Stämme zueinanderzuführen, und nun, binnen Atemzügen, fiel alles auseinander. Ildris ... Sie mussten etwas für Ildris tun. Sie mussten *irgendetwas* tun. Die Raunacht, die längste, die dunkelste, die kälteste Nacht des Jahres. Die alte Hasdingen-Frau, die mit einem Fluch auf den Lippen gestorben war.

Sie konnte es spüren: das Verhängnis, das mit donnernden Schritten näher kam. Es war schon da, und mit jedem Augenblick ...

Die Felle wurden zur Seite gerissen: «Mein König!» Einer der Eisernen, das reine Entsetzen im Blick.

Eine der beiden Frauen, die Met und Südwein ausgeschenkt hatten, hatte sich an Sölvas Seite über die Verletzte gebeugt, bedeutete ihr jetzt mit einem Nicken, sich ihrem Vater, ihrem Bruder Mornag, dem alten Rodgert anzuschließen.

Rasch eilte Sölva ihnen nach, und sie traten ins Freie. Auf der Stelle bildeten die Eisernen einen Kreis um ihren König und seine Gefolgsleute, die Lanzen in sämtliche Richtungen gefällt. Denn da war etwas in der Dunkelheit, etwas wie ein Knistern in der Luft, unfassbar. Und Sölva wusste, dass man ihm mit Waffen von Stahl nicht würde beikommen können.

DRAMATIS PERSONAE

Der Norden

Morwa, Sohn des Morda. Hetmann des Tieflands und
  der Gebirgsstämme.
Morwen. Morwas ältester Sohn und
  kühnster Krieger des Aufgebots.
Mornag. Zweiter von Morwas Söhnen;
  ein grüblerischer Charakter.
Mortil. Dritter von Morwas Söhnen;
  erfahren im wilden Hochland.
Morleif. Jüngster von Morwas Söhnen.
Sölva. Morwas Tochter mit einem seiner Kebsweiber.
Terve. Eine Trossdirne, Sölvas Freundin.
Hochmeister Ostil. Oberhaupt von Morwas Sehern.
Meister Tjark, Meister Lirka. Weitere Seher.
Rodgert. Anführer von Morwas Eisernen.
Jarl Gunthram. Ehemals Hetmann der Jazigen.
Hædbjorn. Sohn von Jarl Hædbærd von Thal.
Alric. Ein Anführer der Charusken.
Fastred und Fafnar. Brüder, Anführer der Vasconen.
Flint. Ein alter Waffenschmied.
Balan. Ein kleiner Junge.
Gord. Ein Stammeskrieger und Kundschafter.
Tanoth. Eine alte Kräuterfrau.
Gerwalth, Sohn des Gerdom. Hetmann der Charusken.
Gernoth, Gerfrieth. Gerwalths Söhne.
Ragnar, Sohn des Ragbod. Ein Anführer der Hasdingen.

Der Süden

Saif. Shereef der Banu Huasin.
Mulak, Ulbad, Ondra. Begleiter des Shereefen.
Leyken. Enkelin des Shereefen der Banu Qisai.
Ildris. Leykens Schwester.

Der Westen

Barontes. Domestikos des Hohen Rates von Carcosa.
Adorno. Bibliothekar des Hohen Rates.
Arthos Gil. Ein Söldnerführer.
Fra Théus. Ein Wanderprediger.
Marbo. Inhaber des *Drachenfuther – Speyhs unt Tranck*.
Pol. Ein junger Dieb, Marbos Ziehsohn.
Athane, Atropos, Pareidis. Die göttlichen Geschwister des neuen Glaubens.

Die Rabenstadt

Der Kaiser.
Bagaudes. Kaiserlicher Archont der Stadt Panormos.
Zenon, der Sebastos. Ein Höfling.
Orthulf. Reiterführer der grünen Partei.
Maniakes. Ein Reiter der grünen Partei.
Nala. Leykens Zofe.
Ari. Ein Gärtner.
Schwein. Ein Gefangenenwärter.

DANK

Die Vergessenen Götter zürnen. Ein Satz, der nicht selten auch aus dem Mund des Autors düster raunend zu vernehmen ist. Gemeinhin steigert sich die Frequenz in Richtung Manuskriptabgabe.

Nun walten im Rowohlt-Verlagshaus glücklicherweise gnädige Götter. Grusche Juncker dürfen wir uns ein wenig wie die Göttin Kali vorstellen; mit wesentlich mehr Armen allerdings, die eine unglaubliche Anzahl von Projekten in der Balance halten. Mein herzlicher Dank gilt ihr dabei nicht allein für die Irrsinnsidee, mit der sie auf mich zukam, sondern ebenso für das übermenschliche Verständnis in Sachen Zeitbudget. Nur so konnte mich meine Lektorin Katrin Aé in eine Welt voller Gelichter und schlammigem Ungefähr begleiten. Was war das für ein Spaß, liebe Frau Aé! Und es geht ja weiter, und jeder hat Anteil daran, wenn die heilige Rowohlt-Esche ihr Wurzelwerk in den Buchhandel ausstreckt. Stellvertretend für so viele möchte ich an dieser Stelle Marle Scheither und Anne-Claire Kühne besonders danken.

Die Königschroniken entführen uns in magische Gefilde.

Dass ein jeder Autor irgendwo ein Magier ist, sollte bekannt sein. Er erschafft eine eigene Welt zwischen zwei Buchdeckeln. Zu selten aber wird dabei der Hellsicht Rechnung getragen, mit der unsere Vertreter, die literarischen Agenten, ausgestattet sind. Mein Freund und Agent Thomas Montasser darf dabei als Nostradamus seiner Zunft gelten. Schließlich habe ich ein Jahrzehnt lang gejammert, dass ich eigentlich Fantasy-Autor bin und nun gar keine Fantasy mehr schreibe. Hättest Du mir nicht voll der Vorahnungen das Startsignal gegeben, lieber Thomas: Unmöglich hätte ich auf ein Gedankenspiel beim zweitbesten Italiener der Stadt binnen Wochen mit den ersten Kapiteln antworten können.

Spätestens seit dem großen J.R.R. Tolkien wissen wir, dass die großen Abenteuer eine zu mächtige Herausforderung darstellen für einen Reisenden allein. Er braucht Gefährten, die ihm mit ihren ganz eigenen Fähigkeiten auf dem gefahrvollen Weg zur Seite stehen:

Pläne verborgen in Plänen, Christian Hesse, Mittler, Konsument, Korrektor-in-chief: Diesmal hast Du Dich wahrhaftig selbst übertroffen. Carola Roli Wagner, mit wie viel Herzblut und Mon Chérie Du darum gekämpft hast, dass unsere Geschichte eine (ko)runde Sache wird: beispielhaft. Antje Adamson: Rat und Tat und der Shereef der Banu Huasin. So viel Erdbeerkuchen kann's gar nicht geben, dass ich mich angemessen bedanken könnte. Strawberry Fields Forever. Matthias Fedrowitz, niemand erträgt die Selbstzweifel des Autors mit einer derartigen stoischen Langmut. Sind es zehn Jahre inzwischen? Wenn ich jemals einen Buddha zu besetzen habe … Rana Wenzel, es ist Dir gar nicht hoch genug anzurechnen, wie oft Du die weite Reise aus Savannah angetreten hast, um uns im Reich der Esche beizustehen. Vielen lieben Dank! Diana Sanz, bei Dir muss ich diesmal an unser Autorenfoto denken: Hey, zumindest gucke ich nicht böse, oder? Waltraud Rother, jetzt hat uns der technische Fortschritt also doch noch erwischt. Wir arbeiten nun mit Ringbindung bei den Manuskriptausdrucken.

Fantasy-Stoffe erzählen die Geschichten mutiger Helden, die in ferne Lande ziehen und es dort mit mörderischen Bestien aufnehmen. Seltsamerweise sind diese Helden fast immer männlichen Geschlechts. Weibliche Figuren dürfen, wenn überhaupt, eher als schmückendes Beiwerk herhalten. In der Welt der Königschroniken ist das anders. Wahres Heldentum ist hier vor allem bei den Frauen zu finden. Ist es nicht eine Binsenweisheit, dass ein Autor im Grunde über sich selbst und sein eigenes Leben schreibt? Katja, sie sind alle wie Du.

Am Rande des Wahnsinns und der Lüneburger Heide im Juli 2017

Stephan M. Rother

Deleted Scenes, Hintergründe, Wissenswertes in Wort und Bild:
www.koenigschroniken.de

Das für dieses Buch verwendete Papier ist FSC®-zertifiziert.